LUZ DE TUNGSTENO

JJ BENÍTEZ

LUZ DE TUNGSTENO

LA RESPUESTA A TU PROBLEMA ESTÁ EN EL INTERIOR. ÁBRELO

Planeta

Obra editada en colaboración con Editorial Planeta – España

Diseño de la portada: Planeta Arte & Diseño

Bajo el sello editorial PLANETA M.R.
Avenida Presidente Masarik núm. 111,
Piso 2, Polanco V Sección, Miguel Hidalgo
C.P. 11560, Ciudad de México
www.planetadelibros.com.mx

Primera edición impresa en España: marzo de 2025
ISBN: 978-84-19996-83-1

Primera edición impresa en México: agosto de 2025
ISBN: 978-607-39-3081-9

Impreso en los talleres de Litográfica Ingramex, S.A. de C.V.
Centeno núm. 162-1, colonia Granjas Esmeralda, Ciudad de México
Impreso en México – *Printed in Mexico*

A la memoria de Alberto Schommer,
fotógrafo, poeta y amigo

Hace años (muchísimos), cuando era fotógrafo, ensayé a trabajar la imagen con luz de tungsteno. Era una luz artificial, cálida y rojiza que me transportó a otros mundos.

J J Benítez

La luz de tungsteno es una fuente de luz artificial que usa una bombilla con filamento de tungsteno, elemento metálico de muy elevado punto de fusión y muy resistente a la corrosión. Es por ello muy apropiada para orientarse en la vida... Es más cálida. Necesita de una mirada más equilibrada o de un filtro en el alma.

LIBRO PRIMERO

Iniciado el 12 de febrero de 2016,
a las 18.20 horas

1. La luz de tungsteno –cálida y rojiza– me recuerda cómo me alejo de mí mismo.
2. Me empeño en rodar cuando mi Destino es volar.
3. Mi mujer dice que escribo demasiado. ¿No será que tengo prisa por morir?
4. Ven, aunque sea en sueños.
5. Las gotas de lluvia, en mi ventana, dibujan galaxias.
6. Déjame regresar a tu corazón.
7. Crear (te) me permite sobrevivir (te).
8. Amé tanto que me sequé.
9. He vuelto a la soledad que me arrebataron.
10. El tiempo no me asusta; me asusto yo.
11. Hay un hilo mágico (invisible) entre tú y yo.
12. Sé que me esperarás en la quinta galaxia.
13. Estoy tan lejos de todo que no puedo encontrarme.
14. No importa quién soy, pero sí de dónde vengo y por qué estoy aquí.
15. Recuerdo, sobre todo, lo que está por llegar.
16. No importa que me olviden mientras yo viva.
17. Hay tantos corazones que hubiera querido amar...
18. La soledad me recuerda que no estoy solo.

19. Un solo recuerdo te resucitará.
20. Al morir, cuanta más oscuridad, más luz.
21. La memoria son copos de nieve en los desiertos del alma.
22. Mírame desde donde estés; con eso me basta.
23. Los errores asfaltan todos los caminos.
24. Acepté la inmensa desgracia de perderte. ¿Qué más puedo perder?
25. Gran hallazgo: puedo llenar la vida con nada.
26. En cambio, no consigo llenarme de ti.
27. Hay momentos en los que no deseo empezar, pero continúo.
28. Hay momentos en los que te empiezo...
29. Hay momentos azules; después despierto.
30. Las miradas son ángeles que no regresan.
31. Cuidado con las miradas: ¡pesan!
32. Antes de hablar..., mira.
33. Mirar es lo único que no cansa.
34. Los tímidos miran doblemente.
35. Mírame = abrázame.
36. Cuando me miraba yo entraba en la vida eterna.
37. Mírame. Después abrázame con la mirada.
38. Si te miro, me vacío.
39. Si no te miro, me vacío doblemente.
40. Me canso de no mirarte.
41. Con los ojos cerrados te veo mejor.
42. Déjame soñarte.
43. Déjame que te envuelva en lo mejor de mí mismo.
44. Sí, con la imaginación derrocho...
45. Oigo tus pasos en la memoria.
46. El silencio es Dios, que llega.

47. Me abrigo con tus silencios.
48. Silénciame con amor.
49. Hablo demasiado; incluso en silencio.
50. Cuando aprenda hablaré en silencio.
51. Ahora, a los setenta años, atesoro silencios.
52. Curioso: me asomo a la vida y no me veo.
53. ¿Escribo para descubrirme?
54. ¿Mi bebida favorita?: el «ahora».
55. Una vez me asomé al tiempo. Fue una gran aventura.
56. Mirar atrás no consuela.
57. Estar vivo no significa ESTAR VIVO.
58. Vivir no quiere decir acertar.
59. Quisiera hacer olas en tus trigales.
60. Enamórate y ensayarás el infinito.
61. Regla número uno: nunca mendigues amor.
62. Regla número dos: si no consigues amor, róbalo.
63. Regla número tres y última: hace mucho que no tengo reglas.
64. Sé tibio con los demás pero, sobre todo, contigo mismo.
65. Veo a Dios en la luz..., aterrizando
66. Imagino y creo.
67. ¿Certezas? ¿Para qué?
68. Prefiero sentir a saber.
69. Os miro y no me reconozco.
70. ¿Necesitamos el futuro?
71. Soy más real muerto.
72. Descendí a la imperfección cumpliendo órdenes.
73. No vendo nada.
74. No busques la felicidad; no aquí.
75. A veces me regalo un poco de Dios.

76. No me exijas vencer.
77. Dios dosifica las sorpresas.
78. Mi vida está llena de pequeñas grandes cosas.
79. Me falla la vista. Antes la tenía de 360 grados.
80. Alguien susurra en mi interior: «Soy azul».
81. Frente al espejo disimulo.
82. ¿Me despeinaré en los cielos?
83. Cultura = tolerancia.
84. Imposible = lo más bello.
85. Desaprender = la clave.
86. Un beso en sus párpados fue mi recompensa.
87. Prometo no hablar, pero déjame caminar a tu lado.
88. Una hora contiene sesenta minutos..., y mucho más.
89. ¡He perdido tantos trenes...!
90. Nietzsche ha muerto... ¿O no?
91. A veces no sé si voy o vengo.
92. Nadie es provisional.
93. Aprendí a medir el tiempo por sus ausencias.
94. Hablo tanto conmigo mismo que me agoto.
95. Ella eligió la eternidad de mi memoria.
96. Tengo un solo paisaje: tu imagen.
97. La vida está para ser desmigada.
98. Mi historia es simple: olvido.
99. La vida es un libro que fue escrito y que alguien lo lee en estos momentos.
100. La fantasía es la verdadera piel.
101. Soy lo mejor y lo peor de mí mismo.
102. Hace mucho que no me reconozco.
103. La vejez no debería cambiarnos.

104. Casi todos los proyectos se derriten.
105. Me gustaría llorar en color; en realidad me conformo con llorar...
106. Cumplir años no ayuda.
107. Interesante: ahora escucho la voz de las cosas.
108. Mi soledad y yo somos uno.
109. La mirada de las cosas duele.
110. Por cada diez cosas que hago, doce salen mal.
111. Resiste y perderás de todas formas.
112. He visto mi alma: ¡es naranja!
113. Siembra malentendidos y tendrás muchos enemigos.
114. En ocasiones desvarío hacia fuera.
115. Maquino excusas para recordar (la).
116. La lucidez no es el camino, es la meta.
117. ¿Soy propiedad privada? ¿De quién?
118. Soy de digestión mental lenta.
119. La verdadera vida es a contra flecha.
120. Besar su dedo meñique fue un regalo de los cielos.
121. Me pidió un pastel de arroz; lo busqué desesperadamente, pero no lo hallé. Entonces enloquecí.
122. Desde entonces —cada año— deposito un pastel de arroz en su tumba.
123. Regresó del «más allá» y me regaló una rosa roja.
124. La vida se lee entre líneas.
125. Critícame con amor.
126. La hormiga no mira hacia lo alto porque no sabe que hay cielo.
127. La duda me cubre 365 días al año; puede que más...
128. Pensar en una sola dirección es cosa de Dioses.
129. En mis mejores momentos pienso como mujer.

130. Soy más de lo que creo y menos de lo que creéis.
131. No soy lo que fui, pero lo seré de nuevo.
132. Si robas, hazlo para regalar.
133. Soy experto en desaparecer (para siempre).
134. La muerte es mi mejor coartada.
135. A veces me empacho de Dios.
136. Yo también elegí antes de nacer.
137. Pasé por la vida, que no es poco.
138. Pregunta del millón: ¿por qué se aburren los peces?
139. ¡Ánimo!... ¡Los muertos están vivos!
140. Amé a cuatro mujeres al mismo tiempo; solo yo lo sé.
141. El mundo es una casa siempre en obras.
142. El mundo empezará cuando sea derruido.
143. Lo sé: me esclavizo mucho.
144. Regresar es lo que importa.
145. Intenté amar a muchas mujeres, pero no lo permitieron.
146. Cuando me mudé al sur de la razón, muchos me dieron la espalda.
147. Lo confieso: cuando me veo huyo...
148. Al final de la vida me entró la prisa. Error...
149. Me gusta perpetuarme, aunque solo sea un segundo.
150. ¿Dejar huella? ¿A quién le sirve?
151. Las almas gemelas se limitan a esperar.
152. Enamorarse es necesario, no sagrado.
153. Derrámate en la palabra.
154. Admiro a mi paciente alma.
155. Éxito es conocerse a sí mismo.
156. ¡Es tanto lo que callo...!
157. Cuando muera no me lloréis; reidme.

158. Adivino lo mejor en la lejanía de mi interior.
159. Rendirse a la muerte es de inteligentes.
160. En realidad, todo empieza con la muerte.
161. ¿Será verdad que la muerte tiene los ojos verdes?
162. Con la muerte todos regresamos (a casa).
163. En el arco iris, ¿de qué lado está Dios?
164. El médico anunció: «desgaste general». Y entré en la ancianidad.
165. No llames amigo a quien solo te conoce.
166. Llamo amigo al que me soporta.
167. Prueba a rezar con las manos.
168. Bebe en paz, habla en paz, canta en paz...
169. Un día dejé de llorar. Ahora lloro por dentro.
170. Soy lunático (de nacimiento).
171. Dios empezó siendo puntual.
172. Sueño despierto para huir.
173. «Azul y circular». Ese es mi nombre y apellido.
174. No me echo en falta.
175. No aspiro a la verdad.
176. Dejadme anudar silencios.
177. He recorrido todos los caminos... para llegar —al fin— a mi interior.
178. La santidad (perfección), en mi caso, es un horizonte lejano.
179. Nunca me acostumbré a la imperfección.
180. ¿Estoy del derecho o del revés?
181. Dicen que me habita un Dios... ¡Y yo con estos pelos!
182. ¿Soy lo que no debe ser?
183. Intuyo, luego existo.
184. Lo sé: soy de corto recorrido.

185. Viví la fama. No me interesa.
186. El sol es doble..., si lo deseo.
187. La mar es roja..., si me apetece.
188. Tus ojos son miel..., según.
189. Tras el primer amor todo es lejano.
190. Solo unos pocos conocen el por qué de las cosas.
191. La falta de amor condiciona.
192. Nadie está equivocado (del todo).
193. Todo lo que merece la pena es curvo.
194. Prefiero despertar a comprender. ¿O es lo mismo?
195. Bajar (con inteligencia) es más difícil que subir.
196. Amar —en silencio— es propio de héroes.
197. Lo exacto no tiene vida propia.
198. Reír es de sabios.
199. A veces creo ser un simple accidente de la naturaleza... Pero siempre despierto.
200. Al reír llueve sobre el desierto de mi corazón.
201. Hice un pacto con el «8» (y lo mantengo).
202. Lo que cuenta es lo que hago, no lo que pienso.
203. Nunca saqué agua en pozo ajeno (salvo en el amor).
204. La ira salpica.
205. La tristeza inunda.
206. La alegría contagia.
207. El dolor aleja.
208. La envidia envenena.
209. El odio mata (lentamente).
210. El recuerdo te resucita.
211. El silencio fortalece.
212. El amor justifica.

213. El olvido desespera.
214. Empiezo en cada «ahora».
215. ¿Cuál es la rentabilidad de un sueño?
216. «Sí, quiero», le dije a la vida.
217. Quiéreme como soy (cuando no exista).
218. Mi verdad no es tu verdad.
219. Nunca proclames tu verdad (no interesa a casi nadie).
220. La verdad es sonoramente azul.
221. Conseguí desencadenarme del qué dirán.
222. Escondo su amor en cada recodo del camino.
223. Me comprendo pero no me acepto.
224. ¿Y si Dios estuviera equivocado?
225. Dios habita mi mente (muy a mi pesar).
226. Dame dudas.
227. Los tréboles de cuatro y cinco hojas se ríen del método científico.
228. Necesito fugarme al arco iris.
229. Necesito fugarme a ti.
230. Dios me viaja.
231. El matrimonio, sobre todo, es interés; en ocasiones, incluso, contiene amor.
232. Cuando me vacío puedo llegar a ser feliz.
233. Me gusta que me construyan.
234. Sueño despacio (para que no termine).
235. Solo la primera ola moja.
236. Sé que estoy vivo, pero no del todo.
237. «Ella» fue mi mejor poema.
238. La esperanza no tiene por qué trompetear.
239. Vivir es desencadenarse.

240. Escribir es arar el tiempo.
241. Soy intuitivo y azul.
242. No me interesa la socialización de la verdad.
243. Soy tan pequeño que solo puedo proceder de Dios.
244. Algún día me abarcaré.
245. Estamos condenados a saber.
246. Cuando sueño mejoro.
247. Dios duerme con un ojo abierto (como los delfines).
248. Las certezas me dan miedo.
249. La muerte nunca es inoportuna.
250. La muerte es un simple ajuste de cuentas.
251. Las ideas llegan y se posan en la mente.
252. No pretendo la razón (gracias a Dios).
253. Fui santo (perfecto), pero no lo recuerdo.
254. En ningún momento soy igual.
255. La revelación llega para casi todos.
256. El silencio siempre sonríe.
257. La libertad será (no es).
258. ¿Elegir? ¿Para qué? Ya lo hice antes de nacer.
259. Solo somos parte de un juego.
260. Ahora, en la materia, el forastero soy yo.
261. No recuerdo haberte olvidado.
262. Solo dime que me quieres...
263. Mis ojos hablan por mí.
264. La mirada es lo primero que llega y lo último que se va.
265. Mis caballos tienen los ojos azules.
266. Si te regalan la ancianidad, piensa como un anciano.
267. Soy bueno (por sentido común).
268. Soy libre cuando leo.

269. Mi padre fue una bendición; mi Padre es un lujo.
270. Cuando sueño bebo eternidad.
271. Cuando imagino me bebo a Dios.
272. Bajé del cielo, pero no lo recuerdo.
273. Los diez mandamientos se resumen en uno: VIVIR.
274. Me costó mucho desnudarme por dentro; primero me despojé del miedo.
275. Un día aprendí a mirar al enemigo con otros ojos.
276. Mi mejor improvisación fue preparada.
277. Todo empieza mañana.
278. Seré sabio cuando tolere.
279. Me senté a esperar el futuro y nunca llegó (estuve tres horas esperando).
280. El amor humano tiene fronteras.
281. El verdadero AMOR es acción.
282. ¿Fue un maldito gringo el que inventó el mañana?
283. La oscuridad me parece genial.
284. Dios viaja sin moverse.
285. Es lo femenino lo que permite lo masculino.
286. Refréscame la memoria: ¿quién eres realmente?
287. Imaginar no es tan sencillo.
288. Enséñame a morir; no deseo más.
289. Nunca entendieron por qué no tuve madre.
290. Mi «ahora» ya fue.
291. Nadie es superior a nadie y todos somos superiores a todos.
292. La razón me abruma.
293. Déjame pecar contigo.
294. ¿El peor suplicio?: quedarme a solas con mi yo.
295. Si imaginas das vida.

296. Lo imposible es lo verdadero.
297. Lo imposible es lo bello.
298. Lo imposible es lo único que merece la pena.
299. Déjame soñarte...
300. Concédeme algún error.
301. Deséame y crearás.
302. Creer en Dios no tiene retorno.
303. Sé que volaré..., algún «no día».
304. Regresar me obsesiona.
305. Soy explicable (según).
306. Uno siempre produce Dos.
307. En la soledad vive la sabiduría.
308. Violeta = amor imposible.
309. No nos engañemos. Aquí, el que manda, es el tiempo.
310. ¿De qué sirve poseer?
311. Importantísimo: aprende a desaprender.
312. La duda soy yo químicamente pura.
313. Hay tantos cielos como seamos capaces de imaginar.
314. Mi cielo eres tú, necesariamente.
315. En el Paraíso solo se ingresa soñando.
316. Cuando mueras visitarás las siete mansiones artificiales. Será el principio de la eternidad.
317. La verdad no hace libre: ¡aparta!
318. Prefiero amarte a imitarte.
319. Me enamoré una vez (nunca me recuperé).
320. La razón me persigue (inútilmente).
321. Creí que había fracasado; entonces abrí los ojos y desperté.
322. Nadie se llama como cree.
323. El camino de la sabiduría empieza con la duda.

324. Dios está donde no imaginas.
325. No soy recto, gracias a Dios.
326. Dios nunca pregunta (no lo necesita).
327. Si deseas insultarme, háblame de la casualidad.
328. Los Dioses también obedecen.
329. Hay trillones y trillones de Dioses (alguien nos ha tomado el pelo).
330. Solo estoy seguro de mis dudas.
331. Te envío mis dedos como primeros mensajeros.
332. Déjame elegir (te).
333. Tengo setenta años y casi no he aprendido nada.
334. El dinero no me asusta; me preocupa no tenerlo.
335. Deja que los misterios sigan brillando.
336. Necesito una eternidad para escalarte.
337. *Otreicni se odot.*
338. El universo «respira» cada dos mil millones de años.
339. Yo también me expando (hacia el interior).
340. Cuando me vacío soy otro.
341. Tiendo al rojo cuando me alejo de mí mismo.
342. Veo en rojo cuando me altero.
343. Mi yo –ahora– es minúsculo. Ya crecerá...
344. Soy una locomotora de contradicciones.
345. La vida dispone de tres patas: sobrevivir, vivir y mejorar.
346. Un día mi horizonte se nubló; hasta hoy.
347. Temo a los ángeles estimuladores.
348. La naturaleza es más rápida que el hombre.
349. Tuve una etapa en blanco: la niñez. El resto fue rojo, negro y violeta.
350. «Rojo sobre negro»: mi corazón encriptado.

351. En la rutina se ve el fondo del corazón del ser humano.
352. Hay que saber parar (por dentro y por fuera).
353. Cada día escapo de mí mismo.
354. Ya solo me queda la palabra.
355. No fui un niño feliz (y se nota).
356. No dejes pasar la oportunidad de amarte (cada día: un poco más).
357. Un adiós hiere; dos pueden matar.
358. Palabras concisas = pensamientos largos.
359. Nunca prometas. No tiene sentido (ver «contrato»).
360. Malditos políticos: una frase redonda.
361. No nos separan las fronteras; lo hace el miedo.
362. Escribir a escondidas: ese fue mi Destino.
363. La justicia sí es hierba de este planeta.
364. La memoria, sobre todo, es música y olores.
365. Vivo porque así lo firmé.
366. La violencia nace en el corazón y pasa por la mente (demasiado recorrido).
367. Aunque pierda, gano.
368. El odio es ascua que no se apaga.
369. El amor compensa siempre y desde cualquier punto de vista.
370. Es bueno entretenerse.
371. Ríete y triunfarás sobre ti mismo.
372. La modestia no cambiará el mundo; tú sí.
373. Nada es infinito (ni siquiera Dios).
374. El viento hace olas sin necesidad de mar.
375. Valor y temeridad no son parientes.
376. Es más lo percibido que lo real.
377. Es más lo invisible que lo visible.

378. Es más lo imposible que lo posible.
379. A la maldad le queda mucho camino que recorrer.
380. La bondad siempre se queda corta.
381. Espíritu Infinito: una gasolinera que no cierra.
382. Espíritu Infinito: madre de todas las mentes.
383. Espíritu Infinito: el lado vivo de las cosas.
384. Espíritu Infinito: responsable de este libro.
385. Espíritu Infinito: siempre el «5» (**| O |**).
386. Espíritu Infinito: de la mano de la antigravedad.
387. Espíritu Infinito: lluvia de ideas.
388. Espíritu Infinito: el amor condensado.
389. Sé porque muero. ¿Y usted?
390. Si desprecia la muerte, alcanzará la sabiduría.
391. Vivir en la materia es una fugaz excepción.
392. Hogar y casa no son lo mismo.
393. Si convives con alguien, hazlo con inteligencia.
394. Háblame en silencio.
395. Búscame en mis libros.
396. Búscame en la imaginación.
397. Búscame dentro.
398. Búscame en las rosas violetas.
399. Sobre todo: búscame en el silencio.
400. Las palabras se arrastran en sillas de ruedas.
401. Lo sé: recibo sin merecerlo.
402. Me urge recordar (me).
403. La vida no me deja ver.
404. Soy rico porque no necesito nada.
405. Solo tengo un dogma: vivir.
406. Sobrevivir es pasajero.

407. No sé cómo me las arreglo, pero siempre estoy empezando.
408. Las religiones ciegan.
409. Bajé a la Tierra por pura misericordia.
410. La religión empequeñece.
411. Ser judío no es malo; creerse judío es lo peliagudo.
412. Progresar no significa ir hacia delante.
413. Dios, al menos, tiene 15.000 millones de años. ¿No es fantástico?
414. ¿Existe Dios, en singular?
415. Siempre salgo a la calle con Dios en el bolsillo izquierdo.
416. Al principio daba órdenes, después consejos... Ahora solo miro.
417. Me intereso, sí, pero poco...
418. Lo sospecho: Dios son muchos.
419. Dadme –necesito– simetría.
420. Bellinte: belleza e inteligencia del Padre Azul a la hora de crear.
421. ¿Qué es lo máximo para mí?: engañar a mi editor.
422. Envejecer nos lleva al renacimiento.
423. Hay algo que nunca debemos perder: la perspectiva.
424. Soy frágil (según con quién).
425. La escucho a diario: la felicidad pistonea a lo lejos.
426. El ateo siempre termina bien (tras la muerte).
427. La imperfección descompensa.
428. No me interesa perdurar (aquí).
429. Necesito vestirme de con - ciencia.
430. Al contemplar las estrellas recuerdo algo de mí mismo.
431. Todos los errores están programados.
432. Me salvó una ventana desde la que se veía la mar.
433. Necesito volver a la esfericidad.

434. Sé que algún día VIVIRÉ.
435. Cuando imagino, Dios juega en mi interior.
436. La palabra «casual» insulta a Dios.
437. Con la mente se ve todo.
438. Ella, ahora, brilla para mí.
439. No aspiro a nada desde que sé quién soy.
440. ¡Nos costaba tanto desenfadarnos...!
441. Al soñar viajo a la velocidad de la luz (como poco).
442. Lo mejor de todos sigue oculto.
443. Los grandes cambios se producen –únicamente– como consecuencia de grandes fracasos.
444. No pierdas el tiempo odiando. Tras la muerte, el odio se evapora.
445. La «Vía Láctea», con sus cien mil millones de soles, es solo una aldea.
446. Oxígeno: esa es mi herencia.
447. El olvido es la peor ceguera.
448. Mídeme por mis hechos; no por mis palabras.
449. La certeza consume.
450. A veces imagino el lado oscuro de Dios.
451. ¿Necesitamos el futuro?
452. ¡Qué divertido respirar tiempo!
453. Cuando mueras tendrás setenta sentidos.
454. Si estoy cerca de mí mismo, disimulo.
455. Me paso el día rectificándome (pero no me hago el menor caso).
456. La idea de la eternidad me despeina.
457. Siempre conquisté a las mujeres sin ruido.
458. Lo imposible me atrae... ¿Estoy loco?
459. Hombre necio = hombre ciego.

460. No comprendo por qué estoy sentado en las rodillas del Padre Azul.

461. Dios, ahora, escribe: «Nietzsche no ha muerto».

462. No me gusta perder el tiempo; por eso no soy ateo.

463. Todos somos provisionales (ahora).

464. Cuando acertamos también lo hacemos sin querer.

465. La pérdida te obliga a evaluar.

466. Los sentidos llenan la maleta de la memoria.

467. Esta realidad no tiene nada que ver con la REALIDAD.

468. Lo supuestamente superfluo no es gratuito.

469. Me desgasto, gracias a Dios.

470. La conciencia es agua subterránea.

471. El Destino humano aguarda en el NO TIEMPO.

472. Fui y seré espíritu.

473. Deja que el necio se descubra.

474. No somos el camino; somos mucho más.

475. Que no te duerman con cuentos de hadas...

476. No esperes en la fila; camina sola.

477. No todos los hermanos son de sangre.

478. Rómpeme el alma; el corazón me lo rompe cualquiera.

479. Mi cielo interior se nubla con frecuencia.

480. Pienso en la muerte cada día; es mi gran acierto.

481. Bajaré a tus sueños y los haré azules.

482. No es justo: solo alcancé a leer 8.000 libros...

483. Prefiero que inventen a que cuenten mi vida.

484. Cambio las piedras de posición para que vean la vida desde otra perspectiva.

485. Me abruma el obligado silencio de las rocas.

486. La edad no me devolvió la cordura.

487. ¿Y para qué sirve la cordura?
488. Consumí la vida sin saber (y acerté).
489. Sí, he llevado una doble y una triple vida; era lo «contratado».
490. Ser sincero no me hizo mejor persona.
491. He conseguido alejarme de todo y de todos (menos de mí mismo).
492. El Paraíso de uno nada tiene que ver con el Paraíso de otro.
493. Los conquistadores son tan crueles como los conquistados.
494. Júzgame si quieres, pero ámame primero.
495. Siempre hay flores al pie de mi Jefe...
496. Estuve tan solo...
497. Alguien cuida de todos (necesariamente).
498. La amistad armada no es amistad.
499. Sí, hago trampas: pinto con las palabras.
500. Fui huérfano de madre. Ella no lo supo.
501. En todo hay mensajes azules.
502. La vida nos pertenece (a medias).
503. Pensar (para el bien) te hace (muy) diferente.
504. Otros piensan (para el mal) y cobran por ello.
505. Todo tiene su ahora y su azul.
506. No me había dado cuenta: todo respira.
507. ¿Y si pasado, presente y futuro fueran simultáneos?
508. Vivimos en infinitos círculos.
509. Permite que la vida fluya y todo se enderezará.
510. Se sufre cuando se experimenta sin saber.
511. Tras la muerte vivirás lo no vivido.
512. Aprender no es lo más importante; experimentar sí.
513. Ascenderemos (queramos o no).
514. La muerte es un peaje obligado.

515. La mejor lógica es la que no tiene lógica.
516. Muchos llegan muertos a la muerte.
517. Somos inmortales. Es una herencia por anticipado.
518. En noventa años tuve tres amigos (no está mal).
519. A veces, la mar me bañaba amorosamente.
520. Necesitaría un millón de vidas para aprenderme.
521. Seré rico mientras piense en la muerte.
522. No nací para recibir premios.
523. Para nacer se necesita mucho valor.
524. El arco iris siempre llega a tiempo.
525. Violencia = olvido.
526. El silencio: la victoria del NO TIEMPO.
527. El sentido de la vida aparece con la muerte.
528. La vida es una permanente «danza del sol».
529. No hay negrura que se instale.
530. Vivimos para que nadie te lo cuente (después de la muerte).
531. ¡Qué difícil es escribir para uno mismo!
532. Me asusta intuir la belleza de mi alma.
533. ¿Yo me parezco a mi alma?
534. La realidad se desploma porque no es la REALIDAD.
535. Hay una REALIDAD invisible que no vemos.
536. Todos sois extraños en mi vida. Todos menos una...
537. En mis libros está el noventa por ciento de mi vida.
538. En mis libros está el noventa por ciento de mi pensamiento.
539. Mis libros casi son J. J. Benítez.
540. El pensamiento vale más que la vida.
541. La leyenda nace siempre de la realidad.
542. *Momentos Azules* fue mi libro más sincero.
543. Ahora me protejo con el silencio.

544. Podéis acusarme de casi todo; no de no haber amado.
545. Dicen que tengo la mirada triste. Cierto. La pregunta es: ¿por qué?
546. ¡Milagro! El tiempo se detuvo en tus ojos.
547. Preguntar si el ser humano es computable es no haber comprendido por qué estás aquí.
548. Leer mi genoma no significa que me conozcas.
549. La mente reside en el cerebro, pero no es el cerebro.
550. Hay necios que hablan de ciencias cognitivas.
551. La vida es corta, según.
552. Los genes son diseñados en los cielos.
553. Con una zanahoria se puede engañar a multitudes.
554. Lo maravilloso es maravilloso, aunque no sea cierto.
555. Los poemas sin sentido también me llenan.
556. Oscuridad y silencio: eso presiento...
557. Hay gente que duele (sin tocarlos).
558. El futuro —si llega— no te dejará indiferente.
559. Cada 26 de marzo llueve sobre mi corazón.
560. Detrás de «Gog» llega la esperanza. ¡Llega Él!
561. El equilibrio aparece cuando menos lo esperas.
562. Hay ciegos en todos los ámbitos de la vida.
563. Hay eclipses en todos los corazones.
564. ¿Por qué Saturno canta?
565. Mis deseos son simétricos. ¡Qué misterio!
566. Hay mujeres hermosas y mujeres inteligentes. Reunir ambas cualidades es soñar.
567. Soy más iluso que un conejo.
568. La línea recta engaña.
569. La edad es caer hacia atrás.
570. Siempre lo dije: a $E = mc^2$ le falta algo.

571. Ahora obedezco las leyes de la Termodinámica; después no.
572. Debí matar a mi corrector de estilo...
573. La resignación se mide en años luz.
574. ¿Lo peor de mí mismo? No darme crédito.
575. «Sed perfectos como yo soy perfecto». ¡Oh! Dios no es humilde...
576. Por cierto: ¿para qué sirve la humildad?
577. Un día descubrí que la paciencia eclipsa la inteligencia.
578. A veces desconecto a mi otro yo y soy moderadamente feliz.
579. Gran hallazgo: las nubes pintan.
580. Si mezclas la imaginación y la buena fe, puede que no te entiendan.
581. Cuando la mar se viste de lluvia..., burbujea.
582. Sé tan poco que me odio.
583. La oscuridad me favorece.
584. No entiendo por qué, a veces, la lluvia tiene prisa.
585. Un día descubrí que también hay estrellas plebeyas.
586. Un poco de luz ayuda infinitamente.
587. Las estrellas se apagarán; tú no.
588. Dibújame la eternidad: un reloj sin agujas.
589. Sé cómo alcorzar al Paraíso: por un agujero negro.
590. Un día comprendí lo absurdo de intentar evitar los errores.
591. Para mi gusto, estoy demasiado visto.
592. Cuanto más rápido, más posibilidades de llegar tarde.
593. No lo olvidemos: Einstein también abrió la puerta a la bomba atómica.
594. La mente funciona como una brújula.
595. La mente no es eterna; se queda en el sepulcro. Pero te darán una nueva.

596. Todas las mentes descienden del cielo (incluso la de Hitler).
597. ¿Desde cuándo el pensamiento es crítico?
598. La llegada de una gran idea estremece.
599. Nada hay más relativo que el yo.
600. La teoría de la relatividad general es muy relativa.
601. El alma no pesa.
602. Ninguna idea es opaca (cuando llega).
603. El hombre necesita luz; venga de donde venga.
604. En los universos y superuniversos lo imaginado es ridículo.
605. Ninguna idea es propiedad de nadie.
606. Si soy sincero conmigo mismo, puedo llegar a serlo con los demás. Puede...
607. Casi todos los ídolos son de barro.
608. Muchos libreros me encasillaron en ciencia ficción, esoterismo, ciencias ocultas e, incluso, en literatura infantil. ¿Qué debo hacer: reír o llorar?
609. Ante la duda: siempre viuda.
610. Ante la duda: peca siempre por exceso.
611. Ante la duda: el otro siempre primero.
612. Ante la duda: elige el silencio.
613. No soy bueno, ni perverso, las 24 horas del día.
614. El primer amor nunca termina.
615. En cada «ahora» hay un clímax.
616. En cada «ahora» hay un mañana.
617. En cada «ahora» está todo.
618. En cada «ahora» está lo que buscas.
619. Soy el guionista de mi vida.
620. Busco al poeta perdido que hay en mi vida; si lo encuentro, nadie lo sabrá.
621. Trato de adelantarme a mí mismo, pero no lo consigo.

622. Una mirada es un mundo.
623. Una mirada te explica y me explica. ¿Qué más necesito?
624. Si una mujer te mira, nunca sabrás por qué.
625. No temas: la emoción es saludable.
626. Regresar a Barbate es regresar a lo mejor de mí mismo.
627. Solo en el arte la forma es más importante que el fondo.
628. Lo descubrí ayer: mi corazón es para minorías.
629. Mis libros no le deben nada a nadie.
630. Durante años tuve que ocultar mi trabajo.
631. Hay caminos que nunca andaré.
632. La locura forma parte del juego.
633. Para amar no necesitas razones.
634. He sido muy feliz (en sueños).
635. Todo está ensayado antes de nacer.
636. Todos somos ejemplares (en algún sentido).
637. Todos somos ingenuos (en mayor o menor medida).
638. Todos estamos por llenar.
639. Todos estamos por llegar.
640. Todos somos ciegos espirituales (de nacimiento).
641. Manipular la verdad es fácil; sembrar mentiras es mucho más fácil.
642. Yo soy mi peor censor.
643. ¡Ah, no sabía que Hacienda = Cultura!
644. Absurdo: pagamos a los militares y políticos para que nos oculten información.
645. «No estoy aquí»: el mejor epitafio.
646. Me detengo ante tu tumba y te veo... azul.
647. Llegué en silencio. Así partiré.
648. La imbecilidad nos abruma.

649. La verdad exige esfuerzo; la mentira, sobre todo, exige buena memoria.
650. El dinero me cansa. No tenerlo también.
651. Ser mentiroso no significa ser inteligente.
652. Si mientes una vez, lo harás siempre.
653. Mentir es perder la virginidad espiritual.
654. El verdadero amigo no necesita explicaciones.
655. No soy hombre de fe; soy mucho más.
656. Si puedes, huye de las religiones (de todas).
657. La religión me ahogó en mentiras.
658. La palabra exagera o se queda corta; solo el pensamiento es exacto.
659. No es lo mismo volver que volver con los recuerdos.
660. «Eres el único que aparece en mis sueños», me dijo. Y yo me pregunté: «¿Por qué?».
661. Tuve muchos minutos de gloria. No quisiera repetirlos.
662. Vale más mi memoria que mi futuro.
663. El destructor nunca lo parece.
664. Los mejores besos permanecen en la memoria.
665. La oscuridad depende de la luz.
666. Al marcharte quedé en la oscuridad.
667. Antes de tomar una decisión: piensa, piensa y vuelve a pensar.
668. Todos los días son buenos para depositar rosas violetas en la memoria.
669. Estamos de paso, pero muy pocos lo sabemos.
670. El miedo siempre viene de lejos.
671. Cada ser humano escribe una historia fascinante y queda archivada en los cielos.
672. Me leo con dificultad (es que tengo la vida cansada).
673. Cuanto más miedo, más chiste.

674. La serenidad solo anida en la mirada.

675. Es muy fácil matar al mensajero.

676. ¿Dios necesita planetas laboratorio?

677. Puede que la Verdad no sea tan interesante...

678. De momento me quedo con las verdades parciales.

679. ¿Justifica el dolor tanto como la risa?

680. Si no sufres, no sabes; si no ríes, sabes mucho menos.

681. Mi verdad está lejos de la Verdad.

682. El interés expulsa a la Verdad.

683. La amnesia salva a los cobardes.

684. Alza tu corazón, no tu voz.

685. El mundo necesita —urgentemente— un otoño de silencios.

686. Era (es) tan fácil amarte...

687. Una tarde, el viento de levante levantó tus faldas. ¡Fui tan feliz!

688. «¡Qué bobo eres!»: Tu (mi) frase favorita.

689. ¡Éramos tantos! (entre tú y yo).

690. Te curvabas como la mar...

691. Ahora, después de tu muerte, estás más cerca.

692. El Destino no me dejó buscarte.

693. Mis «ahoras» (sin ti) son eternos.

694. Al adivinarte, cambiaba el ritmo de mi corazón.

695. No te preocupes: la vida te pondrá en tu sitio.

696. Cuando me censuro, me traiciono.

697. La sencillez no tiene cuna.

698. Si me quedo quieto, pierdo.

699. No te lamentes. Vives porque así lo deseaste.

700. La imaginación —como los pensamientos— está blindada (gracias a Dios).

701. El diablo fue un acertadísimo invento eclesiástico.

702. Llegar al final de la vida significa reanudar el trabajo en la otra vida.

703. La muerte —dicen— tiene los ojos verdes.

704. La muerte consuela a la mayoría.

705. Ustedes nunca sabrán quién soy, ni de dónde vengo.

706. El paso del tiempo aumenta el tamaño de la mentira; la verdad, en cambio, empequeñece.

707. Hay más realidades de las que podamos imaginar.

708. Vivir no es resignarse.

709. No me gusta que me señalen (ni con un bolígrafo).

710. Siempre me pongo en lo peor...

711. Dios administra la alegría con cuentagotas.

712. La echo de menos, incluso cuando la veo.

713. Eres especial; por eso me lees.

714. Envejecí a tu lado; eso es lo que cuenta (de momento).

715. Creer en alguien es más fácil que creer en algo.

716. Para muchos, la religión lo es todo. Pobrecitos...

717. Hay necios en todos los bandos.

718. El Big Bang fue solo una broma.

719. Ser azul es mucho más que el azul.

720. La vejez llega con el cansancio mental.

721. El espacio y el tiempo también tienen grietas y goteras.

722. El espacio y el tiempo escapan del Paraíso.

723. No es lo mismo ser inmensamente diminuto que inconcebiblemente pequeño.

724. Soy raro, pero cierto.

725. Soy como las muñecas rusas: siempre hay otro yo más adentro.

726. Todo es nuevo ahí afuera.

727. Todo es viejo aquí adentro.
728. Seguramente, Dios tiene planes.
729. Seguramente, nosotros sacaremos otros superuniversos de la chistera.
730. Si mueres, llegarás muy lejos.
731. Hay científicos con orejeras (en realidad, supuestos científicos).
732. Los tarados mentales no pueden ir más allá de sus incongruencias.
733. La belleza es tan evidente como imposible de llevar al laboratorio.
734. Solo los necios se consideran en posesión de la Verdad.
735. Nací tímido y desaparecí doblemente tímido.
736. Una guitarra en la noche llenaba mi joven corazón. Y yo caminaba, feliz, por aquel solitario Barbate.
737. Llegó el día —inevitable— en el que me escupí a mí mismo.
738. Todos los corazones viven tragedias desgarradoras; es lo «pactado».
739. El amor de una mujer difícilmente se agota. El del hombre se consume antes de empezar.
740. Ella me espera en las infinitas praderas del universo (nuestra verdadera patria).
741. «Para K. De parte de K» fue su declaración de amor (y murió).
742. Puedo resistirlo todo, menos la tentación.
743. De repente me hice viejo. No me lo explico...
744. Somos débiles, corruptos y mentirosos por naturaleza (que no nos asuste). Pero la venganza y el odio son una práctica propia de necios.
745. Curioso. El hombre blanco fue —inicialmente— azul.
746. La necedad seca la mente.

747. Si la historia no es de fiar, ¿qué debo pensar de los historiadores?
748. Lo confieso: me olvidé de vivir.
749. Aprender a vivir te enseñará a bien morir.
750. Todo llega de repente: vida y muerte.
751. Anima a los demás cuando llegue tu hora.
752. La serenidad me inundó cuando supe que iba a morir.
753. Para morir no se necesita a nadie.
754. Si aceptas lo malo te reencontrarás con lo bueno.
755. Mentalízate: la vida tiene fecha de caducidad.
756. ¿Y qué importa lo importante que hayas podido ser?
757. Es injusto. Cuando mueras, el mundo seguirá girando.
758. La química cerebral es la mano invisible de Dios.
759. Yo soy imaginación. ¿Y tú?
760. El olvido es la peor de las derrotas.
761. La libertad empieza mañana.
762. Conozco dos soledades: la que llena y la que vacía.
763. Es peor estar equivocado que sucio.
764. Las verdades llegan en mitad de la oscuridad.
765. La verdad siempre toca el tambor de tu corazón.
766. Ser guía agota.
767. Todas las vidas son dignas (exteriormente).
768. Todos los Destinos son inevitables.
769. Todos los mundos personales son extremadamente pequeños.
770. Deja que cada minuto te sorprenda.
771. Perder trenes ya no me preocupa. He perdido tantos...
772. A los setenta años la vida pesaba demasiado...
773. ¿Fui un buen padre? Y eso ¿a quién le importa?

774. El interés de la vida surge después de la vida.
775. Lo peor de la soledad es no saber que nunca estás solo.
776. La muerte te liberará de ti mismo.
777. *Luz de tungsteno* no tiene sentido (aparentemente).
778. Me resistí a entrar en el invierno de la vida. Error...
779. Utilicé la ficción para disimular la realidad. Error...
780. Hay un momento en la vida de no retorno.
781. Si la ley del «contrato» es cierta, ninguna sangre es inocente.
782. Para el vencedor, las batallas no son masacres.
783. Si todo está escrito, ¿para qué prometer?
784. Un día descubrí que las ideas no son mías. Proceden de un Dios llamado Espíritu Infinito.
785. No te sumerjas demasiado en nadie; solo en ti mismo.
786. Aprende a perder el tiempo, pero solo en beneficio de algo o de alguien.
787. Lo único que no puede esperar a mañana es el amor.
788. La historia es humo y confusión. Desconfía, incluso, de tu propia historia.
789. Los Dioses son expertos en esconder la Verdad.
790. Me retiré del mundo para empezar.
791. Me retiré del mundo para encontrarme.
792. Me retiré del mundo para llenarme.
793. Me retiré del mundo para escucharme.
794. Me retiré del mundo porque tú no estabas.
795. Tengo sed de casi todo.
796. Abrir la mente exige constancia y, al menos, una revelación.
797. Mis libros nunca fueron baratos.
798. Esclavizar a un pueblo no es difícil; liberarlo es otra cuestión.
799. Mis libros pueden ser dignos; yo no.
800. En la Tierra, civilización y cultura no van de la mano.

801. Nuestra civilización (?) necesita un millón de años.
802. La historia del hombre se escribe con sangre; la no historia también.
803. El silencio hace olas en mi corazón.
804. El silencio fue antes que Dios.
805. El silencio es un templo poco visitado.
806. El silencio me redime.
807. El silencio huye de las masas.
808. No olvides que vives en la materia (imperfección).
809. El cansancio del alma puede ser infinito.
810. ¿Hay algo más agotador que el ser humano? Lo desconozco.
811. Al final de la vida solo me quedó la mar.
812. La memoria termina alejándose, lentamente.
813. La memoria es un barco, cada vez más cargado.
814. Dios preserva mis memorias a base de inyecciones de pura química. ¡Qué misterio!
815. Mis victorias me aniquilan.
816. A los treinta años, los fracasos derriban; a los setenta, hieren.
817. Las cicatrices —en mi mente— se cuentan por centenares.
818. Fui entrenado para resistir; por eso me he vencido.
819. Mi vida cabe en una palabra: «amó».
820. En la soledad me hablo mucho.
821. Hay odios nuevos que no conocéis.
822. ¿De verdad la ciencia conduce a la Verdad?
823. Todas las estrellas fugaces me atrapan.
824. Una vez me dijo una mujer: «No es preciso que me entiendas... ¡Ámame!».
825. Los poderosos fumigan el alma.
826. Está escrito: «Los miserables harán migas con los miserables».
827. Los necios, en cambio, no hacen migas con nadie.

828. La ancianidad es un papel difícil. Muy pocos saben interpretarlo.

829. Regresé, naturalmente, a mi querida Olivetti, modelo 46, de hierro. Fueron muchos años de fidelidad...

830. La tenacidad equilibra mi escasa inteligencia.

831. La tenacidad hace arte.

832. Las metáforas caen del cielo.

833. La música me reconcilia con el mundo.

834. Recibí el don de la profecía (pero nadie lo supo).

835. Honrado y falso: todo forma parte del juego divino.

836. La nada mental me asusta.

837. Todos necesitamos la verdad (aunque no la practiquemos).

838. La seriedad no está en las formas.

839. Arrepentirse no tiene sentido.

840. En el trabajo, lo primero es la diversión.

841. La inspiración no está en las manos.

842. La vida es ensayo general para...

843. Cuando no digo nada lo pienso todo.

844. Las señales divinas llenaron mi vida, pero no lo supe.

845. El paisaje es una cárcel muy particular.

846. Las nubes dibujan figuras para mí.

847. La esperé en sueños muchos años; nunca se presentó.

848. La justicia siempre es vinagre.

849. Sí, la vida duele.

850. Mi corazón necesita primeros auxilios.

851. Mi querido Dios: no te conozco y, sin embargo, me caes bien. ¿O sí te conozco?

852. ¿Soy una indirecta de Dios?

853. Un día me convertí al Principio Omega.

854. De vez en cuando me visito.

855. De vez en cuando me asomo al interior y tomo aire fresco.
856. De vez en cuando me siento y me contemplo.
857. De vez en cuando me hablo, pero no me escucho.
858. De vez en cuando sé quién soy...
859. Somos muchos a la espera del tren del silencio.
860. Somos muchos a la espera de un alba violeta.
861. Somos muchos los que tiramos de la esperanza.
862. Somos muchos los que hacemos magia con el amor.
863. ¡Es tan dulce susurrar en el corazón!
864. Prefiero provocar dudas que certezas.
865. Dudo, luego existo.
866. Si estás vivo, no necesitas de la suerte.
867. A veces toco a rebato en mí mismo (pero son las menos).
868. El buen juicio nada tiene que ver con la fortuna.
869. El alma no es automática ni de repetición.
870. La vejez es la última luz en el interior.
871. A veces, la memoria se astilla.
872. ¿Y qué importa que haya roto mis juramentos?
873. Voy si tú vienes...
874. No alargarás tu vida ni un segundo más de lo «pactado».
875. Soy de corazón fácil para casi todas.
876. Soy de corazón fácil para muy pocos.
877. No cambiamos; lo hacen las circunstancias.
878. No deseo propiedades; solo paisajes.
879. La dignidad siempre vive alerta.
880. Las lágrimas borboritan en mi corazón, pero no emergen.
881. Un mes de diciembre la vi por última vez y la besé en los párpados.

882. Tengo asumido que estoy de paso.
883. La memoria ajena molesta.
884. Si intentas atraparla, la felicidad escapará.
885. Quédate quieto y la felicidad te buscará.
886. Me deformo en cada arruga.
887. No consigo que el viento solar me despeine.
888. Un día me cansé de tanto desatino y colgué el mapamundi boca abajo. ¡Qué distinto es todo!
889. ¡Ojalá tengas pleitos y los ganes!
890. Me gustaría soñar en color, pero no lo consigo.
891. Dios mueve las nubes para que los hombres no se aburran.
892. El alma es una copa (imposible afilarla).
893. Al llegar a los setenta años la vida se ralentiza (misteriosamente).
894. Según se mire, todo es breve.
895. Para ser capaz de todo hay que ser muy niño.
896. Fui un romántico empedernido (hasta que desperté).
897. El pudor es aconsejable (según).
898. No hay nada más heroico que agonizar gota a gota.
899. Las mujeres sí están solas.
900. He malvivido en muchas camas.
901. Si quieres conocerme, lee *Luz de tungsteno*.
902. Tuve un amor sereno y mil desordenados.
903. Un día desterré las corbatas (para siempre).
904. El cáncer mata primero por fuera.
905. Cuando sabes que vas a morir, te dulcificas.
906. No he sabido de mí mismo en años.
907. ¡Y qué más da donde ponga las comas y los acentos de mi vida!
908. Muy pocas cosas legales tienen el atractivo de una ilegal.

909. El porvenir de los muertos es el más brillante.
910. Uno se acostumbra al paisaje de la cárcel antes de lo que imagina.
911. Lo más penoso —sin duda— es la lucidez.
912. Los últimos meses de mi vida no terminaban nunca.
913. Hay vidas en las que lo único atractivo sucede en sueños.
914. Si me voy hacia mí mismo, es difícil que regrese.
915. Mentir alivia (al principio).
916. Los recuerdos son estelas.
917. Me cansé de remendar la vida.
918. Casarse no significa mejorar.
919. ¿Una mujer puede amar a dos hombres a la vez? ¡Sí!
920. La vida, en el fondo, es mala literatura.
921. En la vejez solo hay grandes males y pequeños placeres.
922. La fatalidad es otro malentendido.
923. En los espejos veo mis pensamientos; por eso no me miro.
924. He escrito muchas cartas a nadie, pero no tuve respuesta.
925. *Cartas no enviadas*: otro libro secreto (no publicado).
926. *Cartas a Satcha*: otro libro muy secreto (no publicado).
927. La muerte no es comprensible (desde este lado).
928. Cada día estoy más indefenso; es hora de partir.
929. ¡He muerto tantas veces...!
930. Mi ignorancia es un abismo.
931. Si te fijas, observarás que todos los círculos están vacíos (o lo parece).
932. Perdí el candor cuando más lo necesitaba.
933. Nunca se es consciente del valor (afortunadamente).
934. El alma no necesita ser salvada. ¡Es inmortal!
935. Si crees en la fatalidad, es que no has comprendido o no recuerdas quién eres.

936. El orden mundial no depende del hombre.
937. Hay un mundo en el miedo y un universo después del miedo.
938. He escrito a mi manera; no al gusto de los editores.
939. Derrotar a alguien siempre es motivo de vergüenza.
940. El futuro del mundo está en las no fronteras.
941. Dame pan y llámame de izquierdas.
942. Estudia al enemigo y dejarás de tenerlo.
943. La codicia humana es tal que solo una extinción masiva salvaría al planeta.
944. Los Dioses no están interesados en la bondad o maldad de los hombres.
945. ¿Orden mundial? ¿A favor de quién?
946. Las guerras nunca son improvisadas.
947. Hay 7.000 millones de visiones morales en el mundo.
948. Escribir un libro de gran profundidad ética no requiere limpieza de corazón.
949. Estás en lo cierto: empieza por no creerme.
950. La Verdad nunca elige a los políticos.
951. Del nacionalismo solo se puede esperar sufrimiento, sangre y oscuridad.
952. El orden no reside en la materia.
953. La supuesta democracia norteamericana empezó masacrando a los legítimos propietarios del país: cientos de miles de pieles rojas fueron «anulados» en tres siglos.
954. Un día, al verme por dentro, sané.
955. No sientas remordimientos por lo que quedó atrás o sin resolver; era lo «pactado».
956. La mejor prueba de que no soy ambicioso es que mis libros no están traducidos al inglés.
957. Resígnate a vivir.

958. No pidas a tu pareja que descubra América.
959. Los cambios profundos se perciben con el paso del tiempo.
960. Lo bello es simple.
961. Lo simple es verdad.
962. La verdad, por tanto, es simple y bella.
963. Al hacer la voluntad del Padre Azul (Principio Omega), mi vida se reorganizó misteriosamente.
964. Yo elijo mi vida antes de nacer (pero no lo recuerdo).
965. Muy pocos aciertan con el «clic» interior.
966. Aviso a los navegantes: la mar es una mujer.
967. La mar se mece –infinita– en mis sueños.
968. Si no recuerdan, te odiarán.
969. Tú eliges la bondad y la mediocridad de tu camino.
970. En ocasiones es mejor no saber.
971. Ser científico no garantiza nada.
972. Los caminos de Dios son inescrutables; los del hombre mucho más...
973. En la materia es imposible el amor perfecto.
974. Ver pasar la vida es agotador.
975. Todo tiene su razón de ser (según Dios); incluso la sinrazón.
976. El conocimiento se sintetiza en la poesía.
977. El alma no puede ser sometida a ningún tipo de test; la mente sí.
978. Detrás de una sonrisa siempre hay un ángel.
979. La juventud carece de verdaderas prioridades; solo conoce los impulsos.
980. Rezar me acerca primero a mí mismo; después a Dios.
981. Cerrar los ojos no significa dejar de ver.
982. He colgado demasiados exvotos en mi alma.
983. Los ritos y ceremoniales distraen.

984. Convertí mi vida en una escupidera.
985. No esperes que nada cambie (hasta después de la muerte).
986. Dios habita en tu mente desde los cinco años. Lo hace en silencio y en segundo plano.
987. Si llegas a los setenta años, apúrate.
988. ¿A qué esperas para divertirte?
989. No lo olvides: nadie fracasa.
990. Buscar a Dios puede significar negarlo.
991. Nunca sabrás —al cien por cien— si estás en el buen camino.
992. El arco iris siempre es oportuno.
993. El tiempo tiene un defecto: es indiscreto.
994. Las musas existen... Yo las he visto.
995. La edad arruga la vida y, a veces, también la voluntad.
996. Tras la muerte recordaremos lo que merezca la pena.
997. La vejez —se mire como se mire— es tibia como el ocaso.
998. La vida terminó colocándome de perfil.
999. El abandono llega cuando te dominan las ideas.
1000. Alcanzar una meta no tiene importancia; te queda la eternidad...
1001. Me importa un bledo la ciencia; la soporté durante años.
1002. Tener conciencia de sí mismo no significa tener conciencia.
1003. No sé si existe un cielo para perros, pero lo merecen.
1004. No somos esclavos; somos voluntarios.
1005. Francisco de Asís se equivocó de época.
1006. La vida y el alma son regalos interesados.
1007. El alma siempre llega de la mano de la «chispa divina».
1008. La «chispa» es un fragmento del Padre Azul.
1009. Él te habita cuando tomas tu primera decisión moral.
1010. No te confundas: Dios no es la voz de tu conciencia.

1011. Él prepara tu alma para la vuelta a casa.

1012. La «chispa» no habita en la mente de los animales.

1013. Al morir, un ángel custodiará la maleta de tus memorias.

1014. Al morir, un «compañero» te trasladará a las salas de resurrección.

1015. En MAT - 1 te facilitarán una nueva mente.

1016. En MAT - 1 serás recibido por tus familiares y amigos muertos.

1017. En MAT - 1 recibirás un cuerpo físico, similar al que tuviste en la Tierra (pero diferente).

1018. Y vivirás más de 600 MAT, de sorpresa en sorpresa.

1019. Pero eso solo será el principio de la eternidad...

1020. Tras el ingreso en el Paraíso, te encomendarán la creación de nuevos universos en las regiones increadas.

1021. Ojo con lo que preguntas... Siempre hay respuestas (aquí o allá).

1022. Pensar en la muerte me salvó.

1023. Pensar en ti me salvará.

1024. Cuanto más leo, menos sé.

1025. Construí mi tumba entre libros.

1026. Si te faltan lágrimas, es que estás llegando al final.

1027. La lucidez no cambia la mente.

1028. Felicidad = oxígeno puro.

1029. Felicidad = un silencio entre las manos.

1030. Felicidad = soñar que te besé.

1031. Felicidad = tu imagen, trasteando en la memoria.

1032. Felicidad = saber que me esperas.

1033. Nadie puede negarse a viajar hacia delante.

1034. Morir no es vaciarse.

1035. Morir es emprender el regreso.

1036. Morir es un simple transbordo.
1037. El que muere, descansa doblemente.
1038. Morir es un peaje necesario.
1039. La muerte es otra genialidad de Dios.
1040. No volverás a morir, por mucho que lo desees.
1041. La reencarnación es otro timo de la estampita.
1042. Si no fuiste listo en vida, no esperes serlo tras la muerte.
1043. La muerte coloca a todo el mundo en su lugar.
1044. Morir desconsuela al que se queda.
1045. ¿Estás muerto cuando el alma se va o el alma se va cuando mueres?
1046. Recuerdo que le dije a mi padre poco antes de su muerte: «Papá, tranquilo...» . Y él respondió: «Tranquilo tú...».
1047. Morir = setenta sentidos.
1048. Morir = visión de 360 grados.
1049. Morir = algo mejor que el sexo.
1050. Morir = no al papel higiénico.
1051. Morir = estar en dos sitios a la vez.
1052. Que no te engañen. Tras la muerte no verás a Dios.
1053. En MAT - 1 necesitarás una reconversión mental.
1054. El primer cielo –tras la muerte– son siete esferas artificiales. ¿Qué esperabas?
1055. Después, mucho después, te transformarás en luz.
1056. Después, mucho después, llegarás a las puertas del Paraíso. Y serás dormido.
1057. Después sí contemplarás al Padre Azul.
1058. Después seguirás tu camino hacia las zonas increadas.
1059. Entonces serás un nuevo Dios. Solo entonces...
1060. Tu mente no está preparada –todavía– para la maravilla que te espera tras la muerte.

1061. La experiencia de vivir en la imperfección no se repetirá. En consecuencia: ¡¡VIVE!!
1062. Vivir es observar lo que nadie observa.
1063. Vivir es experimentar (con sentido común).
1064. Vivir es sufrir, sabiendo que sufres y por qué sufres.
1065. Vivir es servir sin esperar nada a cambio.
1066. Vivir es amar (no importa a quién o a qué).
1067. Vivir es saborear la vida (no importa en qué idioma).
1068. Vivir es tomar de la mano al tiempo.
1069. Vivir es escuchar (te).
1070. Cada fotografía son mil mundos (superpuestos).
1071. El tiempo no perdona: el NO TIEMPO, sí.
1072. Estás destinado al NO TIEMPO.
1073. El tiempo es una criatura a la que no volverás a ver.
1074. Disfruta del tiempo (para eso está).
1075. Si te pones a pensar en el tiempo, él huye...
1076. Deja que el tiempo te mire...
1077. Al morir, el tiempo se queda aquí.
1078. Cuanta más información, más rápido pasa el tiempo.
1079. Tu patria es visible en la «otra orilla».
1080. Tu verdadera patria no tiene fronteras.
1081. ¿Soy de donde me enamoro?
1082. Dios no desfila.
1083. No, en los cielos no hay democracia.
1084. En el amor, las miradas van por delante.
1085. En el amor, los dedos son mensajeros.
1086. En el amor, todo vale.
1087. Nunca mendigues amor.
1088. El amor llega; no se busca.

1089. Si el amor llega, se queda (incluso tras la muerte).

1090. El amor no necesita palabras.

1091. Mi gran amor fue violeta.

1092. Los amores imposibles son los más bellos.

1093. Al amor lo mantienen los sueños.

1094. La muerte es incomprensible (para el que se queda).

1095. Aprende de los animales: vive el «ahora».

1096. La muerte no llega por sorpresa; es la sorpresa.

1097. Lloré mientras cavaba la tumba de mi perro Thor. No lloré, en cambio, cuando enterraron a mi padre. Yo sabía que mi padre es inmortal.

1098. Es más lo que nos une que lo que nos separa.

1099. En el sexo, lo breve nunca es bueno.

1100. Tras la muerte, hay algo infinitamente mejor que el sexo.

1101. En el sexo conviene mirar a los ojos.

1102. Casi todas las miradas femeninas reclaman amor.

1103. Cuando tú vas, ella ha vuelto...

1104. De los necios solo obtendrás descrédito.

1105. El verdadero problema de los necios es que se reproducen.

1106. Los necios se aplauden a sí mismos.

1107. Los necios anidan en todas las profesiones.

1108. Si volaran, los necios oscurecerían el sol.

1109. ¿Puedo cambiar el azar? No, porque no existe.

1110. Si la casualidad existiera, usted no tendría este libro entre sus manos.

1111. Hilos de plata invisibles unen a muertos y vivos. Solo los muertos lo saben.

1112. Era tan idiota que me pesaba con los ojos cerrados.

1113. A Darwin le faltó un hervor.

1114. Darwin no supo que la evolución siempre es vigilada.

1115. Poco antes de morir, los médicos aseguraron que estaba muy sano.
1116. La ética fue antes que la religión.
1117. Ser poderoso obliga a la misericordia.
1118. El poder –sin generosidad– termina en brutalidad.
1119. Perdonar es simular que eres Dios.
1120. La tristeza es un traje que se pega a la piel.
1121. Tu dolor pone a prueba a mucha gente.
1122. Ahora solo busco soltar lastre.
1123. Si te borro de mi corazón, es para siempre.
1124. Si entras en mi corazón, no saldrás fácilmente.
1125. Los sueños son el patio de atrás de los cielos.
1126. No pidas espiritualidad a quien no la tiene «contratada».
1127. ¿Dios es responsable de la lluvia?
1128. La vida –de momento– es una interrogante.
1129. El silencio es el mejor diccionario: reúne todas las palabras y algunas más.
1130. La muerte es obligatoria; la vida no.
1131. Todos los días, al acostarme, me entreno para morir.
1132. Llevo a Dios en mi bolsillo (en forma de dado).
1133. El talento no es exclusivo de los humanos; la violencia por la violencia sí.
1134. Te has ido pero, aún así, te sigo queriendo.
1135. Perder la memoria (voluntariamente) es un «contrato» de héroe.
1136. Nadie puede comprender a nadie (al cien por cien).
1137. Si fuéramos iguales, seríamos muy desgraciados.
1138. Los antitaurinos olvidan a los millones de gambas que matamos en agua hirviendo.
1139. Los animales siempre han sido esclavos.

1140. La libertad (aquí) solo es un bello sueño.
1141. No sirve de nada negociar con la realidad.
1142. Yo soy yo (sin mis circunstancias).
1143. La paz no depende únicamente del ser humano; los Dioses tienen la última palabra.
1144. La muerte no es una oportunidad; es la oportunidad.
1145. Ni en mil años podrías intuir lo que te espera tras la muerte.
1146. Todas las mariposas portan un mensaje.
1147. El pensamiento no tiene sexo.
1148. Técnicamente no podemos acceder al «más allá». Es la ley.
1149. Tuve una orquídea que se ruborizaba al verme.
1150. No hace falta tener ojos para ver.
1151. No hace falta tener ojos para distinguir la luz.
1152. Soy una raíz que crece hacia arriba.
1153. Todos llevamos un cactus en el alma.
1154. Cuando adoras, Dios te deja pilotar su fórmula uno.
1155. Si escribes poesía, terminas siendo poesía.
1156. Soy finito (ahora) por expreso deseo.
1157. A veces rezo y le digo al Padre Azul: «¡Qué bien haces algunas cosas!... Otras no tanto».
1158. Juzgar es tan peligroso como dormir de pie.
1159. Me entregué a la voluntad del Padre Azul y me ahogaron las respuestas.
1160. Lo sé. La he visto. La misericordia es azul.
1161. La oración no me hace mejor, pero limpia el canal con Dios.
1162. Si rezas, no pidas una lavadora.
1163. Allí donde tú terminas, allí empiezo yo.

1164. La ciencia y la filosofía no responden a la gran pregunta: «¿de dónde procedo?».
1165. La ciencia revela verdades parciales: nunca la Verdad.
1166. La tolerancia es sabia.
1167. No temo a la crítica; es más: no me interesa.
1168. Cuanto más ames, más perfecto.
1169. El camino de la imperfección a la santidad (perfección) no tiene retorno.
1170. El maestro se limita a iluminar el camino.
1171. El corazón aborrece (por ignorancia).
1172. Mi misión trasciende mi voluntad.
1173. La vida siempre son capítulos cortos.
1174. ¿Para qué redondear la vida? A mí me gusta con esquinas.
1175. Cada uno escribe como puede; no como quiere.
1176. Si te quieres engañar, haz planes.
1177. En todo caso, que tus planes no vayan más allá de tu sombra.
1178. El punto y coma fue un hijo pródigo.
1179. La vida es una marea; cambia cada poco.
1180. Soy del mundo; después navarro; después de Barbate.
1181. Cada segundo es un segundo ganado.
1182. Cada beso es un beso ganado.
1183. Todas las miradas se pierden. ¡Qué lástima!
1184. Nadie es totalmente inútil (aunque lo parezca).
1185. Permite que las mariposas azules se posen en tu corazón.
1186. Me despediré de la mente con un buen pensamiento.
1187. Ningún oficio es indigno si pones el alma en su ejecución.
1188. El gran problema de Jesús de Nazaret fue cómo aproximarse a la verdad.

1189. Las olas se asoman en la espuma.

1190. Me importa más la dirección que la velocidad.

1191. Las formas humanas fueron sabiamente diseñadas; no hay errores.

1192. El cuerpo fue hecho para el alma; no al revés.

1193. ¡Lástima que la mente se pudra con el cuerpo!

1194. No necesito ayunar para sentir al Padre Azul.

1195. Lo viejo no tiene por qué ser falso.

1196. Deja que la amistad envejezca.

1197. No es mejor la ola que viene que la que se va.

1198. Titilo en mi soledad, pero nadie lo sabe.

1199. Un viejo carraspea en mi interior. ¡Cuánto he cambiado!

1200. A veces, los recuerdos me estallan en la cara.

1201. Nunca cuentes toda la verdad...

1202. ¡Lo juro...! Algún día escribiré solo para mí.

1203. Consejo a los que empiezan: aprende a ser tú (pase lo que pase).

1204. Consejo a los más jóvenes: deja de amar y morirás por dentro.

1205. Con la muerte, los defectos de mis amigos se diluyen.

1206. No creo en la historia; creo en el hombre.

1207. Mis ausencias son atrevidas.

1208. Lo confieso: por dentro soy diferente.

1209. Triunfar significa saber.

1210. Soy adicto a la simetría.

1211. Me duele la soledad de todas las rocas de todos los puertos.

1212. Y me duele la espuma, en su perdida batalla contra los bloques de la segunda punta.

1213. No vi crecer a mis hijos, pero los ayudé a crecer.

1214. Me he destruido (para que otros vivan).

1215. Sé que el mal existe, pero no recuerdo por qué.

1216. Ser imperfecto es una opción.

1217. La mayoría de los seres humanos son ascendentes; otros son descendentes.

1218. La serenidad que precede a la muerte es casi infinita.

1219. Los malvados prosperan porque así está escrito.

1220. Ansiamos un Dios humano. Error...

1221. La oscuridad mental también desemboca en el Padre Azul.

1222. ¿Mi gran descubrimiento? Saber que el Padre Azul me habita.

1223. El amor «K»no es descriptible.

1224. Amé a todos mis hijos; sobre todo a los que me rechazaron.

1225. Yo también fui un marido maltratado.

1226. Mis profecías no tienen mayor importancia. ¿O sí?

1227. Algún día, tus deseos serán realidad (al instante).

1228. El exceso de interés perjudica (en todo).

1229. Jesús de Nazaret reveló la existencia de un Dios benéfico (que no lleva las cuentas); las iglesias lo enterraron.

1230. Permanecí más de treinta años sentado en la oscuridad.

1231. Prefiero evolucionar a revolucionar.

1232. La chispa divina nos unirá (tras la muerte).

1233. La ira mata al tonto.

1234. Cuanto más tardo en enfadarme, más comprendo.

1235. Solo las riendas espirituales sujetan el yo.

1236. La furia multiplica mis errores.

1237. Los necios no saben perdonar.

1238. Cuando mueras, los vicios serán un recuerdo lejano y llegará el día en el que no los recordarás.

1239. ¡Por Dios...! No te especialices.

1240. La virtud, llevada al extremo, deja de ser virtud.

1241. ¡Ojo con el entusiasmo! Puede conducir al fanatismo.

1242. Originales somos todos (desde la cuna).

1243. En España, publicar setenta libros no es una hazaña; es un milagro.

1244. Cuando no sepas qué hacer, escucha a la chispa que te habita.

1245. Lo poco que tengo me sobra.

1246. Un día descubrí que mi interior no tiene fondo.

1247. El alma tiene forma de copa. Lo que importa es llenarla.

1248. Dejé de ser orgulloso y resucité.

1249. El miedo es la madre de todas las iniquidades.

1250. Es más rentable amar que odiar.

1251. El impío viajará contigo hacia el Paraíso.

1252. En los planetas terribles se fraguan espíritus heroicos.

1253. Es lógico que temas a lo desconocido. Hasta que lo Desconocido se presente ante ti.

1254. Ama el mensaje; no al mensajero.

1255. Ahora solo estás calentando motores; la gran aventura empieza mañana.

1256. Sé humilde, hasta un punto.

1257. El talento es pura curva.

1258. Lo importante no es alcanzar la cumbre (tarde o temprano todos llegaremos). Lo interesante es saber que caminas hacia la cumbre.

1259. Mis libros mejoran con el tiempo.

1260. Soy lunático, pero no creo en la astrología.

1261. La voluntad divina no aparece en el tarot.

1262. La moda, internet y los teléfonos móviles también son becerros de oro.

1263. Hay muchas formas de esclavitud.
1264. Todo te será revelado (en su momento).
1265. La familia siempre queda atrás.
1266. No te esfuerces: la vida se tensa sola.
1267. La dulzura cierra la boca de la ira.
1268. El desencanto forma parte del encanto de la vida.
1269. Si no tienes nada, incluso eso se te quitará.
1270. El silencio de los enemigos es mala señal.
1271. Las verdades parciales no echan raíces.
1272. Las estrellas anuncian una paz lejana; nunca a nuestro alcance.
1273. No lo dudes: Dios te proporcionará los medios para que cumplas lo «contratado».
1274. Mis conclusiones no importan; las tuyas sí.
1275. Tengo una verdad muy huidiza.
1276. Es tanto lo que ignoro que me siento nada.
1277. Nunca caí en la trampa de los premios literarios.
1278. El pensamiento de un hombre puede más que diez hombres sin pensamiento.
1279. Los ojos del alma se abren cuando está previsto que se abran; no antes.
1280. Después de la muerte respirarás NO TIEMPO.
1281. La fama te devorará al día siguiente.
1282. Hablamos de dos mundos distintos: el hombre y el interior del hombre.
1283. Nunca recibes gratuitamente.
1284. La verdad no sufre si el referéndum es honesto.
1285. La Verdad no es obligatoria.
1286. Prefiero el corazón limpio a las manos limpias.
1287. Hay ateos temerosos.

1288. En la materia, el espíritu necesita turbulencias.
1289. El cristianismo es un pésimo intento de traer el cielo a la Tierra.
1290. Todos somos demasiado jóvenes para morir. ¿O no?
1291. No presumas de nada; si lo haces, otros se ofenderán.
1292. «Desaprende». Fue el mejor consejo de Jesús de Nazaret.
1293. Nunca abandoné a nadie; ellos me abandonaron a mí.
1294. La tradición fosiliza.
1295. Reírse de uno mismo es un deporte de élite.
1296. A la hora de la muerte, el sabio llora por los que se quedan.
1297. La muerte no es dogmática.
1298. Al principio navegué sin perder de vista la costa; ahora navego mar adentro.
1299. Mi infancia son olores a masilla y a purpurina.
1300. Yo navegué con el capitán Nemo cuando tenía ocho años.
1301. Empecé a amar mucho antes de despertar.
1302. No tengas prisa; la vida espera.
1303. La noche sí sabe susurrar...
1304. La sabiduría te volverá mudo.
1305. Escribe como si fueras libre.
1306. Sufre más el que no está.
1307. He contado las metáforas de mi vida: 13.013.
1308. El pasado se vuelve luminoso (en la memoria).
1309. La teología es absurda y autoritaria.
1310. Si buscas a Dios no te aburrirás.
1311. En la vida todo es prometedoramente sagrado.
1312. No importa no comprender al Padre Azul; me basta con sentirlo.
1313. Hazte niño y comprenderás, al fin.
1314. La muerte es una puerta (que tú no abres).

1315. Arriesga siempre (sin reservas).
1316. ¿Cuándo se apagará el pitido en mi cabeza?
1317. Si todo está escrito, ¿por qué esperar sentado?
1318. La desconfianza es hija del miedo.
1319. Sí, he colado el mosquito y me he tragado el camello.
1320. Mis raíces están en el barro; no así mi mirada.
1321. Lo imposible me salvó.
1322. Mira más allá de la vida y triunfarás.
1323. Cuanto menos amaba, más lo necesitaba.
1324. Espiritualmente no soy de la Tierra.
1325. La derrota es un espejo en el que muy pocos se miran.
1326. Soy grande si soy tolerante.
1327. Envejecer es obligatorio; hazlo con elegancia.
1328. Renuncia a lo bello por lo más bello.
1329. La incredulidad es un primer paso (importante).
1330. Las dificultades forman parte del paisaje.
1331. La humildad cuesta y agota.
1332. Si Dios necesitara de la justicia, no sería Dios.
1333. El uso de la fuerza envilece.
1334. Si avasallas, pierdes.
1335. Si alguien me abre, entraré; solo si me abre.
1336. Dicen que la Verdad no pesa; lo dudo.
1337. Estoy seguro de la existencia del Padre Azul..., pero no soy feliz.
1338. La Verdad no es propiedad de un pueblo o de una generación.
1339. La naturaleza no es infalible (pero casi).
1340. El bien consiente el mal (no lo olvides).
1341. ¡Qué difícil devolver bien por mal!

1342. En el amor, los detalles distraen.
1343. El tacto y la tolerancia ganan muchas batallas.
1344. En las discusiones no hay vencedores ni vencidos.
1345. Si descubres el sentido de tu vida, el éxito y el dinero estarán de más.
1346. La ilusión se desinfla fácilmente.
1347. La ilusión no lleva a la sabiduría.
1348. El trabajo es más rentable que la ilusión.
1349. La ilusión, como la lluvia, debe ser moderada.
1350. En esta vida, el fracaso debería formar parte de la educación.
1351. La religión roba espontaneidad.
1352. Por mucho que me lo expliquen, no comprendo a Dios.
1353. ¿De verdad Dios está solo?
1354. ¿La realidad de Dios no aclara su personalidad?
1355. No juzgues: todo es aparente.
1356. Hay una hora para todo.
1357. Saber vivir es saber perdonar (no he dicho olvidar).
1358. Perder te obliga (una vez más).
1359. Solo naufragan los que no saben.
1360. Sé ingenuo como una paloma y astuto como la serpiente. No son palabras mías...
1361. He recibido mucho; es justo que entregue mucho.
1362. Sí, tengo algunas preguntas para el Padre Azul...
1363. Negros nubarrones llegan cada día a mi corazón.
1364. Nunca me invadió la riqueza.
1365. Prefiero el amor a la justicia.
1366. Pregunta de los pilotos: «¿Dónde está Hacienda cuando me enfrento a una tormenta?».
1367. La envidia espera agazapada. Al verte, salta al cuello.

1368. Sí, hay otras muchas ovejas que no son de este redil (la Tierra).

1369. Que no te asuste la pequeñez.

1370. La chispa divina también actúa como piloto automático.

1371. El dinero termina emborrachando el alma.

1372. Elegí ser rico en información.

1373. La sombra se mueve, sí, pero no es lo importante.

1374. ¿Mueren las sombras?

1375. ¿Por qué no hay sombras traidoras?

1376. ¿Los espíritus tienen sombra?

1377. Desconfía del que coloca cargas pesadas sobre tus hombros.

1378. Desconfía del que ama tu dinero.

1379. Desconfía del que te adula.

1380. Desconfía, sobre todo, de ti mismo.

1381. No olvido las injurias; sobre todo las futuras.

1382. No te atormentes por lo que no puedes cambiar.

1383. La salvación llega cuando el Padre Azul te imagina.

1384. Una cosa es buscar a Dios y otra —muy distinta— prepararse para ese momento.

1385. Si haces una obra de caridad, guárdala en tu corazón. De lo contrario, ya habrás obtenido tu recompensa.

1386. No te desgastes juzgando (y menos a los necios).

1387. Siempre encontrarás una mujer o un hombre más hermoso que tu pareja. ¿Y qué?

1388. Antes de entrar en el cielo preguntaré: «¿Hay niños?».

1389. Sospecho que hay ángeles enviados a la imperfección. Objetivo: misericordia.

1390. Permite que tus pensamientos sean redondeados por otros.

1391. La ciencia no es ciega; algunos científicos sí.

1392. Cuesta más vivir que morir...

1393. Me cansé de apagar fuegos ajenos.

1394. Me cansé de predicar en el desierto.

1395. Me cansé de predicar (me).

1396. Hay preguntas que solo pueden ser respondidas en la eternidad.

1397. La muerte te llenará (definitivamente).

1398. Si Dios me habita, ¿por qué me preocupo?

1399. Es el olvido el que nos extravía.

1400. La imperfección (la materia) asfixia; algún día respiraré.

1401. He renunciado al Paraíso (Jesús de Nazaret, mi Jefe, lo sabe).

1402. Quizá es bueno no saberlo todo..., ahora.

1403. Sentir a Dios es más importante que conocerlo.

1404. Nadie perdona de verdad.

1405. La Verdad... ¿Qué es la Verdad?

1406. Las aburridas y fosilizadas iglesias han sustituido la apasionante búsqueda personal de Dios.

1407. El mensaje de Jesús de Nazaret sigue dormido.

1408. No he calculado –ni calcularé– el gasto de ser socio del Hombre-Dios.

1409. Llegará el día en el que recogerás lo no sembrado.

1410. El mundo necesita un otoño de silencios.

1411. Alza tu corazón, no tu voz.

1412. ¿Hay algo más seguro que la conciencia?

1413. Borré la palabra «casualidad» (con vergüenza) de mi diccionario.

1414. Es más importante la paz que la felicidad.

1415. No es lo mismo vivir que saber por qué se vive.

1416. ¿Mi libro preferido?... Mi corazón.

1417. No seas ingenuo: nadie es libre.

1418. En 1857, los malditos gringos pensaban que el hombre negro carecía de alma.

1419. Distinguir el bien del mal no requiere sabiduría; solo humildad.

1420. Conocer no quiere decir saber.

1421. Conozco un universo sin distancias.

1422. Ceder es lo que cuesta.

1423. La clave de las claves: conócete a ti mismo.

1424. En los universos cabe todo: lo supuesto y lo imaginado.

1425. Todos somos Miguel Servet y Giordano Bruno y Galileo Galilei.

1426. El espacio procede de la síntesis; el tiempo es hijo del análisis.

1427. Ambas criaturas –espacio y tiempo– nacen en el Paraíso.

1428. El alma es una sabia mezcla de chispa divina y mente humana.

1429. La Verdad última no puede ser descrita (y mucho menos con palabras).

1430. La santidad (perfección) depende de la velocidad de cada criatura.

1431. La soledad es la suma de pequeñas soledades.

1432. Sentir es vivir doblemente.

1433. El error forma parte del paisaje.

1434. El progreso personal no depende de los años.

1435. Si algo escapa a tu conocimiento, espera.

1436. La filosofía verdadera siempre la dicta el corazón.

1437. No se va el tiempo; nos vamos nosotros.

1438. La vida es presente; el resto no está.

1439. Mi presente huele a nostalgia.
1440. En lo breve, los minutos son más largos.
1441. Dios me sorprende (siempre).
1442. Mi información es siempre menor a aquello en lo que creo.
1443. El tiempo, aún procediendo de la perfección, fue creado para ti.
1444. La vida se hace –y se deshace– grano a grano.
1445. Síguete a ti mismo.
1446. El infierno es una calumnia muy rentable.
1447. Haz esperar a tus enemigos.
1448. El tiempo es el peor de los ladrones.
1449. Prefiero minutos largos que años cortos.
1450. Seré recompensado (con creces) por cada minuto de piedad.
1451. Agítame o me pudriré.
1452. Nací para derramar esperanza.
1453. Las palabras separan; no así los sentimientos.
1454. La adulación es un veneno que mata despacio.
1455. La felicidad se disfraza.
1456. Durante mucho tiempo miré, pero no vi.
1457. La justicia imita a Dios..., inútilmente.
1458. El lugar más honroso para la historia es el cubo de la basura.
1459. No deseo convencer. ¿Para qué?
1460. No deseo vencer. ¿Para qué?
1461. Mi desamor estuvo lleno de amor.
1462. Saber escuchar es un arte.
1463. El auténtico héroe no sabe que es un héroe.
1464. Lo imposible es inminente.
1465. Lo femenino siempre es prioritario.

1466. De tanto oír, enmudecí.
1467. He madurado con el tiempo; no por mis deseos.
1468. La revelación supera la fuerza de un huracán.
1469. Escribo lo que me dictan.
1470. La Verdad fue sembrada; permite que crezca.
1471. Dios narcotiza.
1472. Siempre hay Verdad en la verdad de los demás.
1473. El error también conduce a la felicidad.
1474. Soy generoso (por egoísmo).
1475. Me apoyo en la brevedad para no perderme.
1476. El amor no puede ser jerarquizado.
1477. Condenar es fácil: elogiar es otra cuestión.
1478. Uno de los peligros de la soledad es que multiplica los errores.
1479. Humaniza y vencerás.
1480. Eres un templo (desde los cinco años).
1481. El hombre batalla hasta que le es revelado su Destino.
1482. Te confesaré mi gran secreto: hacer siempre la voluntad del Padre Azul (aunque no comprenda).
1483. Dios es, sobre todo, económico.
1484. No sometas la inteligencia a la fe.
1485. Es divertido no conocer mi Destino.
1486. La justicia divina es otro invento humano.
1487. Sin conocimiento, no es posible la misericordia.
1488. Fui muy amado; eso constará en mi currículum.
1489. Enfermé de amor.
1490. Experimenta (con sentido común) y triunfarás.
1491. Si soy inmortal, ¿para qué necesito la salvación?
1492. La materia pesa tanto que oscurece la conciencia.

1493. El error amarga (para el que no sabe).
1494. El futuro es tan extraordinario que nunca llega.
1495. El nacionalismo es tan viejo como Luzbel.
1496. El amor vacuna contra todo.
1497. Sé de 700.000 Jesús de Nazaret.
1498. La eternidad sustituye a la esperanza.
1499. Dios es un océano que –obviamente– no puedo beber.
1500. Ensaya la misericordia (empezando por ti mismo).
1501. De no ser misericordioso, no podría ser Dios.
1502. La misericordia siempre es invisible.
1503. El necio no conoce el significado de la palabra «misericordia».
1504. Poder y misericordia son un todo.
1505. Ahora, simplemente, he olvidado lo que sabía.
1506. Si preguntas, corres el riesgo de recibir respuesta.
1507. Si no preguntas, también recibirás respuesta.
1508. Preguntar no quiere decir aceptar.
1509. Los que no preguntan viven a medias.
1510. Regresaré a los cielos cuando venza mi «contrato».
1511. Fui enviado; eso está claro...
1512. Cuanto más sé de mí mismo, más necesito del silencio.
1513. El que resiste, vence.
1514. El que ama ni siquiera necesita vencer.
1515. El que ama sobrevuela.
1516. El que ama no necesita calcular.
1517. El que ama busca donde nadie busca.
1518. El que ama recibe sin solicitar.
1519. El que ama puede hacerlo en solitario.
1520. El amor confunde al que nunca amó.

1521. El amor obliga a crecer (en todas direcciones).
1522. Si puedes, roba besos.
1523. El que ama no espera nada.
1524. Al que ama le basta con suponer.
1525. Al que ama le basta con un segundo para capturar la eternidad.
1526. El que ama lo supone todo.
1527. El amor siempre llega de muy lejos.
1528. Si te abandonan es que no son verdaderos amigos.
1529. La amistad no caduca.
1530. La amistad siempre figura en segundo plano.
1531. El amigo no necesita preguntar; intuye.
1532. La amistad no ocupa lugar.
1533. El amigo muerto sigue vivo.
1534. La amistad no se compra ni se vende.
1535. El silencio es una buena respuesta.
1536. El silencio reclama sin palabras.
1537. En el silencio conviven lo visible y lo invisible.
1538. El silencio se viste con miradas.
1539. Más allá del silencio está el padre del silencio.
1540. Los espíritus no escuchan; sienten.
1541. El silencio es el arte de oír (a todas horas).
1542. El silencio sufre mucho en la materia.
1543. El silencio conduce a la eternidad. ¿O es al revés?
1544. La belleza siempre es silenciosa.
1545. El amor llega y se va en absoluto silencio.
1546. El silencio también pesa.
1547. Cuando olvidaba hacer la voluntad de «Ab-ba», Él también oía.

1548. Antes del antes, todos estábamos.

1549. La verdad y la lógica son relativas.

1550. La verdad y la lógica nacen en la mente humana.

1551. La Verdad no puede ser contenida por la mente humana.

1552. Los silencios pueden ser simétricos.

1553. El silencio no tiene idioma; sin embargo, todos lo entienden.

1554. Amo el silencio. Quizá porque sé de dónde procedo.

1555. Silencio, luz y nacimiento son hermanos.

1556. El sonido es el «sherpa» de la luz.

1557. Creo en la medicina sonora.

1558. La música sí cambiará el mundo.

1559. El silencio es Dios, que llega.

1560. La música no necesita traductor.

1561. El alma siempre guarda silencio.

1562. Me gusta abrigarme en el silencio.

1563. Un silencio vale más que mil palabras.

1564. Nada duele más que un silencio a tiempo.

1565. Hablo demasiado; incluso cuando callo.

1566. Cuando aprenda el silencio, hablaré.

1567. Atesoro silencios.

1568. El silencio pone años luz entre los hombres.

1569. Si adoras el pensamiento, te confundirás.

1570. Estamos encarcelados –provisionalmente– en el espacio y en el tiempo.

1571. Un día descubrí que el descanso también es acción.

1572. ¡Qué laborioso es no hacer nada!

1573. Algún día prometo estudiarme a fondo.

1574. Ahora no es posible pensar en una sola dirección.

1575. El camino hacia el Paraíso no tiene retorno.

1576. Mi nombre no es mi verdadero nombre.

1577. Los copos de nieve no suenan al caer. ¿Por qué?

1578. No soy replicable y, sin embargo, existo.

1579. Nunca lo hubiera creído: Jesús de Nazaret tiene bandera (tres círculos concéntricos).

1580. ¡Ah!, ¿la ciencia es democrática?

1581. Política: arte de mentir para gobernar (y enriquecerse).

1582. Primer principio de la política: divide y vencerás.

1583. Todas las políticas nacen muertas.

1584. El político debe contar cada día a sus supuestos amigos.

1585. No hay ideas execrables; solo hombres execrables.

1586. Jesús de Nazaret no fue un político. Era un Hombre íntegro.

1587. La corrupción empezó en el paraíso terrenal. ¿O fue antes?

1588. Para entrar en política hay que ser corruptible.

1589. En política, cuando alguien muerde no suelta.

1590. El nacionalismo es la cloaca de la vida.

1591. Fui cayendo —mustiamente— sobre mí mismo.

1592. Me costó, pero lo conseguí: ya no soy nada.

1593. Nadie necesita ser convencido de nada.

1594. La democracia es un invento de los Dioses que, por supuesto, no practican.

1595. Si Yavé no estuviera detrás, el conflicto judío-palestino ya estaría resuelto.

1596. Eres un torrente de posibilidades.

1597. Los hombres más nefastos de la historia fueron políticos o militares.

1598. Somos luz (pero quieta).

1599. Soy un barco que se aleja de sí mismo.

1600. Cuando la mar se encorva, me asusta.

1601. Me desportillé hace mucho.

1602. Me gusta parpadearme.

1603. La primera «obligación» de un político es desinformar.

1604. En política, nada es lo que parece.

1605. Todos los vencedores traicionan.

1606. Todos los vencidos mienten.

1607. La política, por encima de todo, es venganza.

1608. Lo derecha es tan oscura como la izquierda y el centro canibaliza a ambas. Elige el partido político de tu corazón.

1609. El terrorismo nace y muere en la política.

1610. Ver pasar la vida no significa vivirla.

1611. La edad no hace escépticos; la edad mata.

1612. El mestizaje salvará al mundo.

1613. He vuelto a Julio Verne como el agua a la nube.

1614. *Cartas no enviadas* y *Momentos Azules* fueron libros escritos en la clandestinidad. Desconozco si algún día serán publicados.

1615. El político roba siempre; sobre todo con el silencio.

1616. Horizonte pequeño para mente pequeña.

1617. La política es la viva muestra de la necedad humana.

1618. La política nace manca.

1619. La política termina con las certezas.

1620. Soy porque siempre he sido.

1621. La mejor política es la que no existe.

1622. Pintada en una carretera de Andalucía (España): «Franco, vuelve aunque sea de cabo».

1623. La palabra «independencia» consta de dos términos: «in» y «dependencia». Es decir: «dependencia del interior».

1624. La política es una plaga no mencionada en la Biblia.

1625. Rojos, azules, verdes, morados...: los mismos perros con distintos collares.

1626. Para permanecer en política hay que tener muchas manos.

1627. Algunos políticos son listos (no confundir con inteligentes).

1628. Nixon y Bush buscaban un lugar en la historia (y lo encontraron).

1629. El comunismo fue un baño de sangre. El capitalismo es un baño de sangre.

1630. Si colocamos a un político boca abajo, el suelo se llena de mentiras.

1631. La técnica ata las manos de la imaginación.

1632. No es aconsejable racionalizarlo todo.

1633. La intuición me llevó por caminos insospechados.

1634. No todo lo real es verdadero.

1635. No todo lo verdadero puede ser demostrado.

1636. Dejé el coleccionismo cuando descubrí que no podía llevarme nada al «otro lado».

1637. ¿Cómo es posible que Einstein necesitara tirantes?

1638. Si quieres perder a Dios, fosilízalo.

1639. Curioso: si me pudro, renazco.

1640. La historia tiene los dientes pequeños.

1641. Prometer es fácil; por eso existen los políticos.

1642. He conocido algunos políticos; todos iban a lo suyo.

1643. En política, la corrección compensa la inutilidad.

1644. Dicen que puedo estar en dos sitios a la vez; ayer me vieron en el metro de Praga...

1645. Hubo un tiempo en el que mi gran tesoro lo formaban un reloj, un mechero y una pitillera. Incluso eso me quitaron.

1646. Cuando la vida me asfixia, sueño.

1647. La desconfianza mancha.

1648. Los caminos de la lógica no me interesan.
1649. Algún día, el ciudadano vencerá a la política.
1650. En política, Dios es ateo.
1651. Conocí a un político franquista que exigió mi cabeza por el hecho de preguntar por los pobres.
1652. En política, el hambre de poder se sacia con más poder.
1653. En los cielos, el amor sustituye a la política.
1654. Entre los políticos, uno vence y el resto pierde.
1655. El corazón es el mejor calendario.
1656. No te preocupes si no sabes por qué haces las cosas; está en tu «contrato».
1657. En política nadie escucha; solo oyen.
1658. La mente tiembla y se desequilibra antes de los grandes sucesos.
1659. ¡Qué lujo una vida sin comas!
1660. La mar continúa sin dueño...
1661. Política y austeridad no casan.
1662. La luz me recuerda mi pasado.
1663. El noventa por ciento de los pensamientos no es reciclable.
1664. En política, el parentesco es una buena palanca.
1665. De los viajes no se regresa igual.
1666. La verdad, en política, es de mal gusto.
1667. Todos buscamos a alguien; yo la encontré.
1668. Soy tan poca cosa que me asusto.
1669. Prefiero saber a creer.
1670. Me he mentido tantas veces...
1671. ¿De qué me he sentido orgulloso? Solo de mis hijos.
1672. Necesité años para descubrir que yo dibujé mi Destino.
1673. La anarquía fue una bella ilusión.
1674. El deber es otro invento de los poderosos.

1675. Aprendí a no mirar al cielo; todo está en el interior.
1676. Enseñarme a mí mismo forma parte del juego.
1677. El impulso frenético de muerte del Che Guevara no era heroicidad; era esquizofrenia.
1678. La vida siempre frena.
1679. Mi casita está por llegar.
1680. Los intereses del mundo no son mis intereses.
1681. Las cosas importantes no suceden en lugares importantes.
1682. Conciencia no es lo mismo que conciencia política.
1683. La vida pasa muchas facturas.
1684. Llegó el día en el que el mundo no me comprendió.
1685. La memoria se aleja en espiral.
1686. ¿Y qué importa lo escrito si estoy muerto?
1687. Los políticos olvidan al hombre.
1688. El humanismo revolucionario es una quimera.
1689. La política se distingue de todo lo demás porque siempre justifica lo injustificable.
1690. El estalinismo nunca fue romántico.
1691. En política, una cosa es el hombre y otra —muy distinta— el uso que se hace de él.
1692. La vida se gana y se pierde por etapas.
1693. Ya no sé en qué dirección vivir...
1694. La violencia degrada.
1695. La violencia nos hace retroceder a los tiempos de las cavernas.
1696. La violencia vacía.
1697. Solo los necios justifican la violencia.
1698. Detrás del violento vive un mediocre.
1699. Responde a la violencia con la mejor de tus sonrisas.
1700. En política solo fructifica la mentira.

1701. Es fácil olvidar a los políticos...
1702. No es tan fácil olvidar a los generosos.
1703. No te engañes: los muertos no se van para siempre.
1704. La política es antisilencio.
1705. No preguntes cuál es tu camino; descúbrelo.
1706. Al cumplir setenta años ya no pertenecía a este mundo.
1707. No hables de imaginación a los mediocres. Perderás el tiempo.
1708. Nadie conoce tu camino; solo tú (y lo tienes olvidado).
1709. A veces, un amanecer muy pálido zumba en mis oídos.
1710. Que cada obstáculo te obligue a pensar; para eso están.
1711. Dicen que la vida es dura..., para que te endurezca.
1712. Dicen que la vida es dolor..., para que tu corazón se temple.
1713. Dicen que la vida es agotadora..., para que evalúes el descanso.
1714. Dicen que la vida no tiene sentido..., para que tú lo descubras.
1715. Dicen que la vida es imperfecta..., para que añores la perfección de la que procedes.
1716. Cambiar el peso de un pie a otro no me hace diferente.
1717. Tengo un talento especial para esperar.
1718. Los libros me oxigenan (a veces).
1719. En política, la justicia depende del cristal con el que se mira.
1720. Los ojos no saben mentir.
1721. El tiempo no es oro; es plata.
1722. La política desacredita.
1723. Al morir tendrás acceso a una parte (mínima) de la Verdad.
1724. Al morir no verás a Dios.
1725. Al morir empezarás de nuevo.

1726. La muerte nos acerca.
1727. No me araña el diamante; me araña tu ausencia.
1728. Si necesitas candados, es que tu amor no es verdadero.
1729. Nunca sabrás si estás haciendo lo correcto (no en esta vida).
1730. Me incomoda el desorden de las comas.
1731. No lo puedo remediar: los políticos me aburren.
1732. Los Dioses son los primeros y grandes mentirosos.
1733. Un día descubrí que hay billones de Dioses.
1734. Un día descubrí que soy menos que nada.
1735. Un día descubrí que Jesús de Nazaret es nieto del Padre Azul.
1736. Un día descubrí que uno de los grandes Dioses —el llamado Espíritu Infinito— habita en el interior de las flores, de los animales y de las cosas.
1737. Me pregunto: ¿todas las mentiras son inventadas?
1738. No me gusto en estado natural.
1739. Si fuéramos santos (perfectos), no podríamos mentir.
1740. Morir parece duro, pero no lo es.
1741. La debilidad debería llenarnos de orgullo.
1742. Llegó el día en el que cerré las puertas a los recuerdos.
1743. Si amas tu verdad, amarás las de los demás.
1744. En política, la imagen oculta la verdad.
1745. Si te dicen «esto es un sinsentido», es que vas por buen camino.
1746. La política es contraria al silencio.
1747. Mientras la intuición sueña, la política adultera los sueños.
1748. Para algunos, el alba siempre llega tarde.
1749. Sé que soy prisionero de mí mismo (por poco tiempo).
1750. El misterio alimenta la esperanza.
1751. El auténtico misterio brilla con luz propia.

1752. Los misterios no están ahí por casualidad.
1753. El éxtasis informativo supera todos los placeres.
1754. La verdad nunca fue humana.
1755. Viví tan intensamente que viví dos veces.
1756. Ni siquiera la oscuridad es negra.
1757. No hay políticas individuales; la imaginación del político no llega a tanto.
1758. El genio lo es porque no tiene más remedio.
1759. Barbate me mantuvo el alma despierta.
1760. Los días interminables también forman parte de la experiencia.
1761. En el momento de la muerte todo importa (y mucho).
1762. No me gusta adivinar los pensamientos (lo hice durante mucho tiempo).
1763. Sí, noto cierta ventaja sobre los demás: yo sé quién soy.
1764. El deseo también alimenta.
1765. Todos vamos en la misma dirección, pero a diferentes velocidades.
1766. Durante años, el punto y coma fue un extraño en mi vida; ahora nos amamos.
1767. Lo más irritante de la muerte es que no da explicaciones.
1768. El auténtico valor está en la retaguardia.
1769. Cuando muere un amigo, hago un nudo en el alma.
1770. ¿Hay mayor placer que copiarse a sí mismo?
1771. Si fuera una rosa, no me gustaría ser vertical.
1772. No lo olvides: el primer cielo es pasajero.
1773. La inacción es el infierno.
1774. Estoy infectado de luz.
1775. Cuando tu vida se nuble, cuenta lo ahorrado en tu memoria.

1776. Cuando tu vida se nuble, mírate por dentro. Te sorprenderá.
1777. El equilibrio llega cuando te desequilibras.
1778. Quizá el Absoluto no está tan absolutamente solo.
1779. Si deseas brillar, hazlo en el recuerdo.
1780. Siéntate y espera a que la calamidad se agote.
1781. La vida cae en catarata (lo importante es que te moje lo justo).
1782. El pasado solo sirve para recordar (te).
1783. La materia es una aventura.
1784. Bajamos a la imperfección para experimentar.
1785. Que tu vida no sean titulares.
1786. ¿De qué sirve la efímera gloria de un titular?
1787. Mi soledad huele a distancia.
1788. Me gusta liberar las cosas.
1789. Me gusta sentarme al lado del tiempo y oírle contar mentiras.
1790. Mientras la imaginación construye, la política derriba y reconstruye en su beneficio.
1791. Los humanos son así: la muerte hace bueno al miserable.
1792. Casi todos los muertos se quedan con la boca abierta.
1793. Siempre me molestó la segunda ley de la Termodinámica.
1794. El espíritu no conoce el principio de la entropía.
1795. Primer paso para el éxito: resignarse. Segundo paso: rechazarlo. Tercer paso: seguir, seguir siempre...
1796. Sé dónde no estoy a gusto y por qué.
1797. No pierdas el tiempo. No levantes el puño contra Dios.
1798. Rebélate solo contra la necedad.
1799. No la conocí, ni la traté, pero la amé desde el primer día que la vi.

1800. No te resistas: ama la vida; no importa que esté incompleta.

1801. ¡Me he falsificado tantas veces!

1802. Todavía tengo estrellas en los ojos...

1803. Soñar limpia.

1804. Soñar aplaca.

1805. Soñar multiplica.

1806. Soñar no envejece.

1807. Soñar diviniza.

1808. Los engranajes de la verdad nunca encajan en los engranajes del interés.

1809. No sé de ninguna política que vuele; todas reptan.

1810. Si tu mente se llena de certezas, procura que no suceda lo mismo con tu corazón.

1811. Algunos acentos me intrigan.

1812. Mis recuerdos no se conocen entre sí.

1813. Lo hice todo a lo grande; sobre todo mis fracasos.

1814. Es más difícil no estar que aparecer.

1815. El silencio de los muertos no es casual.

1816. Me fui de esta vida sin saber montar en moto. ¡Lástima!

1817. No recuerdo la última vez que lloré. Miento. Lloré por mi perro, muerto.

1818. Un político gana 6.000 euros al mes (como poco). Mucho más que el ciudadano que lo ha elegido. ¿Quién es el estúpido?

1819. El rumor me asusta más que la verdad.

1820. No hacer nada siempre genera problemas.

1821. Soy un sistema, pero lo olvidé.

1822. El tiempo suavizó mis formas, pero no mi corazón.

1823. La muerte te dará la perspectiva necesaria.

1824. La amnesia, en política, es vital.

1825. Si dices que eres joven para morir, es que no has comprendido por qué estás aquí.

1826. La coherencia te dejará solo.

1827. Hablar solo no es malo; pensar solo es peligroso.

1828. El sabio transmite paz; el necio confusión.

1829. La peor niebla es la mental.

1830. La vida no pasa; se escapa.

1831. Estoy tan necesitado de amor que elegí la soledad.

1832. La seguridad llega después de la iluminación.

1833. No puedo evitarlo. A veces me emborracho de silencios.

1834. En la vida no puedes pasar las páginas cuando quieres (en la vida eterna tampoco).

1835. Sé lo que me aguarda tras la muerte; por eso me he rodeado de relojes.

1836. Es tanto lo que intuyo que no sé explicarme.

1837. La luz llega y el césped sonríe en verde.

1838. Al ver morir a los escasos amigos que tuve, el mundo empezó a rugir.

1839. Morir es un misterio que resolveré (no te quepa la menor duda).

1840. La Verdad, al ser lo último, llega muy tarde.

1841. Si la Verdad no está sujeta a los sentidos, ¿cómo llevarla a la mesa del laboratorio?

1842. La Verdad exige muchas verdades.

1843. La mentira no odia a la Verdad; huye de ella.

1844. La Verdad, cuando se acerca, toca el tambor del corazón.

1845. El sueño me entrena para morir.

1846. La vida se va como viene: burbujeando.

1847. Alguna vez la vi pasar (a la Verdad), pero uno de los dos llevaba prisa.

1848. La rutina siempre se malogra.

1849. La Verdad tocó en mi hombro un par de veces; yo, estúpido, ni miré.

1850. Lo peor no es ser ciego; lo tristísimo es no querer ver.

1851. Si discuto, la Verdad huye.

1852. La política inventó el peor de los miedos: el que acompaña a la razón.

1853. Resulta más cómodo creer que no creer.

1854. A veces despierto y compruebo que sigo dormido.

1855. La Verdad no ríe nunca (creo).

1856. Lo genial pende de un hilo.

1857. He visitado muchos infiernos; ninguno como el de las ausencias.

1858. Las horas no pasan; caen...

1859. Los amigos huelen a lealtad.

1860. La Verdad no te hará libre; te apartará (que es mucho peor).

1861. La Verdad no es hija de nadie.

1862. ¿Cómo comprar la Verdad si nadie la posee?

1863. Ensaya a borrar el «quizá» de tu vida.

1864. Sin ilusiones, la vida pesa más.

1865. Viajaremos juntos al lugar en el que termina el tiempo.

1866. Cuando inspiro, me bebo.

1867. ¿Qué sería de Dios sin voluntad?

1868. Cuando el minero del tiempo excava sobre la energía encuentra el continuo espacio-tiempo.

1869. Antes de que llegara el tiempo, el espacio estaba anestesiado.

1870. La NADA son las afueras del Paraíso.

1871. La política intoxica (por principio).

1872. Algún día se me abrirán las puertas de las memorias y seré feliz, al fin.

1873. Sé de un lugar donde Dios retiró los carteles de «siempre».

1874. Me abruma no poder tocar el tiempo.

1875. Cuando el hermano tiempo dice «¡hola!», ya es ayer.

1876. No consigo comprenderlo: ¿por qué el tiempo siempre llega tarde?

1877. No te equivoques: aún no has dado lo mejor de ti mismo.

1878. ¿La eternidad es pariente cercana del tiempo?

1879. ¿Por qué el tiempo no tiene nombre científico, en latín?

1880. Que no te preocupen tus enemigos. Bastante tienen con soportarse a sí mismos.

1881. El sol, en el ocaso, ilumina las mil cruces de mi vida.

1882. La política se apoya en el futuro; lo único que no existe.

1883. No hay peor cosa que perderse en el bosque de las ilusiones.

1884. Los intereses de mi tiempo no son mis intereses.

1885. Si te difaman y te insultan, es que estás ganando.

1886. En soledad, la miseria es doblemente cruel.

1887. La muerte está programada, pero no lo recordamos; por eso asusta.

1888. El político mira, pero parece que no mira.

1889. En política no hay más grandes; solo más aprovechados.

1890. Nada de lo aprendido en política es limpio.

1891. Me enamoré del azul agachado de la mar.

1892. Siempre hay alguien que te ayuda a cruzar la calle de la vida; es la ley.

1893. Quedan pocos fuegos en mi interior.

1894. Soy muy primitivo: tengo que limpiarme el culo con papel.

1895. Algún día, la existencia en la Tierra será un borroso recuerdo.
1896. Algún día pondré fin a mi entropía.
1897. Permite que el tiempo te adelante.
1898. No temas a la muerte; todos te han mentido.
1899. Me he vaciado tantas veces...
1900. El político despótico es propio de las dictaduras; el irreflexivo nace en democracia.
1901. Alguien, algún día, llegará a enjaular la luz.
1902. Alguien, algún día, empaquetará la luz.
1903. Alguien, algún día, confeccionará la ropa con luz.
1904. Alguien, algún día, levantará ciudades con ladrillos de luz.
1905. Alguien, algún día, trazará autopistas de luz.
1906. Alguien, algún día, jugará con la luz sólida.
1907. Tú, algún día, serás luz.
1908. No hables de mí cuando desaparezca; no lo necesitaré.
1909. El muerto no pierde amistades; las gana.
1910. El político nunca es lo que dice.
1911. Nunca te fíes de los pensamientos ajenos.
1912. Si hablas de buena o mala suerte, es que no has comprendido.
1913. La imaginación es amor; si es así, yo lo he amado todo.
1914. La peor muerte llega en vida.
1915. Para el Che Guevara, sus enemigos eran «gusanos. Y murió como un «gusano».
1916. La oscuridad me desenreda.
1917. ¿Y de qué sirve odiar? Dame un motivo válido.
1918. La esperanza nunca es visible (pero existe).
1919. Cuando cierro los ojos no imagino tanto como cuando los mantengo abiertos.
1920. Cuanto más viejo, más simétrico.

1921. Para comprender al mundo tienes que aislarte.

1922. Siempre tuve un plan «B».

1923. Sé que mi alma tiene forma de cáliz y es de color naranja.

1924. Me gustaba esconder tréboles de cuatro y cinco hojas en las páginas de mi vida.

1925. El gran consejo: ¡desencadénate!

1926. Soy creyente y apóstata.

1927. Me gustan los arco iris por su tenaz brevedad.

1928. Tampoco soy propietario de mis sueños.

1929. La duda sí aplaca la sed.

1930. La duda reconforta.

1931. La duda humaniza.

1932. La duda es el camino más corto hacia Dios.

1933. La duda es la cara amable del dogma.

1934. En la duda amanece siempre.

1935. Acuéstate siempre con dos o tres (dudas).

1936. La duda es insumergible.

1937. La duda no es de derechas, ni de izquierdas, ni de centro.

1938. La duda es el estado natural del hombre.

1939. El odio lo practica la ignorancia.

1940. Bébete el mundo (te dejen o no).

1941. Al preso lo broncean sus recuerdos.

1942. No te preocupes por el futuro; ni siquiera se le ve...

1943. Intuyo las despedidas y las muertes.

1944. No pretendo dar lecciones a nadie, pero tampoco acepto que me las den.

1945. Ahora vivo centímetro a centímetro.

1946. Dicen que nació mi doble...

1947. Las cosas no son solo cosas.

1948. Nació mi gran secreto: «K».
1949. El matrimonio es un negocio (a veces fallido).
1950. Siempre nos quedará la mar...
1951. La libertad habita lejos.
1952. El error llena más que el éxito.
1953. A mayor ego, menor recorrido.
1954. Siempre estoy lejos de mí mismo.
1955. Soy discretamente optimista: el mundo solo necesita un millón de años.
1956. La Inquisición no ha desaparecido; lo sé por experiencia.
1957. No pude remediarlo: algunas verdades parciales invadieron mi corazón.
1958. Dos más dos eran cuatro. Ya no...
1959. Mis enemigos también fueron pactados antes de nacer.
1960. Recordar quién soy fue tardío, pero bello.
1961. Estimular la imaginación; esa es la gran revolución pendiente.
1962. Enamórate sin retorno.
1963. Serás culto cuando aprendas a tolerar.
1964. Estamos hechos a su imagen y semejanza; es decir, simétricos.
1965. Un silencio vale más que mil palabras.
1966. Al nombrar una cosa amordazo la realidad.
1967. En lo imposible me delato.
1968. Lo que amo lo envuelvo de mí mismo.
1969. La muerte de los otros me dulcifica.
1970. Lo confieso: he tenido algunos amores violetas.
1971. Todos somos más que todos.
1972. Los pensamientos llegan limpios; nosotros los ensuciamos.
1973. Huyo de las tijeras abiertas.

1974. Nunca me aburro (lo cual es gravísimo).

1975. Soy, sobre todo, lo que supongo.

1976. No concibo el mundo sin metáforas.

1977. Podría vivir de miradas.

1978. Me fascina destilar las ideas que llegan.

1979. Mi escritura no le debe nada a nadie, aunque, al principio, mojaba las palabras en Azorín.

1980. No quiero nuevos tiempos; me añoro...

1981. El álbum de fotos es un zoo de recuerdos.

1982. No sé si soy la moto o el sidecar.

1983. La vida es una incertidumbre (perfecta y meticulosamente diseñada).

1984. Oigo mis silencios y me asusto.

1985. Escucho tu silencio y me aterro.

1986. Cada muerte seca una fuente.

1987. Algún día visitaré los mundos habitados del diccionario.

1988. Lo que no veo es para siempre.

1989. Si no encuentras, es porque todavía no sabes quién eres.

1990. La muerte nos devuelve la cartera.

1991. Vivo permanentemente adelantado, por si las moscas...

1992. Vivir es despeñarse.

1993. Un día comprendí que la belleza no debe ser manoseada.

1994. Cuando me equivoco recuerdo por qué estoy aquí.

1995. La eternidad solo es el *hall* de otro lugar mucho más grande e incomprensible (ahora).

1996. Era tan inocente que sembraba el palo del polo (por si crecía otro polo).

1997. No consigo entender por qué los muertos no se mueven.

1998. Yo viajé con el capitán Nemo. Fueron inviernos que no volverán.

1999. Una promesa en el lecho de muerte es más que sagrada. Ojo con lo que prometes...

2000. En *Primavera azul* (El habitante de los sueños) batí otro récord: conseguí parir 1.234 metáforas.

2001. Todos los finales son agridulces.

2002. Lo más importante del mundo —probablemente— es falso.

2003. La muerte de mi maestro en kábala (Manu Larrazábal) me dejó huérfano de luz.

2004. El vacío siempre está lleno.

2005. Ver morir mata mentalmente.

2006. La injusticia no se soluciona con la injusticia de las armas.

2007. El Che mandó fusilar a 180 personas entre enero y julio de 1959. Esa fue su verdadera cara.

2008. Por la boca muere el pez político.

2009. Técnicamente es imposible llegar a lo mundos MAT.

2010. Los premios no garantizan la inteligencia.

2011. La muerte llega demasiado pronto (para los que no saben).

2012. Los valientes no tienen otra opción; los cobardes tampoco.

2013. Permite que las dudas florezcan.

2014. El silencio está lleno de palabras.

2015. El peor enemigo es el que no se ve.

2016. Mi editor nunca leyó mis libros.

2017. La época de los lamentos es obligatoria.

2018. Hay que estar preparado para lo que nunca sucederá.

2019. No me pidas que cicatrice los recuerdos.

2020. Si tomas una decisión, defiéndela con tu vida.

2021. Hay que estar más preparado para el final que para el principio.

2022. Cometer errores cuando no es necesario es un doble error.

2023. Los muertos imponen, pero no asustan.

2024. La vida no está hecha para un final feliz. La felicidad llega después.

2025. Es la ausencia la que evalúa.

2026. Nunca alcancé la Verdad (ni falta que hace).

2027. Nada sucede porque sí («Gog» tampoco).

2028. Lo prometo: cuando muera me organizaré.

2029. Un día me llamaron «leyenda viva». Supe que me acercaba al final.

2030. Lo que me enseñaron ni siquiera fue una aproximación a la Verdad.

2031. Prefiero leer a Dios en la naturaleza.

2032. Y, sobre todo, deja que el Padre Azul haga su trabajo.

2033. Los diez mandamientos fueron dados por el sentido común.

2034. Morir es muy sano.

2035. Pensar a diario en la muerte es muy saludable.

2036. La revelación truena.

2037. No creo que pueda resistir en presencia de la Verdad.

2038. Me hubiera gustado contar mis sonrisas.

2039. Morir con serenidad recompensa.

2040. La muerte llega del brazo del silencio.

2041. Y fue llevado por cinco ángeles...

En el Dueso, siendo las 20 horas
del 10 de junio de 2016

LIBRO SEGUNDO

Iniciado el 12 de junio
de 2016, domingo

1. Es necesario fallar mucho para saber algo.
2. Soy antiguo: soy de carne y beso.
3. Conozco el secreto de la felicidad pero no lo practico.
4. No ansío recompensa por mi trabajo; la gloria no me llena.
5. Mirar a los ojos resuelve muchos conflictos.
6. Siempre me quedé corto en la expresión de mis afectos.
7. La vida, cuanto más sencilla, más notable.
8. Detrás del orgullo siempre habita un hombre inseguro.
9. La vida me retorció, como a un olivo. Doy gracias por ello.
10. En esta vida, solo los recuerdos y el alma son inmortales.
11. Nadie redondea a nadie.
12. Siempre, en cualquier lugar, todo está por hacer.
13. La mar (interior) también mece o mata.
14. Desalinízate.
15. En toda prohibición hay una verdad oculta.
16. No te engañes: la felicidad no puede ser enjaulada.
17. No te apures: todo será descubierto (en su momento).
18. La masa sepulta.
19. Si el poder del político se basa en los fusilamientos, su hipotética categoría desaparece.

20. A la crueldad la respalda la ignorancia.
21. La ley del «contrato» exige la existencia de políticos y otros malvados.
22. Imagina y acertarás.
23. El camino empieza con la primera duda.
24. Si descubres tu Destino serás otro. Muy pocos lo consiguen.
25. Agradece siempre, pero sin palabras.
26. El egoísta –además– es tonto.
27. Gratitud y gracia tienen la misma raíz.
28. Amé infinitas veces (infinitamente).
29. La envidia destapa al envidioso.
30. A veces me emborrachaba de estrellas.
31. ¿Hay algo más hermoso que mirar? Sí, que te mire ella.
32. El espacio y el tiempo conocen el Paraíso.
33. En breve solo seré recuerdo; después ni eso. Es la ley.
34. Dios imanta.
35. Busca la paz en los errores.
36. Practica el humor: ¡resucítate!
37. Sí, el verdadero grial es la palabra.
38. Lo macizo y lo hueco tienen el mismo valor.
39. El poder, sin conocimiento, no es poder.
40. En la tristeza reflexiona; en la alegría reflexiona mucho más.
41. El amor propio es muy higiénico (pero nada más).
42. Todos tenemos un límite. Es la ley.
43. El sol, sobre todo, establece fronteras.
44. Algún día volveré a ser supersimétrico.
45. Empieza por ser tolerante contigo mismo.
46. No seas espejo de nada ni de nadie.

47. La crueldad de algunos políticos solo es superada por su ignorancia.
48. Los problemas de la humanidad no los resolverá el hombre.
49. El verdadero amor es un único nudo.
50. El sentido común es más certero que la ciencia.
51. Sé tolerante siempre; incluso con los intolerantes.
52. Estar con alguien no garantiza nada. Estar sin alguien es otra cuestión.
53. La vida no confía en nadie.
54. Hay que ser fuerte; sobre todo cuando nadie lo es.
55. El humilde lo es por naturaleza o porque sabe...
56. Es mejor que borres las obras de caridad de tu memoria.
57. No hay nada tan inteligente como saber oír.
58. Hubo un tiempo, en mi lejana juventud, en el que fui rico en risas.
59. Ignórate y vencerás.
60. El comunismo de muchos es puro capitalismo (descafeinado).
61. Me fui de este mundo con prisas... Error.
62. Sí, amé los secretos. Tuve algunos.
63. Suelta la mano del maestro cuanto antes.
64. No asumo las certezas de nadie; ni siquiera las mías.
65. Soy contradictorio; es la ley.
66. Me contento con lo poco que recuerdo.
67. El hombre no comprende el amor eterno; la mujer sí.
68. La razón no está capacitada para razonar la intuición.
69. Me desgarro todos los días (sin querer).
70. La vida no merece mayores comentarios.
71. No es lo mismo charlar de pie que sentados.
72. Los insectos mienten para sobrevivir.

73. Los hechos siempre son económicos. Es el hombre quien los complica.
74. El agua puede volar; lo sé porque llueve.
75. La Verdad, si llega, lo hace lentamente.
76. Un minuto de amor redime toda una vida de desamor.
77. Apretar la mano de un moribundo lo lleva en volandas hasta la muerte.
78. La distancia más corta entre dos puntos es la muerte.
79. Los chinos creen que las cascadas son felices al caer. No diría yo que no...
80. Matar es malo; despreciar es mucho peor.
81. Tarde o temprano lo entenderás: estás solo (afortunadamente).
82. El invierno cosecha silencios.
83. Los horizontes de la mujer son más cercanos.
84. A veces me emocionaba, pero ya no lo recuerdo.
85. Cada día es todos los días.
86. En el odio solo crece el hastío.
87. El necio riega cuando llueve.
88. Casi todos los placeres son líquidos.
89. Donde hubo amor quedan las brasas.
90. Admirar exige generosidad.
91. Me pregunto: «¿Qué fue primero: el bien o el mal?».
92. Estamos llenos de paisajes subterráneos.
93. Las canas son burbujas de aire que anuncian la burbuja final.
94. Cuando muera, podré estar en dos sitios a la vez.
95. Viajar es comprender.
96. Soy infinito (por dentro).
97. Sembrar la esperanza compensa.

98. La luz es una música secreta.
99. Las palabras tienen algo de bellas mariposas.
100. El progreso técnico tiene los días contados (¡ojalá me equivoque!).
101. Lo observable no tiene por qué ser nítido.
102. El azar molesta porque lo malinterpretamos.
103. ¡Qué fascinación hallar la raíz cuadrada de una puerta Not!
104. Llegará el día en el que perderé el contacto con esta realidad. ¿Cuándo, cuándo...?
105. Legitimar o deslegitimar no significan nada
106. ¡Qué paradoja! La física termina encauzando a la filosofía...
107. Que tus errores –al menos– sean fecundos.
108. Hace tiempo que dejé de ser una probabilidad.
109. Tus supuestos errores fueron simples experimentaciones.
110. El «yo» te dejará sordo para el «tú».
111. Primero descubre quién eres; el resto se te dará por añadidura.
112. Cada día me oigo peor.
113. No pidas y recibirás.
114. Saber renunciar es un arte.
115. Siempre hay más de lo que crees. Sucede, incluso, en el NO TIEMPO.
116. La esperanza dice mucho sobre nuestro afán de sobrevivir.
117. Me fascina imaginar (me).
118. ¡Qué sabio...! El color negro es ausencia de luz.
119. La vejez roba horas al sueño, sencillamente, para que pensemos en el final.
120. Cuanto más tienes (en el interior), más silencio.
121. Hay que estar lejos (y cerca) de las raíces.

122. No pierdas el tiempo tratando de compartir tu verdad.
123. Necesité años para entender que la familia es una imposición. Y, en el mejor de los casos, una quimera.
124. Por eso me parece acertadísimo que, en los cielos, no haya lazos familiares.
125. Para ser generoso hay que ser valiente.
126. Sobre todo, Dios es curvo.
127. Aunque viviera un millón de vidas no sabría nada.
128. La sabiduría de los Dioses se demuestra en que no puedo dejar de respirar (aunque quiera).
129. Me gusta respirar lejanías.
130. ¿Es mejor saber que desear?
131. Se puede vivir de los recuerdos (aunque asfixien).
132. Al perder la risa naufragué.
133. A la palabra le cuesta reflejar los sentimientos: por eso prefiero las miradas.
134. La memoria hace cosquillas (a veces).
135. La vida esconde sensaciones y sentimientos insospechados.
136. Hay otros mundos, pero nunca estuvieron en este.
137. Me gusta oír a los peristálticos.
138. Las caricias nunca son suficientes.
139. Soy minoría en mi interior.
140. Viajar sin equipaje: llegará...
141. Mi retaguardia ha ganado más batallas que la vanguardia.
142. Los números no tienen sentido del humor (excepción hecha de «pi»).
143. Generalmente, la noche socorre.
144. En la pobreza he descubierto más dignidad que en la riqueza.

145. En el silencio nada se pudre.
146. Los libros nunca traicionan (aunque sí decepcionan).
147. El amor, como el odio, no tiene patria.
148. Rectificar cuesta; rectificarse duele.
149. Algunos abrazos marcaron mi vida.
150. Prepárate para las desgracias (siempre llegan; es la ley).
151. Cuando la descubrí, no sabía nada sobre la dualidad.
152. En la intimidad todos somos complejos.
153. Nací con las lágrimas contadas. Hace mucho que se agotaron. No sé si eso es bueno o malo.
154. Las estrellas son nudos que unen.
155. Cuando el fuego se duerme, muere.
156. Llegar al último tramo de la vida es un triunfo minuciosamente diseñado.
157. La vida es un camino breve y pedregoso.
158. La vida no es lo que crees.
159. La vida te hace creer lo que no es.
160. La vida es experimentar el tiempo y la imperfección (para no repetir).
161. La vida no consiste en ser bueno o malo.
162. ¡Qué gran invento el sueño!
163. Pertenezco a la religión del arte.
164. Es más urgente amar que querer.
165. Los defectos de los otros son tolerables; los míos no.
166. La eternidad no devuelve nada.
167. El pasado roba; el presente roba; el futuro roba mucho más.
168. Dame pan y luego paz.
169. Moriré como fui.
170. Líbrate de la cortesía de los hipócritas.

171. Siempre que renuncié, gané.
172. A los imaginativos, la realidad los defrauda.
173. Eres todo, pero no lo sabes.
174. Todo lo importante fue almacenado en la memoria; eso me consuela.
175. Es la mente la que duda, no el alma.
176. Siempre que recuerdo, amo.
177. La sabiduría desgasta.
178. El sabio vive en permanente cambio.
179. La sabiduría es un pozo sin fondo.
180. Cuanto más aprendo, más se aproximan los demás.
181. La sabiduría se consigue ladrillo a ladrillo.
182. Violeta es mucho más que amor.
183. ¡Qué importa llegar mientras estás en el camino!
184. El sueño es un as en la manga de Dios.
185. El sueño es la demostración de otras dimensiones.
186. La ignorancia ríe cuando no debe.
187. No temas perder (nada es tuyo).
188. La vida es corta (para el que muere).
189. Ríete de tu enemigo (es lo que más duele).
190. Sí, fui un hombre maltratado (por eso me divorcié).
191. Los hombres grises conceden premios a los hombres grises.
192. A cierta edad, el espejo deja de ser tu amigo.
193. La jubilación regala tiempo; apúralo.
194. Defraudar significa fracasar.
195. La coherencia es una piedra preciosa difícil de encontrar.
196. La ignorancia siempre es gris (tirando a oscura).
197. No doy lecciones de nada; en todo caso de soledad.

198. El futuro solo existe en la mente (y muy borroso).
199. Saber perder el tiempo es un arte.
200. La mala literatura es muy practicada por los mal llamados intelectuales.
201. La mala literatura es agua caliente.
202. La mala literatura acapara premios.
203. La mala literatura llena periódicos y cenáculos literarios.
204. Si los problemas ajenos te afectan es que no has comprendido.
205. Me llevo mucho desamor...
206. Ayudar sí; comprometerme nunca.
207. La fantasía vive cerca de la Verdad.
208. He dado más de cien veces la vuelta al mundo para estar seguro de mis dudas.
209. La muerte es un peaje (solo eso).
210. Construir puentes mentales es más complejo que levantar puentes de piedra.
211. Prefiero la confianza a la fe.
212. La gran tragedia del ateo es su pérdida de tiempo.
213. Dios coloca señales en todos los corazones.
214. Cada día tiene su miliario.
215. Todos los caminos terminan en ti.
216. No te esfuerces en apagar fuegos ajenos.
217. Si mis teorías fueran falsas, el gran necio sería yo.
218. Ahogar las penas en vino no las mata.
219. La supuesta santidad humana esconde grandes carencias.
220. Los defectos también son elegidos antes de nacer.
221. No te extrañe si las ideas no llegan.
222. El cansancio mata toda lucidez.
223. Hoy, a la sabiduría, le falta humanidad.

224. Soy todo preguntas.
225. Dios no duerme. En realidad, ningún espíritu lo hace.
226. Desencadénate del «qué dirán».
227. Que la luz no te ciegue.
228. Practico el idioma de las miradas.
229. *Odio a J. J. Benítez* fue mi libro venganza. (Inédito).
230. Aunque no comprendas, múdate al sur de la razón.
231. No pidas a la vida que se estire; lo contratado es lo contratado.
232. Tras la muerte, a mayor religiosidad, más susto.
233. Somos monopolio del AMOR.
234. Si los corazones no son azules, ¿de qué sirven?
235. Nunca me describí. ¿Para qué?
236. Mi vida son imágenes; la mayoría gira en torno a ella.
237. La incomprensión es más cruel que la derrota.
238. Construyo en soledad.
239. El trabajo consuela y salva de la oscuridad.
240. Más allá de la naturaleza está la realidad.
241. La piedra filosofal está en la memoria perdida.
242. La más alta permutación está en la mente.
243. Es el Espíritu Infinito el fabricante de mentes.
244. Me duele que la mente se pudra con el cuerpo.
245. Pero no importa. Tras el dulce sueño de la muerte, recibiré otra.
246. En la imperfección nada es puro; ni siquiera el pensamiento.
247. El conocimiento llega (si lo solicitas).
248. Hay un alquimista en cada buscador de la Verdad.
249. Si descubres algo, difúndelo.
250. Estamos en el primer escalón de la eternidad.

251. Y, aún así, el TODO me sienta en sus rodillas.
252. Hay una extraña seguridad en mí...
253. Si no existe Dios, ¿quién susurra en mi interior?
254. Todas mis profecías –menos una– fueron de escasa relevancia.
255. Lo importante no necesita demostración.
256. El malvado y el ignorante se quedan a mitad de camino.
257. Fui salvado por las pequeñas-grandes cosas.
258. Al desaprender se pierde densidad.
259. Ninguna religión o filosofía te llevan a la eterna juventud.
260. ¿Qué sería de mí sin las imágenes?
261. Si sé dónde estoy, ignoro mi tiempo (y viceversa).
262. Para comprender la vida tras la muerte, conviene estudiar el principio de incertidumbre de Heisenberg.
263. Las leyes divinas no son las leyes físicas que conocemos.
264. Todos los dominios políticos son nocivos.
265. Política y poesía son incompatibles (uno de los dos miente).
266. Un buen enemigo resulta complementario.
267. A veces (solo a veces), la belleza tiene forma.
268. La Verdad –si existe– tiene que ser intensamente bella.
269. El amor es la acción que equilibra.
270. Que no me entiendan no quiere decir que esté equivocado.
271. Hay errores sublimes.
272. La bomba atómica apareció en la cloaca de la física cuántica.
273. Estudié el número «pi» y lo hallé todo. Es la gran enciclopedia del mundo.
274. La injusticia es visible de lejos.
275. Soy tan pobre de espíritu que me maravillo.
276. Los ritos religiosos oscurecen el camino.

277. Algunas soledades proporcionan ventaja.
278. Nunca me detuve.
279. Al conocerle confié en Él (plenamente).
280. Al conocerme, me turbé.
281. Estamos ebrios de oscuridad.
282. Quizá el espíritu es un estado cuántico puro.
283. De niño contaba con los dedos de las manos; en la ancianidad regresé a ese método.
284. Una «colina cuántica» impide el regreso de los muertos.
285. Al morir salto de la gravedad a la gravedad espiritual.
286. La mujer salva al hombre, siempre y en cualquier lugar.
287. El hombre deforma la verdad por interés.
288. La mujer deforma la verdad por amor.
289. Transmite emoción en todo lo que hagas; incluso al pestañear.
290. Que las palabras abran (no cierren) tu corazón.
291. Si te dispones a hacer algo grande, vístete de soledad.
292. Nada escapa al control de la Gran Simetría.
293. ¡Qué torpe soy!... Me preocupa el final sin conocer el principio.
294. El peor robo es mentirse a sí mismo.
295. Sé dócil ante las ideas que llegan. Déjalas que te sobrevuelen. Alguna terminará anidando en tu mente.
296. CONFÍA..., aunque no distingas el camino.
297. Cuando veo un lémur, me emociono.
298. No soy lo que como.
299. La remota conciencia animal pesa y abruma.
300. Perdono, únicamente, si amo.
301. Ángeles de muchas especies vigilaron la evolución humana.
302. Fueron los ángeles susurradores los que infundieron la

ternura, la generosidad y la misericordia en el ser humano. Después llegó el resto.

303. Cuanta más ignorancia, más posibilidad de odio.

304. La vida no está diseñada para las situaciones límite; si llegan, son excepcionales.

305. Las religiones han olvidado al Padre Azul.

306. Yavé fue un repugnante machista (por necesidad).

307. Los judíos ya no son el pueblo elegido.

308. La ley religiosa esclaviza; la espiritual libera.

309. El mayor error es no compartir.

310. Manchar el honor es fácil; restituirlo es casi imposible.

311. Confía en ti mismo por encima de las voces de los necios.

312. La Verdad –cristalizada– deja de ser Verdad.

313. La historia –siempre equivocada– me trae sin cuidado.

314. Amo al bumerán que no vuelve.

315. Solo somos un 0,5 por ciento de lo creado. ¿De qué hablan entonces los filósofos?

316. Si pudiera, me daría un notable alto...

317. Si confías en el Padre Azul, tu caminar será con las manos en los bolsillos.

318. Deja que el deseo de venganza se diluya; tú no eres como los demás.

319. «Ser bueno» no significa «ser confiado».

320. En la traición siempre hay razones que no vemos.

321. Fracasar es saber que estás vivo.

322. ¡Ojo con lo que solicitas al Padre Azul! Si la petición procede del alma, siempre hay respuesta (aquí o allá).

323. Hubo un tiempo en que sí... Ahora ya no justifico mis errores.

324. La hipocresía satisface al mediocre que la practica.

325. Vivimos una época cutre. La generosidad es confundida con la necedad.
326. Vivir en la luz (quieras o no quieras) te convertirá en un ser de luz. Tú serás el último en enterarte.
327. La polémica persigue a los que marchan a contracorriente.
328. Para crear, es necesaria la soledad.
329. Dios son detalles.
330. Lo asombroso se sustenta en lo real.
331. ¿Qué lejos están los teólogos de la Verdad?
332. En la confusión me crezco.
333. La tortura por el error llega después.
334. La envidia tiene un solo ojo.
335. Ofende quien puede (y a veces tampoco).
336. Mi torpeza fue inundándome.
337. Necios y traidores siempre se justifican.
338. Leí los «Caballos de Troya» diez veces. La última fue la más angustiosa.
339. No hay odio sin ceguera.
340. Imaginando también se sufre... ¡Y cómo!
341. Ojalá pudiera recordar todas mis torpezas.
342. Si te emborrachas, no lo hagas para huir.
343. Nada esencial puede ser modificado.
344. La fuerza de la gravedad no siempre es enemiga.
345. Dios se reserva una sorpresa cada día; es su juego.
346. Me encanta escribir iglesia con minúscula. Se lo merecen.
347. «¿Estás preparado para la muerte?», me pregunté. Y repliqué: «Ahora sí».
348. He vivido diez veces la pasión y muerte del Jefe.
349. He vivido diez veces su indefensión y su humillación.
350. He vivido diez veces su soledad corrosiva.

351. He vivido diez veces su impotencia a la hora de transmitir.
352. He vivido diez veces los insultos lanzados por los necios de siempre.
353. He vivido diez veces a los «judas» de todas las religiones.
354. He vivido diez veces la angustia de estar sin Él.
355. He vivido diez veces las cuatro traiciones de Pedro.
356. He vivido diez veces su amor y su misericordia.
357. Lo sé casi todo de Él y..., sin embargo...
358. La mano del Padre Azul es tan sutil que no existe.
359. Aunque tarde, aprendí a confiar en Él.
360. Anás y Caifás siguen vivos.
361. Es inevitable: me alejo y me alejo de vosotros.
362. ¿Por qué cada libro de *Luz de tungsteno* suma 2.042 pensamientos?
363. La sorpresa, tras la muerte, es más interesante que el propio cielo.
364. «No paz, no guerra». Así es el mundo.
365. El tiempo es el más corrosivo de los ácidos.
366. En los despachos militares se cocina el futuro de la humanidad (hasta que llegue «Gog»).
367. Lo peor es que desaparezcas de mi horizonte interior.
368. He sido minucioso hasta en mis pecados.
369. La bondad y la maldad son como la mar; sus límites no son visibles.
370. La amistad es pura química: existe o no existe.
371. Tuve una misión importante en la vida: dar a conocer el verdadero mensaje y la vida de Jesús de Nazaret. Lo conseguí.
372. Con tu pareja piensa siempre en voz alta.
373. Fui un enviado; como tantos...

374. No soy perfecto, puesto que olvido.
375. El mensaje del Maestro hace nuevo el viejo mundo.
376. Mis primeros enemigos estaban en mi familia.
377. Cuando muera no pienso descansar.
378. El verdadero sabio camina con la cabeza baja.
379. El verdadero sabio cree no saber nada.
380. El verdadero sabio lo es por sus silencios.
381. El verdadero sabio no sabe que lo es.
382. La individualidad no requiere autoridad; el grupo sí.
383. En lo trivial hay mucha grandeza.
384. Aprende a ser sincero (hasta un punto).
385. Piensa, piensa, piensa, piensa antes de hablar.
386. Todo es un permanente presente; los muertos lo saben bien.
387. No tengo claro si el alma modela conductas o, simplemente, absorbe información.
388. Ahora, en alguna parte, está sucediendo algo maravilloso.
389. Ahora, en alguna parte, está sucediendo algo bochornoso. Sí, tengo muchas preguntas a Dios.
390. No tomes demasiadas referencias en la vida; cada «ahora» es diferente.
391. La memoria puede ser tu peor enemigo.
392. No reniego de nada de lo escrito.
393. Me pasé la vida preguntando, y morí preguntando.
394. He pertenecido a una única escuela: la de mi corazón.
395. Sé que la paz, en un mundo experimental, es inviable.
396. Si te engañan, permanece tranquilo; el engañado es el engañador.
397. Aprendí (algo tarde) a no forzar el Destino.
398. El cansancio —sabiamente— me sepultó.

399. No me juzguéis; ni siquiera por lo bueno que hice.
400. No te consideres imprescindible; todos lo somos.
401. Me deslumbra lo aparentemente pequeño.
402. Lo falso también puede ser bello.
403. Dios es Dios por hacer fácil lo imposible.
404. Pauli se equivocó: «la superficie no fue inventada por el diablo».
405. Busqué palabras para expresar lo invisible y mi mente se trabó.
406. No lo olvides: tras la muerte, nadie te reprochará tu vida.
407. No he encontrado nada tan doloroso como el olvido.
408. Nos gusta convertir en sagrado lo que nunca fue.
409. Sí, celebro la Nochebuena el 21 de agosto.
410. Nunca tuve madre (aunque oficialmente sí la tuve).
411. La Verdad –si existe– es surrealista.
412. Muchas de mis alegrías las experimenté en sueños.
413. Me cansé de resolver enigmas (empezando por mí mismo).
414. Leí la Biblia diez veces; fue un naufragio. Leí el Corán tres veces (subrayando); fue un manicomio. Leí, finalmente, en mi interior y se hizo la luz.
415. Debo confesarlo: Alguien escribe por mí en mis libros. Yo solo soy una herramienta.
416. El Destino nunca destroza (aunque parezca lo contrario).
417. El Destino reparte cartas..., y las juega.
418. Siempre dispongo de un plan «B» (para todo).
419. En mi juventud fui también encantador de mujeres.
420. Cuanto más confío en mí mismo, más riesgo de fracaso.
421. Aprendí –tarde– a no hacer planes más allá de mi sombra.
422. Dios (y su gente) escriben recto con renglones torcidos.
423. Las situaciones límite terminan a una determinada edad.

424. Querer es más útil que poder.
425. He vivido muchas aventuras, pero ninguna como la de 1960, cuando me enamoré por primera vez. Ella era de Barbate y tenía doce años.
426. Dios no te exigirá nada que no hayas programado tú mismo.
427. Tenía veintitrés años cuando vi a una mujer completamente desnuda. Fue decepcionante...
428. La vida cambia de color, según...
429. Ni yo mismo comprendo mis silencios.
430. Las grandes obras son casi siempre incomprendidas.
431. De pronto –un día– todos los corazones se oscurecerán al unísono. Y sabrán de «Gog».
432. La coherencia es tan admirable como destructiva.
433. La historia no tiene más remedio que desaparecer.
434. La decepción forma parte de la materia, como los árboles o la lluvia.
435. Cumplir setenta años es jugar la «prórroga» de la vida.
436. El peor enemigo es el que no da la cara.
437. Hay momentos en la vida de no retorno.
438. Dale siempre una oportunidad a tu enemigo.
439. Permite que cada cual encuentre su camino.
440. Tras la muerte, seguiré aprendiendo y estudiando.
441. No hay disgusto que merezca un insomnio.
442. Los hombres inteligentes nunca desprecian la inteligencia ajena.
443. Todo terminará ordenándose.
444. Antes me obsesionaba el cómo; ahora me interesa el por qué.
445. Casi todas las verdades están fuera de nuestro alcance (ahora).

446. Buscar fue parte de mi misión.
447. Técnicamente puedo estar cerca de la Verdad (solo técnicamente).
448. ¿Hay algún lugar más sagrado que la mente?
449. Cuanto más cerca esté «Gog», más grandes serán mis dudas.
450. Todos los actos de la vida —hasta los más breves o negativos— tienen un sentido.
451. Hace mucho que empecé a envidiar a los muertos.
452. Sembré mucho y muchos cosecharon.
453. Todas las vidas —hasta las más insignificantes— encierran una misión (a veces divina).
454. La Verdad es tan fantástica que debe ser escondida (de momento).
455. No lo dudes: todos los males son en tu beneficio.
456. La incertidumbre debería provocar esperanza.
457. Para evaluar la felicidad es preciso sufrir.
458. Si Dios tiene fronteras, yo soy martes.
459. Quizá la libertad no llegue ni con la muerte. Eso dijo Luzbel...
460. Los «Caballos de Troya» son la primera puerta...
461. La mediocridad se perpetua en las masas.
462. La revelación no tiene por qué ser científica.
463. No he podido superarlo: el dogmatismo me hace vomitar.
464. No cristalices los sentimientos; déjalos volar.
465. Morir es lo de menos.
466. Dejé de cantar hace mucho...
467. Fui circuncidado, muy a mi pesar (una semana antes de la boda).
468. Un día me pregunté: «¿Tengo alguna virtud?». Y la «chispa» que me habita respondió: «Sí, tienes la constancia de las olas». Ahí terminaban mis cualidades...

469. Mi padre nunca me habló de Dios pero, a su manera, me condujo hacia Él.
470. El sordo crujir de la nieve, bajo mis pies, equivale a la palabra «Pamplona».
471. En Urdax supe de un ángel que me abrazó.
472. Nunca quise ser profeta, pero me obligaron...
473. La brevedad te ayudará.
474. En ocasiones llegué a pensar: «¡Bendita rutina!».
475. Deja que los demás opinen sobre tu obra; te sorprenderá.
476. Afortunadamente, no recuerdo mis éxitos.
477. En el corazón hay muchos caminos; todos conducen a Él.
478. No lo dudes: siempre hay alguien invisible a tu lado.
479. Es bueno que te deban.
480. Solo el amor no puede esperar a mañana; el resto sí.
481. Mi verdadero nombre es otro.
482. Viajar me enriqueció, pero no tanto como pensar.
483. Las excusas –como las ideas– llegan del cielo.
484. No hay amigo pequeño.
485. Soy imperfecto por expreso deseo.
486. Todo está cumplido (y por cumplir).
487. La limpieza corporal precede a la espiritual.
488. Si tuviera que elegir uno de mis libros, me quedaría con *Cartas a un idiota*. Fue la cenicienta...
489. La calumnia truena.
490. La paz (interior): el tesoro más valioso.
491. La vejez me obligó a huir de los calificativos.
492. El odio se detiene e incuba; la bondad vuela.
493. Nunca la vi llorar; me hubiera destrozado.
494. El valor depende de la perspectiva.

495. Transmitir: ese fue mi único mérito.
496. Hay abrazos invisibles, intensísimos.
497. Soy hijo de la Simetría (y eso se nota).
498. La vida desemboca siempre en lo inesperado.
499. La historia de cualquier hombre aparece siempre injustamente incompleta.
500. Contemplo el confuso mundo desde mi refugio. Eso me basta.
501. En las catástrofes (sean o no familiares) resucito.
502. Solo he tenido dos maestros: Jesús de Nazaret y el doctor Larrazábal (experto en kábala).
503. Ceder a tiempo es vencer.
504. El idealismo es una vieja trampa, en la que, sobre todo, caen los jóvenes.
505. La injusticia propaga ansiedad.
506. Y llegará un tiempo en el que la semana no traerá viernes.
507. Sé reconocer la Verdad allí donde esté (fui entrenado para ello).
508. Abusé tanto de la supuesta libertad que la perdí.
509. Tengo porque primero regalé.
510. Las peores deudas son las que no conozco.
511. No olvides a tu padre (aunque no lo merezca).
512. Descubrir mi verdad fue penoso.
513. La paciencia llega de la mano de la paciencia.
514. Haz y deja hacer.
515. Hazte uno con lo que hagas.
516. Cada libro mío fue un fascinante «no saber».
517. El horizonte de las pequeñas grandes cosas fue mi último horizonte.
518. Un minuto de lucidez justificará tu vida.

519. La religión fue la primera destructora de la mujer.
520. La obstinación me cargó de trabajos y fatigas.
521. Si deseas avanzar, escucha.
522. Estímate en lo que vales, que siempre es mucho.
523. Ojalá tengas pleitos, y los ganes...
524. Mis textos tienen un largo recorrido (interior).
525. Llegó un momento en el que mi editor y yo estábamos a años luz.
526. Se sufre más en silencio que a gritos.
527. Resistí y vencí.
528. Necesito regresar...
529. Una sonrisa a tiempo lo cambia todo.
530. El más dulce de los besos siempre está por llegar.
531. Si confías en el Padre Azul, la tristeza no te visitará.
532. Hay errores de los que no se regresa.
533. El Destino aparecerá ante ti y descubrirás hasta dónde eres capaz de llegar.
534. Cada 26 de marzo viajo (muy lejos).
535. Es mejor hacer (y equivocarse) que no hacer.
536. Lo dije, creo: *Luz de tungsteno* está lleno de secretos.
537. Un día decidí no terminar lo que empezaba.
538. Sé que procedo de la Divinidad y que nos encarnamos con un doble propósito.
539. En cincuenta años pude escribir más de 15.000 cartas (todas a mano). Todas eran yo.
540. Las pérdidas avisan.
541. Grabé su nombre en mi memoria y ahí siguen sus nueve letras.
542. No borres lo que hayas escrito o dibujado con el corazón.
543. Alimenta tu secreto (desapareciendo).

544. La Verdad ni siquiera camina.
545. Amar es más importante que ser amado.
546. Esperanza: el mejor médico que conozco.
547. Mujer enamorada: hiedra trepadora.
548. Elegir es la peor tentación.
549. En el amor nunca aceptes limosna.
550. Me fío de los distraídos.
551. El problema de los tontos es que te hacen perder el tiempo.
552. Tratar de esquivar al Destino es absurdo.
553. El gran problema humano es la falta de perspectiva.
554. Cuando todo aparezca aparentemente perdido despertarás.
555. Vivir –inconsciente y mecánicamente– es lo habitual.
556. Mi tío Juliana me definió perfectamente: «Este niño no es torpe; es torpísimo».
557. La caridad debería figurar por encima de la ley.
558. A los enemigos, como a las víboras, conviene mantenerlos a distancia; con eso es suficiente.
559. Peor que no entender es no querer comprender.
560. El silencio nunca estafa.
561. La mentira estafa siempre.
562. En ocasiones, la maldad –químicamente pura– se disfraza de ciencia.
563. El Padre Azul mueve los hilos en el último momento (lo sé por experiencia).
564. Se diga lo que se diga, cualquier tiempo pasado fue muchísimo peor.
565. El hombre es la única criatura que trata de corregir a Dios.
566. La palabra es oro o plomo.
567. Nadie es bueno, ni malo, al cien por cien.

568. Que la realidad no te impida soñar.
569. Busca la perla en cada sueño.
570. El desprecio amarga.
571. La paz no tiene memoria.
572. Las contradicciones desaparecerán cuando esté muerto.
573. Lo que importa es el conjunto de tu vida.
574. Los recuerdos están para navegarlos.
575. Los recuerdos están para recordar (te).
576. Los recuerdos están para resucitarte.
577. Los recuerdos son tu otra vida.
578. Los recuerdos son emociones (fosilizadas).
579. Aprende a dominarte y dominarás.
580. *Yo, Julio Verne* es más que una biografía (pero muy pocos lo percibieron).
581. Tengo amigos entre los números («pi» es uno de ellos).
582. Me he despedido (muerto) tantas veces...
583. A veces regresan bellas mujeres a mi memoria (mujeres que no amé).
584. Si tus hijos te ignoran, es por algo.
585. Confiésate –únicamente– ante ti mismo.
586. La iglesia católica me privó de una sexualidad sana.
587. En el colegio eché de menos la asignatura del silencio.
588. En la universidad eché de menos la asignatura del silencio conmigo mismo.
589. Siempre que coincido con el silencio, me asombro.
590. ¿Cuándo aprenderé que el silencio es otro Dios?
591. Para baldear la mente no hay nada mejor que la renuncia.
592. No ocultes tu ignorancia. Sería como ocultar la piel.
593. Las arrugas me recuerdan que he vivido.
594. Que tu paso por la vida no despierte recelos.

595. Nadie avisa a la muerte, pero llega.
596. La muerte —dicen— es eso que le sucede a los demás.
597. La muerte es la materialización de lo imposible.
598. Estudiar mi obra significa estudiarme (a medias).
599. Busca siempre lo imposible. Lo posible está a tu lado.
600. A qué negarlo: he disfrutado de varios apocalipsis.
601. El prójimo siempre tiene algo bueno (que no tienes tú).
602. Tuve miedo de no regresar a Barbate.
603. La ropa y la comida dicen quién eres.
604. El tiempo engrandece lo aparentemente pequeño.
605. Ninguna mujer olvida..., nada.
606. La juventud también pesa.
607. El prudente se acerca (solo se acerca) a la felicidad.
608. Las embestidas del mundo forman parte del mundo.
609. Si cambias al hombre, no cambiarás el mundo.
610. El mundo tiene su propia vida y su propio ritmo.
611. Sé benévolo cuando nadie lo es.
612. Retirarse a tiempo (no importa de qué o de quién) siempre es beneficioso.
613. Duerme bien y la vida te sonreirá.
614. He disfrutado la aventura de la vida, tal y como yo mismo la planifiqué.
615. «Ellos» cuidaron de mí, minuto a minuto.
616. Las mariposas portan «mensajes» sutiles.
617. Las mariposas azules, además, portan amor.
618. No deseo revelar quién soy; lo importante es el mensaje.
619. La seguridad nacida del espíritu es suicida.
620. Todo trabajo es circular.
621. ¿Mi palabra favorita?: continuará...

622. No adornes la belleza.
623. La Verdad ensombrecerá las verdades.
624. Camina, aunque no haya camino.
625. Camina, aunque sea en dirección prohibida.
626. Camina, aunque todos traten de detenerte.
627. Camina, aunque todo se derrumbe.
628. Lo que te proporciona la chispa es sagrado.
629. El mañana nada tiene que ver con dogmas, miedos o cadenas.
630. Mente y corazón son parientes, pero lejanos.
631. El verdadero amor me hizo un ser tembloroso.
632. Abre tu vida por donde quieras y hallarás respuestas.
633. No te avergüences de tu instinto.
634. La muerte la apuran —por igual— los muertos y los vivos.
635. De tanto usarlo, desgasté el amor.
636. Hay fronteras que no conviene cruzar (aquí y allá).
637. Nada supera el retorcimiento mental de lo religioso.
638. Somos nosotros quienes hacemos a Dios a nuestra imagen y semejanza.
639. La vida siempre es provisional; no así la esperanza.
640. Al descender a la imperfección ya conocíamos la gloria.
641. Pequeños distanciamientos provocan lejanías.
642. Ama a tus semejantes (por puro egoísmo).
643. Un beso, a tiempo, te llenará de luz.
644. Todo, en la imperfección, exige un proceso.
645. Es más importante oír que escuchar.
646. No dediqué cincuenta años de mi vida a la investigación ovni por casualidad.
647. Perdónate antes de perdonar.
648. No orines en tus pensamientos.

649. El silencio, a veces, es la mejor compañía.
650. Somos caminantes y aventureros en la materia.
651. Todos aumentamos (queramos o no).
652. La mente también necesita descanso (incluso la de los poetas).
653. Y, si ahora no, ¿cuándo?
654. Soy rico porque disfruto con lo que tengo.
655. Nada, ni nadie, abreviará tu vida.
656. Todas las sonrisas deberían ser gratuitas.
657. Todo, en mí, es prestado.
658. No busques y serás buscado.
659. ¡Ojo con lo que deseas! Los sueños se cumplen siempre: aquí o en el País de Nunca Jamás.
660. Lo supuestamente absurdo es lo más real.
661. La falta de perspectiva oscurece la mente.
662. Elegir la demencia es señal de valor.
663. A veces, para entenderme, es preciso bucearme.
664. No cocines con la mente.
665. Transforma el día en montañas de saludables momentos.
666. Aprendí a leer la tristeza.
667. ¿La Verdad? Dicen que está al llegar...
668. Ella fue mi única verdad, pero murió.
669. A veces, cuando me derriban, ella me sonríe y me alzo.
670. Los que conocen al Padre Azul nunca se despiden.
671. No reprendas al que busca la Verdad. Sus errores son obligados.
672. Una vez oí una voz: «No te rindas... Ni tú mismo eres consciente de la trascendencia de tus escritos».
673. Mi entendimiento acaba de nacer.
674. Descubrir al Padre Azul es un pelotazo.

675. Dios ríe cuando el hombre piensa.

676. Todo está por estrenar.

677. Ignorancia y ateísmo tienen solución.

678. ¿Qué tengo que ver con la materia en la que habito?

679. No pierdas el tiempo estudiando tu sombra.

680. Experimentar a Dios es más importante que demostrarlo.

681. Si el Padre Azul te toca, el alma se llena.

682. La felicidad consiste en llenar la copa del alma.

683. El cáliz del alma se llena de pequeños grandes «ahoras».

684. Escribe siempre para insinuar (nunca para convencer).

685. Lee mis libros diez veces y diez veces te sorprenderé.

686. Ningún pensamiento tiene marcha atrás.

687. Si no fuéramos inmortales, la vida sería una burla.

688. Nunca regales a medias.

689. ¿Quieres emocionar a Dios? Acepta que tu voluntad sea la suya.

690. El descubrimiento del Padre Azul es una experiencia personal.

691. ¿Para qué necesito dinero si sospecho qué es la Verdad y dónde encontrarla?

692. Cuando lo tienes, no lo ves; cuando no lo tienes, lo añoras.

693. Tu verdadera casa no es visible.

694. Una vez me miré en sus ojos y supe que éramos dos en uno.

695. Yo también soy irreal para muchos seres espirituales.

696. La ciencia solo es una compañera de viaje.

697. Nunca volverás a esta vida; ¡disfrútala!

698. Limítate a cumplir tu «contrato» (que no es poco).

699. Cuando pases al «otro lado» serás recibido con aplausos.

700. Estás donde estás; es lo único que cuenta (ahora).

701. Fui discretamente feliz (a veces).
702. ¿Por qué saborear lo amargo si lo dulce también está al alcance de la mano?
703. La distancia entre el mundo y yo es cada día más grande. Es lógico.
704. La emoción del primer amor no es comparable.
705. El Padre Azul me alivia gota a gota (momento a momento).
706. No te lamentes por ser enamoradizo.
707. Sé que las lágrimas azules existen.
708. La espiritualidad se demuestra andando.
709. Nunca es suficiente (en casi nada).
710. Duda y vencerás.
711. No seas más, pero tampoco menos, que los demás.
712. No culpes a Dios de la lluvia o de la sequía.
713. Dios no concibe el mal (aunque podría). ¿Podría?
714. Aunque no busques al Padre Azul, ¡vivirás!
715. El espacio y el tiempo me separan –ahora– de mí mismo.
716. Todo obedece a un juego (incluida la maldad).
717. El Padre Azul nunca fue justo; no lo necesita.
718. Soñar me mantiene vivo.
719. La libertad también hace esclavos.
720. La esperanza siempre va conmigo (a veces dormida).
721. Una mañana, tras la lluvia, apareció un caracol en mi ventana. Y ascendió y ascendió, lento e impasible. Fue el triunfo de la vida sobre la gravedad.
722. Es mejor que no conozcas tu Destino.
723. Un día le preguntaron a Jesús sobre la homosexualidad. Y el Maestro respondió: «¿Crees que mi Padre comete errores?».
724. La voluntad es invencible (si se lo propone).

725. La prisa es un insulto.
726. Si tienes prisa, es que no has comprendido.
727. ¿Mi color preferido?: el silencio.
728. Aquellos ojos me atraparon; nunca me recuperé (gracias a Dios).
729. Una mirada contiene más amor que mil palabras.
730. Si la vida es una aventura, ¿por qué lamentarse?
731. A veces, no saber resulta electrizante.
732. El verdadero amor no necesita demostración.
733. El verdadero amor sobrevive al tiempo y al espacio.
734. El verdadero amor es azul, se mire como se mire.
735. El verdadero amor es una ansiedad constante.
736. El verdadero amor es inseguro.
737. El verdadero amor siempre tiene nombre.
738. El verdadero amor levanta puentes entre imposibles.
739. El verdadero amor no necesita excusas.
740. El verdadero amor sufre más que ninguno.
741. El verdadero amor duele en la distancia.
742. El verdadero amor es incomprensible para casi todos.
743. El verdadero amor lanza botellas con mensajes al océano de la memoria.
744. El verdadero amor dibuja lo mejor de ti mismo.
745. El verdadero amor cuenta los besos no dados.
746. El verdadero amor necesita las pequeñas mentiras.
747. El verdadero amor se llena (nunca).
748. El verdadero amor prescinde del mundo.
749. El verdadero amor muere (nunca).
750. Al verdadero amor siempre le falta algo.
751. En el verdadero amor hay dos voluntades, dos pensamientos y un solo corazón.

752. ¡Vaya! Me han empezado a salir arrugas en la memoria.
753. «Qué va a ser de mí?», me pregunté al cumplir los setenta.
754. Si te revelan tu Destino, pelearás doblemente.
755. ¿Por qué se me agotaron las lágrimas?
756. Mi corazón está repleto de grafitis; todos contra mí.
757. Siempre se desciende para comprender.
758. Los pequeños errores pueden aplastarte.
759. Me pasé la vida haciendo planes y aconsejando al mundo que no los hiciera.
760. Buscar es triunfar.
761. Si el Destino te lleva, espera que el Destino te saque.
762. Prefiero el ateísmo a un Dios justiciero.
763. Cerca de la muerte, todos se dulcifican.
764. No corras. El tiempo va al paso.
765. Lo que ahora ves es el reverso de lo invisible.
766. La lógica y la razón solo son mensajeros.
767. No es lo mismo ser malvado que equivocado.
768. La enfermedad, de pronto, te recuerda quién eres y dónde estás.
769. Dios es ella...
770. No me preocupa no figurar en la historia.
771. Servir bien es más difícil que mandar.
772. Vive mejor en lo pequeño. Lo grande es ilusorio.
773. Habla poco y con palabras luminosas.
774. He escrito la palabra «dios» —con minúscula—, referida a Yavé, con toda intención. Pienso que Yavé fue un equipo que preparó el camino para el verdadero Dios.
775. Es fácil saber lo que no es Dios.
776. Una caricia es más fuerte que un ejército.
777. «Ser elegido» significa que yo he elegido.

778. Estoy en la palma de la mano de Alguien que no puedo ver ni comprender.
779. Mi Dios es un Dios-Papá.
780. Una mirada puede terminar con una injusticia.
781. No te enamoras cuando quieres y mucho menos cuando puedes.
782. No hay gran hombre para una esposa.
783. Detrás de todo gran hombre hay una gran mujer..., estupefacta.
784. Ella nunca supo cómo la quise; ahora sí lo sabe.
785. Del amor nace lo visible y lo invisible.
786. Dios es un regalo; no una obligación.
787. La paz anida en el silencio.
788. La Verdad no necesita ser pregonada.
789. No me importa el pueblo; solo el hombre.
790. No hablo para las multitudes; solo para los corazones.
791. ¿Por qué verdad preguntas?
792. Exige cuando te hayas exigido.
793. Antes de exigir, regala.
794. La justicia no es mala, pero solo ayuda a condimentar.
795. No guardé casi nada para mí.
796. Desea poco, porque todo se cumple.
797. El hombre no aprende de sus errores porque lo que cuenta no es aprender.
798. Sabio es el que más sabe (sobre sí mismo).
799. Lo terrible es saber y no poder proclamarlo.
800. No pretendas sacar agua de dos pozos a la vez.
801. El silencio es el escudo de los inteligentes.
802. Algunos te comprenderán; la mayoría te ignorará (es lo establecido).

803. Mi aventura se agota (afortunadamente para mí).

804. En ocasiones fui aislado. La importancia de la obra así lo exigía.

805. Rezar, para mí, es reconocer la «bellinte» de Dios.

806. Esperé la muerte durante casi seis meses, pero no llegó. Fue angustioso.

807. Sentido del humor: hacer girar las cosas boca abajo.

808. Cada ser humano interpreta la vida a su manera (es la ley).

809. En mis libros está encriptada mi vida.

810. En mi alma está encriptado mi verdadero origen.

811. En los «Caballos de Troya» está encriptada ella.

812. Algunos pensamientos no tienen fondo.

813. No conviene que todo salga bien.

814. Si la intuición avisa, ¡atención!

815. Mi verdad son mis ensoñaciones.

816. A los setenta años no exijas a la vida; deja que ella te lleve de la mano.

817. A los setenta, la razón también envejece.

818. La confianza es un salvavidas.

819. Excusarse es otra forma de mentir.

820. No tomes demasiadas decisiones en la vida; recuerda que todo está escrito.

821. Perdona a tus enemigos, porque no saben lo que hacen.

822. El odio es irracional; el amor mucho más.

823. El horizonte del preso es tan distante como dilatada su condena.

824. Procura que tu inteligencia no sea visible.

825. Soy millonario en sueños.

826. Dios derrama señales (que no vemos).

827. Es la imaginación —no la fe— la que mueve montañas.

828. En la célebre frase de Jesús —«la fe mueve montañas»— falta algo: «la fe mueve montañas de problemas».
829. El pobre se derrumba menos que el rico.
830. Persigue lo pequeño.
831. Atención: la Verdad —si tienes la mala suerte de encontrarla— te dejará sediento.
832. Ejercita la imaginación y no conocerás la desesperanza.
833. El hombre que sueña despierto ya ha vencido.
834. Solo los Dioses no se justifican.
835. Todos tenemos un «pabellón secreto». Es la ley.
836. El secreto de la vida: saber esperar.
837. Todos los caminos son circulares y todos conducen al AMOR.
838. Confía en los soñadores.
839. El auténtico revolucionario dispara con las ideas.
840. Las curvas me deslumbran.
841. Cada «ahora» es una verdad.
842. Me gusta que llueva en la memoria.
843. ¿Y qué importa que te quedes atrás en la vida?
844. Recuerda: dos bombas no caen en el mismo cráter.
845. Poder e intuición no van de la mano.
846. Al principio me entusiasmaban los grandes ideales. Después comprendí que todo era humo. Y me refugié en lo pequeño.
847. Fue un placer hacerte dudar.
848. Somos marionetas de un orden incomprensible.
849. Nuestra ignorancia conmueve a los Dioses.
850. ¿Y para qué necesito la gloria?
851. Hay sonrisas innegociables.
852. El final siempre es el principio de algo.

853. Deja que los azules te cubran.

854. ¿Qué importa el final del camino si ahora estás en mi camino?

855. Lo mejor está por llegar...

856. Un día, en el Nilo Azul, me consagré a la voluntad del Padre Azul. Fue mi gran día. Y Él me regaló un arco iris.

857. Regalar esperanza no cuesta dinero.

858. Sé cómo abrir la caja fuerte de los cielos.

859. Dios no improvisa.

860. Todos triunfan en la vida. Es la ley.

861. La primera y más importante virtud de un editor es la sensibilidad.

862. No conozco ningún libro sagrado.

863. Llegué sin dinero al mundo y así debería morir.

864. Autorízate de vez en cuando.

865. Nunca es tarde para cambiar de opinión.

866. Abre tu mente y deja que la ventilen otros pensamientos.

867. A determinada edad, no cambies los errores.

868. Las almas son invisibles debido a su hermosura.

869. No oigo la música; la veo.

870. Que me guste algo no significa que me entusiasme.

871. Si no buscas a Dios, Él te encontrará.

872. Para hacer daño hay que estar preparado.

873. El yoga es otro camino.

874. Inventa..., que algo queda.

875. Tu familia eres tú.

876. Cada vez me alejo más de la hipótesis de la reencarnación. No es necesaria.

877. Ni en mil millones de vidas podría aprender una décima parte de lo que me rodea.

878. Todos huimos hacia el principio.
879. La costumbre no hace la felicidad (pero casi).
880. No permitas que nadie bese tus pies.
881. La Verdad no necesita muletas.
882. La muerte llega muchas veces y a todas las edades.
883. A determinadas edades, la muerte es lo más cómodo.
884. Algunas supuestas verdades están construidas con mentiras.
885. Tengo una no familia numerosa.
886. Cada ser humano esconde mil tragedias.
887. Al morir aprenderemos una lengua universal.
888. Lo grande para algunos es infinitamente pequeño para la mayoría.
889. Puede que la Verdad no sea creíble.
890. Escucha y te escucharán. Y si no te escuchan, ¿qué importa?
891. Siempre hay una razón (para casi todo).
892. Mira hacia atrás y comprobarás que alguien sufre más que tú.
893. No malgastes el tiempo planeando lo posible. Dedícate, mejor, a lo imposible.
894. Enseñé todo lo que me fue enseñado; menos una cosa...
895. Hubo un Maestro. El resto son remedos y remiendos.
896. No te canses de saber.
897. En definitiva: eres lo que recuerdas.
898. La convicción es propiedad privada.
899. Los errores también son propiedad privada.
900. Una vez imaginado, nadie perece.
901. Lo más cerca que estuve de Dios fue cuando no lo buscaba.
902. A veces me precipito en silencios tan profundos como benéficos.

903. Si llamas Cristo o Jesucristo a Jesús de Nazaret, es que no has comprendido.
904. ¡Cuántas tonterías se dicen y escriben en el nombre de Dios!
905. No te cambies por nada; eres único.
906. Algunas palabras solo son cáscaras.
907. Tus palabras serán luminosas si tú eres luminoso.
908. Las palabras más hermosas duermen en tu corazón. ¡Despiértalas!
909. Atención: las palabras terminan posándose en la memoria.
910. Piensa diez veces antes de hablar.
911. Si necesitas un gurú, es que no has comprendido.
912. La razón de los otros es tan visible como la tuya.
913. Empieza por quererte a ti mismo.
914. El tiempo no es escéptico.
915. Si no recuerdas tu origen, perteneces a la masa.
916. Es fácil inventar dogmas.
917. Es muy difícil pintar verdades.
918. Si yo estuviera en tu lugar, pensaría en la muerte una vez al día.
919. La pereza es incorrecta (por naturaleza).
920. La ira es sangrante (por naturaleza).
921. La venganza es absurda (por naturaleza).
922. El odio es denigrante (por naturaleza).
923. La envidia es venenosa (por naturaleza).
924. Un minuto de alegría compensa siempre.
925. Cuando pienso, me siento a años luz de mí mismo.
926. La paciencia no se aprende; se tiene o no se tiene.
927. Ella me mira cuando nadie me mira.
928. Fue una constante en mi vida: confundí silencio con verdad.

929. Cada minuto es una aventura que no volverás a vivir.
930. Hay muchos tigres en mi mente.
931. ¿Hay algo peor que un mentiroso? Sí, un mentiroso necio.
932. Sé por qué estoy aquí; sé qué me aguarda tras la muerte. ¿Qué más necesito?
933. Amar es cocinar sorpresas.
934. Amar es un beso sin venir a cuento.
935. Amar es abrazar tras la borrasca.
936. Amar es recordarte (siempre).
937. Amar es necesitarte (después de muerto).
938. Amar es extender los dedos en la noche y no encontrarte.
939. Amar es guiñar un ojo a tu estrella.
940. Amar es contar los pasos que me separan de tu mirada.
941. Amar es contemplarte sin que lo sepas.
942. Amar es entrar en tus sueños (sin yo saberlo).
943. Amar es robarte minuto a minuto.
944. Amar es esperarte (aunque no pases).
945. Estás equivocado: Dios no es un varón.
946. Buscar a Dios no significa renunciar a nada.
947. El gurú juzga. Error...
948. Imaginar es otra forma de levitar.
949. La ciencia terminó aburriéndome.
950. El científico debería envidiar al poeta.
951. Aíslate y (te) vencerás.
952. Crecemos en el barro y aspiramos a la luz. ¡Qué prodigio!
953. Me preocupa no saber transmitir emociones.
954. La ciencia reúne a castas y subcastas.
955. La ciencia siempre es miope.
956. La ciencia de hoy no será la ciencia de mañana.

957. En la vida, ganar y perder viene a ser lo mismo.
958. La mente está a tu servicio (regalo de los cielos).
959. La mente –aunque no lo creas– es una criatura silenciosa.
960. Nadie se acuerda de la mente cuando muere.
961. Dicen que hay una mente colectiva. No sé...
962. La paciencia y la misericordia bajan directamente del cielo.
963. Si alcanzas la ancianidad..., piensa, piensa y piensa.
964. Recibe más el que más da.
965. La historia roba siempre.
966. Me ignoro más de lo que te ignoro.
967. La religión nunca habla claramente; no sabe.
968. El amor violeta no está en los manuales.
969. La religión del dogma cristaliza el alma.
970. La religión del espíritu libera el alma.
971. Me pregunto: ¿qué es importante para Dios?
972. Un día, cansado del mundo, desaparecí en mi interior.
973. No recuerdes a Dios tus olvidos.
974. Somos expertos en manipular la palabra ajena.
975. Si regalas lo último que te queda, recibirás lo que no imaginas.
976. Cuando llegue el silencio, no temas: abrázalo.
977. Un día me preguntaron: «¿Por qué te hiciste apóstata?». Y respondí: «Por coherencia».
978. Como persona llegué tan lejos que me perdí.
979. ¡Soñador: sigue tu camino! Ladran, luego cabalgamos...
980. No hay otra: llegarás al Padre Azul, inexorablemente.
981. Luzbel quiso acortar el largo camino del hombre hacia el Paraíso.
982. Equilibra tus gozos.

983. Comparar a Jesús de Nazaret con un gurú es no haber comprendido.
984. Hacer tambalear una mente es resucitarla.
985. El Padre Azul, sobre todo, es económico.
986. El Padre Azul, sobre todo, es supersimetría.
987. El miedo nace en los territorios del olvido.
988. Mira a tu alrededor cariñosamente y el mundo te responderá con la misma moneda.
989. Un día, a los setenta años, inauguré la operación DYC: «Despedida y cierre».
990. Si te enamoras a los setenta años, tendrás dos problemas y muchas alegrías.
991. El amanecer del alma es violeta.
992. Si eres tan poderoso –amado gurú–, ¿por qué te pican los mosquitos?
993. Hay gente a la que le da igual cinco que veinticinco.
994. Dios entra en tus pensamientos..., si tú lo autorizas.
995. Los pies en tierra y el alma azul.
996. Sé generoso con quien lo merezca.
997. El libre albedrío es otro magnífico sueño.
998. La imaginación deja una estela azul.
999. Ahora vivo más en mi hogar interior.
1000. Cuanto más sé, menos necesito.
1001. La sabiduría no cura el cáncer.
1002. Soy ordenado por pura economía.
1003. Es tan importante ser franco como cortés.
1004. No aspires a la perfección (ahora).
1005. Las montañas son hermosas, sí, pero no se mueven.
1006. Si te traicionó una vez, lo hará otras muchas.
1007. No hagas como yo: no aconsejes bajo ningún concepto.

1008. Entre el pensamiento y la palabra hay años luz.
1009. El hombre medio ocupa un lugar insustituible.
1010. Nadie tiene acceso al alma; ni siquiera tú.
1011. Por mucho que digan, el alma es inconquistable.
1012. El alma está para ser llenada; para nada más.
1013. El alma es el inicio de tu yo.
1014. El alma no es masculina o femenina.
1015. El secreto de la paz interior: no ataques, aunque seas atacado.
1016. La mujer no tiene la culpa de mi debilidad.
1017. Pregúntate primero: ¿tu vida es original?
1018. El descubrimiento personal tiene más trascendencia que la sabiduría.
1019. Preguntar con la mirada es enseñar el corazón.
1020. Gritan los que han perdido la razón.
1021. La lucidez me visita de tarde en tarde.
1022. Los ignorantes no son del todo culpables.
1023. Soy jazmín cuando acaricio y rayo cuando defiendo.
1024. Todos los hombres son grandes; algunos, incluso, brillan.
1025. Paz interior: la hija menor de la Verdad.
1026. Parte de mi vida no germinó.
1027. No desates todos los nudos de tu vida.
1028. He vivido momentos sublimes y millones de ahoras, aparentemente insignificantes.
1029. La vida es necesariamente lenta.
1030. Lo visible está lleno; lo invisible está repleto.
1031. El Padre Azul perfuma con la luz.
1032. Si imaginas, es porque ya existe.
1033. Cuando te hablas a ti mismo, le hablas a Él.
1034. Yo no dependo de mí, sino de Él.

1035. Me gusta oír por oír.
1036. Antes tenía ilusiones; ahora tengo pequeñas ilusiones.
1037. Prueba a expresarte con el silencio.
1038. Limpiar la mente no depende solo de ti.
1039. La luz es el único Dios que merece la pena.
1040. No es necesario conocer a la persona que amas.
1041. No es necesario tratar a la persona que amas.
1042. No es necesario acariciar a la persona que amas.
1043. No es necesario ver a la persona que amas.
1044. Permite que el débil muestre su fortaleza.
1045. No escribo (ni escribiré) para el presente.
1046. ¿Sueña Dios?
1047. Si es posible, no dispares dos arcos a la vez.
1048. Ojalá fuera responsable de mis sueños.
1049. La vida es un derroche minuciosamente estudiado.
1050. Soy más cuando Él «desciende» en mi mente.
1051. El AMOR solo tiene una lectura: se derrama.
1052. El sabio lo es –precisamente– porque no teme.
1053. La vida es una pesadilla (pasajera).
1054. Camino siempre detrás de mí mismo.
1055. La paz se expresa mejor sin palabras.
1056. « Mal'ak» (mensajero) es lo más bello que me han dicho.
1057. Busca, aunque no sepas qué.
1058. La inmortalidad no tiene marcha atrás.
1059. Para el que descubre al Padre Azul, la bondad es lógica; la acción es constante; la misericordia es el paisaje y la serenidad es irremediable.
1060. Al saber que Dios me habitaba recuperé el rumbo.
1061. No puedes amarrar lo invisible.

1062. Somos tan absurdos que creamos la oscuridad y nos la creemos.
1063. Cuanto más intuitivo, más certero.
1064. Cuanto menos mediocre, más tú.
1065. Imaginar es ser y estar.
1066. Me gusta la esperanza que cabe en la palma de la mano.
1067. Me asusta saber y no saber transmitirlo.
1068. La flor habla en silencio.
1069. Ninguna revelación se marchita.
1070. Si te visita la Verdad, quedarás desnudo.
1071. Todo tiene sentido; solo es cuestión de vivir.
1072. Supongo que los Dioses también crecen.
1073. Despertar es comprender.
1074. Comprender es empezar (constantemente).
1075. Dios nunca pregunta.
1076. Dios no está para ayudar.
1077. Dios no es lo que crees.
1078. Dios son muchos.
1079. El que odia no recuerda ni su origen ni su destino.
1080. Deja lo sublime para el NO TIEMPO.
1081. Juzgar es atropellar y atropellarte.
1082. Es la duda la que impulsa a caminar; no la certeza.
1083. La duda no es mal comienzo.
1084. Cuantas más dudas, más recorrido.
1085. Al despertar (y comprender) tuve que decir adiós.
1086. Adorar es asomarse a Dios.
1087. No confundas a Dios con la religión.
1088. Negar con el corazón es peor que negar en público.
1089. Procura que tus pensamientos sean siempre azules.

1090. Permite que la «bella» te acaricie.

1091. Si tu vida discurre como un suspiro, es que estamos en el buen camino.

1092. El miedo te acompañará hasta el final.

1093. El miedo es el gran perdedor.

1094. Cuando llega la muerte, el miedo huye.

1095. El miedo se presentó en las cavernas. ¿No es hora ya de abatirlo?

1096. No me gusta que me den las gracias. Me he limitado a cumplir lo «contratado».

1097. Me gusta que me abracen con la sonrisa.

1098. Si te comprendiera, me llenaría de ti.

1099. Si me comprendieras, te llenarías de mí.

1100. Hagámoslo juntos: divinicemos la materia.

1101. No busques lo que fue concebido para mañana.

1102. El espacio y el tiempo son aventuras que olvidaremos.

1103. Mis teorías son más sencillas que yo.

1104. Dios es tanto que resulta indemostrable.

1105. Gödel fue otro mensajero.

1106. Soy lo que soy y lo que nunca seré.

1107. Si deseas contentar a Dios, imagina.

1108. Pon una rosa en tu desayuno.

1109. Cuando Dios baja, yo subo.

1110. Hablar de «siempre» en el NO TIEMPO carece de sentido.

1111. En mí casi todo es prestado.

1112. Si abro los ojos, la veo; si los cierro, la acaricio.

1113. Transmitir esperanza es tan hermoso como arriesgado.

1114. Todos los seres maravillosos experimentan el fracaso.

1115. Siempre hay alguien que sabe más que tú.

1116. Todas las mentes son inicialmente bellas; después, el hombre la arruga.

1117. Conviene que ahora no sepas demasiado. Así, al morir, tu sorpresa será indescriptible.

1118. Azul lo sostiene todo.

1119. El símbolo es una llave.

1120. Dios derrama símbolos.

1121. Dios se deja leer en los símbolos.

1122. Los símbolos son escalones (que bajan o suben).

1123. Lo invisible se materializa en los símbolos.

1124. La simbología te hará innovador.

1125. La conciencia es una lenta carrera hacia ti mismo.

1126. Conciencia = anticipación del NO TIEMPO.

1127. La realidad es una de las hijas menores de la imaginación.

1128. Solo los Dioses imaginan de verdad.

1129. Imaginar en la imperfección es intentar (solo intentar) la perfección.

1130. Nadie puede imaginar en los sueños. ¿Por qué?

1131. Es más fructífero sentir que analizar.

1132. Sembrar esperanza es cosechar esperanza

1133. Ayudé a muchos (sin saberlo); fue mi gran recompensa.

1134. Dios no es lo que dicen, y mucho menos lo que venden.

1135. Si deseas algo con el corazón, solo tienes que esperar.

1136. Llegó un momento en el que «Gog» me paralizó; todo fue oscuridad.

1137. Destruir es fácil y propio de descerebrados.

1138. No escuches a los que insisten.

1139. Mi hijo Iván es depositario de algunos de mis secretos.

1140. Vive el momento y ríete del mañana.

1141. Espera y ganarás todas las guerras.

1142. Esperar es propio de sabios.
1143. Si la vida te agobia, siéntate y deja que pase.
1144. Si la vida te supera, siéntate y deja que pase.
1145. Si la vida solo trae amarguras, siéntate y deja que pase.
1146. Si la vida no es lo que tú esperabas, siéntate y deja que pase.
1147. Cuando te levantes, la vida será diferente.
1148. La meditación es el primer escalón hacia ti mismo.
1149. El secreto del éxito interior: deja que la vida fluya.
1150. Trabaja duro, pero delega.
1151. No permitas que la religión piense por ti.
1152. No permitas que la religión te controle.
1153. No permitas que la religión te juzgue.
1154. No permitas que la religión te indique el camino.
1155. Si está en tu mano, huye de la religión.
1156. Ojo con la letra pequeña de la vida.
1157. Todos los supuestamente elegidos son insoportables.
1158. Sí, estuve (estoy) perdidamente enamorado. Eso me salva.
1159. Cuando te enamoras, todo se detiene. ¡Qué misterio!
1160. El peor enemigo anida en tu casa.
1161. No lo olvides: los crueles habitan entre los dóciles.
1162. Todos los humanos son «guiados».
1163. Cada ángel custodio tiene dos caras.
1164. Nadie —en la materia— es dueño de la Verdad.
1165. Muerte y religión van de la mano.
1166. Verdad y religión no coinciden casi nunca.
1167. Las ilusiones, como la vida, se agotan. Es la ley.
1168. Después, en la noche, algunos pensamientos quedan huérfanos.
1169. Después, en la noche, solo quedas tú.

1170. La masa se contagia fácilmente (no importa de qué).
1171. Confía. Todo termina.
1172. Confía. Todo está diseñado para el bien.
1173. Confía. Todo es provisional.
1174. Confía. Tras la muerte no hay oscuridad.
1175. Si pides un favor a Dios, que sea para su mayor gloria.
1176. Los misterios están para alumbrar.
1177. Con la edad se regresa a uno mismo.
1178. Mis limitaciones no conocen límites.
1179. Dios no lo controla todo; son las reglas del juego.
1180. Los periodistas somos especialmente hábiles a la hora de ocultar la verdad.
1181. Si la soledad te abraza, déjate abrazar.
1182. Si sabes que vas a morir, continúa con lo que tienes entre manos.
1183. Antes de la vida también estaba vivo.
1184. Al morir despiertas, ¡al fin!
1185. Si rectificas, es que estás vivo.
1186. Tras la muerte no hay forma de rectificar.
1187. Tras la muerte no se desanda nada.
1188. Tras la muerte volverás a empezar.
1189. Tras la muerte nadie te juzgará.
1190. La eternidad es una alfombra roja... ¿sin fin?
1191. Morir es otra experiencia muy personal.
1192. ¡Despierta y saborea la imperfección!
1193. «Dentro y fuera» son lo mismo en el NO TIEMPO.
1194. Si tu alma rebosa, deja que se derrame. Otros beberán de ella.
1195. Hacer la voluntad del Padre es rentable y, sobre todo, divertido.

1196. Intenta que tus sueños sean violetas.
1197. Aparca el pasado en la memoria y quédate en el ahora.
1198. Las equivocaciones son parte del plan.
1199. He tenido tres o cuatro amigos (más de lo que merezco).
1200. Mis catástrofes interiores han sido muchas. Fue lo establecido en el «contrato».
1201. El mundo tropezó con mis palabras.
1202. Mi mundo cabe en la palma de la mano.
1203. El mundo que me interesa no es este.
1204. Estoy en el mundo cumpliendo órdenes.
1205. Mi Dios y Creador también fracasó (aparentemente).
1206. Envidio a la mujer por su pensamiento: más azul que el mío.
1207. Cuando queráis preguntar, ya no estaré...
1208. No veas pasar el «ahora». ¡Bébetelo!
1209. Ama como si fuera lo último que vas a hacer en la vida.
1210. Ama (puedas o no puedas).
1211. Ama todo lo que te rodea (sea visible o invisible).
1212. Que amar sea tu obsesión.
1213. Los regalos son amor..., diluido.
1214. En cada desatino me entorpezco.
1215. Sé valiente (solo cuando sea absolutamente necesario).
1216. Ninguna de mis lágrimas fue fingida.
1217. Añorar es acariciar sin manos.
1218. El Destino lo forman nuestras acciones y omisiones.
1219. Cuando todo se oscurezca, enciende la luz del alma.
1220. Cuando todo se oscurezca, acude a la chispa que te habita.
1221. Cuando todo se oscurezca, busca en el desván de los recuerdos. Allí está la solución.

1222. Cuando todo se oscurezca..., abrázate.

1223. Cuando era niño llegó una demoledora sensación de fracaso. Me avisó. Y fracasé en lo más sagrado: el amor.

1224. No es cierto que Dios escriba recto; en realidad nunca escribe.

1225. De repente todo es ruina. Es la ley.

1226. El amor (azul), sabiamente mezclado con la inteligencia (amarillo), te proporcionará la libertad (verde).

1227. El silencio también es un arma temible.

1228. Y llegó el día en el que me enriquecí por dentro.

1229. Me encanta pintar con el silencio.

1230. A veces necesito guardar silencio con alguien.

1231. ¡Qué hermoso morir en silencio!

1232. El silencio te ayudará a escuchar a los demás.

1233. La urraca del olvido ha robado mis mejores joyas.

1234. Un día fui consciente de mi obra (ya estaba muerto).

1235. Demuestra quién eres cuando llegue el momento (no antes).

1236. La vida (la más larga) es una experiencia mínima.

1237. Lo oculto es más sagrado que la ley.

1238. El final de los tiempos no es necesario (pero está al llegar).

1239. Todo y nada son igualmente importantes.

1240. No te repitas (mientras puedas).

1241. Los muertos también sonríen. ¡Y cómo!

1242. Siempre vivirás peor que mañana.

1243. Un abrazo es un renacimiento.

1244. Los hombres insignificantes son peligrosísimos.

1245. También existe lo que no ves (y te ama).

1246. Alguien, por encima de la lluvia, pinta cada arco iris (para ti).

1247. Vivir es regresar, llorar, soñar, ver y no ver, querer y no poder.

1248. No hables de buena o mala suerte (tú no).

1249. La vida está pensada para que parezca otra cosa.

1250. La vida está imaginada de forma que creas que es lo único que tienes.

1251. Aunque no lo parezca, la vida es una comedia.

1252. Vivir es un regalo (para que experimentes).

1253. Vivir es asomarse al tiempo.

1254. De donde procedes, y a donde regresarás, no hay tiempo.

1255. Exprime las horas como si fueran limones.

1256. Vive la tristeza, porque no volverás a experimentarla tras la muerte.

1257. La vida tiene un sentido: que nadie te lo cuente en el más allá.

1258. Vivir es experimentar la limitación (ahora) porque mañana seré ilimitado.

1259. Vivir es dudar porque –tras la muerte– no podrás dudar.

1260. Vivir es estar perdido (conscientemente).

1261. En el acto de morir no existe la repetición.

1262. Vivir es jugar con lo pequeño.

1263. Vivir es todo aquello que seas capaz de imaginar.

1264. La bondad y la maldad forman parte de la vida, pero no son el objetivo.

1265. Experimentar la vida abarca el bien, el mal, y lo contrario.

1266. Hay gente que vive sin saber que vive.

1267. Es difícil de comprender. Para cumplir con mi «contrato» debo ser duro e implacable. Pocos lo entendieron.

1268. Atrápame con la mirada (lentamente).

1269. No pretendas hacerlo todo; deja que los cielos colaboren.

1270. Para nacer mujer hay que ser más valiente que para nacer hombre.

1271. Envuélveme con la mirada (lentamente).

1272. Envuélveme para siempre.

1273. Vivir es despertar, caer, alzarse, saber e ignorar, abrir los ojos en la oscuridad, hablar sin palabras, no destacar, aborrecer, amar y dejar de amar, ser amado y dejar escapar, ver morir y saber que vas a morir, trabajar sin saber por qué ni para qué, entregarte, acariciar lo más pequeño, no esperar nada a cambio, sonreír ante la adversidad, dejar que la belleza te abrace, oír y volver a oír, contradecirse, esperar como si fuera la primera vez, enredarse en lo que no quieres, desear por encima de todo, CONFIAR, rebelarse contra todos y contra sí mismo, dejar hacer, y, sobre todo, mirar al cielo.

1274. No me siento especial. Soy alguien con un trabajo especial. Eso es todo.

1275. Nada es lo que parece; sobre todo el futuro.

1276. Sé que me sueñas...

1277. Atrévete: camina solo.

1278. No importa que te alejes; al contrario...

1279 Bésame (ayer).

1280. El alma no tiene puertas.

1281. No hay peor diablo que el imaginado.

1282. Lo invisible pesa más que lo visible.

1283. Prefiero derramar lágrimas a sangre.

1284. Tras el juicio a Luzbel, el mundo será anclado en la luz.

1285. Cada persona es un problema (1^{10}).

1286. Soy agua cuando me bebes.

1287. Estoy muerto si me olvidas.

1288. Quisiera ser luz para alcanzarte.

1289. Adoro al buen Dios cada vez que imagino.
1290. Caminemos cogidos de la mirada.
1291. No hacer nada resulta costosísimo.
1292. Padezco la contagiosa enfermedad del olvido.
1293. Si lloras por ti mismo, es que no has comprendido.
1294. La buena nueva no necesita dogmas, ni templos, ni sacerdotes; solo mensajeros.
1295. Es más importante la esperanza que el bienestar.
1296. Lo sé: las fotos respiran.
1297. Cuando amé, recibí más de lo que entregaba.
1298. Conté sus miradas (son mi tesoro).
1299. Protégete con el silencio.
1300. De vez en cuando piensa hacia fuera.
1301. El Padre Azul me protege. Pero ¿quién me protege de mí mismo?
1302. Al final de la vida te amarrarán pensamientos banales.
1303. Cuanta más distancia en el tiempo, más gloriosa será tu obra.
1304. Si agotas la curiosidad, el alma se seca.
1305. La prudencia cuenta, incluso, entre los monos.
1306. No prediques a los cocodrilos.
1307. Si vendes algo, recuerda que eso te vende.
1308. ¡Qué inmensa tristeza ser piedra!
1309. Camina con los ojos.
1310. Sé generoso con lo que te pertenece; solo con eso.
1311. Alimenta con la palabra.
1312. Cuando te llenes, derrama.
1313. Dudo porque soy humano (no al revés).
1314. Las dudas son como las olas: inevitables.
1315. Cada duda te alarga la vida.

1316. Lo fácil me hace fuerte.
1317. Cuando tengo paz, sobra todo lo demás.
1318. Habla solo de lo que estés seguro; del resto se ocupan tus enemigos.
1319. Solo los «ciegos» levantan el puño contra Dios.
1320. No corrijas y no serás corregido.
1321. He amado lo que nadie amó.
1322. Perdona siempre y no olvides nunca.
1323. Lánzate al río de la humildad.
1324. Perdona para rejuvenecer.
1325. Si perdonas, tu enemigo se alejará.
1326. La paz no sacia.
1327. El dinero no sirve para comprar inteligencia.
1328. El dinero es niebla en el corazón.
1329. Si eres inteligente, usarás el dinero; si no lo eres, el dinero te usará a ti.
1330. El dinero mide a quien lo tiene.
1331. No persigas al dinero y él te buscará.
1332. La imaginación es pura sal.
1333. Al imaginar, abres un boquete en los cielos.
1334. Poesía – santidad = perfección.
1335. El que imagina intuye sin cesar; el que razona se equivoca sin cesar.
1336. Es fácil imaginar lo invisible.
1337. Es más fácil imaginar en lo invisible.
1338. Si no pudieras imaginar, el silencio no sería sonoro.
1339. Descender al tú es otra gran aventura.
1340. Lo curvo no es gratuito.
1341. Si mueres imaginando, no sabrás que has muerto.
1342. Tengo curiosidad: ¿qué se siente al no hacer nada?

1343. El amor es como un espejo. Si se rompe, no tiene arreglo.
1344. Haz bien tu trabajo (eso es todo).
1345. No estamos aquí para lo que supones.
1346. ¿De qué sirve la libertad si no soy feliz?
1347. Ojo: nadie sobra.
1348. No cometas la torpeza de no escucharte.
1349. Me reconcilio con la luz en los días tibios.
1350. El final es demasiado bello para ser mostrado.
1351. Lo que no está prohibido es obligatorio: Dios.
1352. Dios, probablemente, no es la Verdad.
1353. Algunos humanos construyen el mundo desde sus cárceles interiores.
1354. El interior de las personas arroja una lectura distinta.
1355. Las ideas, y muchos pensamientos, son recibidos.
1356. ¿Puede el amor superarse a sí mismo?
1357. Él me enseñó: respeta todas las opiniones.
1358. Renunciar es muy saludable.
1359. Bienaventurado tú, si sabes leer el arco iris.
1360. Bienaventurado tú, si sabes caminar de la mano de la soledad.
1361. Bienaventurado tú, si sabes y callas.
1362. Bienaventurado tú, que has elegido nacer en la imperfección.
1363. Bienaventurado tú, si buscas...
1364. Bienaventurado tú, si crees que no has recibido nada.
1365. Bienaventurado tú, si amas a los demás como a ti mismo.
1366. Bienaventurado tú, si entregas lo recibido.
1367. No lamentes lo que dices; lamenta lo que haces y, sobre todo, lamenta lo que no haces.
1368. Lo que es bueno hoy no tiene por qué serlo mañana.

1369. Mira siempre más allá de las palabras.

1370. Conozco a mujeres que solo hablan hacia adentro.

1371. Si una mujer te pregunta si va bien vestida, es que le interesas.

1372. El Padre Azul es la realidad de las realidades.

1373. Suelta lastre..., ¡ya!

1374. Siempre le hago trampas a Dios (Él se deja).

1375. Sí, insisto: cada galaxia necesita un Dios.

1376. De vez en cuando necesito bañarme en el Padre Azul.

1377. Solo en la imperfección se da la violencia.

1378. Solo los necios sueñan con la guerra.

1379. La amistad iguala.

1380. Las buenas referencias aparecen ocultas para la mayoría.

1381. Nadie viene a este mundo para aprender.

1382. ¿Por qué la mar no se cansa? Porque Alguien lo imaginó.

1383. Cuanto más crezcas, mayor será tu sed.

1384. Antes de ser ya eras.

1385. Al Padre Azul no le interesa tu pasado.

1386. Solo tenemos un enemigo: el miedo.

1387. El tiempo sí es justiciero.

1388. Envejecer es aproximarse a la eterna juventud.

1389. Nunca lo dudé: la mar es una mujer.

1390. No analices lo que no puedes comprender.

1391. Abrid mis carpetas; allí está mi vida.

1392. Ningún minuto regresa. ¿Por qué?

1393. También nací para asomarme al tiempo.

1394. Dejar un legado fue parte de mi «contrato».

1395. No me reconozco cuando leo mis libros. ¿Quién estaba detrás cuando los escribí?

1396. En la oscuridad más impenetrable hay luz.

1397. «Gog» marcó un antes y un después en mi vida.

1398. El «dolor de Copenhague» regresa de vez en cuando y me hiere en la mano izquierda.

1399. Morir es necesario y raro.

1400. El método científico es sagrado (pero no tanto).

1401. Cuanto más absurdo, más probabilidad de que sea cierto.

1402. La misericordia puede más que el acero.

1403. La poesía es clarividencia.

1404. El alba –violeta y de puntillas– me reconcilia con el ser humano.

1405. El Destino teje y desteje. Es la ley.

1406. En la incomprensión, la culpa es del que intenta explicar.

1407. No creas nada de lo que veas en televisión.

1408. En política, la indiferencia es un insulto.

1409. El Che se equivocó: la revolución no es el escalón más alto de la especie humana; ese escalón está en el interior.

1410. La decepción es la sombra de la política.

1411. Mis mentiras son ridículas si las comparo con las mentiras del Pentágono o de la NASA.

1412. En política siempre hay alguien que miente más que los otros.

1413. No fallan las repúblicas; fallan los hombres.

1414. Jamás te fíes de las cúpulas militares.

1415. La política no te hará hombre; todo lo contrario.

1416. La esperanza surge al mirar hacia el interior.

1417. Los políticos apuñalan sin derramar una gota de sangre.

1418. Mente abierta es incompatible con religión.

1419. Al cruzar la barrera de los setenta me vi libre de muchos prejuicios (pero no de mí mismo).

1420. Casi todo lo bello es silencioso.

1421. Revolución no equivale a democracia.

1422. Me pregunto: ¿Por qué en los cielos no hay democracia?

1423. La política reseca los corazones.

1424. Fidel Castro calificó la lucha revolucionaria como arte y Beethoven se estremeció en su tumba.

1425. Maten a un político y lo harán santo.

1426. ¿Por qué llamaban al Che Guevara el «carnicerito de la Cabaña»?

1427. Todos los amaneceres son prometedores (solo prometedores).

1428. Es fácil convertir en héroe a un miserable.

1429. Es fácil convertir una mentira en un ideal.

1430. No hay peor utopía que la sangrienta.

1431. Vivimos una época cutre (desde todos los puntos de vista).

1432. «En política, el odio es un factor de lucha» (Che Guevara). Y lo hicieron un héroe...

1433. No busques explicaciones a todo; deja que los cielos te sorprendan.

1434. Yo soy yo..., y mis contradicciones.

1435. La voluntad es una palanca.

1436. George Orwell tenía razón: «En política, la ignorancia es la fuerza».

1437. Cuando mueras, todo regresará.

1438. El tiempo causa más estragos que los huracanes.

1439. El tiempo es enemigo de la distancia.

1440. El tiempo no espera a nadie.

1441. El tiempo es hijo del espacio.

1442. Si el tiempo pudiera gritar, sería un Dios.

1443. No me gusta redondear nada de lo que emprendo. Es más bello que otros lo culminen.

1444. He amado a algunas mujeres; solo una me robó el corazón.

1445. Fracaso a diario. Es la ley.

1446. He hablado tanto conmigo mismo que terminé aburriéndome.

1447. He necesitado tiempo para mentalizarme: todo termina.

1448. La masa es amorfa; los políticos lo saben y la utilizan.

1449. Hay quien programa las guerras con veinte años de antelación.

1450. Protestan por la muerte de los toros, pero no por la muerte de los niños.

1451. No hay peor presidente que un presidente tonto.

1452. Mi trabajo es vocacional; es decir, sujeto a «contrato».

1453. Todos mis libros me dieron satisfacciones (muy pocos dinero).

1454. La curiosidad me pide alcanzar los seiscientos años. Lo conseguiré con la muerte.

1455. La buena salud engaña.

1456. No te fíes del hombre (o de la mujer) que llora con facilidad.

1457. No te fíes de la mujer que no llora.

1458. En política, la casualidad tampoco existe.

1459. Lo más peligroso de la masa es que no piensa.

1460. Me gustaría ser un Dios para no justificarme.

1461. Soy el único que sabe cosas de mí mismo (inconfesables).

1462. Hallé a muchas personas buenas en mi vida (la mayoría). El resto eran mujeres y hombres equivocados.

1463. Casi todos los finales —como la muerte— son dulces.

1464. Los catecismos condensan oscuridad.

1465. En cada vida hay mil excepciones.

1466. El ser humano diviniza lo que solo es técnicamente superior.

1467. Necesité setenta años para domesticarme.

1468. La ignorancia es una fiel compañera de viaje.

1469. Me encantaría vivir en la mente de dos mujeres a la vez.

1470. Ocho de cada diez coches bomba proceden de Texas.

1471. La CIA alimentó y consintió el terrorismo del IRA y de ETA.

1472. Derechos humanos y política no casan.

1473. Entrar en política significa huir de algo.

1474. En todo atentado terrorista hay dos clases de autores: los profesionales y los títeres.

1475. La política más oscura utiliza galones.

1476. Romper con las normas ayuda a romper con uno mismo.

1477. Las miradas, sobre todo, transportan sentimientos.

1478. En el «más allá» aparecerán algunas dudas (por poco NO TIEMPO).

1479. Tu Destino está escrito en los símbolos.

1480. Los símbolos desatornillan la mente.

1481. Los símbolos revelan (velando) y velan (revelando).

1482. Cuanto más progreso, más simbología.

1483. Ningún símbolo se deja vaciar (totalmente).

1484. El arte huye del signo y nutre al símbolo.

1485. Si desnudas al símbolo, encontrarás a Dios.

1486. El símbolo suscita la vida.

1487. La intuición juega con los símbolos.

1488. Los símbolos edifican la conciencia.

1489. Los símbolos sí contienen el futuro.

1490. Si está en tu mano, respira símbolos.

1491. El símbolo es un ángel que desciende.

1492. Los ruidos son el infierno.

1493. En ocasiones, las mejores vistas son al interior.

1494. Cuando decidí retirarme nadie me comprendió (estuve solo hasta en eso).

1495. Si puedes, trabaja para divertirte.

1496. Dicen que no sé terminar los libros. ¡Falso!

1497. Dicen que no sé sonreír. ¡Falso!

1498. Dicen que no soy humano. ¡Falso!

1499. Un día me aventuré en los primeros cien mil decimales del número «pi» y descubrí el futuro del mundo. Nadie me creyó.

1500. Cuando despierte –tras el dulce sueño de la muerte– hallaré la cuadratura del círculo.

1501. Sí, el sentido común son números.

1502. ¿Y de qué me sirve el ordenador si solo proporciona respuestas?

1503. Dios, un día, dejó caer el número «pi» en la Tierra. Pitágoras lo vio...

1504. ¿El hombre y el mono descienden de algo o de alguien?

1505. En cincuenta años llegué a leer 18.250 libros. ¡Qué ridiculez!

1506. Gödel me llenó de optimismo: hay verdades que nunca serán demostradas.

1507. Los genios lo son hasta en sus rarezas.

1508. Cuanto más absurdo, más humano.

1509. En realidad, mis libros son cine.

1510. El universo espiritual se ríe de las leyes de la Termodinámica.

1511. Si usted sigue en la oscuridad, llame en su interior.

1512. El cielo no es el final.

1513. Nada sucederá si no lo has programado antes de nacer.

1514. La Verdad –si existe– tiene que ser delirante.

1515. La estupidez –en ciencia– no tiene límite.

1516. Solo los muertos no se ríen de sí mismos (ellos se lo pierden).

1517. La venganza destruye al que la practica.

1518. Quizá mis libros necesitan muchos futuros.

1519. Las palabras tienen efecto multiplicador.

1520. Ser es ser percibido.

1521. No es cierto que superando el deseo (budismo) se supere el sufrimiento.

1522. Si renunciar a las comodidades pone fin al sufrimiento (budismo), ¿por qué hay millones de desgraciados?

1523. No somos lo que pensamos.

1524. Duplica el valor de la caridad practicándola en secreto.

1525. Cada pétalo, entre las páginas de un libro, grita que te amo.

1526. Si el Destino cierra las puertas, resígnate.

1527. «¿Y después qué?» es una pregunta que debería hacerse todo el mundo (ahorraría muchas lágrimas).

1528. La ingenuidad también mata.

1529. Mentir es tan fácil como respirar.

1530. No mentir es más difícil.

1531. Hay días irrespirables.

1532. Aunque no lo creas, lo más querido sigue vivo.

1533. Ahora –aunque viva en la oscuridad– sé que procedo de la luz.

1534. Ustedes nunca sabrán...

1535. La tristeza, como la alegría, rara vez se desborda.

1536. En el alma siempre cabe más.

1537. Un día aprendí a beber estrellas.

1538. No estás aquí para resolver misterios: solo para disfrutarlos.

1539. Germina hacia adentro.

1540. Todo termina (incluso sin empezar).

1541. El secreto militar es un insulto al contribuyente.

1542. Lo reconozco: me enamoro de casi todas.

1543. Mente fría y distante: ese es el gran secreto para todo.

1544. Y la chispa divina que me habita rectificó: «El secreto para todo es despertar».

1545. Ella, de vez en cuando, cuando me siento perdido, me ruega silencio.

1546. El éxito consiste en trepar más alto que los demás (otro malentendido).

1547. Si hablas con las cosas, es que has superado la barrera de la soledad.

1548. En mi caso, humanizar las cosas fue un paso lógico.

1549. Los miserables también deberían inspirar piedad.

1550. Una cosa es vivir y otra, muy diferente, transmitir lo vivido.

1551. Huí de la religión (muy a tiempo).

1552. Hazte amigo de los fracasos.

1553. No somos lo que creemos; somos mucho más.

1554. Los horizontes interiores sí son alcanzables.

1555. Primero llega al río; después crúzalo.

1556. Los prisioneros tenemos todo el tiempo del mundo.

1557. ¡Qué difícil es explicar la supersimetría!

1558. ¡Qué importante es viajar sin moverse! Solo Dios lo hace.

1559. Nunca imaginé que los cactus respiran verde.

1560. Los glaciares esconden silencios perdidos.

1561. Cuando despiertes en el NO TIEMPO, medio comprenderás...

1562. Solo entiendo lo que puedo dibujar.

1563. Al acostarme, mi último pensamiento es para ella; después me acurruco en la voluntad de «Ab-ba».

1564. Lo juro. No tengo la culpa de cumplir años (yo no quería).

1565. Estoy perdido: amo a casi todo el mundo.

1566. No es tan difícil demostrar lo imposible.

1567. Lo confieso. Disfruto cuando imagino.

1568. De diez, nueve ideas se me escapan.

1569. A veces pinto los días de azul. Y se transforman en días azules.

1570. Una agenda en blanco son 365 victorias.

1571. Crear con la imaginación es prerrogativa de los Dioses.

1572. Las inundaciones más fértiles son las interiores.

1573. Búrlate de la ciencia con orejeras.

1574. Ejemplo de necedad: «Dios bendiga América».

1575. Todos los días conviene cribarse.

1576. Sí, os miro como a extraños...

1577. Ni conocemos ni sospechamos el por qué de las cosas.

1578. La nobleza aparece primero en la mirada.

1579. Si volviera a nacer, mi «contrato» sería el mismo.

1580. Al final investigué para mí mismo.

1581. Lo leído debe cobrar vida; de lo contrario no es palabra.

1582. Tuve buenos y malos jefes; ahora tengo al peor: yo.

1583. Primero constrúyete; después construye pirámides.

1584. Vivir sin reloj fue mi última conquista.

1585. Siempre hubo una puerta secreta en mi corazón.

1586. Convencer a un periodista significa convencer a miles de ciudadanos.

1587. Visitar librerías me desmoraliza.

1588. Mi corazón siempre estuvo dividido (cada vez más).

1589. Me despedí en silencio. Nadie lo advirtió.

1590. Llegué al punto de ignorarme.

1591. Llegué al punto de solo pensar.

1592. Llegué al punto de buscar –ansiosamente– mi «liberación».

1593. Llegué al punto de gritar (en silencio): «¡Dejadme en paz!».

1594. El peor enemigo es el zorruno.

1595. Lo sé: soy un hereje de mí mismo.

1596. El que lo explica todo no explica nada.

1597. Ella me transmitió tanto... (sin palabras).

1598. Una vez me acarició (y el alma se desbordó).

1599. Una vez leyó los poemas que le escribí (*Ella*) y creí morir.

1600. Una vez me tomó del brazo y volví a morir.

1601. Una vez me pidió un pastel de arroz, pero no lo encontré. Y morí por tercera vez.

1602. Una vez creí que todo estaba perdido, hasta que la vi.

1603. A una mujer le basta mirar para saber.

1604. Entre la genialidad y la esquizofrenia hay un paso.

1605. Considerar el matrimonio sagrado ha costado muchas lágrimas.

1606. No lo olvides: primero es la pareja; después el matrimonio.

1607. Si deseas casarte, convive primero con tu pareja; y hazlo –como mínimo– durante cinco años.

1608. Vivir en pareja no es un invento humano.

1609. Cada 7 de septiembre muero un poco.

1610. Abrir mi corazón es pura tortura.

1611. *Veinte mil leguas de viaje submarino* fue mi primer escalón hacia la fantasía.

1612. Julio Verne se sentó conmigo en los crudos inviernos de Pamplona. Y leímos juntos...

1613. Julio Verne se casó con la mujer equivocada; como yo.

1614. Julio Verne llegó tarde a Jesús de Nazaret. Yo tuve más suerte.

1615. Cerrar la boca no significa cerrar el alma.

1616. No desacredita quien quiere, sino quien puede.

1617. Me desprecié hasta que supe quién era.

1618. Me ignoré hasta que Alguien me reveló mi Destino.

1619. Cuando supe quién era, mis labios quedaron sellados.

1620. Cuando supe quién era, comprendí por qué no había nacido.

1621. Cuando supe quién era, todo fue relativo.

1622. Cuando supe quién era, comprendí.

1623. Hay muchos Juanjo Benítez; todos emanan de un príncipe.

1624. Cuando supe quién era, todo y nada importó...

1625. Mi país no me absorbió, ni me absolvió.

1626. Hacienda me condenó dos veces (injustamente).

1627. ¡Ah!, ¿qué tiene que ver Hacienda con la cultura?

1628. Toda condena contiene un valor añadido.

1629. Si deseas conocerme, léeme.

1630. Si deseas atacarme, léeme.

1631. Si deseas amarme, léeme.

1632. Si deseas ignorarme, no me leas.

1633. Cuando me imaginas, sigues lejos.

1634. Un día lo entendí: hacer poesía es desnudarse.

1635. *Ella* fue mi segundo libro de poemas (nunca se publicó).

1636. Elegí esconder la poesía en la prosa.

1637. Elegí esconderme en la prosa.
1638. Elegí esconderte en la prosa.
1639. No me interesa diluir el alma en el mundo; me importa llenarla.
1640. Hacer poemas es cosechar.
1641. Siempre fui el último (en mi interior).
1642. El hombre inteligente sabe cuándo retirarse.
1643. El hombre inteligente sabe cuándo renunciar.
1644. El hombre inteligente sabe cuándo está de más.
1645. El hombre inteligente entiende los silencios.
1646. El hombre inteligente mira una sola vez.
1647. Hay que estar muy enfermo para desear el éxito.
1648. Fui un hombre sutilmente maltratado por la vida; era lo previsto.
1649. Solo el ignorante se canta a sí mismo.
1650. El necio se escucha primero a sí mismo.
1651. El soberbio siempre monta en burra.
1652. Al envidioso siempre le falta tiempo.
1653. El lujurioso no conoce respiro.
1654. Para el perezoso todo es para mañana.
1655. El chismoso solo mira hacia fuera.
1656. En la oscuridad todos somos pequeños.
1657. Nuevo día = nuevo camino.
1658. Tomar decisiones es volver a tomar decisiones..., exteriormente.
1659. No confundas al incongruente con el genio.
1660. En la poesía hay muchos soles.
1661. Si la poesía no deslumbra, no es poesía.
1662. Lorca no era humano (estoy seguro).
1663. El silencio iba para poeta, pero...

1664. El silencio, casi siempre, fue mi mejor respuesta.

1665. Hay silencios de muchos colores.

1666. El silencio es un Dios silencioso.

1667. Mi padre terrenal fue padre y madre.

1668. Mi padre terrenal era más alto que Dios.

1669. Mi padre terrenal me tomó de la mano y me sacó de la oscuridad.

1670. Mi padre terrenal me presentó a la mar, mi primer amor. Yo tenía tres años.

1671. Mi padre terrenal me enseñó a morir.

1672. Y llegó el momento (2042) en el que la aventura se agotó.

1673. Y llegó el momento feliz (2042) en el que volví a verla.

1674. Y llegó el momento (2042) en el que regresé junto a mi Jefe (Micael).

1675. Y llegó el momento (2042) en el que fui liberado de mi misión.

1676. Hay genios que nunca lo fueron.

1677. Yo fui muchos.

1678. Yo fui el que te amó en silencio.

1679. En realidad, yo fui el que más te amó.

1680. Yo fui el todo (que te abraza).

1681. Yo soy el que sueñas (y mucho más).

1682. Yo soy el que nunca fue y el que nunca estuve.

1683. Yo soy el que te sobrevuela en cada sueño.

1684. Yo soy cuando me derramo.

1685. Yo soy el que acaricias a distancia.

1686. Yo sé que tú eres inmortal.

1687. Te daré una estampa de moderada felicidad: Castillo, al timón de la «Gitana azul».

1688. Te daré una estampa de moderada felicidad: sus faldas, levantadas por el viento de levante.

1689. Te daré una estampa de moderada felicidad: una copa de buen vino al atardecer.

1690. Te daré una estampa de moderada felicidad: Beethoven, a cualquier hora.

1691. Te daré una estampa de moderada felicidad: la mar entre los pies.

1692. Te daré una estampa de moderada felicidad: una mesa de trabajo, despejada.

1693. Te daré una estampa de moderada felicidad: el último folio de un libro.

1694. Te daré una estampa de moderada felicidad: la sonrisa de un nieto.

1695. Te daré una estampa de moderada felicidad: pagar una deuda.

1696. Te daré una estampa de moderada felicidad: saber que todo está cumplido.

1697. Te daré una estampa de moderada felicidad: Barbate y sus colores.

1698. Te daré una estampa de moderada felicidad: rezar ante su tumba.

1699. Nunca amé las armas.

1700. Muchos imitamos a Neruda (inútilmente).

1701. Yo soy difícil; tú no.

1702. La lluvia compone música (pero hay que saber oír).

1703. La lluvia amansa.

1704. La lluvia dibuja en tu imaginación.

1705. La lluvia desciende para ti.

1706. No te confundas: los muertos no duermen.

1707. Fui pequeño e imperfecto; después me recuperé.

1708. Cuidado: el silencio también mata.
1709. Nunca lloré por mis pecados. Y mucho menos por los pecados de los demás.
1710. Fui crucificado en las mentes de los mezquinos.
1711. Si deseas crear, haz un pacto con doña Soledad.
1712. Necesité del dolor para sublimarme.
1713. Necesité del vacío para descubrirme.
1714. Necesité del miedo para reconocerme.
1715. Necesité del amor para entenderme.
1716. Te necesité para saborearme.
1717. Que nadie sepa lo que tienes y mucho menos lo que te llevas.
1718. Mis palabras van más allá de lo visible.
1719. Huye de los cultos y liturgias (como de la peste).
1720. Nunca más regresaré a la Tierra (supongo).
1721. De mis noventa y cinco años de vida solo recuerdo «Momentos Azules».
1722. El corazón te dirá cuándo debes sentarte y aguardar el final.
1723. Las religiones –todas– son pura copia de copia.
1724. Hay ciudadanos que eligen la comodidad del dogma. Respétalos.
1725. Si te gusta volar, elige la religión del espíritu.
1726. El miedo fosiliza la religión.
1727. Ve con cuidado: el corazón se inunda fácilmente.
1728. Prefiero la decadencia al olvido.
1729. Muy lejos recibo el nombre de MAHU.
1730. Al final de la vida no pelees por nada (ni siquiera por ti).
1731. No conocemos la verdadera historia de nadie. Por eso no conviene juzgar.
1732. Cuando muera, tendré visión de 360 grados.

1733. La Verdad siempre es sencilla.
1734. La ortodoxia nunca aceptará la Verdad.
1735. No supe por qué había nacido; no supe por qué vivía y tampoco quise morir. Era un perfecto ignorante.
1736. Consume imaginación: la más poderosa de las drogas.
1737. Siempre serás tú (aunque no quieras).
1738. Que no te preocupe la meta (llegarás solo).
1739. No saber no significa retroceder.
1740. El tiempo te cambiará (en su momento).
1741. El planeta tiene su propio ritmo; no pierdas el tiempo intentando cambiarlo.
1742. Error: el alma no puede ser curada.
1743. La frustración forma parte del orden natural de las cosas.
1744. No busques felicidad; busca momentos felices.
1745. Pensar no es fácil. Entrénate.
1746. No permitas que la sociedad te programe.
1747. El verdadero sufrimiento es el olvido.
1748. Dios no pone una pesada carga sobre tus hombros; la solicitas tú mismo.
1749. Si la ley del Contrato fuera cierta, este libro es el regalo de tu vida.
1750. La ley del Contrato es la menos mala de todas las hipótesis.
1751. La ley del Contrato coloca a cada cual en su lugar.
1752. La ley del Contrato justifica lo injustificable.
1753. La ley del Contrato me reconcilió con Dios.
1754. Ojo: la ley del Contrato está por ver...
1755. La ley del Contrato sí establece que todos somos iguales ante la ley.
1756. La ley del Contrato justificaría la maldad y la bondad.

1757. Si piensas, tienes más posibilidades de ser moderadamente feliz.

1758. Si piensas, algún día serás libre.

1759. Si piensas, amarás con más fuerza.

1760. Si piensas, es más difícil que odies.

1761. La poesía puede matarte de felicidad.

1762. ¿Hay algo más sublime que morir de amor? Sí, morir por amor.

1763. La mente es un actor secundario (imprescindible).

1764. La mente cubre tus debilidades.

1765. La mente espera tus decisiones (en la sombra).

1766. La mente ejecuta fielmente (aunque estés equivocado).

1767. La mente se sacrifica a cada instante.

1768. La mente no acarrea pensamientos; solo los almacena.

1769. La mente no sufre; es un robot casi perfecto.

1770. La mente es una caja de herramientas (a tu servicio).

1771. «No es eso, señor cura, no es eso» fue una frase acertadísima.

1772. Olvida al mensajero y abre el paquete...

1773. No te asombres. Si trabajas con amor, emitirás luz.

1774. La amargura la produce el olvido.

1775. Nunca me preocupó lo que debía decir en público. De eso se ocupaba el Padre Azul y su «gente».

1776. Cuando alguien me hería, aparecía el dolor de Copenhague.

1777. La ley del Contrato me convirtió en hereje.

1778. Cuando una mujer te dice: «No quiero», quiere decir que quiere.

1779. Aquella vez, ella me dijo: «Haga lo que haga me arrepentiré».

1780. La infidelidad es otro habitante de la materia.

1781. La infelicidad no llega; está.
1782. El hombre infeliz no sabe que será feliz (mañana).
1783. Para ser infeliz se necesita muy poco.
1784. Para ser feliz (del todo) se necesita morir.
1785. No juzgues y quedarás limpio.
1786. Si juzgas, retrocedes.
1787. Solo los Dioses juzgan (y poco).
1788. Juzgar equivale a equivocarse.
1789. Para juzgar necesitas toda la información (eso es imposible).
1790. La gente necesita dinero, sí, pero, sobre todo, amor.
1791. Prueba a regalar amor y recibirás el lote completo.
1792. El amor es oxígeno a granel.
1793. No confundas el amor humano con el AMOR que te aguarda tras la muerte.
1794. El AMOR —tras el dulce sueño de la muerte— es eterno, pleno, e incomprensible (ahora).
1795. Al probar ese AMOR nadie regresa...
1796. El amor reduce las distancias.
1797. El amor no tiene esquinas.
1798. El amor te llena al instante.
1799. El amor, cuando llega, permanece; nunca se va.
1800. El que ama no pregunta.
1801. El que ama tiembla.
1802. El que ama no piensa; sueña.
1803. El que ama es devorado por los días.
1804. Si no has amado nunca, te lo has perdido todo.
1805. Amar = olvidar (se).
1806. Tu vida no es el resultado de tus pensamientos.
1807. Rebélate contra lo que no avanza.

1808. Rebélate contra tus prejuicios.

1809. Rebélate contra tu yo (el mezquino).

1810. Rebélate contra tu yo (el que repta).

1811. Llegó el día en el que me ignoré.

1812. No prediques; actúa.

1813. Todas las vidas serán —necesariamente— plenas.

1814. Solo soy adicto al amor y al orden.

1815. Si crees que pierdes, ganas.

1816. Ella tenía cien defectos; todos insignificantes.

1817. El más pequeño de mis defectos era inmenso al lado de los suyos.

1818. Trabaja, y hazlo intensamente, sin pensar en el mañana.

1819. Si te fijas, el mañana no llega nunca.

1820. Olvida a tus herederos y disfruta lo que tienes.

1821. Si experimentaras la verdadera felicidad, estallarías como un globo.

1822. Si te descubres por dentro, no necesitarás ninguna distracción.

1823. Ser viejo no te concede ventajas; salvo que hayas despertado.

1824. Lo intuyo: Dios hace trampas.

1825. El tono es tan importante como la palabra (o más).

1826. Nada es lo que parece (ni arriba ni abajo).

1827. El karma también fue un invento humano. Sencillamente, no existe.

1828. Necesito un segundo para enfadarme y tres días para desenfadarme (prueba inequívoca de la estupidez humana).

1829. Fueron muchas las personas y cosas que huyeron de mi vida. Lástima...

1830. No vemos las cosas de la misma manera (afortunadamente).

1831. No busques cambiar. Experimenta y cambiarás.

1832. No busques cambiar. Piensa y cambiarás.

1833. No busques cambiar. Ama y cambiarás.

1834. No busques cambiar. Confía y cambiarás.

1835. El que sabe no pregunta ni se inquieta.

1836. El que practica el odio, la ira, la venganza, el resentimiento, la envidia, la mentira o la maldad en general es que no sabe por qué ha nacido.

1837. Estamos en un error: el alma no siente dolor; de eso se ocupa la mente.

1838. El agradecimiento confirma tu origen divino.

1839. Los tapones en los oídos no son tapones en el alma.

1840. Lo que tengo –y lo que no tengo– fue firmado previamente (antes de nacer).

1841. La bella intuición es sabia por naturaleza.

1842. La intuición siempre habla muy bajito (en realidad no habla).

1843. La intuición camina de puntillas (y rápido).

1844. La intuición no repite el mensaje.

1845. El alma es intuitiva (por naturaleza).

1846. El alma –algún día– será tan bella y perfecta como la intuición.

1847. La calidad de vida depende de lo «contratado».

1848. Hay gente que no puede borrar la bondad de su rostro.

1849. Retírate y te buscarán.

1850. El que practica el mal no sabe que está siendo utilizado.

1851. Soy lo que soy; no lo que la gente cree.

1852. Cuando mueras continuarás con lo que dejaste por hacer.

1853. No siempre soy yo, ni siempre eres tú.
1854. Todo llega (si tiene que llegar).
1855. Los ovnis son ácido sulfúrico para las religiones.
1856. Si piensas, eres potencialmente peligroso (para los de siempre).
1857. El conocimiento –sin amor– es estéril.
1858. Aunque parezca mentira, algunos militares también son hijos de Dios.
1859. La bondad es como el arco iris; además de bella aparece cuando menos lo esperas.
1860. No hay distancias entre los corazones.
1861. No hay distancias entre los sentimientos.
1862. No hay distancias entre las miradas.
1863. Las distancias las fabrica la mente.
1864. Dios siempre regala la última «perla».
1865. Muchas veces –estúpido de mí– negué la evidencia que me acompañaba.
1866. Definitivamente: esta no es la auténtica realidad.
1867. Las realidades se superponen.
1868. Puede haber tantas realidades como seas capaz de imaginar (y te quedarás corto).
1869. Hay realidades que están a la altura de tus ojos (pero son invisibles).
1870. En todas las oscuridades hay un sol que alumbra.
1871. Ella fue (es) mi sol negro.
1872. Cada día es una aventura; cada noche, una promesa de aventura.
1873. Mi casa es mi mente (de momento).
1874. No existe mayor soledad que la de la masa.
1875. Aceptar y rechazar son la misma cosa.

1876. Me tomaron por un loco, por un poeta, e, incluso, por un mensajero. Fui mucho más que eso...

1877. Mi mente triplica mi edad.

1878. No es tan fácil engañarse a sí mismo.

1879. No conozco ninguna ciencia exacta.

1880. Las excusas: el gran invento de la humanidad.

1881. La evolución es cierta; pero más cierta es la evolución vigilada.

1882. La vida de la Tierra consiste en largos periodos de aburrimiento y en breves minutos de convulsión.

1883. Es cierto: todos morimos ignorantes.

1884. Es cierto: todos vivimos ignorantes.

1885. Hacerse entender es tan difícil como entenderse.

1886. Lee despacio y piensa rápido.

1887. Tu seguridad depende de tu pensamiento.

1888. En asuntos amorosos, cualquier tiempo pasado fue mejor.

1889. No sabemos nada sobre nuestro pasado. La historia miente.

1890. La subjetividad estrangula.

1891. En mis investigaciones me sentí vigilado y protegido por una mano invisible. Ahora sé quién era...

1892. La arqueología es una ciencia inexacta y retrógrada.

1893. La oscuridad –ahora– es nuestro cielo principal.

1894. Salvo el amor, nada es importante.

1895. Salvo el amor, todo se disuelve.

1896. Después del amor solo quedas tú.

1897. Antes del amor ya estabas tú.

1898. Al medir las propias fuerzas, hay que ser especialmente sincero.

1899. Me tocó vivir un tiempo condenado a la desaparición (y así fue). «Gog» se ocupó de ello.

1900. Me tocó vivir una nueva era de hielo espiritual.
1901. Todo el mundo tiene razón (a su manera).
1902. En cada mente hay mil mentes.
1903. Lo invisible no cabe en lo visible.
1904. Si supieras quién te habita, te adorarías.
1905. Cuando empecé a saber elegí el silencio.
1906. No retrocedas en tus creencias (aunque estén equivocadas).
1907. Deja algo por hacer. Siempre merece la pena regresar.
1908. Al examinar los sentimientos, resulta que todos somos iguales.
1909. La ciencia y la religión caminan detrás de los poetas.
1910. Me miro en el espejo del pasado, pero no me reconozco.
1911. Me miro en el futuro y sí me reconozco.
1912. Ella me espera –lo sé– al final de esta corta realidad.
1913. No trates de cambiar. ¡Vive!
1914. Es más importante buscarte que buscar.
1915. Cada ser humano es depositario de algunas verdades.
1916. Ninguna vida necesita un prólogo.
1917. Creer es crear.
1918. Lo infinito empieza con un pensamiento.
1919. La física cuántica es una excelente traducción de Dios.
1920. La bella intuición habita al sur de la razón.
1921. Al sur de la razón habitan los que nunca tienen razón.
1922. Antes habitaba en el «norte». Fue una gran pérdida de tiempo y energía.
1923. No grites que has visto la Verdad. Nadie te creerá.
1924. La Verdad no puede ser proclamada. Nadie la posee.
1925. Soy muy creyente y nada religioso.
1926. La luz es otro de los secretos de la Divinidad.

1927. La luz no es lo que parece; la interior mucho menos.

1928. La luz habla.

1929. La luz fue cómplice del Padre Azul mucho antes que el Hijo Eterno y que el Espíritu Infinito.

1930. Al morir vibramos más intensamente.

1931. No te asustes. La vida, de pronto, se desdibuja. Es la ley.

1932. El tiempo pasa muchas facturas.

1933. Y, al despertar, ya no era yo.

1934. Llegué a tal grado de soledad que ni siquiera mi sombra me acompañaba.

1935. Quemé mis naves por ti y ni siquiera te besé.

1936. Hagamos las cosas medio bien.

1937. No es tan sencillo llegar al interior de sí mismo.

1938. Las habladurías matan muchas veces.

1939. Aunque descansa en el cerebro, nadie tiene el alma a su alcance.

1940. Una mente abierta son muchas puertas abiertas.

1941. La mente ayuda a la conciencia; ¡no al revés.

1942. La mente no tiene fondo.

1943. La mente bebe de los sentidos.

1944. Dios está a la vuelta de la esquina de tu mente.

1945. La conciencia bebe luz; la mente bebe neuronas.

1946. Vi nacer a mi doble...

1947. Si te miro, te transformo.

1948. Ella llegó, bellísima.

1949. Si me observo, recuerdo.

1950. Todos deberíamos ser absorbentes.

1951. Cuando vibro intensamente, pienso violeta.

1952. A mayor vibración, más invisibilidad.

1953. Tú contienes el TODO.

1954. Asombroso: el azul es equivalente al «5» (**| O |**).

1955. Asombroso: Dios es azul.

1956. El silencio es una excelente respuesta.

1957. Los científicos «duermen» (para los grandes asuntos).

1958. Si Dios creó semejante belleza en la imperfección, ¿como será la perfección?

1959. Por supuesto, tengo muchas preguntas para Dios.

1960. No pierdas tu valioso tiempo con los necios.

1961. Dicen que el arco iris se escapó del cielo. ¿Por qué? ¿Qué hay de malo en el cielo?

1962. Sé de ángeles que viajan a diez veces la velocidad de la luz.

1963. El magnetismo personal depende de la coherencia.

1964. El camino hacia la perfección empezó ayer.

1965. Hay genios analfabetos.

1966. Lo invisible está para envolver.

1967. ¿Es justo que el tiempo fluya de izquierda a derecha?

1968. Físicos, místicos y poetas marchan en la misma dirección.

1969. Lo único despreciable en la naturaleza es el hombre (y tampoco).

1970. El vacío interior pesa.

1971. Es el espíritu el que se sacrifica al habitar en la materia.

1972. La concepción espiritual de un ser humano es pura poesía.

1973. En los universos espirituales también hay oleaje.

1974. El hombre no ha descubierto la gravedad espiritual.

1975. Lo externo no es lo último.

1976. Un día recibí un gran consejo: CONFÍA.

1977. La realidad es imprecisa; la REALIDAD es exacta.

1978. Es más fácil asimilar un año luz que un angstrom.

1979. Nos consideramos libres pero, en realidad, somos prisioneros de nuestro Destino.

1980. Lo que quede de mí no soy yo.

1981. Pobre del ser humano que tiene patria. Su lugar en el universo es muy pequeño.

1982. Puedo volverme loco de amor, pero siempre regreso a su mirada.

1983. La ceguera del revolucionario siempre es total.

1984. La ceguera del revolucionario no es de nacimiento.

1985. En el querer está el poder.

1986. La mentira nace de otra mentira.

1987. A los envenenadores mentales, el necio los hace héroes.

1988. La muerte no tiene por qué ser comprensible; es...

1989. Un libro sin márgenes no sería un libro.

1990. Las lágrimas brillan (de puro dolor).

1991. Me bebí la gloria; eso me salvó.

1992. La magia está en el «ahora».

1993. ¡Disfrútame, tiempo!

1994. A veces deseo llorar, pero no puedo. Ella me robó las lágrimas.

1995. No seas fanático de unos pocos; sé fanático de todos.

1996. Mis últimos veinte años fueron casi hermosos; me dejé guiar por los cielos.

1997. Las mujeres son una raza aparte.

1998. Un día tomé la decisión de dejarlo todo y seguirle; nunca me arrepentí.

1999. Donde crees que no hay, siempre hay (y al revés).

2000. Las ideas son para empapar a los que te rodean.

2001. No busques domicilio permanente.

2002. Pasé mucho tiempo en el patio de atrás del corazón.

2003. He tenido muchos amores violetas.

2004. ¿De qué hablan dos mentirosos cuando se encuentran?

2005. Cada error conduce a la Verdad (suponiendo que exista).

2006. Cuanto más arriba, más mierda.

2007. El Destino no mide como nosotros.

2008. Cuando el alma se llena, la alegría es total.

2009. En 2018 tomé una sabia decisión: me retiré de casi todo.

2010. Todo llega, aunque parezca lejanísimo.

2011. La REALIDAD no es filosofía; es tan real como una piedra.

2012. Lo genial es simple.

2013. La felicidad es un problema global.

2014. ¡Me costó tanto desaprender...!

2015. La Verdad nace y muere sin palabras.

2016. Mi vida fue una permanente espera.

2017. Las heridas de la mente no cicatrizan.

2018. Tras la muerte de un amigo, la vida sigue (inexplicablemente).

2019. El dolor es masculino. ¿Por qué?

2020. El otoño asoma primero en los corazones.

2021. En la tristeza cabe mucha gente.

2022. Nunca comprendí a las mujeres (ni falta que hace).

2023. A veces, lo más cuerdo es lo más insensato.

2024. El miedo no escucha ni razona (ese es su gran peligro).

2025. Primero descubre que estás «habitado» por un Dios.

2026. ¿Mi gran secreto? Escribí para el futuro.

2027. «Gog» fue el fracaso más deseado...

2028. Retírate cuando todos te miren.

2029. Por qué tuvo que irse...? No lo sé. No me lo quiso decir. Ahora anhelo el ayer.

2030. Las mejores decisiones se toman en silencio.
2031. No temas. Ninguna soledad es para siempre.
2032. Las ilusiones no se pierden; se desvanecen.
2033. Nada llega a destiempo.
2034. Cuando la vi por primera vez, todo se hizo nuevo.
2035. Permanecer no es importante.
2036. Cuando entiendo, camino.
2037. La mente no sueña; imagina.
2038. Veo más con los ojos cerrados.
2039. Las viejas fotografías me oxigenan.
2040. Me reflejo en mis sueños.
2041. La esperanza hay que buscarla.
2042. ¡Qué ligera la muerte! Sin equipaje...

En El Dueso, a las 19.20 horas
del 7 de octubre de 2016

LIBRO TERCERO

Iniciado el 7 de octubre de 2016,
a las 19.21 horas

1. No permitas que tus deseos se mezclen con la realidad.
2. No busques lo que —necesariamente— vas a encontrar.
3. El mundo no depende de nuestros pensamientos.
4. Haces poesía cada vez que distorsionas la realidad.
5. No llores por lo que imaginas; llora por lo que no imaginas.
6. Siempre hay un sueño que alimenta al resto.
7. En ocasiones, el cielo de la memoria se oscurece; ya amanecerá.
8. Si ansias recompensas, tu corazón se secará.
9. Cuanto más sepas, más misericordioso.
10. Una sonrisa es todo lo que necesita tu corazón.
11. Fui tan idiota que llegué, incluso, a profetizar.
12. Cuando me derramo, dibujo arco iris.
13. Afila la ternura ante la violencia.
14. Nunca entendí por qué los ríos buscan la mar.
15. Cuando hayas desaprendido..., regresa a ti mismo.
16. Me encontrarás en la palabra pero, sobre todo, en el silencio de la palabra.
17. No te cubras cuando la lluvia sea de información.
18. No te cubras cuando la lluvia sea de luz.
19. No te cubras cuando la lluvia sea de amor.

20. No te cubras cuando la lluvia sea de risas.
21. En el silencio pesas menos.
22. Me retiré del mundo cuando comprendí que todos miramos en direcciones distintas.
23. No tengas miedo a mirar.
24. Los relámpagos viven una experiencia mística tan deslumbrante que se extinguen.
25. Cuanta más sabiduría, más retroceso.
26. Si lloras, llora oscuridades.
27. Lo normal es que tropieces contigo mismo.
28. El verdadero maestro descodifica.
29. Lo que veo es pura revelación.
30. Al descubrir a Dios me quedé sordo para el mundo.
31. Me obligan a hablar los que no oyen.
32. Todo tiene mil lecturas.
33. En la duda, el Padre Azul actúa con más rapidez.
34. Es más difícil definir el «ahora» que la eternidad.
35. No conseguí aburrirme nunca. ¿Por qué?
36. Para ser perfecto hay que pasar primero por la imperfección.
37. Si tu corazón conserva unos gramos de esperanza, aunque sea de noche parecerá de día.
38. Lo perfecto sucede una vez (no aquí).
39. No necesito la eternidad porque soy eterno.
40. Aléjate por el placer de regresar.
41. Camina con actos.
42. Lo útil no siempre sirve.
43. Hay palabras con luz propia. Ejemplo: silencio.
44. Muero en cada suspiro.
45. La imperfección está llena de extremos.

46. Al envejecer, olvidas; debería ser al revés.
47. Soñé con vender imposibles.
48. El silencio no necesita traductor.
49. No hace falta hablar para fabricar dulzura.
50. Si despliegas la imaginación, te salen alas.
51. Los pensamientos comen en la mano de la imaginación.
52. Al abandonar el Paraíso comprendí: me faltaba experimentar la imperfección.
53. Al abandonar el Paraíso comprendí: el AMOR me necesitaba en otra parte.
54. Al abandonar el Paraíso comprendí: regresaría (sí o sí).
55. Al abandonar el Paraíso comprendí: fui creado para la misericordia.
56. Me pasé la vida reuniendo lo disperso.
57. No duermo ni cuando duermo.
58. La mujer te juzgará por lo que no dijiste.
59. En mi biblioteca (6.000 volúmenes) hay mucha sabiduría y muchísimo polvo.
60. En Internet, la mentira es una religión.
61. En Internet hay que entrar con botas altas.
62. Internet: la nueva Inquisición.
63. Internet fue una trampa (minuciosamente diseñada).
64. Antes de Internet triunfaban la inteligencia y el esfuerzo.
65. Ahora – gracias a Internet – triunfan los mediocres.
66. Los necios me lincharon en Internet.
67. Internet es un ladrón de tiempo.
68. Las redes sociales asfixian.
69. Internet anuncia el fin de los tiempos.
70. Mi padre no hubiera entendido «el no wifi me mata».
71. Internet no hace historia.

72. Internet: el templo de la mentira.
73. Superman no usaba Internet.
74. En Internet me mataban una vez al año.
75. En Internet, el fin justifica los medios.
76. Internet: ¡ha vuelto la caza de brujas!
77. Ahora todo el mundo es escritor...
78. No te canses de ser dulce.
79. La Verdad te obligará a guardar silencio.
80. Reacciona en silencio siempre que puedas.
81. Y, sobre todo, reacciona en silencio contra ti mismo.
82. Hace mucho que agoté las palabras contra mí mismo.
83. Un día descubrí que era viejo (no lo creí).
84. Apéate del éxito, ¡ya! (O el éxito te devorará).
85. Necesité una vida para entenderlo: la vida también termina.
86. Procura que los últimos años de tu vida nadie te recuerde.
87. Ahora habito en los sueños.
88. ¡He amado tanto...! Pero ellas no lo supieron.
89. En el amor fui reincidente.
90. Al cumplir setenta años me pregunté: «¿Qué pretendo en la vida?». Y respondí: «Bajarme de la vida».
91. Yo también tuve un precio; pero nadie lo pagó...
92. Si tuviera valor, lo reconocería: sí, he vivido.
93. Seguí el ejemplo de Julio Gabriel Verne: me suicidé por el trabajo (al cumplir setenta y un años había publicado 60 libros).
94. Fui un príncipe (llegado de lejanas perfecciones).
95. La Verdad es posible (solo posible).
96. Me bajé a tiempo de aquella vida...
97. La inteligencia también casa con la resignación.
98. La peor tentación es luminosa.

99. Hay muchas teorías que me describen (todas falsas).
100. Aprendí tanto que no tuve más remedio que olvidar.
101. Todo ser inteligente camina en círculo.
102. Admira al anciano, no por lo que sabe, sino por lo que está a punto de descubrir.
103. El amigo es como el vino: cuando envejece se bebe mejor.
104. La religión es la máxima superstición.
105. Soy tan viejo que parezco otro.
106. Cuando callo, no siempre otorgo.
107. No fuerces nada; todo obedece a un propósito.
108. No fuerces nada; todo se cumple.
109. No fuerces nada; todo está ahí, esperándote.
110. No fuerces nada: tú lo elegiste.
111. Permite que la Verdad te descubra...
112. La verdadera religión es la coherencia.
113. Mi religión (ninguna) está basada en la experiencia.
114. Nos equivocamos (supuestamente).
115. Todo es sagrado.
116. Al practicar la religión del espíritu, te asomas al Padre Azul (solo te asomas).
117. Arriesgué en mis libros casi todo lo que sé y casi todo lo que soy.
118. Mis fantasías sexuales solo fueron superadas por mis fantasías sexuales.
119. El mundo es hermoso y horrible (necesariamente).
120. La felicidad empieza por una mirada.
121. No pretendas desvelar el misterio del mundo; deja que gire.
122. La lógica es una palanca corta. La intuición, en cambio, es una palanca larga.
123. Me condené a la soledad (con mucho gusto).

124. Yo tampoco creo en la memoria colectiva; bastante tengo con la propia.
125. No necesito que me entiendan. Yo lo intento y apenas lo consigo.
126. Asomarse –a veces– es suficiente.
127. Noté sus pechos en mi espalda y volé.
128. La experiencia domestica los deseos.
129. No te justifiques (bajo ningún concepto). Todo está previamente escrito.
130. Todas las decisiones llegan cargadas de melancolía.
131. Vivir para siempre en la materia sería un grave error.
132. La historia siempre es corrupta (empezando por la mía).
133. El amor entra primero por los ojos.
134. El dinero no tiene dueño; no intentes retenerlo.
135. Me dan miedo los asuntos eternos.
136. Comprender el mundo te ayudará a comprenderte.
137. Se puede robar con excusa o sin excusa (ambos son robos).
138. El orgullo no puede ser robado.
139. La belleza no puede ser robada.
140. La inteligencia no puede ser robada.
141. El amor no puede ser robado.
142. La misericordia no puede ser robada.
143. En otras palabras: solo podemos robar lo escasamente importante.
144. La única expansión realmente productiva es la interior.
145. Me sentí fracasado (sentimentalmente) a los diez años. No me equivoqué.
146. Si a los ochenta años presumes de algo, es que no has comprendido por qué estás en el mundo.
147. La indecisión es la peor dictadura.

148. El mediocre muere mediocre.
149. Abrir las mentes es otra cruzada.
150. La bondad funciona sola.
151. La belleza funciona en compañía.
152. El AMOR funciona entre todos.
153. La misericordia funciona de arriba abajo.
154. Somos extraños entre extraños porque estamos ciegos.
155. Lo héroes me aburren.
156. No pierdas el tiempo en la oscuridad. Queda mucha luz por recorrer.
157. El dinero no tiene hermanos (solo primos).
158. Matrimonio no equivale a futuro; en todo caso, a futuro incierto.
159. La vida cambia en treinta segundos (Primera ley de la Termobenítez).
160. Deja que la vida fluya (Segunda ley de la Termobenítez).
161. CONFÍA (Tercera ley de la Termobenítez).
162. Todos los grandes ideales cojean.
163. El carisma no se compra.
164. La mentira pesa como el plomo.
165. La paciencia lleva más lejos que la inteligencia.
166. Si descubres quién eres, no mires hacia otro lado.
167. Nada sale bien o mal; todo está milimetrado.
168. De acuerdo a lo «contratado», las ideas ciegan.
169. Respiro aire y dudas.
170. Arriesgar la vida no es tan importante; después hay más vida.
171. No pretendas la revolución en casa ajena.
172. Mantuve un largo romance con cinco máquinas de escribir (se llamaban «Olivetti» y eran necesariamente azules).

173. La proximidad de la muerte modifica el pensamiento del débil.
174. El que no sabe es peor (mucho peor) que el que no ve. El gran problema es que muy pocos saben.
175. Pronto descubrí que saber escuchar es un arte.
176. Estar a años luz no significa estar más cerca de la Verdad.
177. La sinceridad es una moneda con una sola cara.
178. Nada es imposible (si así está «contratado»).
179. Permite que el mundo gire (tú saldrás beneficiado).
180. Prepárate –mentalmente– para lo mejor.
181. El miedo tiene dos caras: la auténtica y la subjetiva.
182. La rigidez no es propia de un ser inteligente.
183. El poder satisface a los necios.
184. La Tierra es un planeta decepcionante (a eso venimos).
185. Ser sincero es otra religión.
186. El cinismo es otra consecuencia de la ignorancia.
187. La guerra es odiosa, incluso cuando se gana.
188. La maldad carece de reglas.
189. Hay momentos en los que no conviene pensar.
190. Hay momentos en los que no conviene hacer nada (la vida se encarga).
191. Hay momentos en los que no conviene mirarse.
192. Hay momentos en los que no conviene saber.
193. La gente necesita comprensión y ayuda (no al revés).
194. El silencio lo puede todo.
195. El honor y la justicia son criaturas finitas.
196. Codicia y eficacia no son compatibles.
197. El peor enemigo de la literatura es la burocracia.
198. En ocasiones, para avanzar hay que saber detenerse.
199. Lo que interesa siempre está al final.

200. Lo que verdaderamente importa siempre es el final.
201. En realidad, lo que a mí me atraía era el principio del final.
202. Al final, todos llevan razón.
203. La Verdad utiliza atajos; la mentira da rodeos.
204. Mi corazón está repleto de notas a pie de página.
205. Alégrate del éxito de tu enemigo (él no sabe...).
206. La Verdad es agua cristalina para el alma.
207. Si verdaderamente sabes, disimula; si no sabes, con más razón.
208. ¡Qué lejano me parece el ayer!
209. Las fronteras reducen.
210. Retirarse a tiempo es vencer (te).
211. Mi mejor libro no se publicó.
212. Lo mejor siempre está en la cáscara.
213. Si preguntas, no caerás en la estupidez.
214. Si preguntas, no caerás en el vacío.
215. Si preguntas, serás recordado.
216. Si no preguntas, te hundirás tú solo.
217. Las prisas difuminan el paisaje.
218. Si prestas, no pienses en la devolución.
219. Si actúas con amor, es que has comprendido.
220. Si se demuestra que es tu enemigo, recházalo con el silencio.
221. La masa necesita leyes; el corazón no.
222. Si te abren la puerta (del corazón), adelante.
223. Respétate lo justo.
224. CONFIAR en el Padre Azul es multiplicar tu poder.
225. No compartas pesares.
226. Ser consciente de la presencia divina (la chispa) expande la mente.

227. La Verdad no es propiedad de ninguna generación.
228. El silencio exige más que la palabra.
229. Desarma al enemigo con el bien; él no lo espera.
230. No busques recompensa por lo que es obvio.
231. Para ser sabio primero hay que tener los pies en el suelo.
232. El fracaso educa (para eso está).
233. La sabiduría está más allá del conocimiento y mucho más allá de la cultura.
234. La sabiduría es amor (condensado).
235. La auténtica sabiduría se consigue mucho más allá de la muerte.
236. Aquí nadie es sabio: solo curiosos muy necesitados.
237. «El qué dirán» debería ser agua que resbala.
238. Al escribir no busco mi gloria. Busco la de Aquel que me envió.
239. No juzgues por las apariencias; la sabiduría es invisible.
240. El prestigio solo es barniz.
241. A veces es importante estar lejos.
242. No pierdas el tiempo amando al dinero; es insensible.
243. El Padre Azul (AMOR) te proporciona la comida, pero no pidas que la mastique por ti.
244. El alma vibra cuando se reconoce en otro ser humano.
245. Cuando miro tus fotografías, Alguien enciende una luz en mi interior.
246. No te preocupes por el mundo; primero despierta tú.
247. No temas. Estás incapacitado para ofender a Dios (aunque quieras).
248. La felicidad no habita en la pobreza; y mucho menos en la riqueza.
249. Lo que deseo no tiene por qué ser lo que necesito.

250. Si tu dinero crece, mira hacía otro lado.
251. Ojo. El dinero «jinotiza».
252. El dinero, como la mente, es una caja de herramientas. Solo tienes que usarla.
253. Si acaricias el dinero, él lo sabe...
254. Que no te preocupe lo que no te concierne.
255. En el dolor te mediré.
256. Dios sorprende (es su trabajo).
257. Sé dócil a la voluntad del Padre Azul y Él te hará inmediatamente «rico».
258. No pretendas cambiar en una hora (pero inténtalo).
259. Si los cielos no responden a tu oración, es que la respuesta es más importante de lo que crees. Espera a la eternidad.
260. Sé fiel a lo pequeño y te entregarán lo grande (por añadidura).
261. Si ayudé a un solo ser humano, misión cumplida.
262. La experiencia no pesa ni ocupa lugar.
263. A veces me pregunto: «¿Cómo son los cambios en la REALIDAD espiritual?».
264. Calculé el costo de seguir al Maestro. Compensaba.
265. Que no te engañen. El día que mueras tampoco serás libre del todo.
266. Estamos de camino entre la realidad y la REALIDAD.
267. El tiempo es el amo de casi todo.
268. Los santos humanos dejan mucho que desear.
269. El inconformismo no construye.
270. Mañana es muy tarde.
271. El humanismo no se practica con las armas.
272. También viví la experiencia de trabajar intensamente (para nada).

273. Me acuso de haber perdido el tiempo.
274. La Verdad tiene muchas perspectivas.
275. Las armas no ganan el corazón humano.
276. En los cielos no hay capitalismo, ni comunismo, y mucho menos democracia... ¡Sorpresa!
277. El grado de mezquindad se mide en los insultos.
278. La del fanatismo es la peor bandera.
279. He leído kilómetros para escribir milímetros.
280. No despejes todas las dudas (son salvavidas).
281. Temblar ante la injusticia es no haber comprendido.
282. Lo mejor de la muerte es el silencio que la arropa.
283. Cuanto más rápido de leer, más lento de digerir.
284. La edad permite muchos silencios y pocas licencias.
285. Afortunado si te enamoras cada día.
286. La rutina consuela al héroe.
287. Deseé muchas veces abandonar este planeta; no me lo permitieron.
288. En el silencio se construye lo sagrado.
289. En el silencio vive la música.
290. En el silencio vive lo invisible.
291. En el silencio es fácil prometer.
292. Los necios dan conferencias sobre la guerra.
293. No te engañes: en realidad, nunca perdemos el tiempo.
294. El corazón no necesita mapas.
295. La vida discurre lenta para el que no sabe.
296. La oscuridad agota antes de entrar en ella.
297. Todos los días son decisivos (sobre todo los días grises).
298. En la guerra, la poesía enmudece.
299. Son tus pensamientos los que te llevarán a un mundo aparte.

300. La mente es una brújula (solo eso).
301. Es la mente la que te dice si estás vivo.
302. La mente es un juego de llaves.
303. Cada mente es maravillosamente distinta.
304. Matar civiles con armas químicas es un crimen horrible. Matar civiles con misiles no lo es tanto. (Declaración del presidente Trump).
305. El necio se descubre solo.
306. El necio no tiene categoría de enemigo.
307. El necio no deja huella.
308. La ONU fue un fracaso (antes de empezar).
309. El odio y la bondad son insaciables.
310. El éxito molesta siempre.
311. ¿Sabías que sofisticación significa «falsedad»?
312. Yo vi unicornios pintados en el desierto argelino del Tassili N'Ajer.
313. El dinero está detrás de todas las guerras.
314. El hambre mata las ideas.
315. Desconfía del que solo habla de poder.
316. No desees la muerte (alguien puede oírte).
317. Es más fácil responder que preguntar.
318. Antepone la paciencia a la respuesta.
319. De tus respuestas dependen muchas cosas.
320. Responder significa compartir.
321. No pretendas que te imiten; eres único.
322. La propaganda de las armas se vuelve contra las armas.
323. El bagaje de un hombre es su memoria.
324. Muchos mitos nacieron de la mentira.
325. El mito desaparece cuando conocemos la verdad.
326. Los violentos no crean jurisprudencia.

327. El «hombre nuevo» que proclamaba el Che Guevara llegará (pero no ahora).
328. En los cielos, el poder no es del pueblo.
329. No te empaches de nada (y mucho menos de ideas).
330. Si deseas conocer a alguien, estúdialo desde la cuna.
331. El rencor no ayuda (pero eso lo saben muy pocos).
332. Descúbreme detrás de los números.
333. Soy forastero (por dentro y por fuera).
334. Si caes derrotado (o supuestamente derrotado), aprende.
335. Hay muchos momentos decisivos; la muerte es uno de ellos.
336. Mientras la Tierra sea un mundo laboratorio, las revoluciones solo serán ensayos.
337. Una vida vale más que mil ideas.
338. En política, dos más dos son cinco (según convenga).
339. Por mucho que mientas, nunca mentirás tanto como un político.
340. Cuando llegue, deja que el pensamiento repose.
341. No permitas que nadie piense por ti.
342. El orden multiplica la eficacia.
343. Vive como si no hubiera un mañana.
344. Cuando mueras, tú serás tu familia.
345. La historia mantiene dos contabilidades.
346. Soy viejo desde que nací.
347. Todos merecemos la eternidad.
348. La voluntad funciona como un motor de arranque.
349. Tranquilo. Siempre hay alguien que te hará justicia.
350. Mi gran secreto es casi público.
351. Los intoxicadores acuchillan por la espalda.
352. Si la vida te acorrala, siéntate y espera a que se aleje.
353. Todo llega (incluso la Verdad).

354. Mi gran viaje está por llegar.
355. No hay peor muerte que no saber por qué se muere.
356. La historia es corrupta; la memoria no.
357. La Verdad absoluta es muy relativa.
358. Alivia el peso de tu vida (carga solo con los sueños).
359. Desconfía de las versiones oficiales.
360. El sectarismo cultural pretende alambrar galaxias.
361. La edad te hará clarividente.
362. Las lágrimas de un amigo deberían ser tus lágrimas.
363. Todas las revoluciones carecen de perspectiva.
364. Escucha en tu interior y vencerás.
365. La violencia, ni en legítima defensa.
366. Si gritas, desciendes...
367. Cada día es una vida.
368. Si sabes oír, descubrirás que la lluvia canta.
369. La palabra «jamás» suena a blasfemia.
370. Me automarginé (por mil razones).
371. Sembrar esperanza es durísimo (muy pocos lo aceptan).
372. Valgo lo que vale mi palabra.
373. Insultan los que ignoran.
374. Imagina la peor traición (pues bien, eso ya ocurrió).
375. No temas. No pueden fusilar tus ideas.
376. Las retiradas más notables suceden en el corazón.
377. A los setenta años (aunque no quieras) navegas en la paz.
378. La confianza se gana en años y se pierde en un segundo.
379. Ningún perro saborea el arco iris.
380. Una mente descalza es lo peor.
381. No trates a la gente como marionetas (todos disponen de un «contrato»).

382. Aunque te disfraces, tu mente te delatará.
383. Vivir de a poquito es más intenso.
384. Conténtate con tu propia revolución interior.
385. La ineficacia de los demás es el cincuenta por ciento de tu vida.
386. Hay pocas fiestas que celebrar en mi corazón.
387. La peor traición es contra ti mismo.
388. Si quieres triunfar, primero véncete a ti mismo.
389. No hay placer más intenso que el conocimiento.
390. ¿Una mujer puede amar a dos hombres a la vez? Por supuesto. Es el hombre el que no está preparado para algo así.
391. Al ignorante le asusta morir.
392. Los pensamientos no escapan; se diluyen.
393. Si pruebas la maldad, puede que te guste.
394. Las apariencias engañan (al cien por cien).
395. Casi todos huimos (hacia delante).
396. Los sueños e ilusiones son los últimos en abandonar el barco...
397. ¿Fui audaz y apasionado? Siempre...
398. No pertenezcas a nadie; solo a ti mismo.
399. El loco muere cuerdo.
400. Primero evangelízate a ti mismo.
401. No hay vida insignificante.
402. Que no te agobie la imperfección.
403. No siembres con rabia o desesperación; todo está escrito.
404. El tiempo no derrota.
405. La prisa la inventó el hombre; Dios no la conoce.
406. No prediques con el ejemplo. Cada cual tiene su vida.
407. Los que no saben pelean; los que saben esperan.

408. La esperanza está diseñada para el más allá.
409. No se puede dignificar una ametralladora.
410. No se debe bendecir a un ejército.
411. Ninguna idea se pudre.
412. La monotonía es niebla en la mente.
413. La solución de los problemas del mundo no depende del mundo.
414. Todos los dominios son nocivos.
415. Si empuñas un arma, no pretendas ser poeta.
416. Sí empuñas un arma y escribes poesía, eres doblemente malvado.
417. Si empuñas un arma, es porque te obligan o te obligas.
418. Empuñar un arma es volver a las cavernas.
419. Los pecados los inventan las religiones.
420. La vida parece un triple salto mortal (sin red), pero no lo es.
421. Fui poeta, hasta que comprendí que no debía desnudarme en público.
422. El trabajo no redime (el hombre no necesita ser redimido).
423. El verdadero «hombre nuevo» llegará detrás de Él y de la «gran luz...».
424. En el momento de morir, piensa solo en ti mismo.
425. No culpes a los demás de tu Destino.
426. La maldad la imponen los ignorantes.
427. Ser Premio Nobel no significa ser sabio.
428. En el arte de matar no hay artistas; solo sanguinarios.
429. Huye del predicador de la violencia.
430. Todos los dioses terminan eclipsándose.
431. Ni la razón ni la Verdad son revolucionarias.
432. El peligro me acompañó siempre (incluso en el amor).

433. El peligro me acompañó siempre (sobre todo en la palabra).
434. El peligro me acompañó siempre (especialmente en los deseos).
435. El peligro me acompañó siempre (incluso en las soledades).
436. Exige si eres capaz de exigirte.
437. Desde niño me visitó el dolor de Copenhague.
438. Me siento extranjero (sobre todo cuando me miro en el espejo).
439. En mi vida todo parece normal (fue lo establecido).
440. Busca solo la felicidad momentánea.
441. He ido demasiado lejos (con la imaginación).
442. La paciencia y la tenacidad me llevaron muy lejos.
443. Cuando muera, seré nuevamente «K».
444. Recuerda: cuantos más años, menos planes.
445. Tengo 6.000 «hijos» (6.000 libros). ¿Qué será de ellos cuando regrese a casa?
446. Ya no aspiro a nada; solo a regresar a la eternidad.
447. Aunque no comprendas, permite que el Destino te guíe. Él sabe...
448. En realidad, toda mi vida viví aislado (y protegido).
449. Descubrí el mundo tarde (y por la puerta de servicio).
450. Como investigador he perdido muchos trenes.
451. En el arco iris, Dios abre los ojos.
452. Amé a mi padre sin palabras.
453. El futuro está hipotecado (para bien).
454. La Providencia fue mi socio.
455. Al principio no me gustaba escribir (al final tampoco).
456. Vive el futuro como si ya hubiera llegado.
457. Cuando estoy desolado aparece Él, en forma de arco iris.

458. Al final, también la letra tiembla.
459. Aquella mirada me impactó. Yo tenía catorce años. Ochenta y dos años después, seguía impactándome. Se llamaba Mía.
460. La inteligencia es la capacidad de supervivencia.
461. Si la pobreza es inhumana, la riqueza lo es mucho más.
462. La ancianidad no ayuda a improvisar.
463. He naufragado siempre en las mismas aguas.
464. Que tu vida no se convierta en una costumbre.
465. Entre lo vergonzoso y lo sublime casi no hay trecho.
466. Si tuve alguna inclinación política, no la recuerdo.
467. El terrorista tiene la mente anestesiada.
468. ¡Cuidado! El silencio también ataca.
469. El político roba a muchos; el gobierno roba a todos.
470. No se puede reconquistar el pasado.
471. Nada se derrumba sin permiso de los cielos.
472. Todos recibimos revelaciones que no utilizamos.
473. Los días sin pena ni gloria también están minuciosamente diseñados.
474. El silencio de los cementerios es muy elocuente.
475. Lo cercano casi siempre engaña.
476. No te admires ni te subestimes.
477. La formación política requiere mucha deformación.
478. Los traidores son doblemente ignorantes.
479. Los desengaños son escalones (por ellos se baja o se sube, según).
480. Permite que el amanecer madure en tu mente.
481. Mirando a los ojos se descubre la profundidad del alma.
482. Te equivocaste, Che: nadie despilfarra su vida (ni la de los demás).

483. El yo no muere en el amor; al contrario: crece.
484. Si no estás atento, el día a día puede matarte.
485. Si estás atento, tú matarás el día a día.
486. No comprendemos porque no recordamos.
487. Llegó un momento en el que me dediqué a observar, esperando –únicamente– mi rescate.
488. La ferocidad degrada.
489. Con el tiempo, el mundo se alejará de ti. Buena señal...
490. Sé previsor (brevemente).
491. Los necios hablan de «bautismo de fuego».
492. El pueblo tiene derecho a saber cómo le mienten.
493. Dios tiene la fuerza (pero no la usa).
494. Fingí tanto en el amor que dejó de ser amor.
495. La Verdad no necesita argumentos.
496. El más allá no precisa de explicaciones.
497. La ciencia busca la fuente de la eterna juventud e ignora que somos inmortales.
498. Ante la muerte, prometer sirve de poco.
499. Ante la muerte, rectificar sirve de poco.
500. Ante la muerte, llorar sirve de poco.
501. Ante la muerte, el silencio lo es todo.
502. Grita solo con las ideas.
503. En todas las vidas –supuestamente oscuras– hay destellos.
504. El pueblo puede ser tan bruto como sus dirigentes, pero nunca tan ciego.
505. Las victorias desembocan en la corrupción.
506. El ojo por ojo no existe en el corazón misericordioso.
507. El tiempo y la distancia hacen extraños compañeros de viaje.
508. La vida son migajas de lo que te espera.

509. ¡Qué importa cómo me recuerden! Ni siquiera deseo que me recuerden...
510. Si no has comprendido, el tiempo será tu enemigo.
511. Educar es la asignatura pendiente de la raza humana.
512. Los rumores planean como los buitres.
513. El integrismo no es nuevo; ya lo practicaban los cruzados.
514. Que no te engañen. Detrás de la política está el dinero. Detrás de las religiones está el dinero. Detrás de los grandes ideales está el dinero...
515. Todo tiene un origen sencillo. Empieza por «A».
516. En política todo es basura: negra o brillante.
517. En los funerales sobran las palabras.
518. Ninguna felicidad prospera si nace de la violencia o de la necedad.
519. En los cielos también hay monopolios.
520. Si la libertad es una utopía (que lo es), ¿por qué derramar sangre?
521. No es tan absurdo sembrar amaneceres.
522. La ambición es practicada por el ciego mental.
523. La moderación no es sinónimo de miedo.
524. La bayonetas pueden cambiar de manos; el amor no.
525. Las armas están al servicio de los necios.
526. Todo queda archivado en los cielos.
527. Si quieres estimular la imaginación, prohíbela.
528. No conozco sentimiento más dañino que la venganza.
529. Nada es como te cuenta la televisión.
530. La clave de la vida: soltar lastre.
531. Aquel 26 de marzo mi corazón quedó huérfano.
532. La lealtad requiere pocos amigos.
533. Dedícate a un solo objetivo (el segundo distrae).

534. No hay excepciones en la violencia.
535. Exportar amor es un negocio muy rentable.
536. Escucha primero tu voz; después las de los demás.
537. Las prisiones son otra prueba de la incapacidad humana.
538. No te avergüences. Cuando sea necesario, huye de ti mismo.
539. Viste como quieras; no como quieran los demás.
540. Alguna vez —no lo recuerdo— vi pasar a la Verdad.
541. Un hombre sin defectos está muerto.
542. Una mujer sin defectos es una pesadilla.
543. La historia no sabe de razones.
544. Ojo con los abrazos. Pueden asfixiarte.
545. Eso es lo malo: cuando no hablo...
546. Muchas veces me escondí de mí mismo.
547. La sonrisa del odio es inconfundible.
548. Piensa dos veces lo que quieres hacer y diez lo que quieres decir.
549. La Verdad cae fusilada en cada ejecución.
550. La guerra, en Siria, provocó 800.000 muertos en ocho años. Los fabricantes de armas ganaron 8.000 millones de dólares. Y, después, el silencio...
551. Con un solo misil Tomahawk, cuyo coste supera los cien millones de dólares, podría alimentarse a un país como Mali durante un mes. Malditos militares...
552. El hambre es un arma muy utilizada en las guerras.
553. La muerte es el supremo miedo (para los que no saben).
554. No acudí al funeral de mi supuesta madre, por supuesto.
555. El silencio prefiere a los vencidos.
556. El silencio es el último amigo.
557. El silencio transmite (incluso bajo el agua).
558. El silencio no tiene alba ni ocaso.

559. Si tu angustia está justificada, el Padre Azul te abre una ventana al instante.

560. Las peores traiciones germinan despacio.

561. La política es el arte de varear estiércol.

562. La maldad necesita mucha planificación.

563. En una ocasión traté de huir de uno de mis libros; me persiguió siempre.

564. El triunfo y la derrota significan poco; es más importante la perspectiva.

565. Frente a la muerte es importante no hablar.

566. Frente a la muerte es importante no pensar.

567. Frente a la muerte es importante dejarse llevar.

568. Frente a la muerte, el importante (el único importante) eres tú.

569. Mi frialdad ante la muerte me produce vértigo.

570. En mi verdadera «casa», lo maravilloso es lo habitual.

571. A los setenta años había cubierto mi cupo de horror.

572. El que no tiene dinero es pobre, pero el que solo tiene dinero es pobre de solemnidad.

573. No busques todas las respuestas; deja algo para después de la muerte.

574. Morir es algo tan importante que nadie vuelve.

575. La vejez no tiene por qué ser serena (depende de lo «contratado»).

576. Mi verdad no se sabrá jamás.

577. La tristeza nunca es estéril.

578. Atención: la alegría es sumamente contagiosa.

579. El hambre del alma es más intensa que la del cuerpo.

580. Las peores tormentas suceden en la mente.

581. Lo más bello de ti está por nacer.

582. La memoria es un laberinto muy particular.

583. Los libros son espejos en los que merece la pena mirarse.
584. La vida envuelve sin que te des cuenta.
585. Los vivos son rezagados (respecto a los muertos).
586. La palabra imaginación suena a regalo.
587. El descenso a las profundidades espirituales es muy simple: basta desearlo.
588. La mente es una llave inglesa (prodigiosa).
589. La intuición no es humana.
590. No regatees a la vida; ella es más rápida...
591. La inteligencia hay que trabajarla día a día.
592. Si no te resistes..., ganas.
593. Si te relajas, multiplicas.
594. Si sueñas, vuelas.
595. Si amas, triunfas.
596. Las enciclopedias lo saben todo, pero carecen de sensibilidad.
597. Prueba frente al espejo: una sonrisa te cambia.
598. Prueba: todas las sonrisas son gratuitas.
599. Ojo: casi todas las sonrisas terminan cayéndose.
600. Prueba: las sonrisas son puentes.
601. Si alguien te enseña, filtra.
602. Si alguien predica, filtra.
603. Si alguien guarda silencio, filtra.
604. Si alguien dice tener la Verdad, huye lo más rápido que puedas.
605. El alma siempre permanece limpia; es la mente la que se ensucia.
606. Me asomé a la divinidad al entrar en el nivel Alfa.
607. Cierta dosis de rutina es muy saludable.
608. Relájate y los problemas se alejarán.

609. Nunca sueltes las riendas que sujetan la mente.

610. ¿Qué habías creído? La vida no es una excursión...

611. Cuando muera, la nueva mente me permitirá pensar en todas las direcciones a la vez.

612. Cuanto más elevado (espiritualmente), más exigente.

613. En el más allá —dicen—, la maldad es inviable.

614. Hay recuerdos dorados que solo se registran una vez.

615. El más allá es una racha de buena suerte (que no termina).

616. Si deseas trivialidades, te asaltarán.

617. Los buenos momentos son para siempre; los malos viven en la memoria.

618. En la materia es preferible tener mala memoria.

619. La mente es un excelente mago.

620. Con los ojos abiertos también veo mi interior.

621. ¿Somos libres cuando soñamos?

622. La frase «qué casualidad» es pura blasfemia.

623. Sin los sueños seríamos la mitad de lo que somos.

624. Ninguna pregunta es trivial.

625. Las corazonadas son gritos de la mente.

626. La palabra es una verdad..., a medias.

627. Al final no sentía apetito por la vida.

628. Si yo fuera Dios, el dolor provocaría risa.

629. Dile a tu cuerpo lo que necesitas, pero díselo convencido.

630. Si te amas, amarás más y mejor.

631. La mente gobierna y el corazón decide.

632. Que no te engañen. El alma no decide; solo está para recibir.

633. Cuanto más despierto, más voluntad.

634. Todas las mentes son creativas (aunque algunas duermen de forma permanente).

635. Todas las enfermedades han sido previamente «contratadas».
636. Entrar en el interior de una flor fue una experiencia inolvidable.
637. Solo el bondadoso perdona de inmediato.
638. El primer paso lo damos antes de nacer.
639. Supe tanto que no deseé vivir.
640. Que no te desmoralice el desinterés de la masa.
641. Siembra esperanza y recogerás el ciento por uno.
642. Si tenemos los días contados, ¿por qué preocuparse?
643. El tonto no es el engañado.
644. Lejos de ella, la vida no brilla.
645. Si entras en el reino del silencio interior, no querrás salir.
646. En mi vida quedó casi todo por hacer.
647. Nadie puede vivir tu vida.
648. Lo verdaderamente intenso no es breve.
649. Todas las experiencias son –necesariamente– simétricas.
650. Tuve poder, pero renuncié a ello.
651. No consigo recordar a ningún enemigo de verdad.
652. La vida es un suspiro interminable.
653. Me presenté en el futuro y no me gustó.
654. Aprendí a entrar en las piedras. Me fascinó.
655. Ojo. El futuro es peligrosísimo.
656. Si la entrenas, la mente puede volar como Superman.
657. Aunque la entrenes, la mente nunca podrá sujetar el tiempo.
658. Aunque lo desees, la mente no te acompañará tras la muerte.
659. Si la entrenas, la mente será tu mejor aliada.
660. La sensibilidad no depende de la cultura o de la educación.
661. Se requiere mucha práctica para pensar como un niño.

662. Casi todos los locos tienen algo de poeta.
663. La intención es más noble que la voluntad.
664. Intención y voluntad son parientes lejanos.
665. La intención tiene dos manos; la voluntad ninguna.
666. Es la intención la que debe empujar a la voluntad.
667. La vida se parece a una balanza; lo ideal es equilibrarla.
668. Ninguna iglesia es santa (perfecta).
669. Si amas, te vacunas contra todo.
670. El «será» es tan importante como el «es».
671. Parcelar el tiempo es sentarse sobre él.
672. Lo sublime empieza siempre por lo mínimo.
673. Si te critican, es que vas por buen camino.
674. Los problemas no acechan; forman parte del paisaje.
675. El mejor barómetro es el instinto.
676. Conocemos algunas leyes físicas y ninguna ley espiritual.
677. Es tanta mi ignorancia que me oscurezco al pensar.
678. A pesar de lo que dicen los necios, ahí afuera –en la galaxia– hay más tráfico que aquí abajo.
679. Por dentro nadie es rematadamente malo.
680. Somos lo que elegimos (antes de nacer).
681. No pierdas el tiempo: no evalúes el tiempo.
682. En cada trabajo hay una dosis mínima de angustia.
683. En cada obra maestra, casi todo es angustia.
684. ¡Qué importa el norte o el sur! Somos interior.
685. Solo hay un gran amor. El resto son añadidos.
686. Estoy seguro; hay muchas Inteligencias Supremas.
687. Entre rezar y conversar con el Padre Azul hay una enorme diferencia.
688. Ciencia, sobre todo, es descubrir (con espíritu deportivo).

689. Protestaré ante Dios. La mente debería ser indultada.
690. Conocerme me cambió la vida.
691. Conocerte me sacó del mundo.
692. La mente puede profundizar sin necesidad de oxígeno.
693. La mente puede profundizar lo que tú quieras.
694. La mente no necesita descompresión.
695. La mente no precisa de plomos o aletas.
696. Al morir, la mente se pudre; por eso no hay locos en el cielo.
697. Cuando descubras quién eres, realmente estarás muerto.
698. No te vanaglories de nada; tus éxitos y miserias están previamente escritos.
699. Todo lo que aprendas es provisional.
700. Con la mente alcancé los anillos de Saturno, y escuché su música.
701. Quizá tus debilidades son una oportunidad para crecer.
702. Tu verdadera vida no tiene nada que ver con tu vida.
703. No te culpes. No te arrepientas de nada. La vida empieza ahora.
704. En el mundo espiritual no hay atajos.
705. Escribe cada día tus fracasos (para reírte de ellos).
706. Escuchar cura.
707. Estudia la muerte y vivirás sin miedo.
708. Ser honesto alcanza también al pensamiento.
709. Ahora salto tapias interiores.
710. Morir por dentro prepara para la muerte.
711. El Padre Azul avisa siempre (es la ley).
712. Si te ríes, es que piensas.
713. Si los amigos se alejan, es que algo no va bien o quizá no eran verdaderos amigos.

714. El progreso no es lo que dicen ni lo que venden.

715. Si un libro no te seduce en la primera página, busca otra compañía.

716. No importa que las cosas vayan mal si tú estás bien.

717. Dicen que, para los muertos, todo es demasiado tarde. Falso.

718. Dios empezó siendo puntual.

719. La muerte lo soluciona (casi) todo.

720. Los errores son propios de la vida humana; no del más allá.

721. No creo en la inteligencia colectiva.

722. Si te equivocas, empieza de nuevo (te lo mereces).

723. Aburrirse es perder el tiempo..., lamentablemente.

724. Aspira solo a VIVIR.

725. La misericordia es exclusivamente humana; la naturaleza no la practica.

726. Todo es lento y gradual. Es la ley.

727. Date prisa en perdonar, pero olvida lentamente.

728. Todo el mundo tiene un precio (hasta cierta edad).

729. Cuanto más me alejo del mundo, más me acerco a mí mismo.

730. Era imprescindible para mí mismo (y a veces ni eso).

731. Permite que las cosas te importen lo justo.

732. La vida se ocupará de tus enemigos.

733. Todos somos viables (especialmente por dentro).

734. Ante el contratiempo, sonrisa azul.

735. Si escribí setenta libros es porque trabajé hasta el suicidio.

736. El rumor asesina más que las balas.

737. La estupidez sí se reencarna.

738. Habrá una ciencia del siglo XXV que se reirá de la ciencia del siglo XXI.

739. Todo lo que eres está por descubrir.
740. Si el tiempo no te da la razón, ¿qué importa?
741. Lo mejor del ser humano es invisible.
742. Lo mejor del ser humano está por llegar.
743. Lo mejor del ser humano ya fue escrito.
744. Lo mejor del ser humano es inmortal.
745. La vida es un callejón (con salida).
746. No puedes imaginar lo que te espera tras la muerte. Es la ley.
747. Al otro lado, ser millonario, cardenal o político no te servirá de nada.
748. ¿Por qué nadie es experto en sí mismo?
749. Si avanzas, muchos te odiarán.
750. Si desaprendes, todos te odiarán.
751. El caos exige un gran esfuerzo.
752. El amor humano no es infinito. El AMOR sí lo es.
753. Ojo con lo imposible. Casi siempre es posible.
754. Volver a empezar es señal de gran inteligencia.
755. Si pasas página en la vida, hazlo con todas las consecuencias.
756. Los políticos hablan solo de su verdad.
757. Las piedras tienen alma (pero dormida).
758. La materia es un ensayo de Dios.
759. Hay revolucionarios de primera, de segunda, y el pueblo.
760. La nostalgia está para respirarla.
761. La vida no es fácil de desmontar. Por eso morir es tan complicado (a veces).
762. No ajustes la vida a ningún patrón; eres irrepetible.
763. Los momentos felices dependen de tus necesidades; cuantas más necesidades, menos momentos felices.

764. Cuando mueras, necesitarás una reconversión mental (eso es todo).
765. El infierno es un lugar en el que nada funciona.
766. Escribir en ordenador es cómodo (pero sin magia).
767. Mis Olivetti tenían música.
768. En algunos momentos, la sinceridad perjudica seriamente la salud.
769. El ser humano es la única máquina que carece de manual.
770. Si necesitas ayuda, piensa.
771. Las cosas siempre son más sencillas de lo que supones.
772. El dinero es un forastero. Conforme llega, se va (trátalo como a tal).
773. Ármate de valor cuando quieras decir «no».
774. Mide tu fuerza ante el mal ajeno.
775. Aprende a aceptar tus defectos. Es el primer paso hacia la santidad (perfección).
776. El violento que lee poesía es doblemente cínico.
777. Si puedes, llena tu alma de flores.
778. La buena educación empieza por la tolerancia.
779. La buena educación nunca termina.
780. La buena educación asciende; nunca baja peldaños.
781. La buena educación tiene un objetivo: amar más y mejor.
782. No te alarmes: siempre serás un cofre cerrado (para los otros).
783. ¿Y quién está capacitado para decir qué es un buen hábito?
784. ¿Quién tiene autoridad moral para decir quién es pecador?
785. No me parezco al que fui (y mañana seré otro).
786. No hay mujeres ni hombres ideales; todos somos limitados.
787. Fui muy masculino (a veces a mi pesar).

788. Tus pensamientos te pondrán a prueba.

789. Si las religiones fueran ciertas, y contuvieran un mínimo de Verdad, muchos muertos habrían regresado.

790. No añadas problemas a los problemas.

791. Tener razón puede costarte caro.

792. Si quieres que te odien, presume (no importa de qué).

793. No es difícil que la estupidez se convierta en religión.

794. En mi interior no hay comités; eso me salva.

795. No pretendas descubrirte del todo.

796. Tú decides cómo empezar, cómo vivir y cómo terminar (pero no lo sabes).

797. El necio muere necio (no hay milagro para eso).

798. No me considero superior. Solo conozco mi Destino.

799. El primer pensamiento es el que vale.

800. Siempre hay una PRIORIDAD; el resto son prioridades.

801. No busques seguridad en la imperfección.

802. De cerca eres mucho más inteligente (todos lo son).

803. Estafar (te) es fácil.

804. Invierte en ideas.

805. Invierte en amor.

806. Invierte en ti mismo.

807. Invierte en silencios.

808. Invierte en miradas.

809. Invierte en caricias.

810. Invierte en deseos.

811. Invierte en imposibles.

812. Invierte en palabras violetas.

813. Invierte en azules agachados.

814. Invierte en misericordia.

815. Inviértete.
816. Invierte en desaprender.
817. Invierte en ampliar el zaguán de la memoria.
818. Invierte en horizontes.
819. Invierte en viajes interiores.
820. Invierte en lo invisible.
821. Invierte en ceder.
822. Invierte en imaginación.
823. Invierte en la verdad de los demás.
824. Invierte en no lastimar.
825. Invierte en Beethoven.
826. Invierte en el Principio Omega.
827. Invierte en calidad de vida.
828. Invierte en segundos de sesenta minutos.
829. Invierte en comprender.
830. Invierte en sonrisas que no se caigan.
831. Invierte en amigos.
832. Invierte en olores que rían.
833. Invierte en colores que suenen.
834. Invierte en sonidos de colores.
835. Invierte en besos y abrazos.
836. Invierte en estrellas lejanas.
837. Invierte en luz de tungsteno.
838. Tuve un pleito con Dios: no alcanzaba a rascarme determinados puntos de la espalda. La muerte terminó con el pleito.
839. Se nos concedió la risa; no por casualidad.
840. Tarde o temprano recibirás lo que regales.
841. El pesimismo es una consecuencia de la falta de perspectiva.

842. Cuando muera, quisiera trabajar como ángel susurrador.
843. Si crees que puedes hacerlo, hazlo.
844. La experiencia termina cuando eres consciente de ella.
845. ¿Y qué importa que el otro tenga razón?
846. Espera siempre lo peor y serás menos infeliz.
847. No interesa ser joven permanentemente (en la materia).
848. La vida, en soledad, destiñe.
849. El duelo entre ignorantes no afecta al interior.
850. Los locos creen que los demás están locos.
851. Para los muertos, todo es relativo.
852. ¿De qué sirve la victoria del pueblo si el Destino es individual?
853. La cultura pesa. La incultura aplasta.
854. Los detalles también incendian.
855. Los pueblos son dignos; sus dirigentes son dudosos.
856. No comprender por qué estás en este mundo es desolador.
857. La pobreza nos acompañará hasta la llegada de «Or Gadol».
858. El capitalismo forma parte del juego (pero también desaparecerá).
859. El comunismo tampoco fue imprescindible.
860. Patrocínate (de puertas adentro). (Solo eso).
861. La perspectiva política siempre es contra alguien.
862. La lucha armada es el escalón más bajo de la evolución humana.
863. Aprende a hacer tu trabajo en solitario.
864. En ningún lugar serás libre. Quizá «después» (y no es seguro).
865. También se miente con la mirada.
866. La realidad no es muy lírica (en realidad, nada lírica).

867. Todos los necios son mentirosos (por naturaleza).

868. El 99,9 por ciento de los humanos no sabe por qué ha nacido, ni cuál es su Destino. Es la ley.

869. Lo interesante siempre está en la esencia.

870. Lo más interesante de un libro está en lo que sugiere.

871. Lo más interesante de la música es lo que te dice (a ti).

872. Lo más interesante del cielo es lo que imaginas.

873. Lo más interesante de ti está olvidado.

874. «¿Qué es la imaginación?», me preguntaron. «Muy simple —respondí—: dame una palabra (una sola) y escribiré una novela de mil páginas. Eso es imaginación».

875. El 90 por ciento de la belleza lo hace tu imaginación.

876. La imaginación te distingue de las tortugas y de los mandriles.

877. La imaginación es prima del movimiento perpetuo.

878. Sé generoso cuando descubras que tu amor no es correspondido.

879. Que tu silencio no sea cómplice.

880. Si decides alejarte del mundo, hazlo de manera inteligente

881. Trabaja cuanto puedas. El resto del tiempo dedícalo a pensar.

882. Todo está minuciosamente programado; incluso la humillación y la desesperanza.

883. En la otra vida también hay mapas.

884. La violencia proporciona dividendos cancerígenos.

885. En la violencia no hay belleza.

886. La excusa para la violencia es coja.

887. Los violentos son amnésicos.

888. Defender la violencia es propio de necios.

889. Las sonrisas desarman a los militares.
890. La buena caricatura es sabia.
891. Si tu vida está al final, busca amor; solo amor.
892. Cada día que pasa es una vida que enterramos.
893. Vive plenamente cada femtosegundo.
894. El dolor no echa raíces, pero sí su recuerdo.
895. Necesitamos un mundo más justo, sí, pero no desde las balas.
896. He garrapateado en la pizarra de la vida (solo eso).
897. Nunca somos dos (aquí).
898. Siempre seremos dos (allí).
899. Frena tu entusiasmo porque puede descabalgarte.
900. Presumí de no haberle dorado la píldora a nadie.
901. Lo importante (hoy) no lo será mañana.
902. El carácter no se forja; se tiene o no se tiene.
903. El alma solo está sujeta al aprendizaje.
904. Vive, sobre todo, para recordar.
905. Se nace rubio, moreno, listo o mediocre.
906. La violencia de este planeta me saturó.
907. Si sueñas con la guerra, es que te queda mucho por aprender.
908. Me encantaba fotografiar el «ahora».
909. Si eres gris, morirás gris.
910. La violencia me hacía vomitar.
911. Los sentimientos nacen al margen de la voluntad.
912. Todos necesitamos una caricia al día.
913. Todos los revolucionarios mienten (por naturaleza).
914. Batallé hasta el último momento (como no podía ser de otra manera).
915. Lo que se consigue por la fuerza deja de ser meritorio.

916. En democracia muy pocos dicen la verdad. En dictadura, todos mienten.
917. La realidad moja al pueblo; rara vez a los gobernantes.
918. La ética no sabe de armas.
919. Se puede crecer en todas direcciones y hacia ninguna.
920. La Verdad —dicen— inyecta fuerza.
921. El futuro se esconde en los detalles del día a día.
922. Me aterra la oscuridad del socialismo y el fuego devorador del capitalismo.
923. Una sola vez entregué mi amor de forma total y desinteresada (pero ella no respondió).
924. El verdadero «hombre nuevo» es el que conoce su origen y Destino.
925. Si existe el futuro, guárdalo solo para ti.
926. Las armas no simbolizan el progreso.
927. «¡Patria o muerte!»: un lema de corto alcance.
928. Si haces poesía de las bombas, es que necesitas un psiquiatra.
929. Para ser moderadamente feliz, aprende a interpretar las señales que caen del cielo.
930. No permitas que la historia te siga mintiendo.
931. El corazón siempre va a pie.
932. No te engañes: el que ama no mata.
933. Nunca hubo mitos para las esposas.
934. Vender libertad es vender humo.
935. No te reproches nada; tú lo escribiste antes de nacer.
936. Si permites la pena de muerte, es que no eres misericordioso.
937. El lujo resulta turbador.
938. Cualquier justicia —al ser humana— es injusta.

939. Estar en guardia permanente significa falta de perspectiva.
940. Tus palabras (todas) son mensajes. Cuídalas.
941. Me engañaron casi siempre; excepto a la hora de morir.
942. Disfruta de lo aparentemente pequeño. Lo supuestamente grande nunca llega (aquí).
943. ¿Quién sabe nada de nadie?
944. Los revolucionarios también roban (que se lo pregunten a Fidel Castro).
945. Las sensaciones se convierten en recuerdos cualificados.
946. No supe lo que era una mujer desnuda hasta que me casé. Tenía veintitrés años recién cumplidos (fue lo «contratado»).
947. A los setenta años empezó a molestarme el mundo. Lo siento...
948. Los «contratos» se cumplen (sí o sí).
949. Un este mundo, el olvido es obligatorio.
950. Todos nos equivocamos (algunos intencionadamente).
951. No añores el pasado; no sirve de nada.
952. El resultado me importa poco; solo me interesa el camino.
953. Quizá algunos de mis libros secretos se publiquen tras mi muerte (o desaparición) (pero no es seguro).
954. Se puede estar magníficamente retrasado, y no saberlo.
955. No tiene sentido que prometas o que te prometas.
956. Confía menos en las personas y más en las cosas.
957. Nunca confíes en la masa.
958. No temas tropezar con algunas palabras; otras te ayudarán a levantarte.
959. Estar politizado demuestra la imbecilidad humana.
960. Cada hombre es un regalo (las mujeres más).
961. La ignorancia hace héroes.

962. Los silencios están llenos de palabras.
963. La distancia no es ausencia.
964. El alma brilla (por dentro y por fuera).
965. Sí, muero porque no muero...
966. Sí, muero por vivir en ella...
967. Sí, muero en cada ausencia...
968. Sí, muero en cada beso...
969. Los besos, en la ausencia, son más intensos.
970. En mi alma solo ondean las banderas de los recuerdos.
971. Ya he saltado a la última playa.
972. Mi vida fue un contraluz.
973. Ya no puedo cargarme de venganzas.
974. En la noche también hay tesoros.
975. Nunca digas adiós; solo «hasta luego».
976. La ausencia no tiene corazón.
977. La muerte no debería sembrar tristezas.
978. La muerte no debería ser incomprensible.
979. La muerte no debería separar.
980. La muerte no debería cerrar nada.
981. Al no tenerte, me desterré a lo más profundo de mí mismo.
982. Regálate algo insignificante cada día.
983. Mi vida fue, sobre todo, una historia de amor.
984. Cada día es una promesa (a ti mismo y a los demás).
985. Si quieres crear, cree.
986. Siempre llegué a destiempo en mi corazón.
987. Que el olvido no afile tu corazón.
988. Fui un pescador de retornos.
989. Cuando veas llegar a la muerte, reparte; no te quedes con nada.

990. El ser humano tiene dos orillas (solo recordamos una).
991. Sí, qué soledad la del que busca...
992. Rinde cuentas, pero solo ante ti mismo.
993. Quedé mudo a fuerza de hablar en silencio.
994. La libertad es una playa imaginada.
995. Regresamos cinco veces al mundo. ¿Retornaremos por sexta vez?
996. Tendrás que soltar muchas amarras si quieres volar.
997. El dinero produce dolor de cabeza. Mucho dinero significa cefalea crónica.
998. ¡Qué ternura leer mis primeros libros!
999. Cuando descubras que la casualidad no existe, estallarás.
1000. ¿El mayor desafío humano? Tu búsqueda personal.
1001. Rechaza la compra venta de sentimientos.
1002. La Verdad está en lo que no vemos.
1003. Dios es experto en segundas oportunidades.
1004. Los asuntos importantes nunca cuajan a la primera.
1005. La lógica es un enemigo rabioso.
1006. La Providencia no es un artículo de lujo.
1007. Lo simple es dificilísimo de imaginar.
1008. Lo sé: Dios es muy casero.
1009. Aprender es importante; experimentar es trascendental.
1010. Nadie muere vacío.
1011. Con suerte podemos aspirar a soñar a Dios.
1012. Ojo. La venganza es un bumerán.
1013. Por puro egoísmo, evita el mal.
1014. La intendencia no es cosa mía.
1015. Cuanta más información, más poder (el secreto de Dios).
1016. Todas las cúpulas sirven para ocultar.

1017. Para muchos hombres, la inteligencia femenina resulta insoportable.

1018. La mujer, sobre todo, es equilibrio.

1019. El beso fue inventado –necesariamente– por la mujer.

1020. Hay golpes (no recibidos) que también duelen.

1021. Cuando muera, me gustaría que trasladaseis mis restos en un camión de mudanzas.

1022. Si conocieras lo que hay después del dulce sueño de la muerte, tu vida quedaría descafeinada.

1023. Si piensas en la muerte, cada día mueres un poco.

1024. No te engañes: la vida empieza ahora.

1025. Olvida al necio del «tic-tac». El TIEMPO es otra historia.

1026. Imaginar es un deporte de élite.

1027. La prisa es peor que el cáncer.

1028. El materialismo tiene ruedas cuadradas.

1029. Si te lo puedes permitir, no vendas nada.

1030. Si me miro con atención, me aburro.

1031. No importa que tus empresas fracasen; tú no puedes fracasar (es la ley).

1032. Permite que el dinero te visite, pero solo de vez en cuando.

1033. El éxito humano es una droga (huye de las drogas como de las religiones).

1034. Renuncia a la vida de cabotaje. Emociónate una vez al día (como poco).

1035. La tolerancia te llevará lejos.

1036. La confianza siempre es de ida y vuelta.

1037. Elige la puerta de atrás de los vencidos.

1038. La comprensión es gratificante.

1039. Cuando puedas, cuelga una jaula de pájaros en tu corazón.

1040. Todo está calculado por el Padre Azul (sobre todo lo imposible).
1041. Una trompeta en el recuerdo: Fernando Múgica.
1042. Más allá de la vida hay más VIDA.
1043. No infectes tu corazón con direcciones prohibidas.
1044. La llave de la vida no cuelga del llavero del tiempo.
1045. Quema amor: la única gasolina gratuita.
1046. La vida (tu vida) está por encima de todas las razones.
1047. El sabio intuye que lo auténticamente bueno se regala.
1048. La vida huele a Dios.
1049. La compasión fortifica las murallas interiores.
1050. Cada lágrima es un universo (sobre todo las azules).
1051. El dolor espiritual pesa más que el físico.
1052. El dolor enciende las alarmas de la mente.
1053. El dolor solo existe en la materia.
1054. Ningún dolor permanece en la oscuridad por mucho tiempo.
1055. El dolor es un domador de voluntades.
1056. El dolor es el más fructífero generador de arte.
1057. Todo lo aprendí en el dolor.
1058. Una lágrima equivale a mil miradas.
1059. Si te dejas vencer por el dolor, regresará y regresará.
1060. Cuando las lágrimas se agotan, el camino está cumplido.
1061. Amarra las ideas; su tendencia es volar.
1062. Todas las suposiciones son cuadradas; la seguridad las redondea.
1063. Los enemigos te eligen a ti.
1064. Desconfía del «amigo» que se declara amigo de tus enemigos.
1065. El verdadero amigo no necesita pruebas ni argumentos.

1066. El amigo sabe antes de que expliques.

1067. La amistad con una mujer peligra más que la amistad con un hombre.

1068. Las sensaciones no están sujetas al método científico, pero son reales.

1069. Fíjate bien: el aburrimiento tiene cara de serpiente.

1070. Soñar o no soñar. He aquí la cuestión.

1071. No puedo pensar en ella porque la llevo dentro.

1072. Cuanto más lejos (de ti), más cerca.

1073. La inocencia hace frontera con la santidad.

1074. La inocencia reúne las nueve virtudes capitales.

1075. La inocencia se lleva la vida a la boca.

1076. Matar la inocencia es apagar una estrella.

1077. La verdadera nobleza confiesa su ignorancia.

1078. La esperanza desmiente al futuro.

1079. Asómbrate de lo nunca y de lo siempre visto, pero asómbrate.

1080. El silencio avisa sin ruido.

1081. Saber y tener son antípodas.

1082. Soy moderadamente infeliz (a Dios gracias).

1083. Todas las oportunidades son trenes de alta velocidad.

1084. No resistiríamos diez minutos de felicidad químicamente pura.

1085. Nunca fui inteligente. Dios me regaló historias maravillosas. Eso es todo.

1086. Los momentos felices son un anticipo del más allá.

1087. Cuando seas luz respirarás luz.

1088. Los momentos felices –en la Tierra– son un alto el fuego.

1089. Me gustaba sumar (te) con los dedos...

1090. «Si respiras fuera del agua es que estás muerto» (conversación entre dos peces).

1091. «Si respiras fuera del agua es que has encontrado la felicidad» (conversación entre dos peces).

1092. Antes de empezar a caminar, conócete.

1093. No tomes como referencia la felicidad ajena.

1094. Lo normal (necesariamente) siempre es extraordinario.

1095. Busqué –desesperadamente– la destilación de la luz. Ya la encontré...

1096. Me pasé media vida intentando medir a Dios. ¡Qué fracaso!

1097. Prueba a vivir mirando hacia arriba.

1098. No estamos en el mundo para sobrevivir.

1099. No te pre - ocupes; ocúpate.

1100. El pensamiento es un trébol de cuatro hojas.

1101. Lo invisible lo es, con razón.

1102. Conozco seres más rápidos que la luz, pero no se mueven.

1103. El pensamiento es la frontera de Dios.

1104. Tus necesidades fueron escritas antes de tu nacimiento.

1105. No reclames luz a la luz.

1106. Sé valiente: acosa a Dios a preguntas.

1107. Sé valiente: pregúntate lo que no te atreves a preguntar a los demás.

1108. Sé valiente: confía en la intuición.

1109. Sé valiente: juega con la creación en tus sueños.

1110. La mies solo pide luz; ¿y tú?

1111. No enmarques el paisaje; déjalo libre.

1112. No enmarques tu corazón; déjalo volar.

1113. No enmarques tus miedos; escúpelos.

1114. No enmarques tus deseos; ¡vívelos!

1115. Acaricia lo insignificante y lo grande se posará en tu mente.
1116. El planeta necesita un millón de años (sin gente).
1117. Empieza por ser un ecologista de ti mismo.
1118. Insinúa (que algo queda).
1119. La Providencia tiene letra de médico.
1120. Poseer no significa tener razón.
1121. Soy el revés de casi todo y no me apetece cambiar.
1122. En ocasiones, lo que no debe verse es lo correcto.
1123. El dinero no puede comprar sueños.
1124. El dinero se limita a mirar la Luna.
1125. El dinero se crece si lo miras.
1126. El dinero no sabe tratar al silencio.
1127. El dinero es insolente.
1128. Elige el cuerpo a cuerpo con la vida.
1129. La gasolina huele a hombre blanco.
1130. El acero y el hormigón obligan para toda la vida.
1131. La no posesión es ligera.
1132. La informática puede llegar a ser una camisa de fuerza.
1133. Ignora al dios lingote de oro.
1134. La no posesión te permite empezar a cada instante.
1135. Lo que verdaderamente debes saber ya está escrito en tu corazón. Lee...
1136. El consumo ametralla.
1137. Lo superfino cautiva a los necios.
1138. Las modas son estampidas.
1139. No te diviertas por real decreto.
1140. El infierno es un invento de los fabricantes de futuro.
1141. Si necesitas dinero, ignóralo.

1142. El dinero es un estiércol que debe ser sabiamente extendido.
1143. El verdadero rico nunca sabe lo que tiene.
1144. Si te hablan de dinero, guarda silencio.
1145. Aquí, en la Tierra, el error es un socio importante.
1146. El ateísmo me recuerda una mortaja fúnebre.
1147. Bastante tenemos con buscar la Verdad. Encontrarla sería agotador.
1148. La Verdad es automática (necesariamente).
1149. Deja que los errores vuelen; alguien le sacará partido.
1150. Una página en blanco es un excelente consejo.
1151. Cuando sueñas, caminas por la orilla de la eternidad.
1152. Ojo. Si esterilizas la mente, te esterilizas.
1153. A fuerza de poseer, me quedé sin nada.
1154. Cierra los ojos siempre que puedas y contémplate.
1155. Emborráchate con lo invisible.
1156. Emborráchate de amor.
1157. Emborráchate de abrazos.
1158. Emborráchate de luces.
1159. El trueno imita –inútilmente– al relámpago.
1160. El poeta está a años luz de la razón.
1161. Tu imagen, en el espejo, debería convencerte: deja que la vida siga...
1162. Ahora, más que nunca, resucita la palabra.
1163. Éramos pocos y el mundo parió la informática.
1164. La tecnología fusiló la palabra.
1165. Habla, sí, pero deja hablar.
1166. El que mejor habla es el que mejor oye.
1167. Resiste cinco minutos sin hablar y te mirarán como un bicho raro.

1168. Hablar no es hacer ruido.

1169. Hablar es transmitir emociones.

1170. Si sabes que vas a morir, solicita perdón (aunque no tengan razón).

1171. Soy la diezmillonésima de billonésima de billonésima de billonésima de nada.

1172. La sabiduría te dejará a oscuras (al principio).

1173. El necio es inagotable; su combustible es el yo.

1174. El necio reflexiona poco; prefiere embestir.

1175. El necio sonríe –cínico– ante un trébol de cuatro hojas.

1176. El necio esconde la cabeza en el suelo ante un trébol de cinco hojas.

1177. El alba reparte milagros.

1178. El método científico es indigesto.

1179. La vanidad, además de destruir, ridiculiza.

1180. Para el engreído, la muerte es un error de la naturaleza.

1181. Tolerar o no tolerar: ese fue el gran problema del mundo.

1182. Prefiero intuir a estar seguro.

1183. Dios es el único lujo gratuito.

1184. En Barbate, mi corazón siempre va descalzo.

1185. La generosidad no debería ser una virtud (debería ser obligatoria).

1186. No entregues; entrégate.

1187. Perdonar es doloroso; no olvidar es agridulce.

1188. El perdón (con olvido) = raíz cúbica del AMOR.

1189. El perdón no mata a la víbora.

1190. El olvido aleja a la víbora.

1191. Recuerda. Un beso = un trillón de palabras.

1192. «Gracias» es una palabra hermosa, pero incómoda. Huye de ella.

1193. «Dame» es una palabra traicionera.
1194. «Toma» es una palabra sagrada.
1195. CONFÍA y tu vida pesará menos.
1196. Si de verdad amas a tu pareja, piensa en voz alta.
1197. Hay una ecuación que escribió Jesús de Nazaret en una pared: A = T × D (Amor = Tengo porque Doy).
1198. El AMOR entreabrió su puerta a Einstein.
1199. AMOR = Dios (incluso en el desamor).
1200. La búsqueda de Dios no tiene retorno.
1201. En política, dos más dos son cuatro (si tres son para mí).
1202. Cuanto más se prolonga una guerra, más dinero ganan los de siempre.
1203. En el más allá no existe la justicia; no se necesita.
1204. Si la palabra —además— es oxigenante, miel sobre hojuelas.
1205. Dios no tiene memoria; el AMOR no la necesita.
1206. Todas las direcciones terminan en el mismo lugar: el Padre Azul.
1207. Despierta y disfruta de tu imperfección.
1208. La vida es una broma (pesada).
1209. Antes de hablar mide y mídete.
1210. Invierte cada «ahora» como si fuera un millón de dólares.
1211. El «ahora» está reñido con el «después».
1212. A veces, la Verdad es «ahora».
1213. Cada «ahora» —al marchar— hace «clic».
1214. Los sentimientos necesitan una mirada donde posarse.
1215. No logré descubrirlo. ¿Quién inventó la prisa? ¡Qué mal nacido!
1216. Para el amor solo hay (ni hubo ni habrá).
1217. Si tienes amor, no pidas.
1218. El amor no lleva las cuentas.

1219. El AMOR es un negocio de exportación.
1220. El pensamiento no grita. ¿Por qué será?
1221. El poder de Dios nace de su imaginación.
1222. Casi todos los ateos son honrados. ¿Por qué será?
1223. Lo que tú llamas muerte es renacimiento.
1224. Lo que no existe tampoco está olvidado.
1225. No te aferres a las ideas (queman).
1226. Huye de los monopolios (especialmente de los religiosos).
1227. La imaginación nunca se repite. Es la ley.
1228. Hacer el ridículo es muy purificante.
1229. Al asesino no es necesario ejecutarlo; basta con descubrirlo y exponerlo.
1230. Hacer el ridículo mata más rápido.
1231. Hacer el ridículo paraliza la mente.
1232. En política, cada mentira deja libre una jauría de mentiras.
1233. El mal es otra forma de analfabetismo espiritual.
1234. Las personas mejor informadas son las más engañadas.
1235. La Verdad –si existe– solo puede ser bebida a pequeños sorbos.
1236. Los santos católicos están muertos (menos mal).
1237. La rectitud dogmática me provocaba calentura.
1238. No improvises (si puedes) y, si lo haces, diviértete.
1239. La ortodoxia me aburre.
1240. La oración es una excelente terapia.
1241. Casi todos los enemigos son rentables.
1242. Es más digno decir «no sé» que parapetarse en el azar.
1243. El «no sé» exige humildad.
1244. El «no sé» es una puerta que se abre.
1245. El «no sé» trae siempre sabiduría.

1246. El azar es un reyezuelo que satisface a los mediocres.
1247. La suerte es meticulosamente pesada en balanza de boticario.
1248. La suerte nunca es buena o mala.
1249. La suerte tiene estela.
1250. Ningún error debería doler.
1251. Sonríe aunque no tengas esperanza.
1252. Te contaré un secreto: la esperanza acude al ver una sonrisa.
1253. La esperanza es como la nieve: te cubre dulcemente.
1254. Si tienes esperanza, lo tienes todo.
1255. Consigue tiempo (para perderlo).
1256. Ten valor. No esquives la mirada del que implora.
1257. Cuanto más busques, más presión interior.
1258. No vi crecer a mis hijos, pero los ayudé a crecer.
1259. Aprende a aceptarte como eres. Es el primer paso para que los demás te acepten.
1260. En realidad acabamos de bajar de los árboles.
1261. Pero, ¿Alá es árabe?
1262. De vez en cuando, Dios me recuerda que soy frágil. ¡Menos mal!
1263. No te engañes. Dios es una enfermedad incurable.
1264. Disfruta lo que tienes; no lo que hubieras podido tener.
1265. Dios es tan grande que puede hasta lo que no puede.
1266. Para ser santo (perfecto) hay que retroceder.
1267. Entrénate para la muerte en cada despedida.
1268. Bebe silencio (al menos una vez al día).
1269. Amar es mucho más que cuidar.
1270. Amar es llevarte puesta.
1271. Amar es ver hoy tu imagen pasada.

1272. Amar es esperar (siempre).

1273. La rebelión de Lucifer nos dejó a oscuras. Y así seguimos.

1274. Si la casualidad fuera cierta, las rosas no existirían.

1275. El verdadero amor es una mecedora. Tan simple y cómodo que asusta.

1276. Todo lo que merece la pena es «la»: la música, la bondad, la rosa, la mente, la mujer, la imaginación, la vida, la intuición, la prudencia, la generosidad, la misericordia, la amistad, la mar...

1277. El Padre Azul, sobre todo, es Madre Azul.

1278. No busques la igualdad entre dos obras de arte (mujer y hombre). Procura que estén a la misma altura.

1279. «Él» más «la» = ELLA...

1280. Un pensamiento afortunado es más que una biblioteca.

1281. El pan frito: una verdad en zapatillas.

1282. La felicidad crónica llegará (está al caer).

1283. La libertad vive en el número «pi».

1284. Practica la Verdad descafeinada de las pequeñas grandes cosas.

1285. Las despedidas las inventó el hombre; la mujer nunca se despide con el corazón.

1286. El problema de la democracia es que nada es lo que parece.

1287. Procura que la palabra sea siempre vasallo del pensamiento.

1288. ¿No te habías fijado? Los sentimientos tienen alas.

1289. Disfruta de tu imperfección. Alguien lo ha querido así.

1290. No hagas demasiados planes (no le robes a Dios).

1291. Algunos científicos siguen en las copas de los árboles.

1292. Al nacer no llegas con un pan bajo el brazo; llegas con toda la panadería.

1293. Dios está derramado; no envasado.
1294. La Verdad carece de esquinas.
1295. La Verdad no tienen alternativa.
1296. La Verdad espera (muy lejos).
1297. La Verdad nos anularía (ahora).
1298. Por sus preguntas los conoceréis.
1299. La auténtica oración es una actitud.
1300. Todas las mujeres guardan secretos (algunos hombres —muy pocos— también).
1301. Todas las mujeres son excepcionales (algunos hombres —muy pocos— también).
1302. El ser humano no puede sanar las heridas de la humanidad.
1303. La fachada y el interior son realidades distintas y complementarias.
1304. Si quieres entender tu vida, primero súbete al interior y contémplate con perspectiva.
1305. Ningún hijo te pertenece.
1306. A vivir se aprende viviendo.
1307. Ahorra lo justo (no sea que llegue «Gog»).
1308. La vida no es una carrera de obstáculos.
1309. La vida no está para ser ganada.
1310. La vida es un apéndice de Dios.
1311. No lo dudes: la vida te saldrá al encuentro.
1312. No te fíes de los indefensos.
1313. No es necesario que digas lo que piensas (no en tierra de gentiles).
1314. Nunca es tarde para nada.
1315. Desconfía de los hombres y mujeres geniales (todos ocultan un pasado).

1316. Que la fe no resuelva lo que no entiendes.

1317. La audacia, en la palabra, siempre se queda corta.

1318. Despégate de ti mismo, cuanto antes.

1319. Permite que cada pueblo encuentre su camino (por sí mismo).

1320. La abnegación –por el bien común– no incluye las balas.

1321. La mejor constancia es la que se puede demostrar.

1322. Mis ausencias dicen mucho de mí.

1323. Cuanta más madurez, menos dramatismo.

1324. Ser coherente con las ideas no significa acertar.

1325. ¿Y quién te ha dicho que estás en la vida para acertar?

1326. No dejes herencias materiales; deja buenas sensaciones.

1327. La manipulación es más odiosa que la falsedad.

1328. No imites a nadie; y mucho menos a los Dioses.

1329. La historia miente y los necios la adoran.

1330. Claro que tengo muchas preguntas a Dios. Ejemplo: ¿Dios necesita ensayos? Ejemplo: ¿Dios necesita voluntarios para la muerte? Ejemplo: ¿Por qué mueren los niños? Ejemplo: ¿Por qué la imperfección tiene que ser dolorosa? Ejemplo: ¿Qué necesidad tenías de crear la materia? Ejemplo: ¿No sientes vergüenza ante el horror de la guerra? Ejemplo: ¿No sientes horror ante la vergüenza del hambre en la Tierra? Ejemplo: ¿No tiemblas ante la oscuridad de la mente humana? Ejemplo: Si eres justo, ¿por qué permites la injusticia? (Y así, mil preguntas más).

1331. Todas las vidas humanas son cristal y plomo (a la vez).

1332. El mundo no cambia por deseo de la derecha o de la izquierda; cambia por sí mismo.

1333. El amor se prolonga sin necesidad de ninguna justificación.

1334. Y si el Paraíso existe, ¿por qué necesitamos tanto NO TIEMPO para llegar a él? (Pregunta de Luzbel).

1335. Y yo me pregunto: ¿No será que Luzbel tenía razón?
1336. Los enemigos no merecen admiración.
1337. No temas a la ley de fugas de los hombres; solo matan la materia.
1338. Atención. La maldad del ser humano no ha tocado fondo (y su bondad tampoco).
1339. Si los crímenes contra la humanidad forman parte de los designios divinos, no entiendo a Dios.
1340. Apártate del camino por el placer de volver a él.
1341. Si insultas, solo recibirás insultos.
1342. Mis libros son mi testamento.
1343. El poder escapa tan fácilmente como llegó.
1344. Los dictadores aprenden rápido a amordazar las mentes.
1345. Si no cierro los ojos cuando bebo, malo...
1346. Ninguna biografía es sincera (y las autobiografías muchísimo menos).
1347. Sácate partido (sin venderte).
1348. Hasta el más religioso despierta.
1349. Tú eres tu gran privilegio.
1350. Dejé de dar órdenes cuando conocí mi verdadero origen.
1351. Renunciar cuesta más que conquistar.
1352. Pronto me convertí en una costumbre para mí mismo.
1353. Todos tenemos algún triste récord en la memoria.
1354. A los setenta años, no te enrosques en aventuras que no puedas digerir.
1355. A veces, lo que sucede no conviene.
1356. No te quedes sin ideas. Es la peor de las soledades.
1357. El Destino no grita; susurra.
1358. El Destino materializa lo que tú elegiste.
1359. El Destino te guarda.

1360. El Destino eres tú mismo, pero invisible.

1361. Está bien que sepas lo que vas a hacer mañana, pero olvida el pasado mañana.

1362. Si naces no tienes elección.

1363. Los muertos no recuerdan (no lo necesitan).

1364. No te acostumbres al olvido.

1365. Todos los seres humanos son grandes (en especial los anónimos).

1366. La vida endurece. Es la ley.

1367. La muerte ilumina. Es la ley.

1368. Que la edad no te haga servil.

1369. Eres el arquitecto de tu Destino (antes de nacer).

1370. ¿De qué sirve descodificar al ser humano?

1371. ¿Intentar cambiar al ser humano es un acto violento?

1372. Si estimas que el azar hace bien las cosas, es que no sabes qué es el azar.

1373. El camino hacia la justicia y la igualdad no está en las manos del hombre.

1374. Nadie debería hablar en nombre de nadie.

1375. Prefiero el «despacio» a Internet.

1376. Prefiero los libros a Internet.

1377. Prefiero dialogar a Internet.

1378. Prefiero mirar por la ventana a Internet.

1379. Ningún hombre es puro. Es la ley.

1380. El deber histórico es una maravillosa majadería.

1381. El hombre siempre es más importante que los acontecimientos.

1382. En lo supuestamente pequeño reside lo grande.

1383. Todo se arregla (hasta que el Destino lo desarregla).

1384. Siempre queda mucho por hacer.

1385. Las ideas son un regalo para el hombre.

1386. Luchar no es un derecho; es otra consecuencia del olvido.

1387. A los setenta años, las vueltas de tuerca en la vida no son recomendables.

1388. Muchos fracasos se producen por no saber esperar.

1389. La imaginación me rescató de la soledad no deseada.

1390. La susceptibilidad es un plomo en los pies de la mente.

1391. La susceptibilidad es una enfermedad (como tantas).

1392. La susceptibilidad te hará sufrir inútilmente.

1393. La susceptibilidad es una sensibilidad enfermiza.

1394. La historia son capas y capas de mentiras.

1395. Permite que las ideas lleguen, reposen y se calmen.

1396. Si puedes, decide mañana.

1397. Si has decidido, ¡haz!

1398. Si te equivocas al decidir, regresa al punto de partida.

1399. No compartas tus decisiones. ¡Sorpréndelos!

1400. El miedo nos hace mentirosos.

1401. Las ilusiones aparecen cuando más lo necesitas.

1402. Las ilusiones son oxígeno.

1403. Cada ilusión es un salvavidas.

1404. Las ilusiones, como el arco iris, aparecen de una en una. Es la ley.

1405. La calumnia actúa como el napalm.

1406. Llega un momento en la vida en el que las prioridades pesan una tonelada.

1407. Jesús de Nazaret nunca empuñó un arma. El látigo fue utilizado contra los animales, no contra los mercaderes del Templo.

1408. No creas a nadie; fíltralo todo.

1409. Las «necesidades bélicas» son inventos de los carroñeros de siempre.

1410. Si la historia es mentira, ¿qué son los héroes?

1411. Si la historia es mentira (que lo es), ¿qué son sus «preclaros hijos»?

1412. Si la historia es mentira, ¿qué son las fronteras?

1413. Si la historia es mentira, ¿dónde está el norte y el sur?

1414. Ninguna injusticia justifica la muerte.

1415. Ninguna justicia justifica la muerte.

1416. Ninguna idea justifica la muerte.

1417. Ninguna idea religiosa justifica la muerte.

1418. En el fondo todos buscamos lo mismo: unas gotas de comprensión.

1419. El tiempo es el lógico verdugo de la historia.

1420. Sé valiente: no te vendas.

1421. Si el futuro no existe, ¿por qué te amarras a él?

1422. La imaginación te ayudará a huir de ti mismo y de los demás.

1423. Los verdaderos héroes no humillan ni ultrajan.

1424. Luchar por el poder descalifica.

1425. Si deseas un mundo mejor, abre ventanas en tu mente.

1426. Si deseas un mundo mejor, asómate al mundo.

1427. Si deseas un mundo mejor, empuja (inteligentemente).

1428. Si deseas un mundo mejor, filtra cuanto veas y leas.

1429. El mundo será mejor cuando Dios lo decida; no cuando el hombre quiera.

1430. Cuando la muerte se acerca, todo se acelera.

1431. En la guerra todos son bárbaros.

1432. Mi ignorancia creció en mí hasta el final.

1433. Si los humanos te cansan, es que estás en el buen camino.

1434. Nunca seas rehén de tus pensamientos.

1435. Nunca cobres por lo que te han regalado.
1436. Nunca cobres por una sonrisa.
1437. Nunca cobres por una idea (recuerda que no son tuyas).
1438. Nunca cobres por amar; si lo haces, no es amor.
1439. Nunca cobres por la belleza (no es de tu propiedad).
1440. Nunca cobres por tu sabiduría (porque tampoco es tuya).
1441. Nunca cobres por ayudar (mañana te tocará a ti).
1442. Nunca cobres por los silencios (son propiedad de Dios).
1443. Nunca cobres por vivir (todos estamos de paso).
1444. Nunca cobres por recordar (la mente tampoco es de tu propiedad).
1445. En realidad, nada es de tu propiedad, salvo el cáliz del alma.
1446. Todas las verdades (con minúscula) están condicionadas. Es la ley.
1447. La sensibilidad es nuestra verdadera piel.
1448. Estoy cansado de justificarme.
1449. Nunca somos realmente conscientes del impacto de nuestros actos y omisiones (afortunadamente).
1450. Cuando llegues al límite, la vida te avisará.
1451. Nadie es objetivo (y mucho menos Dios).
1452. La violencia me aburre.
1453. No creas a ningún bando. Escucha primero a tu corazón.
1454. ¿Debería haber peleado por ella? Quizá sí... ¿O estaba prohibido?
1455. Cuando nadie me veía, sembraba rosas naranjas para ella.
1456. Esta realidad, en ocasiones, provoca la risa.
1457. Retírate antes de que te retiren.
1458. Sí, ¿a qué negarlo?: llegué en comisión de servicio.
1459. Llegué con mi compañera, con «K».

1460. Llegué para abrir las mentes de muchos.
1461. Llegué por orden de mi Jefe...
1462. Llegué para revelar la existencia del Padre Azul.
1463. Ella regresó antes que yo. Fue lo «contratado».
1464. Somos «K». Ustedes no comprenderían...
1465. Estuvimos sujetos a la imperfección. Es la ley.
1466. Toda nuestra vida fue de entrega a la misión (sin reservas).
1467. Los «K» son ángeles (y mucho más).
1468. «K» y yo tuvimos que separarnos. Es la ley. Fue muy doloroso.
1469. Ella, ahora, prepara mi regreso.
1470. Las mujeres que he conocido no son «K»: ellas solo me ayudaron a cruzar la calle.
1471. «K» es infinitamente más importante.
1472. Los «K» estamos al servicio de la Divinidad.
1473. No seas ingenuo. Todo está milimétricamente calculado (aquí y allá).
1474. Trata a tu esposa (y a tu marido) como si fuera la última vez que la vieras.
1475. La caridad armada no es caridad.
1476. La justicia armada no es justicia.
1477. La bondad armada no es bondad.
1478. La poesía armada no es poesía.
1479. La inteligencia armada no es inteligencia.
1480. El amor armado no es amor.
1481. La mirada te dirá cómo es la persona.
1482. Los siglos multiplican las mentiras.
1483. El pasado es más útil que el futuro.
1484. El caos lo es (aparentemente).
1485. Sabemos demasiado poco.

1486. La física cuántica es una ventana (recién abierta) a la libertad.

1487. Cuanto más indeterminismo, más control.

1488. Nunca te reconozcas en un informe oficial.

1489. Hay un estado último de la materia; después empieza la REALIDAD.

1490. Que no te engañen. Nadie es experto en nada.

1491. Fue bello rezar en el fondo de la mar.

1492. Primero llega la mente; después el alma.

1493. Las tonterías aumentan de tamaño cuando uno es consciente de dichas tonterías.

1494. La Verdad da calambre.

1495. No desprecies ningún momento de tu vida; ninguno.

1496. Pensé que, al raparme la cabeza (22 de diciembre de 2016), las ideas llegarían más fácilmente. Error...

1497. La velocidad de crucero del alma es constante.

1498. Si te arrepientes de algo, es que todavía eres humano.

1499. La vida te enseña a preservar lo que tienes pero, si lo pierdes, sonríe.

1500. Antes de convencer, convéncete.

1501. La fidelidad no depende del enamoramiento.

1502. CONFÍA. Todo llega y todo pasa.

1503. Presta atención a las ideas que recibes, aunque solo sea durante un segundo.

1504. No olvides lo más importante: perteneces a otra REALIDAD. Y a ella volverás.

1505. Leer es refugiarse en el pensamiento de otro.

1506. Si la alegría desaparece de tu vida, búscala. Tiene que estar en alguna parte de tu corazón...

1507. Tu familia no define tu identidad; eres único/a.

1508. Las dudas te sostendrán.
1509. Somos quienes somos (antes de nacer).
1510. Cuerpo, mente, alma, chispa divina y memoria son actores de un mismo drama (o comedia, según se mire).
1511. Lo improbable es ciertísimo.
1512. Tómate la vida con más calma. Te lo mereces.
1513. Lo magnífico no puede ser medido, pero es.
1514. No te engañes. Las neuronas y sus conexiones sinápticas son pura tramoya.
1515. Sé de una ciencia sucia y siniestra.
1516. Sé de científicos de espíritu deportivo y sé de científicos con orejeras.
1517. Si te sientes negativo, deja correr el tiempo.
1518. Los problemas se resuelven a distancia.
1519. Su mirada me deslumbró. Contenía muchos amores.
1520. Morir es continuar el juego (ganando).
1521. Tras la muerte, ver, oír y sentir serán lo mismo.
1522. Describir (te) es fracasar.
1523. ¿Dios necesita de la deslumbrante oscuridad?
1524. Si vives en el sótano, difícilmente comprenderás al que vive en el ático.
1525. La ignorancia es nuestra «peste negra».
1526. Yo no soy importante; mi mensaje sí.
1527. Vida y trabajo no tienen por qué ser sinónimos.
1528. En los cielos no hay competencia.
1529. ¿Me sentí querido al ciento por ciento? Solo por ella y por mi padre. Ambos se fueron. Eso me hizo más solitario.
1530. Tu aspecto no te cambia por dentro.
1531. ¿Intereses? Tuve muy pocos, ¿El más atractivo? Regresar a Barbate.

1532. La imperfección es una forma de ceguera.

1533. ¿Hay algo peor que perder un hijo? Sí, que siga vivo y que no te hable.

1534. Ser un ejemplo perjudica mucho.

1535. Lo confieso: traté de suicidarme por el trabajo. Entonces no comprendía quién era yo ni por qué estaba en el mundo.

1536. El doctor Larrazábal, mi maestro de kábala, me enseñó a humanizar las cosas.

1537. Me alejé muchas veces del camino. Era lo «contratado».

1538. En un planeta como el nuestro es casi imposible imaginar el AMOR.

1539. Una flor, a tiempo, aproxima corazones.

1540. Una flor, a tiempo, recorre años luz.

1541. Una flor, a tiempo, enciende la luz del otro.

1542. Una flor, a tiempo, es un millón de intenciones.

1543. Vemos lo que el cerebro traduce.

1544. Todos los descubridores son científicos, aunque no todos los científicos son descubridores.

1545. No tengo más remedio que arrastrar mi cuerpo.

1546. Querer volver: ese es el secreto para volver.

1547. Si discutes, es que no has comprendido.

1548. Vivir es aceptar lo limitado.

1549. Vivir es aceptar que eres limitado.

1550. Vivir es aceptar que el otro es limitado.

1551. Vivir es aceptar.

1552. Vivir es defenderse. VIVIR (espiritualmente) es lo contrario.

1553. Nacer es aceptar una sensible reducción de tus capacidades.

1554. Nacer es retroceder a las cavernas (por expreso deseo).

1555. En el más allá todo es ultrarreal.

1556. Si lo deseas, la mar puede ser roja (solo si lo deseas).

1557. Dejé de tomar las doce uvas para vengarme del año que se iba. ¡Qué bella estupidez!

1558. La tristeza –como los pobres– estará siempre con vosotros (hasta que llegue Él).

1559. Conocer el más allá significa volver apenado o no regresar.

1560. Dios (y su «gente») sabe qué tornillos están flojos en la creación.

1561. Primero observa; después interpreta (si puedes).

1562. Negarse a creer la Verdad es muy común.

1563. La palabra «espiritual» tiene mala prensa. Prefiero el concepto «no material».

1564. En el mundo real no encaja lo invisible. Es la ley. Pero eso no quiere decir que lo invisible no sea real.

1565. Después de una intensa tristeza, date tiempo.

1566. El Padre Azul es tan fácil que resulta incomprensible (aquí).

1567. Al saber desemboqué en el silencio.

1568. Si pretendes hablar de Dios fracasarás. Siéntelo y triunfarás.

1569. Creer que algo es falso no quiere decir que lo sea.

1570. Niégate a pensar en lo funesto o venturoso que puede ser el mañana. Con el «ahora» tienes más que de sobra.

1571. Las experiencias cercanas a la muerte son un simple rayo de luz de la tormenta luminosa que nos aguarda tras la muerte.

1572. Pienso un mínimo de diez veces al día en la muerte (y no es suficiente).

1573. No te engañes: la Verdad solo consuela a los necios.

1574. Aprende primero a no convencer.

1575. El reduccionismo científico es un ascensor que solo baja.

1576. Siempre hay una buena noticia a la vuelta de la esquina (pero tienes que caminar).

1577. El mundo espiritual no puede ser traducido a palabras; así de simple.

1578. La ciencia es frágil ante la realidad espiritual.

1579. Siempre hice público lo mucho o lo poco que me fue dado.

1580. La información (verdadera) también cura.

1581. Experimentar, experimentar y experimentar: este es el secreto de la vida.

1582. No admires a nadie. La admiración es una envidia no nacida.

1583. En un segundo, tus buenas intenciones serán descabalgadas. Eso es la vida.

1584. Si deseas buscar la Verdad, duda.

1585. Si leyera todo lo escrito en el mundo (durante toda la historia de la humanidad), seguiría siendo un ignorante.

1586. Tu primer instante en el NO TIEMPO será de maravillosa perplejidad.

1587. El segundo instante en el NO TIEMPO será de infinita gratitud.

1588. El tercer instante en el NO TIEMPO será de desbordante felicidad (sin fin).

1589. Eones de eones de NO TIEMPO tras la muerte comprobarás que sigues perplejo, agradecido y feliz.

1590. Ser imaginado no supone costo.

1591. La realidad que elabora la ciencia es papel mojado.

1592. Para ser Dios tienes que saber conectar.

1593. Lo invisible te concierne más de lo que imaginas.

1594. Cuando mueras, serás todo ciencia.

1595. La lectura te acompaña a territorios inexplorados.
1596. La lectura te acompaña donde no te acompaña nadie.
1597. La lectura ilumina tus pasos.
1598. La lectura está para recordarte que eres mucho más que humano.
1599. El orgasmo, tras la muerte, es tan diferente que carece de tiempo.
1600. La ciencia moderna ignora lo más bello del ser humano: su alma.
1601. Llegará un momento (tras la muerte) en el que no necesitarás explicaciones.
1602. El optimismo es el verdadero color del cielo.
1603. ¿Qué es peor que la ignorancia? La ignorancia premeditada.
1604. Analízate y descubrirás que eres rico (mentalmente).
1605. Los necios son necesarios.
1606. La mecánica cuántica es otra llave inglesa.
1607. Las hormigas están más cerca de nosotros que el hombre de Dios.
1608. ¡Qué gran misterio! Sobreviviremos a pesar de nuestra ignorancia.
1609. El alma está tan cerca que no la vemos.
1610. Los auténticos científicos terminan de rodillas.
1611. La memoria (en realidad, las memorias) es un almacén que no ocupa lugar.
1612. La mente es el centro de control de nuestra vida.
1613. La memoria es química sagrada.
1614. ¿Quién decide lo que la memoria guarda o rechaza?
1615. La mente es un regalo que pasa desapercibido.
1616. Separamos porque desconocemos.

1617. Las respuestas no apagan los misterios.

1618. Ahora vives prisionero en una ridícula cáscara de nuez; mañana serás el bosque entero.

1619. Hay otras muchas dimensiones, pero están en esta.

1620. Nuestra pasmosa limitación no es un error.

1621. Al hablar contaminamos (por naturaleza).

1622. No soy consciente de la existencia de millones de seres humanos, aunque sé que existen. Lo mismo sucede con las otras realidades.

1623. Comprender es más importante que ver.

1624. Para comprender necesitas retroceder.

1625. Retroceder es desaprender.

1626. Para desaprender tienes que oír (te).

1627. Para oír (te) tienes que renunciar.

1628. Para renunciar tienes que amar.

1629. El que comprende –por tanto– ama.

1630. El que ama –por tanto– comprende.

1631. La materia es consecuencia del AMOR (y no al revés).

1632. Nadie regresa de la muerte porque no interesa y porque es inviable.

1633. Los mundos MAT están muy lejos de la Tierra; solo puedes volver si estás autorizado (y bajo vigilancia).

1634. «Enserafinación» es una expresión que me encanta.

1635. Al morir, un serafín protegerá tu alma y la trasladará a los mundos MAT; eso es la «enserafinación».

1636. Si no fuéramos eternos, no tendríamos sentido del humor. En otras palabras: solo los cómicos bajan a la Tierra.

1637. Lo que veo es una mínima parte de lo que hay.

1638. En realidad necesitas muy poco para vivir. VIVIR es otra cuestión.

1639. Busca un símbolo cada vez que inicies una etapa.
1640. Me divertía más viajar con la mente que con las maletas.
1641. Que no te engañen. La eternidad tiene fronteras.
1642. Si lo prefieres no preguntes (pero siente).
1643. Quieras o no, renunciarás a lo que ahora eres y tienes.
1644. Que no te preocupe la ciencia; es una recién llegada.
1645. Ni tu padre ni tu madre son, en realidad, tu padre y tu madre.
1646. Todos guardamos un diario secreto.
1647. La gratitud es el antídoto del miedo.
1648. Asimilar es más interesante que pensar.
1649. No compitas (no pierdas tu valioso tiempo).
1650. No es lo mismo acción que agitación.
1651. Si lloras, todos somos víctimas.
1652. Me dan miedo mis inmensos espacios interiores.
1653. Cuanto más olvido, más agresividad.
1654. Si vives sentado, disfruta (no volverá a repetirse).
1655. La voluntad exige muchas horas de gimnasio.
1656. Si supiéramos que todos somos superiores a todos, se terminarían los psiquiatras.
1657. ¿De qué sirve huir de sí mismo?
1658. Trabajo mejor por instinto.
1659. Ni eres yunque ni martillo.
1660. Lo que cuenta es que la Verdad te inspire; el resto no interesa.
1661. No impongas el yugo de tu verdad.
1662. Si deseas calor interior, invéntate a ti mismo.
1663. La muerte es el primer viaje de verdad.
1664. La muerte siempre es en primera clase.
1665. Tras la muerte viajarás a la velocidad de la luz (o más).

1666. Morir, en el fondo, es de valientes.
1667. En cada viaje te entrenas para el gran viaje.
1668. La muerte te dirá: «Llegó el momento de levar anclas».
1669. Tras la muerte no necesitarás reloj.
1670. Subiré a la barca de Caronte (sin Caronte).
1671. El verdadero Caronte es diez veces más rápido que la velocidad de la luz.
1672. Nunca subas a un barco interior no deseado.
1673. Me interesó —sobre todo— lo quimérico.
1674. Lo descubrí tarde: la lluvia llora por todos.
1675. Los celos proceden del subsuelo de la mente.
1676. Necesitamos que nos necesiten.
1677. Nacer es mil veces más traumático que morir.
1678. La mente es laberíntica (por naturaleza).
1679. Lo que la mujer piensa hoy no tiene nada que ver con lo que pensará mañana. Es la ley.
1680. El tiempo, en realidad, es incoloro y, sobre todo, indoloro.
1681. Ninguna ética es libre (aquí).
1682. Sé, sobre todo, lo que no soy.
1683. Antes que yo murieron más de 15.000 millones de personas. Y Blanca preguntó: «¿Habrá sitio para todos?».
1684. La fosilización solo dura una vida.
1685. La verdadera elegancia está en la mirada.
1686. Me consideré inferior mucho tiempo (hasta que leí *Caballo de Troya*).
1687. En las multitudes siempre hay uno más bruto que el resto.
1688. No hables para los que no parpadean.
1689. La envidia no tiene fondo.
1690. El tiempo es una ola (que regresa).

1691. Deja de pelear contigo mismo. Hay otros objetivos ahí afuera.

1692. Nacemos con una medida justa; poco a poco la agotamos.

1693. Permite que Dios te sorprenda cada día.

1694. Somos tan necios que corregimos a Dios.

1695. Somos tan necios que le gritamos.

1696. Somos tan necios que veneramos a un Dios clavado a un madero.

1697. Somos tan necios que fabricamos Dioses de madera, mármol y escayola.

1698. Somos tan necios que los alejamos, ubicándolos en las alturas.

1699. Somos tan necios que encerramos a Dios en una casita de plata (con llave, para que no lo roben).

1700. Somos tan necios que creemos que nos comemos a Dios, y nos bebemos su sangre.

1701. Somos tan necios que, tras la confesión, podemos seguir pecando.

1702. Somos tan necios que fabricamos un infierno, un purgatorio y un limbo, según las necesidades...

1703. No te enfrentes a problemas que no sean de tu altura.

1704. Las clases sociales son actores en la comedia de la vida. En el más allá no hay teatro.

1705. En el hambre no germinan las buenas ideas.

1706. La reflexión no agota.

1707. La reflexión nunca es excesiva.

1708. La reflexión no necesita combustible.

1709. La reflexión te obliga a guardar las armas.

1710. Reprimir los deseos es una batalla que se prolonga toda la vida (casi siempre sin éxito).

1711. Si analizas con detenimiento, cada fracaso te obliga.
1712. Las ideas, como el sol, se reparten de forma gratuita.
1713. La venganza roba mucho tiempo (no compensa).
1714. No es necesario exteriorizar el luto. Ya lo llevas en la mirada.
1715. Algún día seré ingeniero de lo imposible.
1716. Seré entropillador y pastorearé manadas de secretos.
1717. Seré madrina y apuntalaré la nada de Dios.
1718. Seré imaginador de tiempos.
1719. Seré caballero de la tabla redonda de los mundos cuadrados de la imaginación.
1720. Algún día seré pelotudo y diré la última palabra.
1721. Algún día me sentaré y dibujaré los paralelos y los meridianos de la nada.
1722. Algún día seré pensador a tiempo completo.
1723. Algún día trabajaré como barrendero de soledades.
1724. Algún día seré desenchufador de fanáticos y mesías.
1725. Algún día seré observador internacional del espacio y del tiempo.
1726. Algún día seré ángel resucitador de ateos, papas y cardenales (no puedo perderme sus caras de susto tras la muerte).
1727. Algún día seré vendedor de inmortalidad en la imperfección.
1728. Algún día seré susurrador de los sin voz.
1729. Algún día seré dadaísta de mí mismo.
1730. Algún día seré malabarista de femtosegundos.
1731. Algún día seré sanador de cosas amnésicas. Ejemplo: sillas que no recuerdan que son de madera.
1732. Algún día seré contrabandista del AMOR (la gasolina de los cielos).

1733. Algún día seré recogemigas de los sueños.
1734. Algún día seré catador de eternidades.
1735. Algún día seré pescador de silencios submarinos.
1736. Algún día seré despavesador de relámpagos.
1737. Algún día seré piloto de pruebas en los circuitos de la duda.
1738. Algún día seré el flautista de Hamelín de las estrellas de mar.
1739. Algún día seré domador de centellas.
1740. Algún día trabajaré como repellador de las paredes del alma.
1741. Algún día seré piloto de reactor en los cielos microscópicos del yo.
1742. Algún día seré enhebrador de reflejos en el taller de costura de los espíritus.
1743. Algún día me dedicaré a componer sinfonías de deseos.
1744. Algún día seré «jinotizador» de arco iris.
1745. Algún día –al fin– navegaré en los océanos femeninos.
1746. Algún día seré resucitador de sepias fotográficos.
1747. Algún día me dedicaré a la adivinación de pensamientos estériles.
1748. Algún día seré lector de nubes.
1749. Algún día seré regador de la inocencia.
1750. Algún día me dedicaré a desconejar agujeros negros.
1751. Algún día seré repartidor de sonrisas de larga duración.
1752. Algún día me convertiré en libertador de yugos de campana.
1753. Algún día seré defensor de las palabras en vía de extinción.
1754. Algún día seré consolador de las piedras de afilar.
1755. Algún día seré farabusteador de estupideces.

1756. Algún día trabajaré como sembrador de otoños de silencio.

1757. Algún día seré masajista de farolas.

1758. Algún día, en fin, pescaré lunas menguantes.

1759. Esperar la muerte –sin tener otra cosa que hacer– es una opción.

1760. Esperar la muerte – sin saber por qué – es muy común.

1761. Esperar la muerte –con indiferencia– no es creíble.

1762. Esperar la muerte –como una liberación– es de inteligentes.

1763. Dios pudo pintar las espinas de los peces de colores ¿Por qué no lo hizo? ¿Se durmió? ¿Fue el típico despiste divino?

1764. La mente, aunque maravillosa, no es perfecta; el alma es naranja, maravillosa y perfecta.

1765. Si recordáramos quiénes somos, no habría complejos.

1766. Casi todos los psiquiatras sufren complejo de inferioridad (por eso no curan a sus pacientes).

1767. No azotes a la mar ni marques sus aguas con hierros incandescentes. Eso ya lo hizo Jerjes.

1768. Me gustaría ver la cara de Nietzsche (ahora).

1769. La imaginación no es humana; llega con la chispa.

1770. La mente está poco explorada.

1771. En ti habitan otras criaturas; no lo olvides.

1772. Si sueñas, no reveles tus sueños; si lo haces, te desnudarás delante del enemigo.

1773. Pequeñas grande cosas que me «jinotizan»: subirme al tren bala del número «pi». La indefensión del dedo meñique. Recostarme en una mirada. Acompañar a los pies desnudos por la arena de una playa. El lenguaje de seda de los dedos. El perfume (de puntillas) de los naranjos. Contemplar la prehistoria de un tomate en una flor. Imaginar los pensamientos de una mujer mientras finge que no piensa. La calderilla de las ideas. El sofrito de algunos encuentros. Beethoven a eso de las siete de la tarde. Un par de tragos de soledad conmigo mismo. Una noche estrellada, aunque sea sin Van Gogh. El reencuentro con la ducha después de dos semanas de amor con el desierto. Contemplar el horizonte inalcanzable de la tolerancia divina. Dos huevos fritos con patatas crujientes. El silencio (no importa dónde ni cuándo). Salir de excursión a la memoria. Terminar (sin terminar). Ocupar la jornada en cero ocupaciones. Sentarme en los pensamientos y ver pasar a la gente. Cine, más cine, por favor. Abrir cada «ahora» y descubrir qué contiene. El reencuentro con mis zapatillas. Cortar una rosa roja para ella o para Él. El pistoneo de la «Gitana azul» en la memoria. Saber que no soy imprescindible. El tirón de un choco (con Barbate al fondo). Leer (incluso cuando duermo). Una vieja foto (que vuelve sin avisar). El misterioso silencio de los ascensores. Apagar la sed (no importa cómo). Contar años luz con los dedos. Atrapar ideas (antes de que escapen). Yo mismo (contemplado con cierta perspectiva). Burlar a doña Ortodoxia y descubrir que no pasa nada. Un cuaderno en blanco. Folios amarillos (en blanco). Una familia de rotuladores. Dios a la vuelta de la esquina (en cada esquina). Oír cómo llaman los peristálticos y ver cómo se van los fenoles. Dormir bajo un techo de cristal. Oír el comadreo de la lluvia bajo un techo de cristal. La precisión de las miradas. El blindaje del pensamiento. La certera velocidad de la bella intuición. La simetría del amor. La supersimetría del AMOR. El más insignificante de mis hallazgos. Los neutrinos, capaces de atravesar billones de kilómetros de plomo sólido sin que nada los entretenga. Los pilotos, que hacen volar lo que, obviamente, no puede volar. Los pilotos (porque entienden a la primera). La gravedad, tan sufrida, tan constante, tan prudente y tan silenciosa. La gravedad espiritual, que se ríe de la gravedad. El pan frito y su música (al masticarlo). Abrir un melón, en la madrugada, y descubrir a Dios en el interior. La tenacidad –no humana– del oleaje. Dios, en el Big Bang, ajustando la densidad de la materia (para que hoy sea 0,1). El desconocido pecado de los delfines y osos hormigueros (por el que fueron condenados a no soñar). La belleza, oportunidad y precisión del sexto sentido femenino. La matemática simetría (C6) de un copo de nieve. Imaginar el tiempo sin el bastón del espacio. La fidelidad de los espejos. Lorca y Neruda (y su peculiar manera de enredar en el interior de Dios). El pobre Heisenberg (siempre con su incertidumbre). Llegar al 2042 (sin proponérmelo). El obligado silencio de los peces. Una familia de gotas de lluvia, perdida en el cristal de mi ventana. Mi padre (más alto que Dios). El seco crujir de la nieve cuando me ve llegar. La ventana de mi imaginación (por la que entraban los Reyes Magos). La orfandad de las profundidades marinas. La dama de noche y los jazmines (y sus conciertos en los cines de verano de Barbate). La mar, a todas horas (no importa que sea una mar pintada). El olor a purpurina, mientras la vieja estufa de carbón me calentaba las orejas en el cuartel de la Guardia Civil de la avenida de Galicia, en Pamplona. El intrigante silencio de los cuadros. *Veinte mil leguas de viaje submarino* (sin una sola salpicadura). El vuelo, a la pata coja, de las mariposas.

1774. Yo tuve un invierno en blanco.

1775. Yo tuve una primavera azul.

1776. Yo tuve un tórrido verano.

1777. Yo tuve un otoño de silencios...

1778. Todo es relativo (empezando por ti mismo).

1779. Si Dios lo hizo todo bien, ¿qué pasó con la serpiente?

1780. Lo infinitamente pequeño es copia exacta de los infinitamente grande.

1781. Antes de pronunciarte, examina el revés del derecho.
1782. La sospecha no tiene por qué ser pariente de la Verdad.
1783. Cambiar de perspectiva es la clave (de todo).
1784. Invierte el telescopio (de vez en cuando).
1785. Lo íntimo siempre es reducido.
1786. Lo íntimo siempre es tibio.
1787. Lo íntimo no rechina.
1788. Lo íntimo siempre está al alcance de tu mano.
1789. Soñar es vivir sin fronteras ni pasaportes.
1790. Soñar es dejar atrás lo humano.
1791. Soñar es estrenar constantemente.
1792. Soñar es ver crecer la conciencia.
1793. Todas las guerras son guerras perdidas (incluso las ganadas).
1794. Le pediré cuentas a Dios por las guerras, por el hambre, por la sangre derramada y por el sufrimiento.
1795. A veces me siento identificado con Luzbel...
1796. La guerra engorda a los que las promueven.
1797. Olvidamos porque así está escrito.
1798. El verdadero amor no debería incluir dolor.
1799. Lo descubrí muy tarde: nunca fui niño.
1800. Algunos psicoanalistas están locos.
1801. El mestizaje es el futuro del mundo.
1802. La mentira se alimenta de la mentira.
1803. En lo visible todo es aparente.
1804. Si deseas que algo viva plenamente, envuélvelo de ti mismo.
1805. El dinero lo mide todo: amor, amistad, enemigos, carencias, fidelidad y coherencia.
1806. Al inventar el AMOR, Dios consiguió el movimiento perpetuo.
1807. Los símbolos burlan la censura.

1808. Uno siempre produce Dos.
1809. Libertad y tiempo son incompatibles.
1810. ¿El cielo de los animales es nuestra memoria?
1811. El tímido pelea doblemente.
1812. El que escucha calza botas de siete leguas.
1813. Soy una hormiga que acaba de descubrirse en un espejo.
1814. En el futuro, hasta el efecto Doppler se rendirá al azul del AMOR.
1815. Lo imposible es lo único que merece la pena.
1816. Lo imposible, a veces, tiene ojos de mujer.
1817. Lo imposible es lo que nunca llega (pero llegará).
1818. Lo imposible es lo que todo el mundo piensa, pero nadie se atreve a plantear.
1819. No estamos preparados para analizar —científicamente— la adimensionalidad.
1820. ¿Cómo son las inteligencias de doce dimensiones?
1821. Principio antrópico final y último: «la inteligencia es propia de cualquier universo».
1822. Alguien tuvo que medir la distancia de la Tierra al Sol para que nuestro mundo no estuviera más allá, ni más acá de lo necesario.
1823. Cúmulos globulares NGC-6522 y NGC-6528: más de quinientos millones de soles. Solo los necios o intoxicadores niegan la realidad OVNI.
1824. Estudié el tema OVNI durante más de cincuenta años. Sí, es el suceso más importante de la historia humana.
1825. Los investigadores OVNI son notarios de un hecho trascendental.
1826. Los OVNIS nos visitan desde la noche de los tiempos.
1827. «Ellos» (los tripulantes de los OVNI) fueron nuestros verdaderos padres.

1828. «Ellos» han vigilado nuestra lenta evolución.

1829. «Ellos» eligieron a los supuestos judíos y aztecas y los condujeron a la tierra prometida.

1830. «Ellos» proporcionaron las primeras leyes.

1831. «Ellos» nos enseñaron la agricultura, la metalurgia y el pastoreo.

1832. «Ellos» crearon las primeras religiones monoteístas.

1833. «Ellos» prepararon el camino para el Hombre-Dios.

1834. «Ellos» están al servicio de la Divinidad.

1835. «Ellos» son recogedores de almas y memorias.

1836. «Ellos» son ángeles y mucho más que ángeles.

1837. «Ellos» viajan entre galaxias y entre dimensiones.

1838. El contacto entre humanos y OVNIS está prohibido (de momento).

1839. ¿Los universos deben ser coherentes o matemáticamente coherentes?

1840. El gran éxito en la vida es descubrir que un día fui simétrico y que estoy (estamos) de regreso.

1841. Si eres capaz de decirme cuantos Dioses caben en 10^{-33} centímetros, es que tú eres Dios.

1842. ¿Cabe la longitud de Planck en tu imaginación?

1843. Yo diría que a la fórmula $E = mc^2$ le falta algo.

1844. La revelación no depende de la velocidad.

1845. Todos los hombres reciben alguna revelación a lo largo de su vida.

1846. Todas las mujeres reciben muchas revelaciones a lo largo de su vida.

1847. La revelación es consecuencia de tus preguntas.

1848. Conviene que la revelación sea mansa y casi imperceptible.

1849. Si tu dios te pide algo a cambio, desconfía.

1850. Si tu dios recomienda, desconfía.

1851. Si tu dios grita, desconfía.

1852. Si tu dios perdona, desconfía del todo.

1853. Descubrirás la REALIDAD conforme llenes el alma.

1854. Una vez llena la copa verás llegar a la muerte. Es la ley.

1855. La verdadera REALIDAD no puede ser descrita.

1856. La REALIDAD que te aguarda es solo la primera REALIDAD.

1857. Subrayar un libro es entrar en complicidad con el autor.

1858. Lo probable es otro Judas Iscariote.

1859. Lo improbable es lo más probable.

1860. Vive siempre en lo improbable.

1861. Lo probable es gris y aburrido.

1862. El sentido común es una de las infinitas criaturas imaginadas por Dios.

1863. En la materia no hay retorno.

1864. El mundo es cien por cien imaginación..., divina.

1865. La mejor farmacia está en la naturaleza.

1866. La naturaleza parece Dios, pero no lo es.

1867. La naturaleza no atiende a razones (humanas).

1868. Si ves huir a la naturaleza, huye.

1869. Para viajar, no necesitas viajar.

1870. Pretender la santidad en la imperfección es nevar en blanco y negro.

1871. La religión adormece tu mente.

1872. La religión recorta tus posibilidades.

1873. La religión te tranquiliza (a cambio de tu voluntad).

1874. La religión promete lo que ya tienes.

1875. Los dinosaurios conviven con nosotros, pero en decoherencia.

1876. Ella nació, valiente y luminosa...

1877. Las realidades empiezan y terminan como los ríos.
1878. Tuteé a Dios toda mi vida. ¡Qué inconsciente!
1879. Un amigo es un adelanto del Paraíso.
1880. «Ellos» me visitaron por segunda vez...
1881. Fui santo –lo sé–, pero no lo recuerdo.
1882. El más grande guerrero es el que no sabe guerrear.
1883. Hay realidades que no necesitan ser observadas.
1884. No pavimentemos el Destino con buenas obras. El Destino ya estaba pavimentado antes de nacer.
1885. La vida es sagrada; por eso no puede ser manipulada.
1886. Somos la niñez de Dios.
1887. No podemos descubrir a Dios en la materia porque no está sujeto a la función de onda.
1888. Dios combina el AMOR y lo «contratado».
1889. Dios no hace preguntas.
1890. ¿Es Dios quien pastorea esos 300 millones de agujeros negros del cielo nocturno? ¿O son «ellos»?
1891. En nuestra galaxia, el 73 por ciento de lo que existe no es visible (pero el ser humano dice conocer la verdad).
1892. Los Dioses comprenden en todas las direcciones.
1893. Hay billones de Dioses (complementarios).
1894. Nada de lo que te enseñó la religión es cierto.
1895. Nada de lo que te prometió la religión se cumplirá.
1896. No te alarmes. El reloj de la creación no atrasa ni adelanta.
1897. El reloj de la eternidad no tiene agujas.
1898. Para comprender el NO TIEMPO necesitas una mente nueva.
1899. Para comprender la eternidad necesitas comprenderte.
1900. Para entender el NO TIEMPO tienes que olvidar y salir del tiempo.

1901. Nadie nace en la perfección.

1902. Dios besa con la intuición.

1903. Dios no cambia cuando mira; yo sí.

1904. Dios tiene puntos flacos (lo sé).

1905. Dios son tantos que marea.

1906. Descuida: regresaremos a la supersimetría.

1907. Si Maxwell no hubiera existido, ¿electricidad y magnetismo serían hermanos?

1908. Solo necesitas empezar (una y otra vez).

1909. Intenta que tus heridas perfumen al que te hiere.

1910. La verdadera luz no produce sombras.

1911. La imaginación ve el iceberg completo.

1912. No puedo ver la gravedad, pero la experimento (con Dios sucede lo mismo).

1913. La realidad depende de tu mente.

1914. La realidad se desplaza a la velocidad que marca tu corazón.

1915. La realidad es siempre una mala traducción.

1916. Hay cientos de miles de realidades; tú vives en todas ellas.

1917. Me preguntaba con frecuencia: «¿La imperfección es un experimento de Dios?».

1918. Dios se fracciona por AMOR (aunque no del todo).

1919. A los universos les sucede como a los ancianos: cuanto más viejos, más lejanos.

1920. No todo está en el interior, pero sí lo más importante.

1921. Dios está posado en E = mc.

1922. Una mirada: «te quiero» (a la velocidad de la luz).

1923. Para sostener un universo se requiere poder; para crearlo se necesita imaginación.

1924. Permanecer es más que amar.

1925. Nada es importante (aunque lo pretendamos).

1926. Me gustaba maridar la poesía con las matemáticas.

1927. Si tuviera que elegir entre luz y calor, me decidiría por lo último (porque penetra).

1928. Emocionalmente, muchos no han aprendido a caminar.

1929. Sigo hambriento (emocionalmente).

1930. Cuando muera buscaré trabajo como podador de pensamientos ingratos. O quizá como fontanero de goteras del Paraíso. O quizá como explorador de decimales del número «pi». O quizá como remendador de «lo siento, cariño». O quizá como programador del nada que hacer. O quizá como leñador de políticos. O quizá como perfumista de paciencias. O quizá como dinamitero de frases hechas. O quizá como afilador de buenas intenciones. O quizá como cazarrecompensas de promesas incumplidas. O quizá como libertador de imágenes de los espejos. O quizá como árbol de nueces peladas. O quizá como pintor de cielos en los pensamientos de los paralíticos cerebrales. O quizá como empedrador de voluntades. O quizá como pastor de rincones montaraces. O quizá trabaje como traumatólogo de árboles caídos. O quizá como ascensorista al no va más. O quizá como mezclador de pasados y futuros. O quizá como buzo que desciende a las sonrisas infantiles. O quizá como cirujano de heridas nunca cerradas. O quizá como contable de futuros en la mente de Dios. O quizá como vendimiador de miradas. O quizá me dedique a fumigar el «no». O quizá trabaje como abogado defensor de las puestas de sol. O quizá como portador de vida en las caravanas de Dios. O quizá como relojero de amaneceres. O quizá como resucitador de vías muertas. O quizá trabaje como consolador de cuadros torcidos. O quizá como soplador de rescoldos amorosos. O quizá como encantador de serpientes bizcas. O quizá como fogonero del irás pero no volverás. O quizá trabaje como psicólogo de olas reincidentes. O quizá como negociador de soledades con rehenes. O quizá como desfibrilador de icebergs. O quizá como intérprete y traductor jurado del tantán. O quizá como padrino en las bodas de las estalactitas y las estalagmitas. O quizá como perro guía de oscuridades. O quizá trabaje como notario de lo no dicho. O quizá como lacero de imaginaciones vagabundas. O quizá como físico de partículas subatómicas jubiladas. O quizá como deshollinador de prejuicios. O quizá como paracaidista de vacíos insondables. O quizá como despertador de reflejos tras la lluvia. O quizá trabaje en el hotel submarino de los azules agachados. O quizá me haga explorador de los caminos que no conducen a ninguna parte. O quizá me haga contador de cuentos circulares. ¿Quién sabe?

1931. Si lees un libro, bébete al autor.

1932. Fui Robinson Crusoe tantas veces...

1933. La intencionalidad de un libro solo la conoce el autor (y a veces ni eso).

1934. Siempre hay alguien peor que tú (Freud, por ejemplo).

1935. La experiencia llenará tu memoria.

1936. Ser hombre es aceptar (te).

1937. Ser mujer es aceptar (le).

1938. Me retiré de todo para disfrutar (me).

1939. Si te consideras inferior, es que no has comprendido; si te consideras superior, es que no has comprendido nada.

1940. Sí, cada día mueres un milímetro.

1941. Solo desprecian los neuróticos.

1942. Somos marionetas que manejamos nosotros mismos.

1943. El intelectual que no profundiza primero en sí mismo es un farsante.

1944. El supersticioso camina en taparrabo.

1945. Ánimo. El Paraíso está un poco más allá...

1946. Enjuicia –si quieres– a la mente; nunca al alma.

1947. La maldad no se conjura con maldad.

1948. Responder a la brutalidad con brutalidad es ponerse a la altura del bruto.

1949. Hay una estética, incluso en los sueños.

1950. Todas las revelaciones son revolucionarias (para uno mismo o para los demás).

1951. El auténtico YO es el alma; el resto es circunstancial.

1952. La única misión del maestro es iluminar.

1953. Por mucho que corras en la vida, la muerte te alcanzará.

1954. La solución al desastre y a la ambición que provoca el petróleo es «Gog».

1955. Tuve un segundo nacimiento cuando supe quién era en realidad.

1956. Tuve un tercer nacimiento cuando comprendí por qué había nacido.

1957. Tendré un cuarto nacimiento cuando deje la Tierra.

1958. Tendré un quinto nacimiento cuando vuelva a verla.

1959. Llegará el día en el que te concederán la libertad.

1960. Procura que tus palabras y silencios sugieran.

1961. La educación sirve para asomarse al TODO.

1962. Lo importante es que despiertes; el resto llegará por añadidura.

1963. Nunca fuiste un error.

1964. El alma atesora tu esencia.

1965. Si te sientes solo, refúgiate en el arte.

1966. La luz no es (necesariamente) portadora de la Verdad.

1967. La Verdad –si existe– no anida en los extremos.

1968. No busques definiciones; no te distraigas.

1969. Con la muerte empiezan los negocios «al por mayor.».

1970. A pesar de mi origen traté de pasar desapercibido.

1971. Fuimos muchos los príncipes embarcados en la Operación Misericordia.

1972. Es la ley: en la materia nadie debe saber quiénes somos.

1973. Mi trabajo fue delicado: abrir las mentes.

1974. Otros seres celestes me ayudaron en la aventura de la imperfección.

1975. Es por ello que no aprecio ni el poder ni el éxito.

1976. Mi triunfo es el triunfo del Padre Azul.

1977. Mi Padre y Creador es MICAEL. Su gloria es mi gloria.

1978. Regresaré a Él para emprender nuevas obras de misericordia.

1979. Yo visité el Paraíso mucho antes de nacer en la Tierra.

En El Dueso, a las 10.20 horas
del 29 de diciembre de 2016

LIBRO CUARTO

Iniciado el 29 de diciembre de 2016
(a las 10.25 horas), en El Dueso

1. Desconfía de las estadísticas. Todas son interesadas.
2. El silencio fue mi mejor premio.
3. Ríete del mundo (mientras te deje).
4. Cuanto mejor seas en tu trabajo, más lejos del mundo.
5. Cuanto más alto en la vida, más solo.
6. El secreto de los secretos: paciencia y pasión.
7. Fui un caso patológico. Vendí más de seis millones de libros y nunca fui traducido al inglés.
8. Fui un caso patológico. Vendí más de seis millones de libros y la crítica no lo reconoció.
9. Fui un caso patológico. Vendí más seis millones de libros y nunca tuve dinero.
10. Fui un caso patológico. Vendí más de seis millones de libros y no supe qué era la fama.
11. Fui un caso patológico. Vendí más de seis millones de libros y nunca pertenecí a ningún cenáculo literario.
12. Fui un caso patológico. Cumplí setenta años y continué escribiendo.
13. Fui un caso patológico. Escribí sábados y domingos y fiestas de guardar.
14. No te dejes arrastrar por el río de la mayoría.

15. Navega (confiado) en medio de tus limitaciones.
16. El verdadero altruismo es ciego, mudo y sordo.
17. El verdadero altruista se ignora a sí mismo.
18. Al verdadero altruista no lo conoce nadie.
19. Si deseas ser altruista, desaprende.
20. Ensaya la bondad por puro placer.
21. Ensaya la bondad por pura economía.
22. Ensaya la bondad y te sentirás diferente.
23. Ensaya la bondad y llenarás el cáliz del alma.
24. No proclames lo que eres (deja que lo descubran).
25. El alma es una copa naranja: llénala de experiencias.
26. No te vayas de este mundo con déficit de alegría.
27. Emociónate por obligación.
28. Emociónate, al menos, una vez al día.
29. Emociónate con lo pequeño (llena más).
30. Emociónate de lo que te rodea.
31. La personalidad es un reflejo de tu alma.
32. Cuando el Padre Azul te imagina, la personalidad nace.
33. Construirás la personalidad lentamente, ladrillo a ladrillo.
34. Cuando abandones este mundo, tu personalidad será custodiada.
35. Los vicios son reflejo de tu mente.
36. Cuando abandones este mundo, tu mente se oxidará.
37. Cuando abandones este mundo, tus memorias florecerán (solo lo que merezca la pena).
38. Los sentimientos desvelan lo que verdaderamente eres.
39. El alma está para ser llenada; para nada más.
40. Lo que siento no es ciencia (ni remotamente).
41. Lo que siento no lo contemplan las leyes humanas.

42. Lo que siento está regido por las leyes divinas.
43. Lo que siento me pertenece (a medias).
44. Transmite emoción (incluso en secreto).
45. Para transmitir emoción, bebe belleza.
46. Para transmitir emoción, súbete a lo más alto de ti mismo.
47. Para transmitir emoción, deja que los demás se acerquen.
48. La palabra —además— debería cantar.
49. No economices tu bondad y, mucho menos, tu misericordia.
50. No te economices; regálate.
51. No hay arte sin sentimiento.
52. Todo, a tu alrededor, debería manifestar el amor que contienes.
53. La belleza es una de las mil caras del arte.
54. El sabor, como el arte, lo integran muchos elementos.
55. Intenta ver más allá de las miradas.
56. Todos somos peculiares. Es la ley.
57. No seas necio: no destruyas para construir.
58. El alma necesita armonía. Es la ley.
59. En la confusión y en el error, el alma se vacía.
60. En el dolor, el alma se llena.
61. En la alegría, el alma se desborda.
62. Desciende a los detalles (siempre que puedas).
63. Desciende a lo concreto (para no perderte).
64. Desciende a la dulzura (por obligación).
65. Desciende siempre (es el único camino).
66. La vida invisible es más fructífera que la visible.
67. El alma es la última en saltar del cuerpo que muere.
68. Si eres sensible, dejarás un rastro de luz.

69. Algún día reivindicaré la inmortalidad de la mente humana (y, por supuesto, de la mente animal).
70. Algún día recorreremos –juntos– cada infinito.
71. Nos aguardan millones de aventuras...
72. Un venturoso día descubrí que Dios es mi huésped.
73. Un venturoso día descubrí que Dios se fracciona.
74. Un venturoso día descubrí que Dios se instala entre los átomos de kriptón de mi cerebro.
75. Un venturoso día descubrí que Él me aconseja y me dirige en absoluto silencio. Y lo llamé el Piloto Interior.
76. La vida, en realidad, se conquista hacia dentro.
77. Consumirte (interiormente) te hará renacer.
78. Al despertar, obligarás a otros a despertar.
79. Cuando intuyas tu infinitud, todo lo demás carecerá de sentido.
80. Soy rico en lo que no atesoro.
81. Soy bueno (a pesar de mí mismo).
82. Soy humano (solo temporalmente).
83. Soy hijo de un Dios (inmerecidamente).
84. Sabrás que eres inmortal por tu insaciable sed de información.
85. Dios ignora los hechos (no los necesita).
86. El alma también ignora los hechos (prefiere las sensaciones).
87. ¡Qué misterio! El amor nunca queda satisfecho.
88. Lo intenté, pero nunca pude llevar la cuenta de la belleza recibida.
89. No olvides que todos los seres humanos (incluso el más miserable) están destinados a la luz.
90. No olvides que todos los seres humanos (incluso el más miserable) fueron imaginados por el Padre Azul.

91. No olvides que todos los seres humanos (incluso el más miserable) son tus hermanos.
92. No olvides que todos los seres humanos (incluso el más miserable) han nacido, como tú, para experimentar.
93. ¿Cómo te va la vida? Si me dices que bien, mientes. Si me dices que mal, te equivocas.
94. La inexperiencia es atrevida.
95. No pretendas ser original; con ser sincero es suficiente.
96. Edifica sobre ideas (algunas son de acero).
97. No hemos venido al mundo para conocer a Dios, y tampoco para aceptarlo o rechazarlo. Eso llegará después.
98. No importa repetirlo: hemos nacido para VIVIR.
99. ¿De qué me sirven las enciclopedias si no hay luz en mi interior?
100. Habita lejos de los hábitos.
101. El conocimiento instintivo es tan primordial como el adquirido.
102. Soy tan ignorante que ni siquiera sé lo que hice ayer.
103. Cada parte del ser humano debería ser educada por separado.
104. No idealices nada (te defraudará).
105. Todos los extremos son resbaladizos.
106. ¡Despierta! El alma no necesita protección.
107. Descubre algo cada día (aunque sea diminuto).
108. Todos nacemos con el valor y la decisión repletos. La vida, después, se encarga de vaciarlos.
109. La escuela debería ser (ante todo) una réplica del mundo.
110. Adquirir demasiados conocimientos puede desertizar la mente.
111. La mente es un potro salvaje. Conviene saber montarla.
112. Si el alma es inmortal (y lo es), ¿de qué tiene que ser salvada?

113. Aprende a sorprender (y hazlo en silencio).
114. Prescinde de la pesada armadura del lujo.
115. La armonía te llevará a la sencillez (y al revés).
116. Vacúnate primero contra ti mismo.
117. No temas. Tu alma no es una prisionera (aunque lo parezca).
118. Si deseas avanzar, aparta tu corazón de tus propios planes.
119. Aún siéndolo, no somos tan importantes.
120. Si buscas la Verdad, tus resultados serán pobres.
121. Nadie puede medir la profundidad de tu alma.
122. La costumbre termina convirtiéndose en un duro caparazón.
123. Las estrellas están inmóviles (si ese es tu deseo).
124. Ser temerarios con las ideas es muy saludable.
125. Lo que tienes al lado no tiene por qué ser lo verdadero.
126. Si pudieras contemplarte de lejos, te asombrarías.
127. Si te niegas a creer en las hadas, ellas no se mueren de dolor.
128. La vida es un libro con el índice previamente escrito.
129. De vez en cuando es interesante descender a lo finito.
130. De vez en cuando, huye de lo seguro.
131. No hemos nacido para superar la vida (ella siempre nos supera). Nacimos para experimentarla.
132. Haz reír desde primera hora de la mañana.
133. No te dejes robar la cartera de los sentimientos.
134. La Verdad –si existe– se vestirá para ti.
135. La razón no cambia (eso es lo malo).
136. Fui una paradoja...
137. Practicar la inmortalidad está a la vuelta de la esquina.
138. Si te sientes cansado, huye hacia ti mismo.

139. No te confundas (y que no te confundan): el alma no es una criatura desvalida.
140. Son cuerpo y mente los desvalidos.
141. El tiempo es una consecuencia del espacio y este, a su vez, procede del NO TIEMPO.
142. ¿La perfección agota? ¿Nació por eso la materia?
143. Al contemplar (no importa qué), disfruta.
144. Dirigir la mente es mucho más que dirigir una orquesta.
145. Si pudieras contemplar el cáliz de tu alma, dejarías de actuar.
146. Si tienes trabajo, lleva tú las riendas; no permitas que él te gobierne.
147. Si algún día descubres que tienes un alma inmortal y que eres habitado por Dios, habrás vencido.
148. Lo inmortal no pesa.
149. Si AMAS, no desearás.
150. Parte de la infinitud escapa hacia la materia. Es la ley.
151. No dibujes tu vida (ya está dibujada).
152. Está demostrado (ver *Luz de tungsteno*): la mente humana puede recibir del orden de 25,2 pensamientos de cierto calado al día (de media).
153. La belleza no depende de las partes, sino del todo.
154. Todo es beneficioso; incluso lo absurdo.
155. Que no te engañen. Los errores no afligen al alma. Afligen a la mente.
156. Es la mente la que carga con nuestras miserias.
157. La mente es tu particular camión de la basura.
158. La mente está en primera fila de ti mismo.
159. No hables de pecados; habla de errores.
160. El dolor humano (especialmente la tristeza) sería demoledor para un animal.

161. No envidies a nadie. Todos viven en la oscuridad.
162. Si descubres quién eres, no desearás nada más.
163. Cada vida está delicadamente protegida (según «contrato»).
164. La utopía vive al otro lado de la muerte.
165. Resígnate: eres totalmente limitado (por fuera).
166. Todas las religiones padecen alguna forma de pesimismo (porque no han comprendido).
167. El alma no habla; la chispa susurra.
168. Que no te engañen. Nadie concede la libertad a nadie.
169. La mente simula que eres libre, pero la libertad no existe.
170. Libertad = información. ¿Quién tiene toda la información? ¿Quién es realmente libre?
171. La libertad llegará después de la muerte. Eso dicen. Yo no lo veo tan claro...
172. Si deseas ser santo (perfecto), siéntate y espera.
173. Generalmente, lo que deseas no es lo que te conviene.
174. Tu verdadera casa está al alcance de la mano, pero no puedes verla (aquí).
175. No te amarres a la materia (bajo ningún concepto). Tarde o temprano tendrás que despegarte de ella.
176. Dios no renuncia; delega.
177. Dios es un excelente centrocampista.
178. Dios es jugador, árbitro y espectador.
179. Dios no pasa; está.
180. Esclaviza (únicamente) tus deseos.
181. Tampoco la voluntad es libre. Todo conspira contra ella.
182. Construye sobre luz.
183. Respira luz.
184. Regala luz.

185. Descansa en la luz.
186. La imperfección tiene un solo lenguaje: el sufrimiento.
187. Caminar por la materia fue decisión tuya (no levantes el puño contra los cielos).
188. «Vive más» fue mi lema.
189. Me queda tanto por aprender que me canso al pensarlo.
190. No te preocupe no saber. Todo llegará.
191. Las verdades últimas ni siquiera llegan...
192. ¿Nos pertenecemos?
193. Si tú te pierdes, Él se pierde.
194. Aunque lo griten los poetas, nadie es libre.
195. ¿Y para qué quiero la libertad si ella partió?
196. En el amor tampoco hay libertad.
197. En el AMOR –dicen– sí hay libertad.
198. El amor es perfecto (incluso en la imperfección).
199. La palabra «padre» debería incluir la palabra «madre» (así ocurre en sánscrito).
200. Cada nacimiento es una hazaña; cada muerte, una recompensa.
201. Déjate caer en el azul de Dios.
202. Vivir es voluntario (no tengo la menor duda).
203. Mientras vivas, sufrirás de hambre espiritual.
204. No te confundas: el alma no está prisionera.
205. La mujer y el azul son lo más parecido a Dios.
206. Lo original sorprende, pero ¿satisface?
207. Bebe de lo cotidiano sin temor. Así está establecido.
208. Bebe de lo sensacional con cautela.
209. Bebe de los amigos con moderación.
210. Bebe amor siempre que puedas.
211. Ojo. Lo trivial puede ser un disfraz.

212. Para la mujer , el tiempo es algo que debemos llenar.
213. Para el hombre, el tiempo nos vacía.
214. La mujer es el centro del mundo.
215. El varón es el centro de su mundo.
216. La mujer ama (por naturaleza).
217. El hombre permite que lo amen.
218. La mujer ama siete veces más y mejor que el hombre.
219. La sociedad machista no ha salido de las cavernas.
220. El hombre teme la inteligencia de la mujer; por eso la esclaviza.
221. La mujer es necesaria; el hombre no tanto.
222. La madurez no requiere de la fuerza.
223. Si la mujer tiene prisa, es por culpa del varón.
224. Ninguna mujer es mecánica; el hombre sí.
225. Conocí a mujeres feas, pero a ninguna tonta.
226. La mujer es lo más parecido a la Verdad.
227. En el silencio de la noche, las estrellas me recuerdan que sigues viva.
228. El futuro –si existe– es femenino.
229. Si no conozco mi papel en la vida, es porque ignoro a los otros.
230. Ocurra lo que ocurra, navega...
231. Cuando llegue tu hora, susúrrale a la muerte: «No importa. He vivido».
232. Ninguna vida fracasa. Es la ley.
233. No eches de menos a los muertos; echa de menos a los vivos.
234. Dios se aparece en cada metáfora.
235. Dios se apareció muchas veces a Lorca y a Neruda.
236. El corazón no necesita de la gramática.

237. Casi todos los sentimientos son puntuales (me fascinan los sentimientos impuntuales).

238. Yo también lloré zumo de limón, agrio de espera y de boca...

239. Lorca resucita en mis libros.

240. Todos somos maestros en nuestro rincón.

241. Aunque me leas mil veces, siempre seré nuevo.

242. «Hagamos al hombre a nuestra imagen y semejanza», dijeron «ellos» al manipular genéticamente al lémur.

243. La leyenda la fabrica el hombre; no el héroe.

244. La naturaleza habla. Otra cuestión es que seamos sordos.

245. Todos vivimos muchos éxodos (interiores).

246. ¡Qué importa lo que creáis! El final es el mismo para todos.

247. Cuando alcances cierto grado de equilibrio, la vida te desequilibrará. Es la ley.

248. Hay miles de libros resumidos en la palabra AMOR.

249. Las cosas también necesitan ser comprendidas.

250. La enfermedad corrige tu mente; la muerte la mata.

251. Solo las mujeres miran por dentro.

252. No te engañes: las drogas encadenan; después matan.

253. Vivir a la defensiva vacía el alma.

254. Necesito descansar. Necesito morir...

255. Resiste y con-vencerás.

256. Cuando dejes de ser tú, empezarás a ser tú.

257. No necesitas templos; tú eres un templo.

258. Sí, hay minutos intransitables.

259. No pretendas lo que no eres.

260. De vez en cuando, pinta sombras en tu vida (también tienen derecho).

261. Saber morir es más importante que morir.
262. A veces, el mundo parece deshabitado.
263. Pasé sin querer pasar.
264. Seremos limitados eternamente.
265. Sitúate –si puedes– en el quicio de las cosas (la perspectiva es fascinante).
266. En *El habitante de los sueños* lo conseguí: 1.234 metáforas.
267. Trata de que tu perfil no se borre.
268. Trata de que el día sea tu sombra.
269. Trata de ir a más (sin que se note).
270. Trata de soportarte (sin enfados).
271. Todos los días me descubro.
272. Si nadie te habla de la muerte, es que no tienes amigos.
273. Mi vida fue una apoteosis de sueños incumplidos.
274. Las metáforas, como las ideas y los pensamientos, llegan de muy lejos.
275. «Nunca» es una palabra decapitada.
276. ¿Fui lo soñado? No... Fui lo «contratado».
277. Los enemigos te convienen.
278. La Divinidad es una luna con su polisón de nardos...
279. La Divinidad es un jinete que se acerca (tocando el tambor del llano).
280. La Divinidad son peces que se escurren entre los dedos, como muslos asustados.
281. La Divinidad es un horizonte que habla.
282. En una ocasión me llevé a Lorca (y dimos la vuelta al mundo). ¡Qué menos! (ver *Mesa 110*). Libro inédito.
283. Después de abrir la puerta de tu casa abre la de tu corazón.
284. Todo lo primordial es sospechoso.

285. Roba todo el AMOR que puedas.
286. No te esfuerces en demostrar nada. Solo tú sabes hasta dónde eres capaz de llegar.
287. El viento de los recuerdos nunca se calma.
288. Genio y locura cabalgan juntos (las cabezas levantadas y los ojos entornados...).
289. Nada hay tan incierto como la seguridad.
290. No temas. Deja que las cosas te miren.
291. No consumas tu fuerza en intentar desviar tu Destino. Es como frotar el viento.
292. ¿Conoces alguna religión que no gruña?
293. ¿Cuántas veces se quebró mi corazón al verla? Infinitas e infinitas...
294. Si se apagan las palabras, enciende los silencios.
295. En todas las soledades ladra un horizonte de perros.
296. La luz del entendimiento es «luz de tungsteno».
297. A veces conviene ignorar la sinrazón del corazón (solo a veces).
298. Todas las madrugadas son remotas.
299. Mi corazón se enfrió (para que nadie lo toque).
300. La nostalgia broncea el alma.
301. Mi corazón aprendió a despertar lejano (para que nadie lo añore).
302. A pesar de los espejismos, mi corazón tiene dueña.
303. He tejido tantos desengaños...
304. Fui un incansable buscador de imposibles.
305. La noche te buscará (a poco que te descuides).
306. Al terminarse las lágrimas, me deserticé.
307. Corta pedacitos de sentimientos y arrójalos al mundo (hasta que lo pongas de oro).

308. No se te ocurra transitar por el mañana.
309. A fuerza de pensar, mis noches son cuadradas y blancas.
310. Mi vida se quedó en los márgenes de los libros que leí.
311. Me enseñaron que la intemporalidad es un tesoro que pronto descubriré.
312. A veces pienso que no volví a llorar porque agoté mis desvarios.
313. Si no piensas, eres menos que un calamar.
314. He pasado por la vida porque así lo firmé.
315. Hui de la vida en silencio (como debe ser).
316. Ya no huyo de mí mismo. No lo necesito.
317. Al verte, quedé maravillado. Ahora –tras la muerte– eres más alta y más hermosa.
318. Permite que los silencios aireen tu mirada.
319. Al asesinar a Lorca, la Guardia Civil nos mató a todos.
320. No importa que la imaginación se queme (hay más).
321. El túnel más largo es el del silencio.
322. La vida te cubrirá de aristas. Es la ley.
323. La vida te llenará de «veremos». Es la ley.
324. La vida te llenará de frases inconclusas. Es la ley.
325. La vida te llenará de plomo. Es la ley.
326. La vida te llenará de sueños de madera. Es la ley.
327. La vida te llenará de nortes. Confía, únicamente, en el sur.
328. La vida te llenará de nombres inútiles. Es la ley.
329. La vida te llenará de aduladores y amigos de hojalata. Es la ley.
330. La vida se irá vaciando de ilusiones. Es la ley.
331. La vida te llenará de cantos de sirena. Es la ley.
332. La vida no es lo que parece. Ánimo. Con la muerte recuperarás la verdadera VIDA.

333. Después de vivir queda lo más importante: VIVIR.
334. Las mejores alas están en tu mirada.
335. Crear es especialmente lento.
336. Siempre quise conocer la raíz cuadrada de la imaginación. Nunca lo conseguí.
337. Todos los horizontes interiores son alcanzables.
338. La fantasía llega más lejos que la voluntad.
339. Nunca vencerás a la muerte; sencillamente porque no existe.
340. La razón es bellamente inexacta.
341. Dame una palabra y construiré un universo.
342. Las banderas son bromas pesadas.
343. Durante mucho tiempo no supe apreciar el regalo de la vida.
344. Yo, como una mariposa clavada en un corcho, medito (inútilmente) cada vuelo.
345. ¡Libérame, oh Dios, de la flecha del tiempo!
346. No temas emocionarte. Es puro oxígeno...
347. Toda amistad juega alguna vez al desamor.
348. Toda amistad piensa alguna vez en el amor.
349. Todas las amistades se enfrían (según).
350. Todas las amistades necesitan más leña (según).
351. La ausencia espera siempre a la puerta de tu casa.
352. La ausencia es la peor muerte.
353. La ausencia mata sin matar.
354. La ausencia grita desde el primer instante.
355. Siempre hay rumores interiores que nos negamos a oír. Es la chispa, que susurra.
356. Todos los mapas muestran soledades.
357. Los sabios mueren antes que los demás.
358. Si destilas tu mente, te sorprenderás.

359. El silencio acompaña a la muerte (pero de puntillas).
360. Todos los silencios son simétricos.
361. El silencio no necesita hablar.
362. Amo el silencio. Quizá porque sé de dónde procede.
363. El sonido es el sherpa de la luz.
364. El silencio es Dios, que pasa.
365. Abrígate en el silencio.
366. Un silencio vale más que mil palabras.
367. El silencio, sobre todo, es arte.
368. La música está hecha de silencios.
369. Ningún silencio necesita traductor.
370. Hablo demasiado (incluso en silencio).
371. El silencio escucha y responde.
372. Al final de mi vida atesoré silencios.
373. Los que gritan no han comprendido.
374. En el silencio se refugian los sabios (solo los sabios).
375. Cada día nacen y mueren muchos silencios.
376. ¡Qué tendrá el silencio que nadie lo iguala!
377. El silencio transporta sin necesidad de ruedas.
378. Odiaría la música si no estuviera llena de silencios.
379. El alma está llena de silencios.
380. Mientras la mente parlotea, el alma observa.
381. Los ojos azules me perdieron. Los negros y marrones me rescataron.
382. Ahora sé a qué saben las despedidas.
383. *Luz de tungsteno* tiene varias lecturas.
384. En el amor humano habitan muchos enemigos.
385. En mi biblioteca (ocultos) aguardan *Momentos Azules* y *Cartas no enviadas*.

386. Cada ser humano tiene un cupo de disgustos; si lo rebasas, mueres.
387. El alcohol es una pésima linterna interior.
388. Contar olas se me daba muy bien (sobre todo las interiores).
389. Es preciso romperlo todo para renacer en el amor.
390. El noventa por ciento de mí mismo sobra.
391. En todas las estupideces asoma alguna verdad.
392. Abre cada «ahora»; el resto es pasado.
393. La mar me comprendió desde la primera mirada.
394. Todo, en mí, está por escribir.
395. La poesía –si es auténtica– emborracha.
396. Suelta amarras y regala besos.
397. Siempre hay una estrella que te mira.
398. La muerte, antes de llegar, susurra.
399. Razón y amor: pelea segura.
400. Tu ausencia me deja sin horizontes.
401. No sientas temor. Contémplate sin pudor.
402. Nada conmueve más que una tristeza recién llegada.
403. Glorifica las cosas (todas tienen un Dios escondido).
404. Dominé la ira demasiado tarde (cuando ya no tenía con quién pelearme).
405. Todo es nuevo en la otra orilla.
406. Todos te esperan en la otra orilla.
407. Todo te aguarda en la otra orilla.
408. Todo empieza en la otra orilla.
409. La madrugada es dura para el que piensa.
410. Para permanecer inactivo necesitas equilibrio.
411. Las cosas no huyen del hombre porque no pueden.
412. No soporto la visión de la sangre (probablemente porque conozco mi origen).

413. No soporto los latidos de mi corazón (probablemente porque conozco mi origen).
414. No me soporto (probablemente porque conozco mi origen).
415. A veces soporto a los demás (probablemente porque conozco sus orígenes).
416. Los besos desconectan.
417. Cuando muera (si muero), llevad mis cenizas a Barbate (allí me reuniré con mis recuerdos azules).
418. Viaja más el que sueña.
419. No esperes ningún tren que no puedas coger.
420. Escucha –únicamente– al que no le interesa.
421. Cuando mueras, será tarde para tener miedo.
422. La muerte es la penúltima sorpresa.
423. Para el viaje de la muerte carga solo la curiosidad.
424. Cuanto más oscuro te expreses, más te aplaudirán los necios.
425. Cuando no tengas dientes, mastica recuerdos.
426. Los genios se emborrachan con ideas.
427. No es mucho lo que necesito, pero sí demasiado lo que espero.
428. De vez en cuando procede a ordenar tu vida, como si fuera un armario.
429. Lo siento. Me entrenaron para la síntesis.
430. Cuando tenia catorce años, acudía cada domingo a misa de once (solo para verla). Y ella lo sabía.
431. «Ella» está por nacer...
432. Hay versos sublimes en poemas insoportables.
433. Pierde el tiempo en el laberinto de la memoria.
434. Hay tetralogías que cabalgan en mi mente.
435. Puestos a elegir, busca la serenidad.

436. La paz es una consecuencia de la serenidad.
437. Los momentos felices son consecuencia de la paz.
438. Los momentos felices te darán serenidad.
439. Si hablas, hazlo con propiedad; si callas, con más razón.
440. En todas las mentes hay un desván.
441. La esperé en mis sueños (durante años).
442. Teme, sobre todo, al que no habla.
443. No reclames lo que es tuyo; ¡reclama lo imposible.
444. La vida es aparentemente absurda. Pues bien, no te fíes de lo absurdo.
445. En toda trompeta hay una lejana melancolía.
446. Regala las ideas que te sobren.
447. Lo material que tienes es prestado; lo que no ves sí es tuyo.
448. Toda niñez es felizmente obligada.
449. La juventud es prometedoramente azul.
450. La madurez es necesariamente lenta.
451. La ancianidad es obligadamente desértica.
452. La eternidad es aplastantemente real.
453. Improvisar es jugarse la vida.
454. Abraza a tu pareja (con razón o sin ella).
455. Imposible recordar mis naufragios; fueron cientos.
456. La vida –finalmente– son fragmentos.
457. Si has de consolar, hazlo primero con la mirada.
458. Todos los «para siempre» terminan en nada.
459. Ella, al morir, me dejó huérfano de amor.
460. Permite que la lluvia baile para ti.
461. Permite que la mar te bese en la orilla de tus días.
462. Permite que los azules bajen del cielo para ti.

463. Permite que la luna te deslumbre con su silencio.
464. Permite que el viento se desnude para ti.
465. Permite que la noche te abrace en blanco y negro.
466. Permite que el amor te derrote.
467. Permite que la luz te renueve.
468. Permite que otras manos te acaricien.
469. Permite que te entiendan.
470. Permite que el dolor te fortalezca.
471. Permite que la ternura te ahogue.
472. Permite que los sueños te alimenten.
473. Permite que tu yo te haga justicia.
474. No lo dudes: este es tu momento.
475. En la soledad me abrazo, pero no hay consuelo.
476. Si analizas una vida, solo salvarás el uno por ciento (con suerte).
477. La vida es eso: toneladas de imperfección y unos gramos de esperanza.
478. Si tienes que defenderte, hazlo con la mirada.
479. No insultes cuando seas insultado.
480. No devores aunque te devoren.
481. Deberíamos pagar por soñar.
482. Disimula tu dolor (para que no lo contagies).
483. No obligues a la mente; ella te da, incluso, cuando duermes.
484. No desees conocerlo todo (no ahora).
485. No olvides que la noche no viaja.
486. No importa tropezar (mientras te queden fuerzas para levantarte).
487. La peor tiranía es la de la mente.
488. La peor agua es la que no camina.
489. Primero ordena tu paisaje interior; después recórrelo.

490. Las cicatrices dicen mucho de tu vida.
491. Si estás vacío, todo lo verás vacío.
492. Si estás lleno, te derramarás. Es la ley.
493. Pasé por mil ojos de agujas.
494. Es más difícil ordenar las palabras que los pensamientos. ¿O es al revés?
495. Al final decidí que mi corazón fuera custodiado por el silencio.
496. No saber qué es la muerte resulta muy doloroso.
497. Llegó un día en el que los recuerdos se acostaban y se levantaban conmigo.
498. El silencio llega en oleadas.
499. El verdadero conocimiento no está al alcance de todos (pero lo estará).
500. La muerte nos cubre (primero) de olvido.
501. La muerte ata a la VIDA.
502. La muerte es para siempre y para nunca.
503. La muerte solo es un peaje.
504. Todos somos irrepetibles e imprescindibles.
505. Vive y cuéntalo.
506. Todo trabajo fue un duelo conmigo mismo.
507. No llores por lo que fue; llora por lo que nunca será.
508. No impongas nada; permite que los demás decidan.
509. Para ser azul, tiene que estar vivo.
510. Si contemplaras a Dios, tu alma se secaría.
511. Deja de ser una bella hipótesis. ¡Vive!
512. Crece primero. Para encontrar a Dios siempre hay tiempo.
513. Todos los epitafios se quedan cortos.
514. Sueña en cada pensamiento.
515. Ningún libro debería ser historia.

516. No llores por lo perdido. Tras la muerte te saldrá al encuentro.
517. Algunos senderos son imposibles (ahora).
518. Utiliza los sueños para caminar.
519. Siempre tuve una excelente no familia.
520. Lo imposible me visitó cada día (pero yo estaba dormido).
521. No camines en la vida con ansia.
522. Sí, consejos doy y para mí no tengo...
523. Nada es mudo o sordo en el universo del espíritu.
524. Cada buen libro te robará.
525. Ahora me enamoran los pensamientos.
526. Nadie muere para siempre.
527. Desde que nací a la verdadera vida ando pensativo.
528. Mi tristeza llegó de lejos; no es una tristeza nativa.
529. La eternidad asusta porque no tiene fondo.
530. Nada está claro en la imperfección. Es la ley.
531. Yo era « K»; ahora soy yo (sin ella).
532. Algún día amaré en todas las direcciones.
533. Dame un punto de apoyo y removeré tu mundo.
534. No lo expliques todo.
535. No lo ames todo.
536. No lo olvides todo.
537. No lo imagines todo.
538. No lo termines todo.
539. Los jazmines me enseñaron a soñar cuando no sabía qué era soñar.
540. Me fascinaban los calendarios: jaulas para el tiempo.
541. Espérame en el cielo (donde la realidad no condiciona).
542. Llora por lo no vivido (por nada más).

543. Debemos a los poetas que las cosas vivan.
544. Cuando orinaba, en mi locura, dibujé corazones para ella en la playa de Barbate.
545. No borres nada en tu vida (solo el olvido).
546. No podrás adelantar tu ocaso, aunque quieras.
547. La mar se volvió salada cuando me alejé de ella.
548. El tiempo se agotó... ¡Y quedó tanto por amar!
549. Ella fue el mundo (que voló de mi mano).
550. Ella fue la única cara de la luna.
551. Ella es la única playa que conozco.
552. Ella es un beso dormido.
553. Ella no camina: perfuma.
554. Ella regresará para amarme.
555. Ella me buscó, pero yo solo era un niño.
556. Ella sonrió cuando dije que la amaba.
557. Ella se fue para no multiplicar mi condena.
558. Ella fue (es) el ayer y el nunca (tan prometedores).
559. Ella y yo somos el mañana (del siempre).
560. Ella me miró y conocí la felicidad.
561. Y dirán: la amó más allá del final.
562. Si descubres que vas a morir, no muevas el alma.
563. Si deseas comprender, desciende peldaños (sin miedo).
564. Me siento tan lejano que podría no ser.
565. Nadie puede entrenarte para la soledad.
566. Ninguno de mis libros nació con fórceps.
567. Perdí las escasas sonrisas que me quedaban. Fue el principio del fin.
568. Una doctrina justa es equidistante del cuerpo y del alma.
569. El amor espera siempre (aquí o en el otro mundo).

570. Si pretendes intuir lo invisible, abre los ojos a lo visible.
571. ¿Conoces el ser o el parecer de las cosas?
572. Renunciar es lo más parecido a morir.
573. Si tomas las ilusiones por verdades, morirás feliz.
574. Y llegará el día (en el NO TIEMPO) en el que hablaremos una sola lengua: la del espíritu.
575. Se fiel a ti mismo (siempre): tanto en la desolación como en la euforia.
576. Al final serás tú el que te pedirás cuentas (especialmente por lo no amado).
577. La gran heroicidad: remontarse a sí mismo.
578. La belleza satura (dosifícala).
579. Nací tan susceptible que me quiebro ante un espejo.
580. Todas las sonrisas tienen luz propia.
581. Lo siento Milton. El Paraíso nunca estuvo perdido.
582. No importa que ignores tu YO si descubres el de los demás.
583. El corazón de los tímidos está lleno de audacia (lo sé por experiencia).
584. En el umbral de la tristeza solo se detienen los elegidos.
585. Si la muerte de los otros no te altera, es que has comprendido.
586. El retorno siempre es más grato que la ida.
587. El retorno a nuestra verdadera CASA es obligatorio. Es la ley.
588. El retorno al mundo del espíritu es la gran liberación.
589. Retornar es culminar.
590. Preguntas que nunca le haré al TIEMPO y reflexiones mientras pierdo ese TIEMPO: ¿Se mueve el TIEMPO? Y, si se mueve, ¿por qué hacia delante?
591. ¿Es el TIEMPO un paisaje que no vemos?

592. ¿En qué asilo fue recluido el TIEMPO que gobernaba la materia antes del Big Bang?
593. ¿El TIEMPO está tan bien dotado como el espacio?
594. ¿Puede el TIEMPO soportar el cero absoluto?
595. El TIEMPO es uno de los hijos del espacio (seguro).
596. ¿Tiene padre el NO TIEMPO?
597. La flecha del TIEMPO puede señalar hacia el futuro, pero no necesariamente se mueve hacia el futuro.
598. Es la mente humana la que ha creado el mañana y el ayer (por pura conveniencia).
599. Te contaré otro secreto: el espacio (sin TIEMPO) era el perímetro de la nada.
600. ¿Los virus están sometidos al TIEMPO?
601. En el firmamento, ¿dónde vive el TIEMPO: arriba o abajo?
602. ¿El TIEMPO es otro usuario del año luz?
603. ¿Es el TIEMPO invisible o somos nosotros los que estamos ciegos?
604. ¿Por qué corremos detrás del TIEMPO? ¿O no corremos?
605. Que los segundos y minutos se desplomen no quiere decir que el TIEMPO se desplome.
606. Que los minutos se sucedan no significa que el TIEMPO se mueva.
607. El hombre, algún día, se arrepentirá de haber asociado el TIEMPO a los relojes.
608. Nacer al TIEMPO es una oportunidad única (pero no lo recordamos).
609. El tañer de una campana es el TIEMPO, que habla.
610. Los años luz son puentes (lejanos).
611. La memoria sí habla el idioma del TIEMPO.
612. ¿Y qué sucede con los que no recuerdan? ¿A qué clase de TIEMPO obedecen?

613. ¿Somos prisioneros del TIEMPO o es el TIEMPO nuestro prisionero?
614. Recordar es sacar agua del pozo del TIEMPO.
615. «Eternamente tuyo» es una contradicción. Seré tuyo cuando no haya TIEMPO.
616. La eternidad dispone de todos los «ahora» (ahora).
617. Eterno y siempre no es lo mismo.
618. De los epitafios nos arrepentimos después de la muerte.
619. Si fuera santo (perfecto), recordaría el futuro.
620. Es la mente la que «traduce» el TIEMPO.
621. Hay algo más importante que el Premio Nobel: saber que he nacido al TIEMPO (por curiosidad) y que seguiré vivo cuando lo abandone.
622. Si todo está ahí, si todo es UNO, ¿por qué no puedo vivir dos presentes a la vez?
623. El que muere, deja de tener futuro.¿O es todo lo contrario?
624. Basta sentarse a pensar en el TIEMPO para que este salga huyendo.
625. En realidad, bien mirado, todo es pasado (sobre todo nosotros).
626. Somos nosotros quienes creemos darle cuerda al TIEMPO.
627. ¿Qué sucede en Saturno, ahora?
628. ¿Existe un ahora universal, como el inglés portuario? Sí, en el mundo espiritual.
629. Dicen que el futuro existe. Pero ¿quién lo ha visto?
630. La gravedad no se lleva bien con el TIEMPO. ¿Por qué?
631. ¿Hay gravedad en el NO TIEMPO?
632. Lo terrible del Paraíso es que no hay forma de perder el TIEMPO.
633. ¿Qué pasa si dejo caer el TIEMPO en un agujero negro?
634. TIEMPO y Destino: ¿quién está sujeto a quién?

635. ¿Es el TIEMPO una criatura exótica para Dios?
636. ¿Es el TIEMPO una criatura perfecta?
637. Algo me dice que el TIEMPO se halla en peligro de extinción.
638. ¿Lleva el TIEMPO una doble contabilidad?
639. ¿Es el TIEMPO otro reflejo dimensional de Dios?
640. ¿Se ha aventurado el TIEMPO alguna vez en la nada?
641. ¿Y qué hace Dios con el TIEMPO consumido? ¿Lo recicla?
642. ¿Por qué Dios prefiere el NO TIEMPO?
643. ¿Qué es mejor invento: el TIEMPO o el NO TIEMPO?
644. ¿Es el TIEMPO lo último que sucede en esta vida?
645. Si el TIEMPO es un estremecimiento del espacio, ¿qué soy yo, que vivo en ambos?
646. Si procedo de la voluntad divina, ¿cómo era yo en el NO TIEMPO?
647. Si solo existe el «ahora», ¿por qué dicen que los hombres cambian?
648. Nacer al TIEMPO significa ignorarte (temporalmente).
649. Tengo entendido que el TIEMPO refresca los pies de Dios.
650. La realidad está hecha para huir (en cada «ahora»).
651. No es cierto que ahora sea presente; ese ahora ya se fue.
652. Nos relevamos a nosotros mismos en cada ahora.
653. No sé por qué, pero a Dios le encanta echar a rodar el TIEMPO.
654. Un cuanto «es una forma frívola de medir un puñado de «ahoras».
655. Si elevo lo instantáneo a la enésima potencia, ¿encontraré a Dios?
656. ¿Por qué el TIEMPO se lleva tan mal con el cero?
657. Si Dios no es TIEMPO, ¿por qué lo fabrica?

658. Si Dios solo crea lo bueno; ¿qué tiene de bueno el TIEMPO?
659. El NO TIEMPO podría ser el bisabuelo del TIEMPO.
660. Y me pregunto: si los universos son finitos, ¿el TIEMPO y la luz tienen los días contados?
661. ¿El TIEMPO que conocemos (o intuimos) es la punta del iceberg del NO TIEMPO?
662. Si pudiera negarme a percibir el TIEMPO, ¿dejaría de existir?
663. ¿Es el TIEMPO el hijo pródigo del espacio?
664. ¿Fue el espacio –sin TIEMPO– una singularidad que se extinguió?
665. ¿Por qué los terroristas no dinamitan el TIEMPO?
666. Me encanta nadar en el TIEMPO.
667. La eternidad es el final del camino en el TIEMPO.
668. No sé si la conciencia va de la mano del TIEMPO o si este va de la mano de la conciencia.
669. Al TIEMPO le encanta el «no»: es implacable, inexorable, ineluctable, indolente, ineludible, inescrutable, imparable, indiferente, imprevisible e incomodo (entre otros «in»).
670. Me pregunto: ¿cuántas caras tiene el TIEMPO?
671. El TIEMPO me susurró: «Cuanto más pienses en mí, más despacio caminaré a tu lado».
672. Nacer al TIEMPO es una heroicidad.
673. Hemos equivocado la imagen. La muerte no debería presentarse con una guadaña. Debería hacerlo con el TIEMPO en las manos.
674. Es interesante nacer, pero resulta más rentable desnacer.
675. La toma de conciencia es subir por una escalera cuyos peldaños son TIEMPO.
676. Dios no necesita TIEMPO (escaleras) porque tiene conciencia de todo.
677. ¿Son los ángeles hijos ilegítimos del TIEMPO?

678. ¿Dispone el TIEMPO de su propia gravedad?
679. Si la imaginación es el reflejo de Dios, ¿cuál es el reflejo del TIEMPO?
680. La prisa no tiene nada que ver con el TIEMPO.
681. Los que dicen no tener TIEMPO no saben de qué hablan.
682. «Siempre» es un término que asusta porque no es cierto.
683. ¿Por qué no le temo al espacio y sí al TIEMPO?
684. Para el espacio no hay eternidad. ¡Qué más quisiera él!
685. Si el TIEMPO te guiña un ojo, ¿qué pasa?
686. Hasta que llegó Einstein, el TIEMPO se reía del mundo.
687. Obviamente, llegar a Dios no es un problema de TIEMPO (más bien de NO TIEMPO).
688. Para el niño hay muchos TIEMPOS. Para el anciano casi ninguno.
689. Somos nosotros quienes cubrimos la eternidad con un velo de misterio. Es el hombre quien la emparenta con el TIEMPO cuando, en realidad, ni siquiera se conocen.
690. En el amor, cada ahora es una eternidad.
691. Dios inventó el TIEMPO porque nos conoce.
692. El hombre mide el TIEMPO con un reloj; la mujer lo hace con el corazón.
693. Dame TIEMPO y llámame tonto...
694. Las sombras simulan lo que no son.
695. No me gustan las distancias (ni físicas ni psíquicas).
696. La indiferencia es un arma mortal.
697. Cuando muera, te amaré mucho más...
698. Vivir en secreto cansa.
699. El amor es incoloro.
700. En mi penosa travesía por la soledad me refugié en mil hoteles.

701. El tiempo de los besos nunca pasa.

702. El amor es un regalo mutuo (a veces).

703. Me «regalaron» un anillo de plata. Dicen que perteneció a Caligastía, el antiguo príncipe de este mundo. Lo sabré cuando me vaya.

704. Los amigos muertos susurran (pero muy bajito).

705. Dedicado al agua. Dios delega siempre (especialmente en el agua).

706. Nadie, ni en un billón de años, hubiera podido inventar algo tan simple, tan bello y tan útil como el agua.

707. El agua no es nuestra servidora, aunque nosotros la esclavizamos.

708. El agua piensa de forma cristalina. Somos nosotros quienes la enturbiamos.

709. El agua siempre procede de lo alto.

710. El agua sabe quién tiene delante.

711. Jesús de Nazaret no se sumergió en el agua porque sí.

712. El agua no responde a las injurias.

713. Sin agua, no seríamos.

714. El agua no tiene dueño. La prueba es que se escurre entre los dedos de los pobres y de los ricos (por igual).

715. Deberíamos arrodillarnos ante un prodigio como el agua.

716. He conocido aguas saltarinas (recién nacidas), aguas mansas (porque saben) y aguas que desembocan (es decir, entregadas).

717. Está claro que el agua es un espía. La cuestión es: ¿para quién trabaja?

718. Los hombres cometen sacrilegio al fabricar agua pesada.

719. Si conociéramos el alma del agua, no la dejaríamos escapar.

720. Bendecir el agua es un insulto a la inteligencia del agua.

721. Es el agua quien nos observa (no al revés).
722. El alma no necesita del agua (porque es superior al agua).
723. El agua es la demostración de la existencia del amor líquido.
724. Algún día nadaremos en la luz.
725. Los delfines no viven en el agua por casualidad.
726. Hasta la luz cambia el paso cuando atraviesa el agua.
727. El agua riela a medias con la Luna.
728. El agua es un ser vivo al que hacemos perrerías.
729. ¡El agua es capaz de volar!
730. Nos refugiamos en el agua para encontrarnos a nosotros mismos.
731. En el placer nos humedecemos; y mucho más en la tristeza.
732. Las lágrimas son sentimientos hechos agua.
733. Las lágrimas (el agua) no son esféricas porque sí.
734. El agua refleja por pura coquetería.
735. El hielo mata la vida. Por eso el agua lo evita.
736. El agua mata cuando no tiene más remedio.
737. El agua se convierte en necesidad cuando no está.
738. El agua es religiosa (sin querer).
739. El agua es placer (casi siempre).
740. El agua se viste de turquesa en los mares del sur.
741. El agua viste de azul en vacaciones.
742. El agua hace ondas porque, al principio, quiso ser música.
743. Si no bebemos agua, morimos. ¿Quién es este personaje tan importante?
744. Dicen que el agua se suicida en las cataratas. No lo creo. Pienso, simplemente, que hace circo.
745. Respirar bajo el agua sería conocer sus secretos.

746. Al agua le encanta llegar despacio; por eso nieva.
747. Los peces saben quién es el agua (por eso no hablan).
748. La profundidad marina no es culpa del agua.
749. Los poetas no hacen otra cosa que humedecer las palabras.
750. La lluvia (en el corazón) también moja.
751. El agua se esconde bajo tierra para evitar la voracidad humana.
752. El agua lo pone todo verde. ¿Quién puede hacer lo mismo?
753. ¿Por qué el agua habita en los alimentos?
754. Curioso. Primero fue el agua; después, la vida.
755. Los arroyos son veloces e inconscientes.
756. Los arroyos, como el hombre, maduran en la llanura de la vida.
757. El agua no regresa al manantial por pura pereza.
758. El verdadero nombre del agua era «disolvente», pero Dios lo cambió (tenía demasiadas consonantes).
759. El agua navega en los icebergs por romanticismo.
760. En el hemisferio sur, el agua gira al revés. Pensé que el agua no participaba en la política..., pero sí.
761. El agua busca las Himalayas para perpetuarse.
762. ¿Existe algo más represivo que el agua embotellada?
763. ¿Existe algo más triste que un cauce seco?
764. Si el agua se desborda, es porque la empujan.
765. El hombre es tan vil que encarcela el agua en cubitos de hielo.
766. Las fuentes lloran (como todos los recién nacidos).
767. La niebla es agua camuflada.
768. Los recuerdos se conservan en la niebla de la memoria.
769. Es fácil imaginar en mitad del agua.

770. Cuando Dios extiende los dedos, aparecen los rayos. La lluvia, entonces, comprende y se deja caer.
771. El agua transmite mensajes secretos en la geometría sagrada de los copos de nieve.
772. En el horizonte marino, el agua es cómplice de cada puesta de sol.
773. El agua no toca; acaricia.
774. En la tormenta, el agua se pone negra (de furia).
775. Los carámbanos son agua presumida.
776. En los sueños, casi nadie despierta mojado. ¿Por qué?
777. En el diluvio, el agua se limitó a cumplir órdenes.
778. El cero absoluto es la eternidad del agua.
779. La naturaleza contiene agua (a sabiendas de Dios).
780. En el desierto, el agua habita en el primer piso del cactus.
781. El agua sabe si está en presencia del odio o del amor.
782. El agua se pregunta: «¿El cristal es de mi familia?».
783. En las cavernas, el agua gotea por curiosidad.
784. El iceberg es agua que no sabe que flota.
785. Las ondas, en el agua, son un S.O.S.: algo se hunde o acaba de hundirse.
786. Disfruta del agua. El NO TIEMPO es muy seco.
787. En la oscuridad, el agua ve exactamente igual que en la luz.
788. En realidad no es el agua quien truena (sería incapaz).
789. Los niños chapotean en los charcos porque no tienen conocimiento de a quién pisan.
790. El amor de la Luna por el agua se remonta a tiempos inmemoriales.
791. El agua se evapora para huir (no por otra razón).
792. Lloremos ahora cuanto podamos. Los ángeles lo tienen prohibido.

793. El agua se deja pintar (según quién y según cómo).
794. Las aguas negras cumplen condena.
795. El fuego fue creado contra la voluntad del agua.
796. H_2O son el nombre y apellidos del agua en la Tierra.
797. No comprendo por qué el agua es tan feliz en las cuevas. Tiene que haber una razón.
798. En la ingravidez, el agua juega a ser esférica.
799. El arco iris es agua (vestida de domingo).
800. A veces me pregunto: ¿sufre el agua cuando la hervimos?
801. El agua embalsada es la más paciente del mundo.
802. En realidad, el agua nunca nos abandona.
803. El rocío son ángeles (en miniatura).
804. Dicen que el agua tibia es el limbo.
805. El agua habla muchas lenguas: el rumor de las fuentes, el repiqueteo de la lluvia, el crujir de la nieve, el batir del oleaje, el bramido de la catarata, el siseo de la espuma y el gotear de la estalactita (entre otras).
806. Evidentemente, la mujer no trata al agua como lo hace el hombre.
807. El agua pierde oro en los ríos.
808. Agua y luz son socios en el negocio de la función clorofílica.
809. Las mareas son las hijas *hippies* del agua.
810. El agua se deja pulverizar por amor.
811. El agua medita en la clausura de los acuíferos.
812. El agua mece o mata (según la empujen).
813. ¿Qué discurre más rápido: el agua o el tiempo?
814. El agua jamás cometería el atrevimiento de convertirse en vino.
815. El agua se desnuda en la cascada.
816. La vida te llevará por caminos que no deseas. Es la ley.

817. Dios es Dios porque penetra donde nadie penetra.

818. No puedes acceder al Padre Azul, de la misma forma que no puedes acceder al Sol.

819. Leibniz tenía razón: una teoría debe ser más sencilla que los hechos que explica.

820. Dios es tan... que resulta indemostrable.

821. Dios nunca fue varón.

822. «Lo no limitado» es una excelente descripción de Dios.

823. Somos nosotros los que asociamos a Dios con nuestros conceptos.

824. En esta vida te preparas para la VIDA.

825. Dios camina de puntillas en tu interior.

826. La belleza reside en ti (físicamente).

827. Si abro los ojos, veo a Dios; si los cierro, lo siento.

828. Una sonrisa, a tiempo, puede contener más dinamita que un insulto.

829. Conviene que tu alma no sepa demasiado...

830. Regalar es abrir las puertas del Paraíso.

831. Profecías sin mayor importancia. 1946: Es el undécimo... El más frágil puede ser el más duro.

832. 1947: Ha descendido del reino en la sexta oleada.

833. 1948: Ella también ha nacido. Será vuestra manifestación número quince.

834. 1949: Pertenecéis a la orden trece.

835. 1950: Sabéis de seis infiernos.

836. 1951: El undécimo es un «eshim» (la luz se arrodilla ante la luz).

837. 1952: Lleváis el «5» (la marca del Señor).

838. 1953: La vida cae en catarata, pero ni siquiera os mojará.

839. 1954: ¡Sois del reino, del único fuego que no quema!

840. 1955: ¡Sois del único reino que no hay que buscar!

841. 1956: ¿De qué sirve estoquear a la oscuridad?

842. 1957: El reino no tiene nada de ficticio.

843. 1958: Sois como el terbio (extraños y brillantes).

844. 1959: No temáis. Somos muchos y os seguimos en asamblea.

845. 1960: Armonía es reencuentro.

846. 1961: Si terminas una historia, sonríe. Otra está a punto de comenzar.

847. 1962: Llegó la hora de sembrar el «5».

848. 1963: Nadie puede atravesar la pared de lo establecido.

849. 1964: No os asuste la tempestad. Es el inevitable pasar página de la vida.

850. 1965: No temáis. Los tiempos en blanco son puentes sobre una vida que, a veces, se queda dormida.

851. 1966: Siéntate y espera a que la calamidad se agote.

852. 1967: Si un muro se alza ante ti, no te quedes mirando al muro.

853. 1968: ¿Quién crees que pasa las páginas de tu vida?

854. 1969: Complácete en el presente.

855. 1970: Los príncipes brillan (sobre todo en el recuerdo).

856. 1971: Cuanto más Absoluto, más absolutamente solo.

857. 1972: Ha llegado el momento de ser crucificado por lo supuesto.

858. 1973: No temáis. La armonía es oxígeno puro (nadie puede respirarla todo el tiempo).

859. 1974: Si eres del reino, eres para siempre.

860. 1975: Renacer en un pantano es haber triunfado.

861. 1976: Vosotros, los seres de fuego, ilumináis cuando habéis pasado.

862. 1977: Todos los seres de luz se apagan (momentáneamente) en la imperfección.

863. 1978: De vez en cuando recordaréis los días de verano..., verano en el reino.

864. 1979: Lo primero es vuestra manifestación.

865. 1980: En la planta del pie han dibujado tu verdadera historia.

866. 1981: Vuestro infierno es no recordar.

867. 1982: Abrásate de amor (mientras dure).

868. 1983: Recuperaréis la armonía, pero solo el tiempo de tomar un café.

869. 1984: Bienvenido a la cólera mientras tú te empeñes.

870. 1985: Crecerás más rápido si actúas como un hongo.

871. 1986: El perfume de los seres de fuego huele en las miradas.

872. 1987: Vuestros verdaderos nombres se esconden detrás de vuestros nombres.

873. 1988: El equilibrio llegará cuando os desequilibréis.

874. 1989: Ahora que tu vida se ha nublado es cuando puedes mirarte.

875. 1990: Necesitarás una vida para comprender que no comprendes.

876. 1991: Solo lo volcánico es joven.

877. 1992: Nada hay más saludable que estar infectado de luz.

878. 1993: La inacción es otro infierno.

879. 1994: Apurad la vida para no sufrir sed.

880. 1995: Llegarás a ser un mago del «5».

881. 1996: El contenido está en la asamblea de ti mismo.

882. 1997: Actúa sobre los demás cambiando lo que no se ve.

883. 1998: El soplo de un «eshim» enciende.

884. 1999: La muerte (como la catarata) solo cae una vez.

885. 2000: El origen de vuestra fortaleza no tiene origen.

886. 2001: Está próximo el momento en el que debéis ser confiscados por dentro.

887. 2002: La ficción será lo único que recuerdes.

888. 2003: Tendrás abundancia porque no la has buscado.

889. 2004: El cielo es solo un paréntesis.

890. 2005: Ella regresará como la Verdad, pero de puntillas.

891. 2006: Y tú permanecerás al lado de ti mismo, sin saberlo.

892. 2007: Solo tú sabes cuándo morirás.

893. 2008: Su rostro de luz permanecerá oculto hasta el salmo 118.22.

894. 2009: El alacrán suspira y se queja de la lagartija.

895. 2010: En el desembarco de Dios, el Kontrario queda deslucido.

896. 2011: Un incombustible torbellino cegará el pan ázimo.

897. 2012: El ángel regente del segundo decanato del gozo exigirá una garantía para expulsar a EU.

898. 2013: Cruel traslado en la Pascua.

899. 2014: La baya, el grano, las bestias, el benceno y el carozo son abreviaturas del Gran Rostro.

900. 2015: Escóndete, reparte y sal desnudo.

901. 2016: Los gemelos se casarán de azafrán.

902. 2017: La luz cegadora en el semicírculo del Tabernáculo, en vosotras.

903. 2018: El fiel de la balanza está en el mar Muerto.

904. 2019: Héroes de la destrucción y de la ruina irán al holocausto.

905. 2020: El temeroso de Dios relaciona la quinta con la décima.

906. 2021: La Madre Fértil y Brillante será decomisada en el descenso de la maga doble.
907. 2022: Dos espacios en blanco para la frugalidad.
908. 2023: Las palabras levantarán un muro ante la sensibilidad.
909. 2024: Los polos de los ejes espaciales del Árbol se inmovilizarán en nombre del adivino.
910. 2025: La derecha eludirá a EU.
911. 2026: Ocho bendiciones de Dios para ser salvado.
912. 2027: Masacre dos veces.
913. 2028: Se insinuará con un beso.
914. 2029: Y oscurecerá la sal después del ritual.
915. 2030: La sucesión hereditaria árabe será un terremoto para la inteligencia.
916. 2031: SOY UNA ROSA que no desea la verticalidad.
917. 2032: Anillo y anillo = anillo y anillo = brujería de Dios.
918. 2033: El crecimiento estará en el conocimiento de lo extraño que arde con vivo resplandor.
919. 2034: El instrumento de medida son los días de luto y daga.
920. 2035: Y y D deslumbrarán y cegarán al reinar.
921. 2036: Los libros santos. Los libros santos. Las Sagradas Escrituras. Los libros santos. Los libros santos.
922. 2037: El juicio y la razón de la escritura cuneiforme están en el Árbol de la Vida.
923. 2038: La evidencia, la manifestación, será el día de Año Nuevo.
924. 2039: El clan de la hermana iniquidad es doble.
925. 2040: La patria se asemeja al azul que va en cabeza.
926. 2041: La comprensión del «yodáyim» es el cerezo de obsidiana.
927. 2042: Será llevado por cinco ángeles (recibido el 9 de febrero de 2008).

928. Imagina si quieres VIVIR.
929. Ni todas las lágrimas, ni todas las promesas, ni todo el dolor del mundo han devuelto un solo muerto (excepción hecha de Lázaro).
930. La voluntad de la Tierra no tiene nada que ver con la voluntad de los ecologistas.
931. Dichoso tú si tienes perspectiva.
932. En cada corazón desemboca un cielo.
933. El cielo tiene playas invisibles.
934. Si te detienes en la vida, el tiempo merodeará a tu alrededor.
935. Si no te detienes, el tiempo pasará de largo.
936. La vida no es buena ni mala; es una aventura.
937. Algún día (2027), la mar despertará con olas de mil metros.
938. Hay corazones que se ahogan frente a la razón.
939. No sería yo si me corrigiera.
940. Elige el camino que se aleja de todo.
941. Si lo escondes, el dolor se alejará antes.
942. ¿De qué sirve una imagen si no suena?
943. Escucha primero la voz (sin voz) de la chispa.
944. Abona la vida con emociones.
945. Me sobreviviré (lo sé).
946. Ningún día se destruye.
947. Todo se alimenta de nosotros (Dios también).
948. Desde hace algún tiempo tumbo los acentos. ¿Qué diría Freud?
949. Si recuerdas, no mueres.
950. No trates de justificarlo todo; lo injustificable también puede ser bello.
951. Me perdí tantas veces en el desierto de mis miserias...

952. Ojalá mis palabras fueran tus palabras.
953. Ella lo llenó todo. Ahora me llena de silencios.
954. Tengo una doble vida (en sueños).
955. Deja que los recuerdos amanezcan de nuevo.
956. Inclínate ante ti una vez al día.
957. Que no te asuste la costa del espanto del día a día.
958. Por la memoria es mejor caminar descalzo.
959. Cuando la vida se enfurezca, siéntate y deja que se desbrave.
960. Me he perdido tantas puestas de sol...
961. Siempre estaré en deuda con la belleza.
962. No lo olvides. Los días no regresan.
963. Cada día, al levantarte, enciende un sol en tu mente.
964. Ojo con el amor. Si llega de golpe, puede ahogarte de felicidad.
965. Intenta que la vida no te saque de tus casillas.
966. No lo olvides. Lo lejano también es tuyo.
967. Resucita al poeta, leyéndolo.
968. Oríllate en el alma cuando sientas miedo.
969. Hazme lo que la primavera hace con los cerezos.
970. No toques a nadie con la voz.
971. Guárdame en tus silencios.
972. No olvides que los días, las horas y los minutos se persiguen.
973. Ningún beso se pierde (y tampoco los no dados).
974. El hambre de amor mata.
975. Yo la quiero y ella —a veces— también me quiso.
976. Una guitarra lejana me cantaba en las noches de invierno en Barbate. Yo volvía de verla...
977. Yo, el de entonces, no regresé.

978. El verdadero amor –querido Neruda– no tiene fin.
979. «Nunca» es una palabra falsa.
980. Si está en tu mano, embriágate de deseos.
981. Mi corazón –al final– era un cementerio de besos.
982. Por supuesto: rompe los cánones.
983. Las vidas de madera no son menos vidas.
984. Recorrí muchos caminos para llegar a tus besos.
985. Abandónate en cada abrazo.
986. No te avergüences de la ternura.
987. Amar es viajar por dentro.
988. Cada pensamiento es un pequeño infinito.
989. En cada beso vivirás doblemente.
990. Lo que no te dije fue –quizá– lo más bello.
991. Suma cuando hables (no restes).
992. Consume el tiempo en celebrarte.
993. Al pestañear, renuévate.
994. Que tu último pensamiento, antes de dormir, sea azul.
995. Durante años almacené proyectos. Error...
996. Amé la luz y la noche me buscó, celosa.
997. Ama, aunque sea imposible.
998. Envidié tanto la guitarra que abrazabas...
999. Entro a diario en el laberinto de la memoria para robar tu imagen.
1000. Al tocarte, el mundo se detuvo.
1001. El norte vende finales.
1002. El enemigo vende finales.
1003. La religión vende un final.
1004. El final-final no existe.
1005. Entierra cada noche los malos finales.

1006. Permite que la alcancía del alma no se llene.
1007. No camines temeroso; los cielos te preceden.
1008. Siempre habrá un buen vino que te bese por dentro.
1009. Los veranos, en Barbate, calentaron mis sueños.
1010. Un verano, de pronto, se presentaron tus ojos (y se quedaron para siempre).
1011. ¿Qué fue de tus besos no dados? ¿Dónde están?
1012. Permite que las ideas maduren. Ganan en belleza.
1013. ¿Puede un «ahora» contener diez mil minutos? Sí, cuando te miraba.
1014. Nada debería dividirnos (salvo la noche).
1015. Intenta ser total y breve.
1016. Recomencemos la eternidad con un beso.
1017. Esperé para amarte porque era más hermoso.
1018. Te amo, incluso, cuando te olvido.
1019. Te amo, incluso, cuando creo que no te amo.
1020. Te amo, incluso, cuando me detesto.
1021. Te amo, incluso, cuando no te comprendo.
1022. Los días —sin ti— son largos y cortos al mismo tiempo.
1023. No duermo con la noche (es falso); duermo con tu recuerdo.
1024. Átame con tu aroma.
1025. De todas las verdades elegí tu mirada.
1026. El corazón de una mujer sabe siempre (sobre todo en la distancia).
1027. La dicha es transparente.
1028. El ayer lo sostienen los románticos.
1029. La paz tiene una salud frágil.
1030. Las mujeres tienen una piel diurna y, sobre todo, una piel nocturna.

1031. Las mujeres saben detener el curso de las estrellas. Les basta con mirar.

1032. Cuando una mujer deja caer una sonrisa, puede que esté mintiendo.

1033. La mujer amanece en cada parpadeo.

1034. Nada es tan sencillo como la ternura.

1035. Trata de que todos tus actos desemboquen en la ternura.

1036. La ternura construye mundos perfectos.

1037. La ternura te hará transparente para ti mismo.

1038. Construye transparencias.

1039. Dolor, ansiedad y enfermedad vivían en la Tierra antes de que tú llegaras.

1040. En el amor no hay ojos cerrados.

1041. La envidia se agota en sí misma.

1042. El poeta ve lo que nadie ve.

1043. Todos los corazones tienen un sagrado punto de salvajismo.

1044. Me costó mucho aprender a prescindir.

1045. Me tocó «despertar» a mucha gente. Hice lo que pude...

1046. Si te engañas a ti mismo, hazlo, al menos, a tu favor.

1047. La traición madura lentamente.

1048. La envidia repta lentamente.

1049. Los celos asfixian lentamente.

1050. La bondad no necesita madurar.

1051. La vida es electrizante (aunque no pase nada).

1052. Somos imperfectos (por eso vacilamos).

1053. Lo peor no es que no entiendas; lo grave es que te niegues a entender.

1054. Satisfacer la ansiedad no es el camino.

1055. Lo cómodo favorece pocas veces.
1056. No me obligues a discurrir inútilmente.
1057. Recuerda que el que hiere, primero se hiere a sí mismo.
1058. Tu vida son huellas en una playa.
1059. Apura el tiempo hasta el último femtosegundo (es tuyo).
1060. El rencor nace podrido.
1061. Todos los amores tienen una vía dolorosa.
1062. La Verdad manipula a los hombres.
1063. Los hombres, a su vez, intentan manipular la Verdad.
1064. En consecuencia, mejor será que nos alejemos de la Verdad.
1065. Cuando la resignación llega, la vida se abre como una rosa.
1066. No importa que no sepas que eres. ERES.
1067. Por amor eres y, sobre todo, serás.
1068. Hay poemas tan caóticos que solo pueden ser leídos con voluntad.
1069. El tiempo que se va pesa.
1070. El tiempo por venir es ligero.
1071. El tiempo que llega flota.
1072. El tiempo que no usas muere.
1073. Tu alma espera la pleamar de la vida...
1074. No formules demasiadas preguntas (bastante tienes con tu vida).
1075. Permite que tu vida sea gobernada por tus sueños.
1076. Que tu corazón despierte y se duerma repartiendo.
1077. Que tu corazón se duerma libre de rencores.
1078. Que tu corazón se abrace cada noche a lo imposible.
1079. Que tu corazón despierte con alas de mariposa.
1080. Que tu corazón no aprenda a decir «no».

1081. Que tu corazón no desfallezca ante la necedad y el cutrerío que nos ha tocado vivir.

1082. Que tu corazón te preceda siempre.

1083. Cuando dudes, deja hablar a tu corazón.

1084. Desenrédate en tu corazón. Basta un minuto.

1085. Sí, es cierto. En la noche no hay fronteras para tu corazón.

1086. Sí, es cierto. Tú no tienes fronteras.

1087. Las fronteras las inventan los cínicos.

1088. Una sola genialidad y quedarás justificado.

1089. Todas tus aventuras fueron previamente firmadas (por ti).

1090. Primero te enseñará la naturaleza; después tu mente.

1091. Ni alfa es el principio ni omega es el final.

1092. Omega es el principio.

1093. La nada está al servicio del TODO.

1094. Ojo. Cuanta más luz menos color.

1095. No malgastes las palabras para expresar sentimientos. Basta con un silencio, con una mirada o con una caricia.

1096. No te confundas. El tiempo no te esperará.

1097. Hay besos eternos; como los no dados.

1098. Si me sobrevives, moriré dos veces.

1099. Sería preciso lavar el mundo de hombres (no de mujeres).

1100. ¡Que no te confundan! La eternidad sí termina.

1101. Todos los servicios de Inteligencia son tenebrosos.

1102. Ni la razón ni la Verdad son revolucionarias.

1103. No intentes ser diferente (ya lo eres).

1104. No trates de vivir otras vidas (bastante tienes con la tuya).

1105. Cada hijo tiene escrito su Destino (quieran los padres o no).

1106. El «casi» es sinónimo de ausencia.

1107. Todas las vocaciones son estudiadas (antes de nacer).

1108. Las mentiras benefician a los de siempre.
1109. Las verdades benefician a los de siempre.
1110. Las medias verdades benefician a los de siempre.
1111. Las promesas de los políticos solo benefician a los políticos.
1112. Críticas y elogios: breves.
1113. Si eres inteligente, huirás del poder.
1114. El mentiroso muere solo.
1115. Si está en tu mano, educa.
1116. Tu «negocio» es tratar de recordar quién eres en verdad.
1117. Ayuda y te ayudarás.
1118. Si amas, no mires a quién.
1119. En la mente abundan las cortijadas.
1120. Nada es tuyo, salvo el alma y las memorias.
1121. No importa que lo pierdas todo (salvo la coherencia).
1122. Entre líneas se dice mucho...
1123. Tiquismiquis hay de muchas clases; la peor es la interior.
1124. Me encanta trocar pensamientos.
1125. Ojalá seas consciente de tu pobreza...
1126. No tengas prisa por morir, pero sí por VIVIR.
1127. Nunca es tarde para ver el «rayo verde» de la vida.
1128. Al principio la vida discurre lentamente (por falta de información). Después, la vida se escapa (repleta).
1129. A veces, mi interior es un eccehomo.
1130. No te esfuerces. La sobriedad es un don.
1131. Fenecer es peor que morir (eso creí durante un tiempo).
1132. Las «medidas adecuadas» dependen siempre del vencedor.
1133. Todos necesitamos un plan Marshall.
1134. Demuestra el luto sin colores y sin lágrimas.

1135. Evita las líneas rojas de la vida (casi todas han sido pintadas por el interés).

1136. El cinismo tiene mil caras.

1137. Lee, incluso, sin libros.

1138. Me educaron entre barreras, pero aprendí a sortearlas (todas las barreras son carencias).

1139. Hay frialdades que abrasan.

1140. Es la mente la que obliga a mudar los gustos.

1141. Respeta los vestigios de la fe (si quedan).

1142. En realidad, el mundo gira a tu alrededor.

1143. Lo importante no es crecer; lo trascendental es saber que creces.

1144. Los nacionalismos son una plaga bíblica.

1145. La vida es lo más parecido a una inocentada.

1146. Todo pasa (incluso lo que nunca pasa).

1147. Lo sé. Fui un niño «manterola».

1148. Odio ser un gurú (de mí mismo).

1149. Aléjate de los gurús (de todos).

1150. Todos los días hay que conquistar un ocho mil.

1151. Que la nostalgia te acompañe (pero encadenada).

1152. ¿Qué importan los títulos de crédito en la vida?

1153. No pretendo que me crean (mucho menos que me comprendan).

1154. Dinero y educación no son parientes.

1155. Lo escrito casi nunca es verdad.

1156. Lo imaginado siempre es cierto.

1157. Lo sospechado casi siempre es niebla.

1158. Lo hablado casi siempre es dudoso.

1159. La ignorancia humana solo es superada por el olvido humano.

1160. Aprende cuanto quieras (tras la muerte no te servirá de gran cosa).

1161. Experimenta cuanto puedas (tras la muerte te resultará utilísimo).

1162. ¿Reencarnación? Seamos serios...

1163. Todos son grandes comunistas (mientras no les toquen el bolsillo).

1164. Todos viajamos por la vida con una valija diplomática (sin abrir).

1165. La mentira persigue a vencedores y vencidos.

1166. Nunca traiciones. La vida es circular.

1167. Mi problema no es cabrearme, sino descabrearme.

1168. En realidad, los agravios comparativos son espejismos.

1169. ¡Qué delicia viajar en la estela de Alguien!

1170. Cuanto más alto el cargo, más grande la mentira.

1171. Todo es pasajero (especialmente la vida).

1172. Prueba a poner boca abajo el mapamundi (nada es igual).

1173. Asistí a todos los sucesos políticos con indiferencia; después llegó la repugnancia.

1174. Elegir es un espejismo.

1175. La guerra no devora; engulle.

1176. Lo más penoso no es herir. Lo lamentable es olvidar que has herido.

1177. La ingenuidad debería ser una asignatura obligatoria en los colegios y universidades.

1178. Tratar de escapar de ti mismo es una lamentable pérdida de tiempo.

1179. La incompetencia es más antigua que la prostitución.

1180. Las guerras se hacen con mucho dinero (y por muchísimo dinero).

1181. No caigas en el error de hacer prisioneros o esclavos espirituales.

1182. No ruegues a Dios (y olvídate del mazo). La vida es otra historia.

1183. La transhumancia siempre desgarra.

1184. Cuanto más rápida discurre la vida, antes se llena la copa del alma.

1185. Empápate de lo bueno y de lo malo (lo malo termina escurriéndose).

1186. El alma sigue utilizando al sereno.

1187. Todo el mundo está en el lugar adecuando y en el momento oportuno. Es la ley.

1188. Lentamente, caras y nombres serán relegados al desván de tu memoria. Es la ley.

1189. Los viajes ayudan a ampliar la perspectiva mental.

1190. Tener los pies en el suelo no es bueno ni malo; todo lo contrario.

1191. Los verdaderos amigos son tréboles de cinco hojas.

1192. Los verdaderos amigos caen del cielo.

1193. Los verdaderos amigos permanecen (incluso después de muertos).

1194. Los verdaderos amigos te saldrán al encuentro (tras el dulce sueño de la muerte).

1195. En el mundo flotan más incógnitas que nubes.

1196. Con la edad se difuminan los enemigos (eso no puede ser bueno).

1197. Dios todo lo hace a lo grande (sobre todo lo microscópico).

1198. Estamos preparados para lo peor, pero no lo sabemos.

1199. Hay políticos encantadores..., de serpientes.

1200. Nadie va demasiado deprisa (no está permitido).

1201. A la muerte le trae sin cuidado la libertad.

1202. ¿Hay algo más lamentable que la falta de respeto? Sí, la falta de respeto.

1203. El petróleo no servirá (antes de lo que imaginamos).

1204. Es dificilísimo ser leal.

1205. Nada vale (salvo lo que recuerdas).

1206. Desactivarse es un ejemplo de valor.

1207. Nunca sabemos quién es –verdaderamente– el perdedor.

1208. Lo trascendental está en lo que no dices.

1209. Lo sublime no necesita ser expresado.

1210. Después de dar cien veces la vuelta al mundo decidí viajar hacia mí mismo. Fue mi gran viaje.

1211. Es muy saludable que la copa del escepticismo nunca esté vacía.

1212. Deja hacer y vencerás.

1213. Muchas calamidades tienen nombre propio.

1214. Mucha gente practica el deporte de negar lo obvio.

1215. El tiempo te colocará en el lugar que elegiste.

1216. Deja que el tiempo desnude a tus enemigos.

1217. El tiempo te honrará (no lo dudes).

1218. El tiempo es un regalo (pero tú no lo sabes).

1219. La envidia asfixia (lentamente) al que la practica.

1220. Interrumpir no presagia nada bueno.

1221. Lo peor de una idea solemne es que provoque la risa.

1222. Rebobina la mente una vez al día.

1223. La ignorancia colectiva es alimentada (religiosamente) por el poder.

1224. Vivir en las alturas (aquí) es una quimera.

1225. Enfría tu ánimo (una vez al día).

1226. Poder no es sinónimo de finura.
1227. Pude escribir tantos libros porque –sencillamente– trabajé duro.
1228. Pude escribir tantos libros porque –sencillamente– recibí mucha información.
1229. Pude escribir tantos libros porque –sencillamente– «ellos» me cubrieron.
1230. Pude escribir tantos libros porque –sencillamente– así constaba en mi «contrato».
1231. Algunos son tan necios que mienten sin necesidad.
1232. Lo importante es cómo lo dices.
1233. Si pierdes la dignidad, es que alguien no ha comprendido.
1234. La política es un sainete que termina en drama.
1235. Lo que ves de tu vida es la punta del iceberg.
1236. Aunque no lo creas, la vida (tu vida) está hecha a tu medida.
1237. Nadie se aproxima a ti por casualidad.
1238. Los escritores también perdemos los papeles.
1239. Si criticas, hazlo con amor.
1240. Si criticas, hazlo con honradez.
1241. Si criticas, que no se note.
1242. Si criticas, que se olvide pronto.
1243. Calumniar e injuriar es no haber comprendido qué es la vida y por qué estás aquí.
1244. No te fíes de los que prometen.
1245. La maldad (químicamente pura) existe y obedece a un plan divino (incomprensible para nosotros).
1246. Siempre ha habido muertos y fallecidos.
1247. Pensar es como pescar. Hay que ser paciente y hábil.

1248. Llegar a una conclusión (aunque estés equivocado) es triunfar.

1249. No llegar a ninguna conclusión en la vida es cumplir lo «contratado».

1250. Hagas lo que hagas, siempre cumples.

1251. Si te empeñas en la maldad, es porque así lo «contrataste».

1252. Si te empeñas en la belleza y en la bondad, es porque así lo «contrataste».

1253. Si te empeñas en el anonimato, es porque así lo «contrataste».

1254. Si te empeñas en la oscuridad mental, es porque así lo «contrataste».

1255. Nadie sabe (ahora) por qué se puede «contratar» lo negativo, pero la razón o razones existen.

1256. ¿Ser poderoso y transparente? Busca en los cielos.

1257. No merece la pena fingir (no compensa).

1258. Todas las razones deben ser azules.

1259. Una sola muerte –no impedida– invalida a la ONU.

1260. También hay silencios dañinos.

1261. Surcar los océanos de la mente es casi imposible.

1262. Profundizar en la mente humana puede ser un paseo relajante o un infierno.

1263. No temas a la hora de descender a las profundidades ajenas (todos respiramos comprensión y esperanza).

1264. El conocimiento (no la sabiduría) terminará aislándote (no lo rehuyas).

1265. Lo interesante es que te leas por dentro.

1266. Al asomarme, la mar me mira y se pone blanca (de vergüenza).

1267. Otras veces, la mar dibuja arabescos de espuma y se los regala al azul.

1268. El óxido se come las buenas intenciones del barco.
1269. El óxido es envidioso (por naturaleza).
1270. El óxido se rinde ante la pintura.
1271. No permitas que tu mente se oxide.
1272. El hambre nos iguala a todos.
1273. El mejor paraguas es el que te protege por dentro.
1274. Observa a tu alrededor. La gente está sedienta de esperanza.
1275. No cobres por tu sabiduría.
1276. Profundiza en lo que te gusta; el resto llegará por añadidura.
1277. ¿Miente una llave inglesa? No podría. Así es la mente infantil.
1278. No te blindes. No sirve de nada.
1279. La oscuridad, en el mundo, tiene los años contados.
1280. Un gobierno planetario sería la solución a casi todos los problemas del mundo.
1281. Recuerda. No necesitas amortizarte.
1282. El cerebro funciona con sangre; no así las ideas.
1283. En los cruceros, el tiempo —milagrosamente— se dilata.
1284. Esperar la muerte —apaciblemente— forma parte del «contrato».
1285. Mirarse en el espejo no significa verse.
1286. Hemos convertido el dinero en un tonto con derecho a veto.
1287. Las ideas nunca se espesan. Llegan y se van.
1288. Aplaudir también ratifica la maldad.
1289. Nunca es tarde para bajarse del mundo.
1290. El ser humano tiene especial habilidad para no actuar.
1291. Defender la legalidad no implica ser legal.

1292. Ser legal no significa tener razón.

1293. Ser legal no quiere decir ser ético.

1294. Hay legalidades que matan.

1295. Los políticos giran en contra de las agujas del reloj del pueblo; en contra de sí mismos (si es menester) y boca abajo.

1296. El egoísmo es un dragón de siete cabezas (alguna de ellas terminará devorándote).

1297. Habla siempre con todas las partes en litigio.

1298. En el arte no hay idiomas.

1299. La inseguridad (en público) grita.

1300. El cerebro traduce lo que percibe (eso no incluye la Verdad).

1301. La distancia más corta entre dos corazones es una mirada.

1302. Nacemos y morimos en absoluta soledad.

1303. La frontera entre la vida y la VIDA es la muerte.

1304. En todos los corazones hay desiertos (algunos infinitos).

1305. La tristeza, en la mujer, es antigua, bella y profunda.

1306. No pienses como los demás (es tu derecho).

1307. Los que investigan el fenómeno OVNI son tan extraterrestres (o más) que los extraterrestres.

1308. Siempre lo dije: hay que investigar a los investigadores.

1309. Ojo. Detrás de la generosidad de estado puede anidar la patraña y la muerte.

1310. A casi todos los aduaneros norteamericanos les falta un hervor.

1311. No hay peor cosa que subir a la cima y no saber bajar.

1312. ¿Y para qué quieres darte a conocer? Primero conócete a ti mismo.

1313. Atención. La vida cambia en treinta segundos.

1314. Cuando la vida te sature, salta al silencio.

1315. La mentira es la especialidad de los poderosos.
1316. No impongas a Dios (bajo ningún concepto).
1317. No presumas de nada (no pierdas tu precioso tiempo).
1318. Las grandes canalladas exigen agotadoras preparaciones.
1319. No podemos dejar de respirar y de pensar (aunque queramos).
1320. Si todo es oscuridad a tu alrededor, pulsa el interruptor de la imaginación.
1321. Cuanto más pienso, más lejos me veo.
1322. La vida carece de manual. Es la ley.
1323. Curioso. En los cielos no existe la ley del talión.
1324. Cuanto más te aburra el mundo, más cerca estarás de la Verdad.
1325. La ambigüedad nació coja.
1326. Las guerras interesan siempre a los mismos.
1327. La cultura de un pueblo rara vez tiene que ver con la tolerancia.
1328. Intoxicar a la opinión pública es un arma de doble filo.
1329. Wall Street huele a sangre.
1330. Cada vez soy menos importante. Sobre todo para mí mismo.
1331. Piensa mucho y acertarás.
1332. Para vender mentiras primero hay que pensarlas (minuciosamente).
1333. De repente descubrirás que la vida se ha arrugado. Es la ley.
1334. Estar harto es señal de inteligencia.
1335. Hay éxitos catastróficos.
1336. Solo los necios (o los vendedores de armas) son amantes de las guerras.

1337. Hay especialistas en sembrar confusión.
1338. Hay expertos en hacerte creer lo que nunca fue.
1339. Hay intoxicadores en todos los medios de comunicación.
1340. Hay manipuladores en todos los gobiernos.
1341. Hay expertos en mundos inexistentes.
1342. Hay magos que retuercen la realidad (siempre en beneficio de alguien).
1343. No lo olvides. Cada uno tiene su evangelio.
1344. No todo el mundo es como piensa.
1345. El pensamiento no puede parchearse (la vida sí).
1346. Siempre habrá un extraño en tu corazón.
1347. Cada mina antipersona es un paso atrás en la evolución.
1348. Hay muchos muros de la vergüenza; cada ser humano tiene el suyo.
1349. Las mentiras son serpientes. Resulta difícil esconderlas.
1350. Los paraísos terroristas son otro insulto a la inteligencia.
1351. Permite que algunos sueños te alcancen.
1352. La ignorancia está muy próxima a la Verdad.
1353. Antes de la llegada de la luz, la miseria será la dueña del mundo.
1354. Los modales están por encima de la razón.
1355. Nada es tan importante como tu corazón.
1356. Nada es tan santo como el SER que te habita.
1357. Nada es tan prometedor como el cáliz de tu alma.
1358. Nada es tan esperanzador como lo que te aguarda.
1359. Si te alegras de la fama ajena, es que has comprendido.
1360. No hacer nada es un buen ejercicio de paciencia.
1361. Corta amarras mucho antes de morir.
1362. Si deseas momentos felices, aprende a domesticar el ego.

1363. Si deseas momentos felices, aprende a escuchar.

1364. Si deseas momentos felices, aprende a regalar sonrisas.

1365. Si deseas momentos felices, súbete a la belleza.

1366. Si deseas momentos felices, bebe tiempo.

1367. Si deseas momentos felices, recuerda que los sentimientos son comunes.

1368. Si deseas momentos felices, aprende que nadie es más que nadie.

1369. Si deseas momentos felices, renuncia.

1370. Si deseas momentos felices, no olvides que eres irrepetible.

1371. Si deseas momentos felices, no pierdas de vista que los demás también tienen derecho a momentos felices.

1372. La mar nunca me traicionó (cuestión de amor).

1373. La mar siempre me espera (cuestión de amor).

1374. La mar siempre me espera vestida de azul (cuestión de amor).

1375. La mar siempre espera que me desnude; después nos besamos (cuestión de amor).

1376. No estás en el mundo para ayudar (aunque también).

1377. En el fondo, y en la forma, la vida es un *show*.

1378. Al morir mi editor (José Manuel Lara Bosch) quedé huérfano por segunda vez.

1379. Siempre hay alguien que sabe más que tú.

1380. No siempre pienso en colores...

1381. Estar atornillado a la vida no quiere decir cadena perpetua.

1382. Tonto y buena persona no son lo mismo.

1383. Desaparecer es interesantísimo.

1384. No desees felicidad (trae mala suerte).

1385. Deja algo bueno para el final de tu vida.

1386. La historia se viste según interesa.

1387. Tras la muerte no hay ley del péndulo.

1388. Los «contratos» de miserables y babosos son abundantísimos. Es la ley.

1389. En todas las vidas hay un «Guernica».

1390. Todo lo malo sucede por algo bueno (incluso los asesores fiscales).

1391. Abandoné –asqueado– mi país (España). Y, si naciera de nuevo, volvería a abandonarlo.

1392. España no se merece el noventa por ciento de su pueblo. ¿O es al revés?

1393. «La política tiene mucho de percepción». Frase de Joe Biden, vicepresidente con Obama. Y añadió: «... percepción de cómo robar».

1394. Los socialistas traicionan tanto como los de derechas. Nadie escapa en política.

1395. Hacer conocidos es fácil. Hacer amigos es otra historia.

1396. La amistad, como el buen vino, necesita tiempo y un buen envase.

1397. Los amigos regalan. Es la ley.

1398. Al regalarte, el amigo recibe.

1399. La vida está llena de secuelas (que no aprovechamos).

1400. Lo interesante de una estela es que sea la tuya.

1401. El cansancio del mundo no tiene solución.

1402. Hacerte rico no significa ganar dinero.

1403. Un día dejé de prometer y prometerme.

1404. Los miserables mueren espantados.

1405. No te engañes. Si fuiste alguien en tu profesión, pronto serás de color sepia.

1406. ¿De qué sirve que te reconozcan por la calle si no conocen tu verdad?

1407. La discriminación racial nos transporta, directamente, a las cavernas.

1408. Si no me intereso yo, ¿por qué me va a interesar el mundo?

1409. No te pronuncies sobre lo que no deseas (se alejará solo).

1410. Los cainitas te despreciarán (hagas lo que hagas).

1411. España es un país de cainitas.

1412. Aunque no soy nada, mis libros subvencionaron el noventa por ciento de lo publicado por los mal llamados intelectuales españoles.

1413. La estupidez humana se queda corta ante la estupidez política.

1414. Prefiero morir en el exilio a vivir entre chupópteros.

1415. Si son guerras, todas son estúpidas.

1416. Lamentablemente, el futuro de muchos depende de Hacienda.

1417. La libertad es lo más parecido a no tener compromisos.

1418. Hay políticos tan..., que no merecen ni la cárcel.

1419. Necesité años para caer en la cuenta: vivimos entre lobos.

1420. No falla. Todos los idiotas hacen méritos.

1421. Me gustan los pecadores. Todos brillan.

1422. Por la boca muere el pez..., estúpido.

1423. Si ves a un cínico, pasa de largo.

1424. La religión atropella (por la espalda).

1425. Escribe como eres.

1426. Los límites de la inteligencia no figuran en las cuentas bancarias.

1427. Los premios y las medallas son para los que los persiguen.

1428. Estamos en la vida para cosas generalmente poco importantes.

1429. Si quieres aspirar a algo, no aspires a nada.

1430. Al principio, casi todos los genios pasan desapercibidos.

1431. Puedes saber muchas cosas y no conocer la más importante.

1432. Todos los cínicos son gorrones.

1433. Todos los cínicos dicen poseer la Verdad.

1434. Todos los cínicos son salvadores de la humanidad.

1435. Todos los cínicos aseguran ser víctimas de algo.

1436. No creo que escriba mis memorias de ultratumba.

1437. Escribo para compartir soledades.

1438. Todo el mundo va pensando en lo suyo (menos yo, que voy pensando en lo mío).

1439. Soy experto en J.J. Benítez (pero poco).

1440. ¿Decencia? ¿Qué es eso? ¿Cómo se mide?

1441. Los pequeños terrores también matan.

1442. No regales ejemplos; regálate.

1443. La indiferencia es lo primero que te enseñará el mundo.

1444. Todos huimos, sin saberlo.

1445. En las guerras, los memos celebran las victorias.

1446. En la guerra no se viven experiencias; se padecen.

1447. El romanticismo es incurable.

1448. No hagas nada a medias o con desgana.

1449. Los fracasos y las desgracias llegan en oleadas.

1450. Arráncale música a la vida.

1451. Dicen que los matices se aproximan a la Verdad.

1452. ¿Hay recuerdos en estado puro? Lo dudo...

1453. En la memoria también se pone el Sol.

1454. Los sentimientos visten y desnudan.

1455. No es bueno descubrir los mecanismos del poder. Te defraudarán.

1456. En mis libros, los personajes me definen.

1457. La muerte termina siendo una rutina.

1458. Las palabras conviene dibujarlas.

1459. Si concedes entrevistas, terminas inventándote a ti mismo.

1460. Me asombra la fidelidad de las estrellas.

1461. ¡Nos preocupamos por asuntos tan diminutos!

1462. Ella me dijo: «Mi fortuna supera los 3.000 millones de euros». Y yo pregunté: «¿Y qué esperas de la vida?». Ella, entonces, no supo qué decir.

1463. En realidad, yo no apunto en ninguna dirección.

1464. Sorprender a la historia (in fraganti) te sorprenderá.

1465. No está mal que seas levemente irresponsable.

1466. Jesús nunca se disculpaba. Lógico. Era un Hombre-Dios.

1467. Nuestra naturaleza animal nos hace despiadados. La naturaleza espiritual lo compensa.

1468. Son las pequeñas cosas las que nos determinan.

1469. Un escritor lo acepta todo (excepto la Verdad).

1470. Los pecados que se olvidan con el tiempo no eran pecados.

1471. No hay peor necio que el que se considera listo.

1472. Si hablas, no te entenderán. Si hablas con claridad, te entenderán mucho menos.

1473. Tras setenta libros publicados, aún espero la primera crítica literaria (seria).

1474. ¿Mi frase favorita? «Nada es lo que parece».

1475. No busques. Te arriesgas a encontrar.

1476. Decir «no» es muy saludable.

1477. Decir «sí» —a veces— es faltar a la verdad.

1478. Hay muchos mundos más allá del umbral de tu mente.

1479. Estar cuerdo puede resultar insoportable.

1480. Estar (supuestamente) loco puede resultar muy rentable.

1481. Tras la muerte te saludarán muchas verdades parciales.
1482. En general, casi todos los pasados son poco decentes.
1483. Siempre estoy cerrado por obras (en el interior).
1484. No hay como dar la vuelta al mundo para saber lo que no quiero ser.
1485. Tu vida puede no tener interés para nadie; ni siquiera para ti. Es bastante común.
1486. No des nada por supuesto; empezando por ti mismo.
1487. Nada termina en la imperfección.
1488. Si ganas, escribirás la historia. Si pierdes, serás excluido de la historia.
1489. Hay historias que no hacen historia.
1490. Hay historiadores que no conocen ni su propia historia.
1491. La política siempre llueve sobre la historia (y la destiñe).
1492. Conocí a sujetos muy leales a sus monstruos interiores.
1493. Tus simpatías no deben estar teledirigidas.
1494. En la materia, cualquier intento de perfección es ridículo.
1495. Solo comprendo lo que puedo dibujar.¡Y es tan poco!
1496. La experiencia también se agota (y te agota).
1497. Si ayudas a los que no saben ayudarse a sí mismos, tu mérito será doble.
1498. De vez en cuando haz como si te hubieran convencido (pura caridad).
1499. En asuntos del corazón, compórtate como si no supieras.
1500. La gloria –querido Horacio– no llega con el trabajo.
1501. Dejé mi testamento enterrado en el corazón de los hombres.
1502. No trates de adelantarte a los acontecimientos; no sirve de nada.
1503. El ayer y el mañana no deberían pesar en tu ánimo.

1504. Repetir (no importa qué) es malgastar.

1505. Solo deberíamos repetir y repetir en el amor.

1506. Repite mientras no tengas que suplicar.

1507. Repetir significa falta de originalidad.

1508. La religión mentirá si ve en peligro su negocio.

1509. No batalles antes de batallar.

1510. Dios no envejece porque es eterno.

1511. Al Padre Azul le pierden los detalles.

1512. Dios echa a perder para ganar.

1513. Los consejos son para los que no comprenden.

1514. La mujer calcula primero; después te besará o no.

1515. Soy libre cuando abro un libro.

1516. ¿De qué lado ve Dios el arco iris?

1517. En tu interior hay ALGUIEN muy benévolo.

1518. Todos estamos (obligatoriamente) ciegos.

1519. Si tienes miedo a algo, ese miedo te devorará.

1520. De vez en cuando concédete una audiencia contigo mismo.

1521. La realidad (esta) es puro teatro.

1522. Todos somos responsables de todo.

1523. Nacer no obedece a la casualidad. Todo lo contrario.

1524. Tu corazón es más importante que el corazón de tu nación.

1525. Nunca se es suficientemente sincero.

1526. Vivir es una aventura de la que tú te pedirás cuentas a ti mismo.

1527. No hables del más allá a los que no conocen el más acá.

1528. La lejanía me envolvió (para siempre).

1529. El radicalismo nace y prospera en la oscuridad mental.

1530. Hay tantos radicalismos como mentes ciegas.

1531. El radicalismo invalida. Es la ley.

1532. La decepción no tarda en tomar posesión del radical.

1533. Es imposible. Ningún ser humano termina vacío.

1534. Si tu vida es comprensible para ti, es suficiente.

1535. La poesía de verdad no hiere.

1536. Es inevitable en la materia: la mediocridad nos cubre como una nevada.

1537. Solo los Dioses conocen el límite de las tinieblas humanas.

1538. Las excusas no sirven para siempre.

1539. Hay guerras de palabras, tan cruentas y estúpidas como las otras.

1540. Tendría que haberme imaginado mejor...

1541. Es mejor que no sepas quién eres (por ahora).

1542. Si quieres desarmar a la gente, sonríe.

1543. Los detalles fueron mi vida; lo mejor de mi vida.

1544. No tener planes es más atractivo que tenerlos.

1545. Es mejor que nadie te mire.

1546. Muchos recuerdos terminan siendo inapropiados.

1547. Peor que la guerra es desearla.

1548. Al final de la vida me contento con escuchar.

1549. Dios me libre de estar en el epicentro de las cosas.

1550. Lo mejor que puede pasarte es que tu alma se desborde.

1551. Cuanto más importante sea el premio, más frívolo deberás mostrarte.

1552. Las respuestas importan menos que las preguntas.

1553. Rechaza los honores (vengan de donde vengan).

1554. Si has de tomar una decisión importante, olvida tus sentimientos.

1555. Cuando hayas tomado la decisión, recupera tus sentimientos.

1556. Los sentimientos evitarán que te eches atrás en dicha decisión.

1557. Al materializar la decisión, los sentimientos aplaudirán.

1558. Nunca tuve biógrafo (ni lo necesito).

1559. Hay que aprender a no castigar.

1560. La ferocidad es para los descerebrados.

1561. Al morir, la mayoría no sabe que ha muerto.

1562. Nunca podrás vaciar la mente.

1563. Lee cuanto puedas (para saber lo que no tienes que hacer).

1564. Lee cuanto puedas (para saber qué piensan los mediocres).

1565. Lee cuanto puedas (para conocer los límites de la imaginación).

1566. Lee cuanto puedas (para saber en qué dirección va el mundo).

1567. Lee cuanto puedas (para confirmar que eres único).

1568. Lee cuanto puedas (por puro placer).

1569. Lee cuanto puedas (si pretendes aproximarte a la Verdad).

1570. El que no lee, vive menos.

1571. Algunas ideas, cuando llegan, se reproducen.

1572. Las mujeres piensan mal (por instinto). Se equivocan pocas veces.

1573. Hay seres humanos situados a años luz.

1574. Permite que la memoria te habite.

1575. Permite que la memoria te hable.

1576. Permite que la memoria te consuele.

1577. Permite que la memoria te lleve de la mano.

1578. Ningún mañana llega.

1579. Ningún mañana debería asustarte.

1580. Ningún mañana es lo que venden.
1581. Nadie ha visto al mañana ese...
1582. Guarda silencio ante los errores ajenos.
1583. Todos los pensamientos son coherentes; de lo contrario no son pensamientos.
1584. Un instante de felicidad redime una vida (supuestamente vacía).
1585. Todo y nada son criaturas venideras.
1586. Ni un millón de pensamientos pueden nada contra ti.
1587. Permite que la gente se equivoque.
1588. Cortar por lo sano es una solución (a medias).
1589. Los sentimientos no entienden de componendas.
1590. El amor no entiende de distancias.
1591. La bondad no entiende de regateos.
1592. La misericordia no entiende de clases sociales.
1593. La dulzura no entiende de «ahora sí, ahora no».
1594. La tristeza no entiende de remiendos.
1595. La melancolía no entiende del «vuelva usted mañana».
1596. La frustración no sabe hacer cola.
1597. El peor fraude es el moral.
1598. Deja que los lobos aúllen (y sigue tu camino).
1599. La cursilería revela una grave inmadurez.
1600. Todo pesa (excepto el amor).
1601. Resolver no significa acertar.
1602. Administra tus preocupaciones.
1603. El valor de las cosas no guarda relación con el momento.
1604. Los peores cambios llegan sin lágrimas.
1605. Tu amor por ti misma debe ser insuperable.
1606. Todos los gurús son insoportables (en privado).

1607. Si las metáforas no son auténticas, se escurren por la sentina de la mente.
1608. Huye de los tópicos; son venenosos.
1609. Ser riguroso distancia.
1610. Ser erudito distancia mucho más.
1611. Ser simple aproxima.
1612. Ser honesto aproxima mucho más.
1613. Ser yo me costó el vacío.
1614. En realidad, la vida es un objetivo; una vez cumplido regresarás a casa.
1615. Hay presencias que tranquilizan (son las menos).
1616. La vida no deja huellas. Cuando despiertes al «otro lado» estarás como nuevo...
1617. Sí, los muertos tienen una mirada diferente.
1618. El futuro es mágico porque no existe.
1619. Observar es robar.
1620. «Donde no hay –decía mi abuela– no se puede sacar».
1621. Mi abuela, la contrabandista, solía sentenciar: «El que come de algo escapa».
1622. No te rías de lo que ignoras.
1623. Investigar en Internet es tan cutre como peligroso.
1624. La mitología es una de las grandes verdades.
1625. El dolor depura la mente.
1626. La costumbre no establece perfiles psicológicos.
1627. Al final solo me enfado conmigo mismo.
1628. Si estás de vuelta de todo, es que no has comprendido (o lo has comprendido todo).
1629. Si la Verdad se acerca, busca refugio.
1630. Mi abuela decía: «¡Qué miedo saber tanto!».
1631. El dolor es un forastero (siempre).

1632. El dolor se soporta (no se acepta).
1633. Al dolor nunca se le espera.
1634. El dolor no tiene patria.
1635. ¡Qué gran misterio! ¿Los caminos vienen o van?
1636. Nunca regresé de mi último viaje interior.
1637. Cuanta más información, más decepción.
1638. Cuanta más información, más libertad (en mitad de la decepción).
1639. Cuanta más decepción, más humildad.
1640. Cuanta más humildad, más sabiduría.
1641. El silencio –a veces– no es piadoso.
1642. Muerte = regreso.
1643. En la vida todo es (necesariamente) nuevo.
1644. Lo viejo siempre tiene dos caras.
1645. El mal no puede ser atraído. Es la ley.
1646. La mujer agota y el hombre aburre. Me quedo con la primera.
1647. No importa que no sea cierto (si todos lo creen).
1648. La oscuridad engendra la esperanza (en consecuencia: la oscuridad no es tan mala).
1649. La curiosidad es una llave maestra.
1650. El supuesto sacramento de la penitencia fue inventado para controlar voluntades. Dios no necesita perdonarte.
1651. No provoques. Deja hablar...
1652. A tu alrededor hay un mundo invisible que no imaginas.
1653. Lo peor de la religión es que absorbe.
1654. Aprende a domesticar la incertidumbre.
1655. El camino se anda (aunque te detengas).
1656. El camino se anda (quieras o no).
1657. El camino se anda (aunque mires atrás).

1658. El camino se anda (según lo «contratado»).
1659. Elegir, en la materia, está prohibido.
1660. Primera regla para ser moderadamente feliz: alégrate de los éxitos ajenos.
1661. Visitar a los muertos es emotivo y absurdo.
1662. El hombre vencido no ha comprendido.
1663. El vacío interior no hiere; mata.
1664. Llorar es una forma líquida de respirar.
1665. El conocimiento te llevará al silencio.
1666. La ignorancia te llevará al ruido y a la furia.
1667. La prudencia te llevará de nuevo al silencio.
1668. El amor te llevará...
1669. La muerte es el fin de la ignorancia.
1670. Si lo has «contratado», tendrás que apurar cada experiencia.
1671. Todo se eterniza cuando no comprendes.
1672. No te asustes. De repente, la vida se vacía. Es la ley.
1673. Nadie puede hacer pactos con su alma.
1674. Nadie puede hacer pactos con el diablo (desde hace dos mil años).
1675. Cuando la experiencia alcanza el clímax, se extingue. Es la ley.
1676. No fuerces a nadie (en nada). Va contra la ley.
1677. Si amas, todo es posible.
1678. Si no amas, todo es imposible.
1679. El miedo es una bestia del pasado.
1680. El miedo, sin embargo, sigue suelto.
1681. El miedo –si se mira con atención– es absurdo.
1682. El miedo se acerca si tú te oscureces.
1683. La ira es un callejón sin salida.

1684. La ira es propia de la imperfección.
1685. Lo peor de la ira es que obliga a desenfadarse.
1686. Casi todos mis enfados fueron absurdos.
1687. No repitas lo que no te gusta.
1688. El poder no comparte la información.
1689. Cuando llegue la hora de la retirada, la vida te avisará. Es la ley.
1690. Presentir es saber (antes).
1691. En cada puesta de sol hay un robo (encubierto).
1692. En cada amanecer hay un regalo (encubierto).
1693. La desconfianza es vieja y fea.
1694. El hastío merodea alrededor del alma, pero no puede tocarla.
1695. Si no sabes buscar la paz interior, deséala y ella te saldrá al encuentro.
1696. Ejercita la paciencia y (te) vencerás.
1697. La paciencia no se marchita.
1698. La paciencia es pura gimnasia mental.
1699. La paciencia es otro fleco del amor.
1700. Un buen científico nunca es retrógrado.
1701. Un buen científico duda.
1702. Un buen científico piensa diez veces antes de hablar.
1703. Un buen científico descubre.
1704. Hay cementerios llenos de vida.
1705. La cerveza helada me reconcilia con el mundo.
1706. Lo sé. Dios dispone de magníficos laboratorios.
1707. Lo sé. Dios lo ensaya todo.
1708. Lo sé. Dios guarda un as en la manga.
1709. Lo sé. Dios hace trampas.
1710. Si renuncias, renuncia para siempre.

1711. Todos los triunfos tienen mucho de derrota.
1712. Todos los triunfos terminan rápido.
1713. Ningún triunfo regresa.
1714. El triunfo llena y vacía al mismo tiempo.
1715. Si el éxito te mira, huye.
1716. Buscar el éxito es no haber comprendido.
1717. Éxito y fracaso son gemelos.
1718. En el futuro todos somos anónimos.
1719. La seguridad me inunda (no me gusta).
1720. La ambición es miope.
1721. Si eres ambicioso, eres inseguro.
1722. La ambición es una venda en los ojos.
1723. El ambicioso nunca se llena.
1724. Macbeth fue un pobre idiota: la vida tiene todo el sentido del mundo.
1725. La tristeza, en los ricos, tiene garras de acero.
1726. Conquistar es más difícil que triunfar.
1727. He pasado por todas las etapas de la vida: la búsqueda, la pelea, el éxito, el fracaso, el escepticismo, la duda y la dulce espera.
1728. La serenidad del escéptico es aparente.
1729. La serenidad del que confía en el Padre Azul es absoluta.
1730. Llenar la nada con la nada es propio del totalitarismo.
1731. La tristeza se esconde detrás de la ignorancia.
1732. Hay pobrezas dignas y riquezas indignas.
1733. Lo destacado no siempre está a mano.
1734. En el éxito hay demasiada miseria.
1735. Cuando contemplo a los triunfadores me agoto.
1736. Necesité muchos éxitos para descubrir que todos los éxitos son de hielo.

1737. Si te abraza el éxito, descubrirás que no tiene corazón.
1738. Después de miles de kilómetros aprendí a caminar despacio.
1739. La obediencia compensa a los mediocres.
1740. Toda sofisticación es falsa (por naturaleza).
1741. Me abracé a su recuerdo hasta caer rendido.
1742. Hay mentes que parecen robadas.
1743. Cada vida tiene sus reglas.
1744. Nadie llega tarde (a nada).
1745. El verdadero perdón no tiene fronteras.
1746. Las máscaras son útiles para engañar (te).
1747. Emocionarse debería ser obligatorio.
1748. Que no te engañen. Nadie es más feliz que nadie.
1749. Que no te engañen. Equivocarse no es bueno ni malo.
1750. Que no te engañen. El tiempo no castiga; el tiempo pasa.
1751. Que no te engañen. No hay nuevos horizontes. Hay nuevas miradas.
1752. Que no te engañen. Nadie madura (afortunadamente).
1753. Desconfía del que se elogia.
1754. Desconfía del que nunca se enamoró.
1755. Desconfía del que no para de hablar de sí mismo.
1756. Desconfía –sobre todo– de ti mismo.
1757. La falta de amor inmoviliza.
1758. No lo dudes. Lo más importante está por VIVIR.
1759. No lo dudes. La nostalgia desangra.
1760. No lo dudes. Los recuerdos te indultan.
1761. No lo dudes. VIVIR te ocupará todo el día.
1762. De vez en cuando, desperdiciar el tiempo es muy saludable.
1763. Exagerar puede ser tan nocivo como mentir.

1764. Todas las frases contienen un mundo (lleno o vacío).
1765. Si odias, es que no has comprendido.
1766. No escribo por interés; lo hago cumpliendo órdenes.
1767. Me gusta viajar contemplando mi paisaje interior.
1768. La vida (todas) siempre está incompleta.
1769. La niñez es dorada y vacía.
1770. La juventud es azul e incierta.
1771. La madurez es roja y breve.
1772. La ancianidad es violeta y lenta.
1773. La locura también tiene su lógica.
1774. Los hijos nunca son como los padres (afortunadamente).
1775. La dulzura no depende del sexo.
1776. Deja que las cosas aterricen en tu vida.
1777. En realidad, las decisiones te toman a ti.
1778. Triunfar es salir al exterior y contemplarte.
1779. Recuerda que siempre hay alguien mirando.
1780. Recuerda que siempre hay alguien que no está de acuerdo.
1781. Recuerda que siempre hay alguien que te ignora.
1782. Recuerda que siempre hay alguien que lleva razón.
1783. Recuerda que siempre hay alguien superior a ti.
1784. Recuerda que no es útil conocer el final (y mucho menos el tuyo).
1785. No busques ser diferente (ya lo eres).
1786. Los reflejos también tienen derecho a la vida.
1787. Enriquécete de sensaciones.
1788. Casi todas las mujeres tienen relación con lo imposible.
1789. Ser mujer es más laborioso que ser hombre.
1790. Ser mujer es más redondo que ser hombre.
1791. Ser mujer es más íntimo que ser hombre.

1792. Ser mujer requiere más inteligencia que para ser hombre.
1793. Ser mujer nunca se olvida.
1794. Ser hombre se olvida con la muerte.
1795. También los besos —como las lágrimas y las sonrisas— están contados.
1796. La peor locura habita en el norte.
1797. Ser rico no quiere decir que seas inteligente.
1798. Somos de corto recorrido (por naturaleza).
1799. La coherencia es el cemento interior.
1800. El reino de la oscuridad es otro invento religioso (muy rentable).
1801. Las palabras —sin control— son perros rabiosos.
1802. La muerte no tiene nada de mística.
1803. La incredulidad no proporciona dominio.
1804. Hay que estar muy preparado para abrir la mente.
1805. La falta de estilo resulta difícil de ocultar.
1806. El silencio también es corporativista.
1807. El instinto te hace superior.
1808. Si la vida te cierra el paso, continúa.
1809. Todas las escaleras huyen de algo o de alguien.
1810. Me retiré porque así fue dispuesto por los cielos.
1811. Me retiré también para no dar explicaciones.
1812. Las pequeñas cosas nos delatan.
1813. En mi corazón hay numerosas y misteriosas puertas por abrir.
1814. Si deseas resolver los problemas, aléjate de ellos.
1815. No te preocupes de la dirección; la vida te guiará.
1816. Naufragar en la vida es lo previsto. Es la ley.
1817. La vida no es un traje de quita y pon.
1818. Déjate acariciar por lo que te rodea.

1819. Vacié mi vida (casi) en mis libros.

1820. Mis pensamientos siempre fueron en una dirección y yo en otra.

1821. La vida no está para ser ganada (es más importante contemplarla).

1822. La audacia me venció.

1823. Me vuelve loco la simetría.

1824. Es tanto lo perdido...

1825. Hubo un tiempo en el que supe qué era un subjuntivo.

1826. Lo esencial no tiene nada que ver con la belleza.

1827. Pasear —en solitario— ya lo hacían los cavernícolas.

1828. La desolación llega de vez en cuando. Es la ley.

1829. El tiempo es el gran destructor.

1830. Lo peor de un libro no es que sea malo; lo grave es que sea estúpido.

1831. La vejez debería llegar de la mano de la sabiduría, pero no sé...

1832. Dicho de otra manera: la sabiduría no llega o lo hace demasiado tarde.

1833. Hay sentimientos que matan (lentamente).

1834. Hablar beneficia (según).

1835. La salud es prioritaria (según).

1836. La vida es una fórmula exacta (según).

1837. Dios te conviene (según).

1838. Experimenta cada segundo (como si fuera el último).

1839. Experimentar significa exprimir (a tu favor).

1840. Experimentar significa apurar (te).

1841. Experimentar solo tiene un límite: el del sentido común.

1842. Experimentar significa mirar más allá del horizonte.

1843. Experimentar es leer a los demás.

1844. Ser compasivo es un don.

1845. La mitad de lo que hacemos no tiene justificación.

1846. La otra mitad nos viene impuesta.

1847. La mentira protege al decepcionado.

1848. El dolor no es eterno. Es la ley.

1849. La felicidad no es eterna (aquí).

1850. Los seres mitológicos primero fueron de carne y hueso.

1851. La mente puede ser entrenada, pero no domesticada.

1852. Lo vulgar (hoy) es moneda de curso legal.

1853. Todas las debilidades son previamente «contratadas».

1854. Piensa, piensa mientras vivas. Pensar te salvará de la necedad.

1855. Te engañaron. Dios no es lo que crees ni está para lo que te dijeron.

1856. Vivo ansioso de perfección. La encontraré tras la muerte.

1857. Lo exacto no tiene vida propia.

1858. Cada día serás más extranjero en ti mismo.

1859. Perdónate cuanto antes.

1860. Abre una cuenta corriente de sonrisas.

1861. En el pozo de tu mente hay suficiente agua; no robes en pozo ajeno.

1862. La ira salpica.

1863. Ojo. Si estás triste, la tristeza inundará a cuantos te rodean.

1864. El adicto al trabajo peca constantemente.

1865. Busca también el lado rentable de los sueños.

1866. No consientas que el trabajo te de órdenes.

1867. No consientas que el dinero te de órdenes.

1868. No consientas que la rutina te de órdenes.

1869. No consientas que Dios te de órdenes.

1870. La razón, algún día, será otro mal recuerdo.

1871. Existe una perfección del derecho y otra del revés.
1872. Somos tan necios que emparedamos a Dios en los sagrarios.
1873. Nadie conoce lo correcto, pero todos lo venden.
1874. Al cumplir setenta años pensé: «Me gustaría vivir».
1875. Deja que la vida haga su trabajo: deja que te sorprenda.
1876. Si eres una criatura «K», otro «K» te esperará tras la muerte.
1877. Dios es el sur del sur del sur del sur...
1878. Interés y amor no siempre van de la mano.
1879. Vacíate rápido y te llenarás a la misma velocidad.
1880. La homosexualidad solo existe en la materia.
1881. La homosexualidad no fue un despiste de Dios.
1882. Deberíamos aprender de la sensibilidad de los homosexuales.
1883. Los que rechazan la homosexualidad no han comprendido.
1884. Algún NO DÍA serás Dios.
1885. En todas mis obras hay un mensaje oculto.
1886. Si estás vivo, no sabes.
1887. Si estás muerto, sabes un poco.
1888. Permite que la vida te moje de sensaciones.
1889. La razón puede no tener toda la razón.
1890. Me pregunto: ¿por qué la intuición habita en la mujer?
1891. Para imaginar conviene primero desencadenar la mente.
1892. Nunca socialicé la Verdad.
1893. No necesité las alforjas de la religión.
1894. Los momentos felices (azules) son migajas.
1895. Prefiero creer a ser religioso.
1896. El dogma conduce al servilismo moral.
1897. El «más allá» de la nada también existe.

1898. Ofender a Dios es tan imposible como beberse un océano.
1899. Compensa más soñar que vivir.
1900. Las certezas encadenan; las dudas liberan.
1901. La intolerancia patea a la inteligencia.
1902. ¿Desde cuándo la línea recta es superior a la curva?
1903. Para la razón, la muerte siempre es inoportuna.
1904. La eternidad empieza donde menos lo imaginas.
1905. ¿Por qué nadie te enseña a morir? Es lo único seguro...
1906. Mientras puedas, confúndete entre los humildes.
1907. Solo la revelación apaga la sed (momentáneamente).
1908. Solo la muerte es el cambio del cambio.
1909. Solo la vida es sagrada.
1910. Solo tú importas.
1911. La libertad será (no es).
1912. Tu única obligación es experimentar.
1913. Vivir es jugar a lo innecesario.
1914. La esperanza debería ser como de la familia.
1915. Pedir salud o dinero a Dios es una falta de educación.
1916. Todos los horizontes mentales están al alcance de la mano.
1917. Las miradas no necesitan abogados.
1918. La mirada siempre es lo último.
1919. Permite que las miradas te abracen.
1920. En la mirada está todo.
1921. Dios es soluble en la mente humana.
1922. La Inquisición sigue pastoreando a las masas.
1923. La imaginación no prospera en la mediocridad.
1924. Pensar como un anciano es especialmente difícil.
1925. La iglesia católica fue otro nefasto invento humano.

1926. Lo difícil es regalar inmortalidad. Dios lo hace.
1927. Después de la muerte todo es dulce y minuciosamente medido.
1928. Cielo e infierno empiezan en la mente.
1929. No adores a la ciencia porque podría devorarte.
1930. Casi todo lo verdadero es indemostrable.
1931. Vístete cada día de sentido común.
1932. Mañana no estaré de acuerdo conmigo.
1933. Dios informa (según).
1934. Tarde o temprano, las ideas se oxidan.
1935. En todas partes, todo empieza ahora.
1936. Asómate (sin miedo) a los otros.
1937. Dios nunca escribió nada. La Bibila y el Corán son inventos humanos (es decir, naufragios).
1938. No busques el alma gemela; no aquí.
1939. El peor suplicio: amar sin saber por qué.
1940. Todo, en la materia, está vigilado.
1941. Me separé de ella con un inmenso dolor.
1942. La historia ha sido manipulada desde el minuto uno.
1943. Nos separamos con un inmenso dolor. Era lo acordado.
1944. El verdadero amor no tiene fronteras.
1945. El verdadero amor es circular.
1946. El verdadero amor siempre es el primero.
1947. El verdadero amor es indescriptible.
1948. Lo femenino permite lo masculino (no al revés).
1949. Lo femenino fue antes que lo masculino.
1950. Lo femenino es la vida. Lo masculino se beneficia de la vida.
1951. Dios, seguramente, tiene más de Madre que de Padre.
1952. El verdadero Dios no impone.

1953. El verdadero Dios espera.
1954. El verdadero Dios sorprende.
1955. El «ahora» no necesita mapas.
1956. El más grande no lo parece.
1957. Las caricias no deforman.
1958. Primera ley de la divinidad: desear crear.
1959. Segunda ley de la divinidad: solo es posible crear en el AMOR. No hay más leyes.
1960. Que el trabajo no te disminuya.
1961. Otro secreto divino: lo que no fue se cumplirá tras la muerte.
1962. Vive el primer amor cada día.
1963. Si te amas, no te compadezcas.
1964. Cada vez me gusto menos.
1965. Al tiempo conviene seguirle la corriente.
1966. Duda hasta el final, y después también (si te dejan).
1967. Lo necesario no tiene por qué ser sagrado.
1968. No imites a Jesús de Nazaret; ámalo.
1969. Entre la imperfección y la santidad hay infinitos caminos.
1970. Ahora no sabemos (pero sabremos).
1971. Tu nombre no es tu verdadero nombre.
1972. La sabiduría no pesa.
1973. Los Dioses también obedecen.
1974. Llénate de miradas.
1975. Lléname con tus silencios.
1976. Llévame en tu memoria.
1977. Llénate de suposiciones.
1978. Lléname con tus proximidades.
1979. Llévame cuando no estés.

1980. Momificar la mente es habitual.

1981. La mentira paga (siempre).

1982. Casi todos los militares mienten (por naturaleza).

1983. El escepticismo también cura.

1984. ¡Tengo tantos recuerdos del futuro...!

1985. Todo, en la vida, debería ser supuesto.

1986. La estupidez humana me sorprende cada día.

1987. La originalidad es consecuencia del duro trabajo.

1988. Los horizontes interiores son los más visibles.

1989. Si es preciso, cambia cada día tu dirección mental.

1990. Puedes no creer en el infierno y vivirlo a diario.

1991. Puedes no creer en Dios y necesitarlo.

1992. Puedes no creer en los demás y soportarlo.

1993. Puedes no creer en ti mismo y, sin embargo, te llevas de la mano.

1994. La ciencia dice conocer una parte de la Verdad.

1995. La religión dice conocer la Verdad. ¿Quién miente? Ambas.

1996. La mente humana intuye la Verdad.

1997. El alma contiene la Verdad.

1998. La chispa divina que te habita es la Verdad.

1999. El conocimiento de la Verdad exige valentía.

2000. Renunciar a la Verdad no te libera de ella.

2001. Cada instante contiene una o muchas verdades.

2002. La fantasía nutre a la mente.

2003. Para mí, el tiempo de discutir ya pasó.

2004. Casi todas las certezas son espejismos.

2005. También conozco a ladrones de escenarios.

2006. Las discrepancias son buenas si los corazones son nobles.

2007. La realidad (esta) tiene mucho de pesadilla.

2008. La vida es un gran paisaje.

2009. Las olas, como las mujeres, me «jinotizan».

2010. Cuando se agoten las palabras, acude a las caricias.

2011. Hay malos momentos que duran toda la vida.

2012. Ojo con la palabra: endulza o hiere.

2013. El alma contempla y deduce.

2014. Nunca podrás contaminar el alma.

2015. Sé generoso (sobre todo al final).

2016. Si te contemplas, asume las consecuencias.

2017. Todo, en la materia, es lógicamente lento. Es la ley.

2018. No lo olvides. El mundo no sabe que existes.

2019. Siempre vemos lo que queremos ver (y a veces ni eso).

2020. En cada flor, en cara arroyo, y en cada nube hay un milagro por descubrir.

2021. Nunca digas «no» al amor (venga de donde venga).

2022. El verdugo tiembla más que la víctima.

2023. Seriedad no significa rigor.

2024. La vida está llena de chantas.

2025. Guárdate nueve de cada diez secretos.

2026. Todas las religiones son sectas.

2027. En todas las religiones hay necedad.

2028. Solo la religión del espíritu es necesaria.

2029. Todas las religiones esclavizan (moralmente).

2030. Las mentiras nacieron en las cavernas.

2031. Sí, la ciencia corre el riesgo de terminar como una religión.

2032. Un auténtico científico no busca hacer currículum.

2033. Un auténtico científico no polemiza sobre lo que no conoce.

2034. Un auténtico científico duda; nunca rechaza.

2035. «Prohibido hablar». Ley muy saludable e inexistente.

2036. «¿Qué hago yo aquí?» es una buena pregunta.

2037. La perfección multiplicará tu misericordia.

En los fiordos chilenos, siendo las
13 horas del 7 de febrero de 2017

LIBRO QUINTO

Iniciado a las 13.30 horas
del 7 de febrero de 2017

1. La ignorancia es consustancial a toda religión.
2. El escepticismo me llevó muy lejos.
3. Hay gente que habla para escucharse.
4. Hay gente que no habla para no escucharse.
5. Hay gente que mira, pero no ve.
6. Hay gente que ve sin mirar.
7. Hay gente que mira porque no tiene más remedio.
8. Ser anciano permite pensar en voz alta.
9. Ser joven permite no pensar.
10. El mundo se merece el factor sorpresa.
11. No escribas tus buenas acciones en la espalda.
12. No adores la letra pequeña de la vida.
13. Permite que tus pensamientos vayan por delante.
14. Los pensamientos, como los pájaros, vuelan, se posan en tu mente y terminan marchándose.
15. La mujer ama más y mejor (desde el silencio).
16. Aprende a envolverte en Dios.
17. Donde hierve la olla no siempre hay amistad.
18. Todas las creencias merecen respeto (si respetan).
19. Conquístate (antes que nada).

20. La mujer sabe (antes de que tú sepas).
21. Aprende a escuchar y, sobre todo, a filtrar.
22. Para la ciencia, el fenómeno OVNI es indefendible (pero está ahí).
23. El silencio –en la pareja– puede ser el cielo o la muerte.
24. Cuando me busquéis..., solo me encontraréis en mis libros.
25. Cuanto más sé, más lejos me ubico.
26. Cuanto más sé, menos me necesito.
27. Cuanto más sé, más añoro mi verdadera patria.
28. Cuanto más sé, más extraño me siento.
29. Cuanto más sé, más disfruto de lo imposible.
30. Cuanto más sé, más escucho y me escucho.
31. Utiliza el humor para asuntos serios.
32. Siempre que puede, la religión vacía la Verdad.
33. Las verdades científicas de hoy serán superadas mañana.
34. La ignorancia también puede ser infinita.
35. Amarra las ideas (antes de que vuelen).
36. Una sola duda lo invalida todo.
37. Las explicaciones de los necios son especialmente necias.
38. Mi cupo de estupideces oídas y leídas está sobradamente cubierto.
39. Quizá no conviene saberlo todo.
40. Quizá no conviene divulgarlo todo.
41. Quizá no conviene preguntarlo todo.
42. Quizá no conviene amarlo todo.
43. Los hechos fulminan las hipótesis.
44. Los hechos no fulminan a los necios.
45. Los necios se fulminan solos.
46. La Verdad casi nunca es creíble.

47. La naturaleza mira fijamente.
48. Conviene dejar atrás lo aburrido.
49. La credulidad agota.
50. Nada está vacío (salvo algunas mentes).
51. Hay necedades difíciles de superar.
52. Hay soledades llenas de ruido.
53. Si miras atrás, todo es diferente.
54. Si miras al futuro, todo es niebla.
55. Si miras al presente, todo es vida.
56. Si te miras, todo es VIDA.
57. Los tontos y los malos científicos se ríen de lo que ignoran.
58. Nuestra supuesta civilización aniquiló muchas civilizaciones.
59. Dios, sobre todo, son detalles.
60. En el fondo (y en la forma), todos somos sentimentales.
61. En el fondo (y en la forma), todos estamos indefensos.
62. En el fondo (y en la forma), todos somos pura química.
63. En el fondo (y en la forma), todos somos diminutos.
64. En el fondo (y en la forma), todos somos prisioneros del olvido.
65. En el fondo (y en la forma), todos necesitamos caricias.
66. En el fondo (y en la forma), todos soñamos maravillas azules.
67. En el fondo (y en la forma), todos nos hacemos las mismas preguntas: «¿Quién soy yo? ¿Por qué estoy aquí? ¿Seguiré vivo después de la muerte?».
68. Todos los conquistadores fueron (necesariamente) funestos.
69. El mestizaje es el futuro.
70. Huye de las lecciones magistrales.
71. ¡Hicimos tantas y tan bellas obras...!
72. Al recordarla, mi vida se volvía azul.
73. Nada puede ser mucho.

74. Todo puede ser nada.
75. Nada y todo caben en la palma de la mano.
76. El TODO es vecino de la NADA.
77. Con un solo guiño puedes llenar el alma.
78. La memoria es más profunda que la fosa de Las Marianas.
79. Que no te avergüence hablar solo.
80. No te expongas en solitario a los peligros de ti mismo.
81. No hay caminos en la memoria.
82. Trabaja. El resto llegará por añadidura.
83. Un buen libro te habitará eternamente.
84. Los muertos se adelantan (solo eso).
85. A veces me sorprendo en misa y repicando.
86. Es preciso renacer para mejor morir.
87. La historia siempre pasa por encima de los pueblos.
88. La mente es gigantesca, pero mortal.
89. La verdadera fuerza no está en los músculos.
90. La verdadera fuerza está en la mirada.
91. La verdadera fuerza está en el amor.
92. La verdadera fuerza la desarrolla la voluntad.
93. El Dorado existe (en cada corazón).
94. No lastimes (ni con el pensamiento).
95. Ama, aunque no te amen.
96. No seas bravucón (aunque lleves razón).
97. Acostumbrarse a la vida no es inteligente.
98. La vida desemboca –irremisiblemente– en la VIDA.
99. Los glaciares no tienen prisa porque entienden.
100. Las nieves perpetuas imitan al NO TIEMPO.
101. Nubes y cascadas intentan humanizar los fiordos.
102. La belleza es un río que te recorre.

103. Sé comprensivo; sobre todo con los que no te comprenden.
104. Ser amoroso, necesariamente, debe ser gratis (y te hará inmensamente «rico»).
105. Utiliza la misericordia como una tercera mano.
106. La misericordia te llevará a la sabiduría.
107. La misericordia es el camino más corto hacia el Padre Azul.
108. Misericordia = perfección.
109. El noventa por ciento de los humano teme a la muerte (no han comprendido).
110. El noventa por ciento de los humanos desconoce que seguirá vivo tras la muerte (no han comprendido).
111. El noventa por ciento de los humanos no sabe por qué ha nacido (no han comprendido).
112. El noventa por ciento de los humanos no sabe que está en las rodillas de un Dios (no han comprendido).
113. El noventa por ciento de los humanos busca lo inútil (no han comprendido).
114. El noventa por ciento de los humanos ignora a su verdadera familia (no han comprendido).
115. Respétate para que te respeten.
116. Llegará el día en el que todo te importará nada. Es la ley.
117. Poco importan la ropa o la comida si estás en el camino.
118. Por cierto, el apóstol Santiago nunca pisó España...
119. No es lo mismo lo opuesto que lo contrario.
120. En todas las vidas hay zonas oscuras y de penumbra. Es la ley.
121. Hay muchos príncipes celestes en la Tierra (camuflados).
122. La vida parece una incógnita, pero no lo es.
123. No esperes que la Verdad te respalde (no lo hace con nadie).
124. Entre una mente y otra puede haber abismos insalvables.

125. «El que calla otorga» es cierto (a medias).
126. De repente, un arco iris te devolverá a la vida. Es la ley.
127. Finalmente solo me queda un sueño: volver a Barbate.
128. Me fío de los ateos y muy poco de los escépticos.
129. Somos desesperantemente limitados.
130. Todos llevamos un unicornio azul en el interior.
131. Dios, a veces, me habla desde un piano.
132. Dios, a veces, me habla aunque yo no quiera.
133. Dios, siempre, me habla en el interior.
134. Dios, a veces, habla en los silencios.
135. Dios, a veces, habla entre líneas.
136. Dios, siempre, me habla a la vuelta de cada esquina.
137. No permitas que tu corazón se acorace.
138. Mi talón de Aquiles está en la mente.
139. Lo peor que puede pasarte es que tu mente se acomode.
140. Resignación no quiere decir docilidad.
141. Mañana ni tu mismo te recordarás.
142. No te engañes. Perteneces al NO TIEMPO.
143. En la adversidad, deja que la mente actúe.
144. El Destino juega con nosotros porque así lo decidimos antes de nacer.
145. Si la vida se vuelve gris, abre tu corazón azul.
146. Libérate primero del miedo; después hablaremos de la belleza.
147. Libérate primero del miedo (y el mundo será tuyo).
148. Para liberarse del miedo solo hay que desnudarse por dentro.
149. Solo tienen miedo los que no comprenden.
150. No importa que te repitas si lo que dices es valioso.
151. No pierdas el tiempo con los que no tienen oídos.

152. No pierdas el tiempo con los que no desean oír.
153. No pierdas el tiempo con los que no saben oír.
154. No pierdas el tiempo si no sabes oír (te).
155. Un día me fui a dar la vuelta al mundo para reflexionar sobre mi mundo. ¡Qué decepción!
156. La imaginación exige rigor (mucho rigor).
157. Viajar equilibra la mente.
158. Los amigos terminan perdiéndose. Los enemigos nacen cada día.
159. Que no lo veamos no significa que no exista.
160. Que no lo veamos no significa que estemos ciegos.
161. Que no lo veamos significa que lo veremos.
162. Que no lo veamos quiere decir que estamos al principio del camino.
163. Los que no hablan de asuntos trascendentales terminan hablando de dinero.
164. La fe, sin conocimiento, no es nada.
165. La confianza me llevó más lejos que la fe.
166. Creer en lo que no se ve es propio de ingenuos.
167. La confianza es más útil que la fe.
168. La religión acude a la fe cuando no tiene nada mejor.
169. Dios no solicita fe; prefiere la inteligencia.
170. La práctica de la fe ha llevado al hombre a las guerras, a la tortura, y a la oscuridad mental.
171. La confianza en Dios proporciona seguridad.
172. La fe en Dios puede ser vacilante.
173. Confiar en el Padre Azul significa hacer su voluntad (Principio Omega).
174. El mundo cambiará cuando sea testigo del poder de Dios. Es la ley.

175. Es más: será Dios quien nos obligue a cambiar.
176. Desvelar los enigmas es robar a los cielos.
177. Los misterios fueron imaginados para iluminar el camino.
178. Es un error buscar explicaciones a todo lo que nos rodea.
179. El misterio alimenta la imaginación.
180. Soy antisocial; lo reconozco.
181. El cambio del hombre empezará en su mente.
182. El cambio de mente es consecuencia de la educación.
183. La educación surge de la sabiduría.
184. El cambio del hombre, por tanto, depende de su educación.
185. El epílogo de tu vida ya está escrito.
186. Muy pocos caminos se recorren en soledad.
187. Todos los caminos desembocan en la soledad de la muerte.
188. Que no te engañen. La muerte es una soledad temporal.
189. Ingresar –voluntariamente– en la soledad es haber comprendido.
190. Si la soledad te acosa, abre cualquiera de tus puertas interiores.
191. Tu mente puede apagar cualquier soledad.
192. Tu mente puede transformar la soledad en un rico universo.
193. Entrena tu mente y vencerás.
194. El ser humano es tan necio que obliga a su hermano a la desertización mental.
195. Todas las religiones desertizan.
196. La investigación rara vez conduce a la Verdad.
197. Si pretendes o buscas la Verdad, es que no has comprendido.
198. Todos sabemos de secretas voces interiores (que no obedecemos).

199. La bella intuición siempre es discreta.
200. La gran poesía es inalcanzable (está más allá).
201. Mi casa (hoy) son los caminos.
202. Las grandes revoluciones son evoluciones.
203. La nefasta cuarentena impuesta a la Tierra está por terminar; después llegará OR GADOL: la gran luz.
204. No te engañes. Fue tu mujer la que te eligió.
205. Los historiadores fabrican bisagras con las que sostener a la humanidad.
206. Las críticas corrosivas me provocan risa.
207. Casi todas las críticas llegan a destiempo.
208. Mis libros fueron calificados como ciencia ficción, ocultismo y esoterismo... ¡Pobrecitos!
209. Algunos críticos literarios son escritores frustrados (doblemente peligrosos).
210. Cuantos más títulos académicos, más ignorancia consentida.
211. Lo invisible contiene la mejor biblioteca del universo.
212. De vez en cuando dale un puntapié a lo sabido.
213. Supe de informaciones que no hubiera querido publicar...
214. Me basta un pensamiento para removerte por dentro.
215. A fuerza de silencio, el glacial Amelia se volvió azul.
216. Cada ser humano necesita un territorio.
217. Cada ser humano tiene su territorio (interno).
218. No hay malos consejos; solo malos receptores de consejos.
219. Ninguna vida es estereotipada.
220. No me gustan los escritores que hablan mal de los escritores que venden más que ellos.
221. No me gustan los escritores.

222. Siempre me consideré periodista (no escritor).
223. Para ser un buen escritor tienes que tener un don (yo no lo tengo).
224. La vida no es un proceso de demolición, querido Scott Fitzgerald.
225. Dios te libre de las reales academias.
226. No te vacunes contra las sorpresas.
227. La mayoría casi nunca tiene razón.
228. Las referencias cambian cada poco. Es la ley.
229. El misterio lo disfruta el que sabe.
230. Ninguna de tus supuestas obligaciones convencerá a la muerte para que se aleje.
231. Ninguna de tus supuestas prioridades convencerá a la muerte para que se aleje.
232. Ninguno de tus miedos convencerá a la muerte para que se aleje.
233. Ninguna de tus razonadas súplicas convencerá a la muerte para que se aleje.
234. La voluntad del Padre Azul puede tardar en llegar..., pero llega.
235. CONFÍA: mi segunda palabra favorita.
236. Si bebes a cucharadas, te emborracharás mucho antes.
237. No busco reconocimiento; no vine para eso.
238. Afortunadamente, no recuerdo muchas de las buenas obras que hice.
239. Se llega a una edad en la que casi todo es pasado.
240. Lo peor de los rumores es la resaca que provocan.
241. Para los necios, lo extraordinario no tiene sentido.
242. La vida está diseñada para derribarte. Es la ley.
243. Si deseas juzgarme, juzga primero mi trabajo.

244. Hay que saber «ver» en los sueños.
245. No hagas daño a nadie (por egoísmo).
246. Tu imaginación limita con Dios.
247. Yo también me acostumbré a caminar a la izquierda de la gente (del lado del corazón). Él lo hacía...
248. No confundas tus limitaciones con las de Dios.
249. Todas las religiones son parciales.
250. Todas se quedan cortas y pobres ante la realidad de la presencia divina en tu mente.
251. Ninguna religión te merece.
252. La religión fue un parche que conviene retirar y olvidar.
253. Procedes del reino de lo invisible (espiritual) y a él regresarás (quieras o no). Es la ley.
254. Todo depende de tu vibración atómica.
255. Tengo pocas certezas. Por eso escucho a todo el mundo.
256. Los principales secretos del mundo no están al alcance de los humanos (de momento).
257. El escepticismo sirve como paraguas (para nada más).
258. Lo indemostrable tiene un límite.
259. Filtra toda supuesta fantasía; ya tienes bastante con la realidad.
260. Todos los buenos poetas son profetas.
261. Según los necios, la gente necesita ser engañada.
262. Para amar conviene conocer. ¿O no?
263. No busques la fuente de la eterna juventud (ya eres inmortal).
264. En el fondo, los héroes son grandes cobardes.
265. Si lo deseas, los días discurren azules; todo es cuestión de voluntad.
266. Si lo deseas, el universo te escucha; es cuestión de oído.

267. Si lo deseas, Dios te atiende; es cuestión de conocimiento.
268. Si lo deseas, la vida maquinará a tu favor; es cuestión de entregarte al Principio Omega.
269. Si colaboras, el mundo será benéfico.
270. Si permites que la ira te arrastre, es que no has comprendido.
271. Tu mayor tesoro VIVE en tu mente.
272. La mentira solo se da en la materia.
273. El sabio no pierde el control ante nuevas teorías.
274. Los necios persiguen a los tolerantes (nunca al revés).
275. Los necios levantan monumentos a la religión.
276. Los necios habitan en los templos de la ciencia.
277. Los necios pontifican.
278. Ojo. Hay fantasías muy dañinas.
279. Ojo. Hay científicos muy dañinos.
280. Ojo. Hay religiones muy dañinas.
281. Ojo. Hay libros supuestamente sagrados muy dañinos.
282. Las hipótesis más bellas son las más antiguas.
283. Siempre habrá algo que te separe de los demás. Es la ley.
284. No tener que pensar empieza siendo agradable, pero siempre termina en suplicio.
285. Me pregunto: «¿por qué pensar es necesario?».
286. ¿Qué sucede con el hombre que no piensa? ¿O eso es imposible?
287. Casi todos los pensamientos propios son de segundo orden. Los brillantes llegan de fuera.
288. Ayuda por nada y lo tendrás todo.
289. Ayuda sin que te lo pidan.
290. Ayuda por el delicioso placer de ayudar.
291. Ayuda cuando te lo susurre la bella intuición (no antes).

292. Ceder el paso es asomarse al otro.
293. Lo que no empeora es invisible.
294. La imaginación corta el acero.
295. Perdona de inmediato y olvida a continuación.
296. El que ama olvida.
297. Olvidar es más importante que perdonar.
298. Solo los Dioses olvidan (y lo dudo).
299. El enemigo se caracteriza por algo: nunca es olvidado.
300. Vive como si nadie te hubiera ofendido.
301. Una mentira (repetida) no se convierte en verdad.
302. No tires de la vida; deja que fluya.
303. El mundo es bello (pero no tanto como tu alma).
304. La creación es un beso que no cesa.
305. Los globos son felices (por eso vuelan).
306. Los globos rojos son especialmente felices.
307. Todos acompañamos el vuelo de los globos.
308. Todos necesitamos ser globos rojos.
309. Aprendí a dibujar corazones con la mirada.
310. Cada beso suma.
311. Cada agresión resta.
312. Cada caricia multiplica.
313. Cada indiferencia divide.
314. Si haces el bien, pesarás menos.
315. Hay libros que me dejaron cuadrado.
316. ¿La mayor estupidez? Traicionarse a sí mismo.
317. Si regalas sabiduría, regala solo la mitad. Deja que cada cual busque el resto.
318. Nadie pudo evitar el gran cambio («Gog»).
319. No creer en nada es tristísimo.

320. Creer en todo es estúpido.
321. Creer en ti es sobresaliente.
322. Pero, sobre todo, cree en lo que te dicte el corazón.
323. La paciencia y la humildad no tienen límite.
324. El saber humano es mucho más que ciencia.
325. La negatividad se contagia a los hombres y a las cosas.
326. Perder el tiempo es tan importante como no perderlo.
327. Los enemigos también hacen favores (sin proponérselo).
328. Nada es exacto; ni siquiera el número «pi».
329. Cuando llegue «Gog» nadie pensará.
330. El joven cree saber (pero lo ignora todo).
331. El viejo cree saber (pero lo ignora casi todo).
332. Solo el muerto lo sabe casi todo.
333. Después, en el NO TIEMPO, el VIVO lo sabrá todo.
334. Mi vida estuvo llena de errores. ¿Qué importa uno más?
335. Pon un hipocampo en tu vida.
336. El mundo carece de llave maestra.
337. Experimenta: vive lo que piensas.
338. Experimenta: escucha tus pensamientos.
339. Experimenta: susúrrate.
340. Experimenta: acaricia la soledad (alguna vez).
341. Experimenta: lee cada «ahora».
342. Experimenta: abre cada «ahora» como si fuera el último.
343. Experimenta: abandónate en las rodillas del Padre Azul.
344. Experimenta: percibe la silenciosa brega de tu mente.
345. Experimenta las silenciosas risas de tu alma.
346. Experimenta: utiliza la curiosidad para abrir cada instante de tu vida.
347. Experimenta el amor (sin interrupción).

348. Experimenta el placer de cada llegada y de cada retorno.
349. Experimenta la magia negra del dolor.
350. Experimenta la belleza (posible e imposible).
351. Experimenta el abrazo violeta del alba.
352. Experimenta la sagrada lentitud de las estrellas.
353. Experimenta los recuerdos (cuando creas que ya no te queda nada).
354. Experimenta la luz (inextinguible) que anida en tu mente.
355. Experimenta por el placer de experimentar.
356. Experimenta en blanco y negro o en color.
357. Experimenta la tristeza ajena.
358. Experimenta el sabor de la vida (es único).
359. Experimenta las profundidades del vino.
360. Experimenta los horizontes dorados de la cerveza.
361. Experimenta los mil corazones del mundo.
362. Experimenta la música de las nieves.
363. Experimenta los pellizcos del presente.
364. Experimenta sin cesar (tras la muerte no será posible).
365. Me hice experto en miradas.
366. Escribo para muy pocos.
367. Hacer feliz cuesta nada.
368. Todos los finales son aparentes y supuestos.
369. La vida sí termina. La VIDA no.
370. En muchas ocasiones es mejor que te ignoren.
371. En muchas ocasiones, ignórate.
372. En la mayor parte de lo escrito en *Luz de tungsteno*, ignórame.
373. Ignorar es el peor de los desprecios.
374. Hay mentes que sintonizan en la primera mirada.

375. Ninguna mujer te dirá que sí sin un análisis previo.
376. Ninguna mujer te dirá que no sin un doble análisis previo.
377. Todas las mujeres –tarde o temprano– saben lo quieren.
378. Todas las mujeres luchan por lo que quieren. Otra cuestión es que lo consigan.
379. Muchas mujeres permiten lo que no desean.
380. Muchísimas mujeres desean lo que no permiten.
381. Muchas mujeres dicen «no» cuando, en realidad, piensan «sí».
382. Ningún primer amor es invalidado.
383. A la mujer no hay que comprenderla; basta con amarla.
384. Todas las mujeres que he conocido permanecen en la memoria; no pasa lo mismo con los hombres.
385. La mujer sabe con la primera mirada.
386. Romper el corazón de una mujer es quebrar el cielo.
387. Tras poseer a una mujer llegan las complicaciones.
388. A la mujer le incomoda el amor platónico.
389. El último amor debería ser el más rentable.
390. También se puede amar con minúsculas.
391. Amar debería ser obligatorio (constitucionalmente).
392. Si es verdadero, el amor no se apaga nunca (ni siquiera con la muerte).
393. Tras la muerte, te saciarás del amor que no tuviste.
394. Hay una forma sutil de amar: no poseyendo.
395. Tras la muerte evaluarás tu experiencia en la Tierra por lo que amaste.
396. El hombre aprende a amar; la mujer sabe amar.
397. Un detalle azul salva un matrimonio.
398. La rutina vence al que no ama.
399. En el amor, cada minuto es desconocido.

400. En el desamor todo es previsible.
401. El que no ama se malgasta.
402. Desgástate por amor.
403. El amor consume a los amantes (inexorablemente). Es la ley.
404. ¡Qué mejor victoria que morir de amor!
405. El amor se basta solo.
406. En el amor, las palabras casi siempre llegan tarde.
407. En el amor, la imaginación ayuda (pero no es imprescindible).
408. En el amor, las miradas son los primeros mensajeros.
409. Nadie es culpable en el desamor.
410. En el amor no hay buena o mala suerte; todo depende del «contrato».
411. En el amor todo es (necesariamente) nuevo.
412. En el amor, el tiempo siempre está en contra.
413. El amor lleva mal los pactos.
414. El verdadero amor intranquiliza, desasosiega, provoca miedo, alegría sin fin, esperanzas azules, ansiedad mortal e insomnio.
415. Nada iguala al corazón enamorado.
416. Lo malo, si caro, doblemente malo.
417. Lo imposible vive más cerca de lo que crees.
418. Las flores son mucho más que belleza.
419. No es necesario que demuestres nada. No estás en la vida para eso.
420. Sí, tuve tres maestros: Jesús de Nazaret, Julio Gabriel Verne y Castillo.
421. Julio Verne demostró que todo está al alcance de la mente.

422. Castillo demostró que todo está al alcance del corazón.
423. Jesús de Nazaret demostró que el cielo está al alcance de la mano.
424. Pensar es tan importante como hacer pensar.
425. Todos tenemos una parte de razón.
426. No malgastes el tiempo: ama.
427. No practiques el pasado, pero recuerda.
428. La memoria es otro templo.
429. Entra en la memoria con respeto.
430. Que la memoria cierre sus puertas no quiere decir que el templo haya sido destruido.
431. La memoria calienta en los días fríos de la vejez.
432. Si no vives, no tendrás nada que recordar.
433. La memoria no traiciona ni adula.
434. Ella me sostiene (desde la memoria).
435. Lo recordarás todo (con detalle), en su momento.
436. Recordar es volver a vivir.
437. Deja abierta la puerta de los sueños.
438. Agárrate a Dios (constantemente).
439. Dios es el ahora (que ya fue).
440. Dios eres tú (cuando me miras y cuando no me miras).
441. Dios soy yo (cuando dudo).
442. Dios es la sonrisa violeta del alba.
443. Dios es una mente perdida.
444. Dios es una mirada anhelante.
445. Dios es la mano del mendigo.
446. Dios es buscar (sin encontrar).
447. Dios es no tener.
448. Dios es no temer.

449. Dios es lo imposible (mañana).
450. Dios es el silencio de plomo en un ascensor.
451. Dios es la música (de repente).
452. Dios es niebla en el corazón.
453. Dios es un gato azul.
454. Dios es una oportuna interferencia.
455. Dios es el negro y rojo de la miseria.
456. Dios es el certero instinto de la abeja.
457. Dios es el vuelo bajo de un corazón herido.
458. Dios es el alma (arriada en el ocaso).
459. Dios eres tú, asomada a la mar.
460. Dios es la infinita ternura, instalado en la mediocridad (yo).
461. Dios es una carretera, asfaltada de poesía.
462. Dios es una mimosa (permanentemente en flor).
463. Dios es una tomatera (nacida en una tubería de desagüe).
464. Dios es una humilde cruz (en el camino).
465. Dios es un ateo (perplejo).
466. Dios es un pensamiento (que llega).
467. Dios es revivir.
468. Dios es un silencio (a tiempo).
469. Dios es un amor violeta.
470. Dios es una lágrima solitaria.
471. Dios es un loco (muy cuerdo).
472. Dios es un súbito arco iris.
473. Dios es la dulzura no programada.
474. Dios son burbujas.
475. Dios es la tolerancia profunda.
476. Dios es la milagrosa química neuronal.
477. Dios es una oportuna sugerencia.

478. Dios es un cruce de caminos.
479. Dios es «no sé qué va a ser de mí».
480. Dios es robar rosas.
481. Dios son curvas.
482. Dios –lógicamente– es azul.
483. Dios es imposible de olvidar.
484. Dios es paciencia (esférica).
485. Dios es lo que te falta.
486. Dios es exclusivo (para todos).
487. Dios duerme a tu lado.
488. Dios te mantiene (sin tú saberlo).
489. Dios ajusta tus pensamientos (sin tú saberlo).
490. Dios te imagina y apareces.
491. Dios te contempla y escucha (desde los átomos de kriptón de tu cerebro).
492. Dios te aprende.
493. Dios recibe de ti (aunque no lo sepas).
494. Cuando tú vas, Dios ha ido y ha vuelto siete millones de veces.
495. Dios se fracciona (en tu beneficio y en el suyo).
496. Dios espera (hagas lo que hagas o pienses lo que pienses).
497. Dios no juzga (no está para eso).
498. Dios es y está.
499. Dios coordina el todo y la nada.
500. Al ser imaginado, Dios te condena a ser (necesariamente) feliz.
501. La búsqueda de Dios es sagrada, pero no imprescindible.
502. Dios es prescindible (solo en la materia).
503. Dios es lo último que puedas imaginar.
504. Dios es lo último que puedas esperar.

505. Dios siempre espera (al final del camino).
506. Tras la muerte, Dios envía a sus mensajeros.
507. Dios nunca fue religioso.
508. Dios no es lo que dicen los supuestos libros sagrados de las religiones. Es mucho más.
509. Para Dios, todas las tierras son prometidas.
510. Dios se instaló en La Piedad, de Miguel Ángel, y allí sigue.
511. Dios es la fragilidad de un segundo.
512. Yavé no fue Dios (ni mucho menos).
513. Dios no mata; Yavé sí.
514. Dios es ella (sobre todo).
515. Dios ata y desata (constantemente).
516. Dios es resistir.
517. Dios no miente (pero casi).
518. Dios acostumbra a bailar con la más fea.
519. Si intuyes que vas a morir, arréglate por dentro.
520. Me gustaría brillar, pero no estoy preparado para ello (aún).
521. Las sutilezas me pierden.
522. El cansancio es un enemigo peligroso.
523. El Destino permite que pienses que eres libre.
524. Espera solo una vez...
525. En ocasiones, lo no sucedido es más interesante que lo sucedido.
526. La borrachera —a causa del éxito— es breve.
527. La ceguera espiritual es contagiosa.
528. Ser amoroso es más interesante que ser justo.
529. Fui un ser limitado que, además, se autolimitó.
530. El miedo hace rehenes.
531. Ojo. Lo fácil de resumir es difícil de aceptar.

532. Esta vida es menos que un sueño.

533. Lo corruptible no forma parte de lo eterno; en otras palabras: en los cielos no hay políticos.

534. Lo siento por Aristóteles. Al morir no se regresa a Dios (pero casi).

535. Morir es algo íntimo y muy personal.

536. Si supieras que hay otra vida, no vivirías esta con la misma intensidad (trucos de Dios).

537. Estamos aquí para saborear lo imperfecto.

538. Si tu alma rebosa, no sigas...

539. En el NO TIEMPO, «dentro y fuera» son lo mismo.

540. La vida sigue aunque tú te desmorones. Es la ley.

541. Mañana, cuando muera, me especializaré en Ingenierías Imposibles. A saber: como maletero de recuerdos, como faquir sobre los clavos de la razón, como cordelero de afectos, como guardabarreras entre el reino del Padre Azul y el reino del Jefe, como escribidor de la historia de la razón, como guerrillero contra la Verdad, como coleccionista de los mejores «ahora» de mi vida, como maestro de los espíritus que quieren ser zurdos, como tomador de las huellas dactilares de los Dioses, como contrabandista del AMOR (la gasolina de los cielos), como pastor de agujeros negros en las regiones increadas, como recogedor de pelotas en el partido Espacio-Tiempo, como coleccionista de personas nunca queridas, como árbitro en el derbi «luz-oscuridad», como pescador de silencios sumergidos, como artificiero desactivador de silencios conyugales, como el Amundsen de las soledades árticas, como falsificador de felicidades eternas, como agente doble de la letra «L», como mayordomo del YO, como embajador de la inutilidad, como cazarrecompensas de la memoria, como restaurador de sueños interrumpidos, como dibujante de distancias cortas, como repartidor de gramática parda,

como médico de cabecera del NO TIEMPO, como meteorólogo del NO TIEMPO, como detective del Big Bang, como profesor de urbanidad del caos, como reflotador de amores hundidos, como anestesista de realidades, como diseñador de vacíos, como remendador de ojos de calaveras, como domador de voces y acepciones en la arena de los diccionarios y como dibujante de nuevas constelaciones.

542. La sensibilidad ve más allá.
543. La sensibilidad abre los cielos.
544. La sensibilidad es magia en la piel.
545. La sensibilidad nace en el interior.
546. La vida está diseñada de forma que creas lo que no es.
547. Llénate de experiencia. El resto es humo y teorías.
548. El conocimiento de la imperfección exige perfección.
549. Las apariencias no resisten una segunda mirada.
550. Que no te engañen. Nunca se comparte todo.
551. La vida es injusta (por ley).
552. Daña y te dañarás.
553. La vida se gana por etapas.
554. Si el problema no tiene solución, guarda silencio.
555. Nadie te enseñará a vivir.
556. El silencio grita y la información aísla.
557. Tarde o temprano, tu corazón se elevará.
558. No levantes estatuas; todos cumplieron su «contrato».
559. Hay besos que asaltan.
560. Lo importante del mito es que encienda tu interior.
561. Cada ser humano modifica la historia (quiera o no quiera).
562. No todo lo que merece la pena queda por escrito.
563. Desconfía de los que se ensalzan.

564. Ninguna cárcel debería pasar a la historia.
565. Encerrar a un hombre no es regenerarlo.
566. Jueces y fiscales son un mal necesario.
567. Las prisiones demuestran la impotencia humana.
568. La erudición es pariente lejana (muy lejana) de la Verdad.
569. Lo humano no necesita revalorización.
570. «Hacerse hombre» no es una cuestión de tiempo.
571. Viajar es sentir a gran velocidad.
572. Viajar no es desplazarse.
573. Viajar es entrar en el corazón del hombre.
574. Viajar es comprometerse.
575. He viajado más con la mente que con el cuerpo.
576. Viaja para pensar.
577. Dios viaja sin moverse.
578. Al regresar de un viaje, hazlo lleno.
579. Viajar exige sensibilidad y tolerancia.
580. Ningún viaje es por casualidad.
581. Los tontos también viajan (pero regresan vacíos).
582. Un viaje compartido es más enriquecedor.
583. En la Tierra te entrenan para el gran viaje.
584. Viajar es un privilegio (no importa el motivo).
585. Cada vida es un pequeño-gran viaje.
586. La violencia degrada al que la practica.
587. Solo los desequilibrados mentales practican la violencia.
588. El violento lo es por «contrato».
589. Combate la violencia con la palabra y, mejor aún, con el silencio.
590. Una mirada puede ser más violenta que una bofetada.
591. El violento no ha comprendido.

592. La peor violencia es la que no mata.
593. La gloria de los violentos es efímera y llena de sangre.
594. Las ideas engendran violencia en los necios.
595. El regalo es un guiño del alma.
596. La preparación del regalo es amor (químicamente puro).
597. La sorpresa se cocina con amor.
598. Dios es la penúltima sorpresa.
599. Todos los humanos nacen para VIVIR, pero muy pocos lo descubren.
600. Hay muchos «fin del mundo» (uno en cada corazón).
601. Pagar las deudas a la sociedad es no haber comprendido.
602. La sonrisa de un pobre es –necesariamente– incompleta.
603. Hay muchas formas de huir de sí mismo y muchas más para encontrarse.
604. Ser pionero no tiene ventajas.
605. Viví para pensar y amar (en este orden). Me equivoqué. Debí vivir para amar y amar...
606. No te esfuerces en comprender la vida. No es necesario.
607. Si pretendes hacer caridad, que tu mano izquierda no sepa lo que hace la derecha.
608. Si me hubieras conocido, quizá te habría decepcionado.
609. Un día, no sé por qué, me hice amigo del punto y coma. Nunca nos arrepentimos.
610. En la materia, el equilibrio es utópico.
611. El camino más corto no siempre es el más interesante.
612. Lo superfluo llena de felicidad a los sabios.
613. Ser antisocial (como yo lo soy) no es necesariamente malo.
614. Una vez me rapé la cabeza al cero para demostrar que no tengo el menor interés en mí mismo.
615. Que no te engañen. El descanso eterno no es tal.

616. Tus hábitos te dibujan.
617. Todas las almas son buenas; no así las mentes.
618. No apuestes por lo que no te pertenece.
619. Lo imprevisto fue previsto por los cielos.
620. Todo máximo exige un mínimo.
621. Disfruta de nuevo lo que ya disfrutaste.
622. Sé breve en todo (excepto en el amor).
623. Dime dónde dejas caer las comas y te diré quién eres.
624. Lo insensato, generalmente, es lo sensato.
625. Los ladrones son muy parecidos a los políticos. ¿O es al revés?
626. El alma es tan sensible que se vacía con nada.
627. El alma necesita una mente sana.
628. El alma es preciosa (se mire como se mire).
629. El alma no pesa.
630. El termino «desalmado» es incorrecto.
631. Un alma repleta es una vida repleta.
632. Todos los humanos tienen alma, aunque la mayoría lo ignora.
633. Cuando mueras, tu YO (tu alma) quedará libre.
634. Cuando pases al «otro lado» solo serás, sobre todo, alma y memoria.
635. Será el NO TIEMPO quien llene el alma (hasta el borde).
636. El alma es el mejor regalo de tu vida.
637. El alma nunca habla; solo observa y aprende.
638. Tú eres el alma.
639. El alma no está para aconsejar; eso lo hace la chispa.
640. Sin la chispa divina no es posible el alma.
641. ¿Los animales carecen de alma inmortal?
642. Mima tu alma con pensamientos azules.

643. Alimenta tu alma con el silencio.
644. Verás crecer el alma conforme tú mengües.
645. La ira vacía el cáliz del alma.
646. En la traición, el alma llora.
647. Los ojos del alma son tus ojos.
648. Los sueños del alma son tus sueños.
649. El alma es propiedad de Dios. ¿O no?
650. Cada alma es una bella probabilidad.
651. No temas mostrar tu alma.
652. El alma está detrás de tu mirada.
653. El alma se ríe del ateo.
654. Los genios se pierden con frecuencia.
655. Vivir no es ganar o perder.
656. A la hora de vivir no puedes delegar.
657. Vivir no es correr.
658. Vivir también es recordar (te).
659. Vive para llenar la despensa de la memoria.
660. Todo el mundo vive (incluso sin saberlo).
661. Elegí vivir (aunque no lo recuerdo).
662. Elegí vivir (aunque no lo cumpla).
663. Elegí vivir (contra mí mismo).
664. La vida tiene razones que la razón ignora.
665. Cada «etc.» es una carencia.
666. Siempre hablé más de lo debido.
667. Siempre guardé silencio cuando no debía.
668. Surcar las aguas de sí mismo no es tarea fácil.
669. *Cartas no enviadas* es otro de mis secretos.
670. Me aborrezco cuando hablo ex cátedra.
671. *Luz de tungsteno* es otra forma de conocerme.

672. Podría definirme como una contradicción que camina.
673. Las fantasías nunca terminan (las sexuales mucho menos).
674. El equilibrio, en la materia, siempre es breve. Es la ley.
675. Ceder es ganar (casi siempre).
676. Si fui famoso, se debió a una serie de errores.
677. Afortunadamente olvidé mi minuto de gloria.
678. No te atormentes por lo que no fue (algún día será).
679. No seas riguroso con los demás. Tú no lo eres contigo.
680. No seas hostil con los demás. Tú no lo eres contigo.
681. No seas miserable con los demás. Tú no lo eres contigo.
682. No seas cruel con los demás. Tú no lo eres contigo.
683. El beneficio siempre debe ser de ida y vuelta.
684. Si alguien tiene que sufrir, que seas tú.
685. Lo inverosímil es más real de lo que imaginas.
686. La memoria humana, en general, es mediocre (afortunadamente).
687. Si el mundo pierde interés para ti, es que te acercas al final.
688. Si te ríes de lo que ignoras eres doblemente ignorante.
689. El mundo no es redondo; es infinito.
690. El verdadero amor se conserva intacto.
691. El verdadero amor nunca se aleja.
692. El verdadero amor se sienta y se acuesta a tu lado.
693. El verdadero amor es una promesa azul y permanente.
694. Los fanáticos fabrican ruido.
695. Sé bondadoso y dulce cuando nadie lo es.
696. Sé misericordioso cuando nadie te vea.
697. Sé generoso aunque no sea necesario.
698. Sé amoroso (sobre todo con el que no lo merece).
699. Sé prudente en el caos.

700. Sé amigo del que lo merezca.
701. Sé fiel –por respeto y egoísmo– a la mujer o al hombre amados.
702. Sé humano con los inhumanos.
703. No olvides que ser hombre es una bella oportunidad.
704. Cuando la destrucción te sorprenda, recuerda: «Soy inmortal».
705. Si te sobra tiempo, dedícalo al amor (no importa cómo).
706. No te fíes de las apariencias. La fortuna no sonríe a nadie en particular.
707. Una mala noche puede cambiar tu vida.
708. Siempre, en el último momento, brilla una solución. Sé paciente (sobre todo contigo mismo).
709. Siempre, en el último momento, alguien te ofrece su mano. Permanece atento.
710. Confía en el Padre Azul y los universos te rendirán pleitesía.
711. Si deseas cambiar el mundo, ánimo: adelante (al poco, el mundo te cambiará a ti).
712. En los libros, las soluciones son facilísimas.
713. Si la mentira es audaz, casi no es mentira.
714. Si no eres consciente, no eres responsable.
715. La tradición se apoya en la revelación; nunca al revés.
716. Cualquier ser humano es un potencial receptor de una o de muchas revelaciones.
717. Me gustan las revelaciones personales.
718. La revelación supera el índice mental del que la recibe.
719. La revelación sitúa a la mente humana a años luz de sí misma.
720. La revelaciones –todas– son de origen divino.
721. Algunas revelaciones duelen (lo sé por experiencia).

722. En mis libros hay muchas revelaciones.
723. Que no te engañen. El diablo son muchos.
724. Ningún diablo tiene acceso al ser humano. Eso se terminó hace dos mil años.
725. Todos los diablos están encarcelados o «sujetos a dominio».
726. La Tierra fue víctima de una rebelión o cuartelazo de tercera división.
727. Del diablo se aprovechan las religiones y los necios.
728. Del juicio a Luzbel dependemos todos.
729. El diablo terminó convirtiéndose en un negocio (para los de siempre).
730. Los que comercian con el diablo buscan sujetar voluntades.
731. Hoy, el diablo, viste de púrpura.
732. La política es la actividad más cercana al mal (químicamente puro).
733. El nacionalismo lo inventó Luzbel.
734. Algo falla en la teoría de las iglesias. Un ser creado en perfección no puede aspirar a ser como Dios.
735. En realidad, las historias sobre el diablo no son falsas; son falsísimas.
736. Si cumples con tu deber, no pases de ahí.
737. No esperes que el mundo te recompense (no es lo previsto).
738. No te lamentes por nada (no pierdas tu tiempo).
739. Busca, únicamente, colmar el cáliz de tu alma. Y hazlo con la experiencia.
740. Hacerse el gracioso puede ser trágico.
741. Mañana, tras el dulce sueño de la muerte, vivirás otras «experiencias» (indescriptibles).

742. La ley humana no siempre es sagrada (ni siquiera la británica).
743. Permite que los que «cuidan» de ti hagan su trabajo.
744. El necio es gris (por naturaleza).
745. El necio manipula la historia a su antojo.
746. El necio aplaude al necio.
747. El necio no vive; chupa.
748. La vida es un ejercicio sin red.
749. No le busques réditos a la vida.
750. La vida siempre está por llegar.
751. Supe de vidas en color y otras en blanco y negro.
752. La mía fue una vida sin horizonte; ella se fue y lo borró.
753. La vida es un tren que no volverá a pasar.
754. A la imperfección no regresarás (salvo que seas autorizado).
755. La vida es una incógnita permanente. Es la ley.
756. La información acorta la vida.
757. El éxito no alarga la vida.
758. El tiempo obedece a la vida. ¿O es al revés?
759. En el mañana no hay vida.
760. La vida es intransferible, insobornable e ingobernable.
761. Nunca podrás comprar un solo segundo de tu vida.
762. La imaginación no es hija de la vida.
763. La vida es sagrada (desde el punto de vista estético).
764. La auténtica medida de la vida no son los años; es la intensidad con la que la vives.
765. Hay vidas oscuras desde el primer día. Es la ley.
766. Todas las vidas están minuciosamente diseñadas (incluso las que no prosperan).
767. En la vida todo encaja (matemáticamente).
768. Agradece, incluso, lo que la vida no te ha dado.

769. Para comprender la vida se necesita perspectiva.
770. La vida conviene contemplarla desde lejos (lo ideal es desde el más allá).
771. La vida no es de ida y vuelta.
772. Arriesga la vida (solo por amor).
773. La vida es una aventura personal (por mucho que lo nieguen los psicólogos).
774. La vida es negra, azul, roja o violeta, según «contrato».
775. La vida te hará desconfiado. Es la ley.
776. Que no te engañen. Pensar agota más que un pico y una pala.
777. El viento levanta las faldas a la mar.
778. El odio vacía el alma.
779. El odio es —económicamente— ruinoso.
780. El odio no deja pensar.
781. El odio transforma.
782. Muchas ideas (la mayoría) mueren nada más posarse en la mente.
783. Casi todas las vidas son cortos viajes de cabotaje.
784. Todas las vidas están maquilladas (por así decirlo).
785. Si tuvieras toda la información, la vida no te sorprendería.
786. La vida, por encima de todo, es hechizante.
787. En la vida no se paga nada (todo está previamente escrito).
788. La vida (siempre escarpada) no te deja ver la vida.
789. Para el hombre sensible, la vida es como el cristal: puede quebrarse con la mirada.
790. La vida no va contra nadie.
791. La vida no espera a nadie.
792. Dame una pizarra y cambiaré tu vida.
793. No trates de explicar la vida. ¡Vívela!

794. ¿Y si todo lo escrito en *Luz de tungsteno* fuera cierto?
795. El que comprende no necesita esperanza.
796. El que no comprende precisa toneladas de esperanza.
797. La civilización deja un rastro lamentable.
798. Y llegó el día en el que no pude vivir sin ella (pero ella no estaba).
799. Ella fue lo invisible (muy amado).
800. Ella fue la belleza (que no cesa).
801. Ella me despertó (al amor).
802. Ella cargaba azules (en la mirada).
803. Ella pronunció aquella histórica y misteriosa frase: «Contigo tendré que hacer alpinismo».
804. Ella me espera –lo sé– más allá de la memoria.
805. Ella y yo somos «K».
806. «Odio a J. J. Benítez» es mi gran obra. (Libro inédito).
807. La falta de confianza es otro tipo de cáncer.
808. El indeseable siempre es cortés.
809. La vida conviene surcarla (no sobrevolarla).
810. En ocasiones, la vida es viento en popa; en otras, viento racheado. Deja a la chispa que la gobierne.
811. La vejez te da calado, pero reduce la velocidad.
812. La vejez es lo mejor que te puede pasar.
813. La vejez te permite navegar sin lastre.
814. La vejez no es el final de la VIDA.
815. Que la muerte sea bienvenida en tu corazón; ella te devolverá a la VIDA.
816. La muerte trae juventud.
817. Sí, a veces creo vivir en otro mundo.
818. Los contratiempos son parte del escenario de la vida.
819. El puerto final de la vida es la VIDA.

820. En la vida, las galernas son breves e intensas. Es la ley.
821. Nunca experimentarás más allá de lo «contratado».
822. No desprecies al que no sabe. La oscuridad es su castigo.
823. Nunca fui feliz (gracias a Dios).
824. La felicidad es oxígeno puro (no aconsejable en la imperfección).
825. Ojo. No confundas felicidad con momentos azules.
826. Todos los momentos azules (felices) son de corto recorrido.
827. Tienes derecho a la felicidad permanente (mañana).
828. Los momentos azules son almacenados en la memoria (para volver a disfrutarlos).
829. Los momentos azules son baratísimos.
830. La felicidad, en cambio, es costosísima.
831. Si la humanidad fuera sabia, no buscaría la felicidad.
832. La felicidad es la punta del iceberg de lo que te espera tras la muerte.
833. Ser feliz es más importante que estar feliz.
834. La muerte resta felicidad al que no sabe.
835. La imaginación ayuda en los momentos azules.
836. No sé si lo dije. Momento azul = momento feliz.
837. Imagina y puede que seas feliz.
838. Si buscas la felicidad, espera sentado.
839. La felicidad pesa poco (dicen).
840. La felicidad tiene su propia atmósfera.
841. La felicidad no tiene ni necesita horizontes.
842. Los momentos azules caen del cielo.
843. Los momentos azules merecen una contabilidad aparte.
844. Cuando sueñas, acaricias la felicidad.
845. Perfúmate de felicidad.
846. ¿Y quién dice que la felicidad es justa?

847. Ejemplos de momentos azules: un delfín por babor, una estrella fugaz verde y blanca, tu recuerdo (de pronto), la mar (no importa dónde ni cómo), un vino amigo en mitad de la nada...

848. Felicidad y justicia se ignoran.

849. La ausencia también genera momentos azules.

850. No es fácil que la felicidad llegue puntual.

851. La felicidad no es comparable.

852. La felicidad tiene un olor inconfundible.

853. Las miradas y los besos son felicidad comprimida.

854. Regala momentos azules.

855. Necesariamente, el amor precede a la felicidad.

856. Necesariamente, el amor es una bella colección de momentos azules.

857. Necesariamente, el amor es la antesala del AMOR.

858. Necesariamente, todos los momentos azules se apagan.

859. Enciende momentos azules y te sorprenderás.

860. Soy pescador de momentos azules.

861. Pon de moda los momentos azules.

862. Cada momento azul tiene una única traducción: CONFÍA.

863. Cada momento azul te recuerda quién eres y cuál es tu Destino.

864. Las ideas no se ordenan; se ordena la mente.

865. Mi vida fue silencio (hasta que descubrí a Jesús de Nazaret).

866. No tengas prisa. La vida te recordará quién eres.

867. No tengas prisa. Mañana (seguramente) también amanecerá.

868. No tengas prisa. Mañana (probablemente) también amanecerás.

869. Y si no amaneces, ¡felicidades! Habrás regresado a casa.

870. La vida fulmina (lo justo).
871. Soy tan estúpido que buscaba excusas para no ser feliz.
872. Las mujeres proporcionan momentos azules (y no tan azules).
873. Los hombres ni siquiera saben qué es un momento azul.
874. Pretender la longevidad es no haber comprendido.
875. La felicidad es incompatible con el olvido.
876. Y me pregunto: ¿por qué nadie regresa después de muerto?
877. La comprensión es más necesaria que la justicia.
878. La comprensión, sobre todo, ama.
879. Dame comprensión (mejor que dinero).
880. El que comprende, perdona.
881. La incomprensión carece de brújula.
882. La incomprensión te mata lentamente.
883. Al enamorarte lo comprendes todo.
884. Los momentos azules escasean. Reparte.
885. En la virtud no hay felicidad; solo rigor.
886. La felicidad completa es una utopía (aquí).
887. La ignorancia estresa.
888. La sabiduría estresa mucho más.
889. Saber que no sabes conduce a cierto grado de felicidad.
890. La piedad está por encima de la inteligencia.
891. Ella acarició mis poemas con la mirada y, sin querer, me acarició.
892. Es triste (y prometedor) amar sin ser amado.
893. No vivas solo para ti (no compensa).
894. Minuto azul: una cerveza helada en el desierto.
895. Minuto azul: la luz en Anakena (Pascua).
896. Minuto azul: la mar, abrazándote.

897. Minuto azul: una estrella fugaz en tus sueños.
898. Minuto azul: una sonrisa (no importa de quién).
899. Minuto azul: regresar.
900. No hagas uso de tu derecho al rencor.
901. No hagas uso de tu derecho al reproche.
902. No hagas uso de ninguno de tus derechos.
903. Tu gran derecho es saber.
904. El radicalismo lo practican los enanos mentales. ¡Y hay tantos!
905. Una mirada espectacular no significa un corazón espectacular.
906. Algunas miradas son universos (perdidos).
907. Un cuerpo espectacular no garantiza una mente espectacular.
908. La política golpea más que la vida.
909. El honor es relativo.
910. Todo depende de lo que tengas en la cabecita.
911. En la mayor parte de los humanos, la cabecita funciona al ralentí.
912. La cabecita, sobre todo, es la mente.
913. Entrena la mente para vivir y, especialmente, para morir.
914. La mente es una criatura díscola; sujétala.
915. La mente huye (a la menor oportunidad).
916. La mente disfruta con lo prohibido.
917. Tu mente no eres exactamente tú.
918. La mente necesita de constantes ajustes.
919. La mente está a tu servicio.
920. La mente no lleva las cuentas.
921. Una mente negativa no arruina el alma.
922. La mente lo puede (casi) todo.

923. Para la mayoría, la mente es una desconocida.
924. Mente y muerte son vasallos.
925. No permitas que la mente te aconseje.
926. Domestica la mente.
927. Tu vida no debe ser lo que determine tu mente.
928. Recuerda. La mente solo es un traductor.
929. La mente femenina es supersónica.
930. Ninguna mente sabe terminar.
931. Lo terrible no es perder la vida. Lo grave es no saber que has vivido.
932. Si te ofenden, mira hacia otro lado.
933. Contar dinero es poco útil.
934. Tus errores te dibujarán mejor que tus virtudes.
935. El peor martirio es el que no mata.
936. No voy con el ritmo de los tiempos (afortunadamente).
937. El peor sabor (para el alma) es el agridulce.
938. Sí, la línea recta me parece tristísima.
939. Sí, los ángulos me «jinotizan».
940. Dios es curvo (necesariamente).
941. Hay muchos paraísos (todos falsos).
942. Intuición y razón no hablan el mismo idioma.
943. La vida está hecha para mirar (pase lo que pase).
944. No te adelantes. Deja que la vida se presente.
945. Los minutos no tienen freno.
946. La vida dispone de reloj propio.
947. Si deseas salvar a alguien, que nadie lo sepa (y el interesado menos).
948. El desierto no siempre está desnudo.
949. He conocido muchos corazones desérticos.

950. Lo factible es arriesgado.
951. Todo nacionalismo mata.
952. Lo oculto absorbe.
953. Todo necio necesita de otros necios.
954. El mundo no gira al ritmo de tu corazón. Es la ley.
955. Olvida al mundo. Obedece a tu corazón.
956. La amistad es escasa; los interesados muchos.
957. El amigo está cuando nadie está.
958. El amigo nunca pide.
959. El amigo achica tristezas.
960. El amigo llena vacíos infinitos.
961. El amigo intuye (por encima de todo).
962. Cuando muere, el amigo es más insustituible que nunca.
963. El amigo es tranquilo en la adversidad y tú mismo en la alegría.
964. El amigo siempre pecará de ingenuo.
965. La amistad, a veces, está a la misma altura que el amor.
966. El amor es una amistad sublimada.
967. Me enamoré una vez y amé muchas.
968. Siempre me sentí fracasado (en el amor).
969. Ella nunca fue mía; ni siquiera la besé. Es la ley.
970. Ella me espera. Es la ley.
971. Olvidé mi glorioso pasado. Es la ley.
972. Peca por defecto; nunca por exceso.
973. Si pecar es experimentar, ¡peca! Nadie te pedirá cuentas tras la muerte. Pero experimenta con sentido común.
974. Hay tristezas (invisibles) que asaltan al caminante. Son las más crueles.
975. Los recuerdos alcanzan a casi todos (incluso a los desalmados).
976. Lo sé. Hay recuerdos envenenados.

977. La vida, finalmente, es puro recuerdo.

978. La memoria está blindada. Es la ley.

979. Nada ni nadie puede alterar tu memoria. Otra cuestión es que no tengas acceso a ella.

980. La fe es un salto en el vacío.

981. La fe presenta lagunas insalvables.

982. La confianza es más duradera que la fe.

983. La confianza procede de Dios; la fe procede del hombre.

984. A fe revuelta, ganancia de trepadores.

985. El dinero emociona a los cortos de mente.

986. Si mides la vida por el dinero, es que no has comprendido.

987. Los genios son traicionados sistemáticamente.

988. Apaga la ira o te incendiará.

989. Contemplar la mar me devuelve a lo más profundo de mí mismo.

990. ¿Y qué importa equivocarse? Es la ley.

991. Entre dos todo es soportable.

992. Me hubiera gustado coleccionar miradas.

993. Los salvadores deberían empezar por salvarse a sí mismos.

994. Aprende a evaluar lo que no tienes.

995. Aprendí que lo que tengo no es evaluable.

996. No es necesario terminar lo iniciado.

997. Casi todo está al alcance de la mente.

998. Es la mente del sabio la que ve.

999. Es la mente del necio la que no ve.

1000. Llegará el día en el que pensarás que la memoria se fugó de tu cerebro. Nada más falso.

1001. La memoria es tu prisionera (no al revés).

1002. El escepticismo pesa (y mucho).

1003. La ciencia poco tiene que ver con el ingenio.
1004. La naturaleza engendra tontos.
1005. Mezclar lo verosímil y lo inverosímil hace prodigios.
1006. Lo inexplicable es ilógico para la lógica científica. Error...
1007. La ciencia teme más a la risa que a la verdad.
1008. Si comprendes por qué estás aquí, ser generoso no cuesta.
1009. Si comprendes, ser misericordioso no cuesta.
1010. Si comprendes, ser amable no cuesta.
1011. Si comprendes, ser tolerante no cuesta.
1012. Permite que el Padre Azul programe tus sorpresas.
1013. En las novelas todo es demasiado fácil.
1014. Nadie es digno de su Destino.
1015. En la materia, todos somos recién llegados.
1016. Si abres los ojos de la mente, verás mucho más.
1017. No te fíes de los números; todos son manipulables.
1018. El azar no camina solo.
1019. No despertarás hasta que no te descubras.
1020. Ninguna emoción se pierde. Todas son archivadas en tu mente y en el libro del Destino.
1021. La indiferencia es una falsa moneda.
1022. Las peores bestias habitan en la mente.
1023. Lo sobrenatural —en el fondo— es muy natural.
1024. Ningún fracaso lo es (en el fondo).
1025. Las miradas alimentan la memoria.
1026. No permitas que tu mirada se ensucie.
1027. Sé tú en todo lo que hagas (y en lo que no hagas).
1028. Lamentablemente, los sabios no son valientes.
1029. Lo desconocido no siempre es superior.
1030. Necesito la soledad para respirar.

1031. La vida te fatigará. Es la ley.
1032. Las palabras sencillas son siempre de doble dirección.
1033. Al conocerla, ella me alertó: «Vas a contra flecha».
1034. La esperanza es nuestra segunda piel.
1035. Nadie es siervo de nadie (aunque parezca lo contrario).
1036. Si tienes esclavos, es que no has comprendido.
1037. La razón naufraga fácilmente; la intuición nunca.
1038. La razón llega tarde; la intuición nunca.
1039. La razón es soberbia; la intuición humilde.
1040. La razón dice ser científica; la intuición no lo necesita.
1041. La oscuridad más tenebrosa es la de la mente.
1042. La mente es el gran caníbal.
1043. La luz nunca vencerá a la oscuridad.
1044. Es la muerte la que apaga la oscuridad.
1045. El racionalismo también pasó de moda.
1046. Los gestos humanos son metafóricos.
1047. Todos los gestos humanos están incompletos.
1048. Solo el pensamiento es redondo (y no siempre).
1049. Cuida tus manos. Ellas hablan por ti.
1050. Si tu mente renace, tu vida será azul.
1051. Buscar al Padre Azul es renacer.
1052. Ni siquiera la lengua de la Vía Láctea es la lengua de Dios.
1053. No todas las mentes son inteligentes (en realidad muy pocas).
1054. La inconstancia me hizo perder batallas.
1055. La ilusión es el mejor chute.
1056. En ocasiones, la vida es una prisión. Fue lo «contratado».
1057. En ocasiones, la mente es una prisión (la peor de las cárceles). Fue lo «contratado».

1058. En la imperfección, todo cansa.

1059. Todos los ídolos tienen los pies de barro.

1060. No engordes la vida; no es necesario.

1061. Dios te imaginó por varias razones.

1062. Las circunstancias son buenas consejeras.

1063. Exigir a la vida es de necios.

1064. Exigir a Dios es de ciegos.

1065. Exigir a los demás es no haber comprendido.

1066. Exigirte es no saber quién eres y por qué estás aquí.

1067. Somos inverosímiles (por fuera).

1068. Ningún odio va más allá de la muerte.

1069. Tu aventura, en la vida, puede ser breve. Eso no le resta valor.

1070. Tu aventura, en la vida, puede ser larga. Eso no le añade valor.

1071. Vivirás lo «contratado» y con la intensidad «contratada».

1072. Es mejor que nadie te traduzca. El traductor multiplica las mentiras.

1073. La fuerza destruye los mejores argumentos.

1074. Las reglas del mundo no son mis reglas.

1075. Los antisociales primero fuimos románticos.

1076. Casi todos los sentimientos se enfrían (lentamente).

1077. Ni la mente, ni el alma, ni la chispa son jueces.

1078. La conciencia es otro arcón (lleno de oro) que custodia la mente.

1079. La piedad distingue al ser humano.

1080. El orden pudo conmigo (y me salvó).

1081. El buscador de la Verdad casi siempre fracasa.

1082. Coleccionar pensamientos no es sencillo.

1083. Si quieres triunfar, no vendas.

1084. Lo sé. Estoy muerto para muchos, pero sigo vivo en mis libros.

1085. ¡Quién lo diría! Aquel niño tímido y asustadizo dio la vuelta al mundo cien veces...

1086. ¡Quién lo diría! Aquel niño tímido y torpe escribió más de setenta libros...

1087. ¡Quién lo diría! Aquel niño enamorado no conoció el verdadero amor...

1088. ¡Quién lo diría! Aquel niño pobre resultó ser un Príncipe...

1089. Lo confieso. Terminé siendo mi propio «cicerone».

1090. La «voz» de la chispa es lejana, metálica e inconfundible.

1091. La «voz» de la chispa divina nunca grita.

1092. La «voz» de la chispa está resignada a tu sordera.

1093. La «voz» de la chispa es la voz de Dios.

1094. Atención. Estás rodeado de fantasmas.

1095. Cuanto menos necesites, más riqueza interior.

1096. Para comprender al audaz primero hay que comprender.

1097. No exijas a los demás lo que ignoran.

1098. Los demás serán un desierto para ti.

1099. Tu biblioteca te desnuda.

1100. Soñar despierto es ir contra corriente.

1101. Soñar despierto puede perjudicar (seriamente) la salud.

1102. Soñar despierto no gusta a los demás.

1103. Si sueñas despierto, guarda el secreto.

1104. Aprende a no entrar en la vida de los demás sin llamar.

1105. Aprendí que mi vida me importa a mí (y poco).

1106. Aprendí a no preguntar a las mujeres.

1107. Aprendí a observar sin delatar mis sentimientos.

1108. Aprendí a vivir bajo las aguas del silencio.

1109. Aprendí a no ser importante.
1110. Aprendí que no tengo solución.
1111. Aprendí a quererme (lo justo).
1112. Aprendí a ser tan transparente como requieran las circunstancias.
1113. Aprendí a guardar lo imprescindible (es decir, nada).
1114. Aprendí a confiar (lo justo).
1115. Aprendí a delegar (lo necesario).
1116. Aprendí a ignorarme (por fuera).
1117. Aprendí a no exigir a nadie (y menos a la vida).
1118. Aprendí a no preguntar (sobre todo a los cielos).
1119. El mundo interior contiene mil mundos.
1120. El mundo interior femenino contiene todos los mundos.
1121. Ni siquiera los peces son libres.
1122. Como en los océanos, en la mente conviven numerosas corrientes de pensamiento.
1123. Navegar en la mente requiere experiencia.
1124. Calcula –únicamente– hasta pasado mañana.
1125. El exceso pasa factura (siempre).
1126. No solicites velocidad a las ideas; llegan cuando llegan.
1127. Todos los diarios personales mienten.
1128. La libertad mental es la única libertad disponible en la materia.
1129. El colmo del pobre es que, además, sea miserable.
1130. Se nace con la pobreza en el corazón.
1131. Hay ricos que no tienen nada.
1132. Hay pobres que regalan miradas.
1133. La riqueza, bien administrada, no pesa.
1134. La pobreza mental anida en los ricos y en los pobres.
1135. La injusticia elige la riqueza.

1136. Casi todos los ricos buscan justificarse.
1137. En la pobreza, el alma se llena antes.
1138. Con la mente todos somos potencialmente ricos (aunque pocos lo consiguen).
1139. La riqueza solo sirve para ayudar y para divertirse.
1140. Tras la muerte, te moverás como pez en el agua.
1141. Lo verdadero pasa casi desapercibido.
1142. La alegría, en la imperfección, es breve y endeble.
1143. «No molestar» es otro mandamiento notable.
1144. Ante la duda, viuda...
1145. Ante la duda, sacrifícate.
1146. Ante la duda, espera.
1147. Ante la duda, escúchate.
1148. Respóndete a ti mismo (es el más difícil ejercicio).
1149. Lo confieso: intento pintar con las palabras.
1150. Lo confieso: en ocasiones, Beethoven soy yo.
1151. Lo confieso: yo esculpí La Piedad de Miguel Ángel (en la imaginación).
1152. Lo confieso: me enamoré de la mar a los tres años.
1153. Lo confieso: vuelo a las estrellas en sueños (y la busco).
1154. Lo confieso: las cosas me hablan.
1155. Lo confieso: las mujeres de ojos azules me perdieron.
1156. Lo confieso: busqué –infructuosamente– la paz interior.
1157. Lo confieso: viví para recordar (la).
1158. Lo confieso: leo los pensamientos. Nadie lo supo (jamás).
1159. Lo confieso: los políticos me producían náuseas.
1160. Lo confieso: nunca vi el rayo verde.
1161. Lo confieso: salvo que me lo ordenen, nunca repetiré la experiencia de la vida.
1162. Lo confieso: vi y hablé con mis amigos muertos.

1163. Lo confieso: mi patria está más allá de las estrellas que veis.

1164. Lo confieso: siempre llevo a Dios en el bolsillo izquierdo del pantalón.

1165. Lo confieso: respiré soledad durante años.

1166. Lo confieso: cumplo órdenes directas del Jefe.

1167. Lo confieso: leí la Biblia muchas veces y me convencí: Yavé no fue Dios.

1168. Lo confieso: Yavé fue un equipo.

1169. Lo confieso: Yavé fue un mal necesario.

1170. Lo confieso: Yavé robó las tierras a los ancestros de los palestinos.

1171. Lo confieso: el pueblo elegido lo fue para preparar la llegada de Jesús de Nazaret.

1172. Lo confieso: los judíos lo han confundido todo.

1173. Lo confieso: ¿por qué la Biblia no fue escrita por las mujeres? Hubiera sido tan diferente...

1174. Lo confieso: la Biblia no es la palabra de Dios. El Padre Azul no comete errores.

1175. Lo confieso: leí el Corán con la misma repugnancia que la Biblia.

1176. Lo confieso: Mahoma fue otro contactado.

1177. Lo confieso: el islam es otra locura.

1178. Nada justifica la guerra. En el Corán, sin embargo, la guerra santa es justificada 33 veces.

1179. Lo confieso: fuimos enviados por nuestro Jefe.

1180. Ahora puedo confesarlo: fue una misión de misericordia.

1181. Lo confieso: ella terminó su trabajo antes que yo y sé que me espera.

1182. Lo confieso: perdí la cabeza por algunas mujeres. Fue lo «contratado».

1183. Lo confieso: agoté las lágrimas.
1184. Lo confieso: soy adicto a Barbate.
1185. Lo confieso: en el año 2042 regresaré con ella.
1186. Lo confieso: me transfiguro cuando hablo de Él.
1187. Lo confieso: defendí a mi Jefe hasta el final. Fue lo «contratado».
1188. Lo confieso: no seguiré hacia el Padre Azul. Me quedaré con Jesús de Nazaret, mi Jefe. Es la ley.
1189. Lo confieso: Él me sostuvo siempre.
1190. Lo confieso: de pronto recordé quién era.
1191. Lo confieso: tras la partida de «K» quedé perdido.
1192. Lo confieso: tras la muerte de «K» necesité años para entender que mi trabajo no había terminado.
1193. Lo confieso: seguí adelante sumido en la más negra de las tristezas.
1194. Lo confieso: deseé fervientemente regresar con Él y con ella.
1195. Lo confieso: *Luz de tungsteno* fue escrito a escondidas.
1196. Ayuda, pero con cautela.
1197. Cualquier mujer de tu edad es mentalmente mayor que tú.
1198. Los corales saben que Dios no tiene prisa.
1199. El «hombre nuevo» llegará después de «Gog».
1200. No te preocupe olvidar lo superficial.
1201. Confía en lo microscópico.
1202. En las distancias cortas los humanos enmudecen.
1203. El silencio es una asignatura pendiente.
1204. «La casualidad no existe» son palabras mayores.
1205. Dios, sin duda, es microscópico.
1206. Nunca pienses por obligación.

1207. Todas las muertes son necesariamente tranquilas (no así la forma de morir). Es la ley.

1208. Todas las vidas son apasionantes. Es la ley.

1209. Todos huimos de algo.

1210. Todos somos rehenes del olvido.

1211. No aburrirse no significa ser feliz.

1212. La última maravilla está al caer.

1213. Otros han visto y experimentado más que tú y tampoco son felices.

1214. Una vida larga siempre es breve.

1215. Acomódate a la vida y vencerás.

1216. Aunque lo parezca, nunca perdemos el tiempo.

1217. Vencer no quiere decir triunfar.

1218. Cuanto más peligro, más lentitud.

1219. La tristeza modifica la mirada.

1220. Sí, cuando pases al «otro lado» trabajarás (en lo que más te gusta).

1221. La vida te pondrá a prueba. Es la ley.

1222. La máxima proximidad (entre humanos) genera violencia.

1223. Los genios también dicen y hacen estupideces.

1224. Dios es de derechas. Es la ley.

1225. En realidad, la naturaleza también es de derechas.

1226. Es lógico que, en ocasiones, las ideas no lleguen.

1227. Es lógico que, en ocasiones, el hombre no sepa atrapar las ideas.

1228. Las ideas se diluyen como la nieve.

1229. Una buena idea compensa una mala vida.

1230. Si prestas atención, tu mente se llenará de ideas.

1231. Los pensamientos llegan (y se van) a la velocidad de la luz.

1232. Los necios tienen ideas, pero las retuercen.

1233. Las ideas y pensamientos se posan en tu mente (quieras o no).

1234. Casi todas las ideas llegan azules. La mente, después, las colorea.

1235. En la física espiritual no vale la «covariancia».

1236. Sacar algo de la nada no es imposible (ver *Caná: Caballo de troya* (9).

1237. El método científico puede terminar en un acto de soberbia.

1238. Mi mundo cabe en un pensamiento.

1239. Ningún trabajo es inútil.

1240. Cada «ahora» contiene muchas verdades.

1241. ¡Qué interesante! Escribir para no publicar...

1242. El porvenir no está sujeto al azar.

1243. La perspectiva es poder.

1244. Las arrugas las provoca la angustia (no el paso del tiempo).

1245. El azar es una criatura controlada por los cielos.

1246. Los necios no desean profundizar en la verdadera naturaleza de la casualidad.

1247. Los necios adoran al azar.

1248. Dios se liberó al inventar la casualidad.

1249. Si la casualidad existiera, usted no estaría leyendo *Luz de tungsteno*.

1250. Los dados tampoco están sujetos al azar (alguien los mueve).

1251. La casualidad se presenta cuando así se lo ordenan.

1252. Dios regala azar.

1253. La lotería es controlada por cientos de ángeles.

1254. En la lotería (y en todos los premios de azar), ningún premio es por casualidad.

1255. En el azar nada es lo que parece.
1256. La casualidad fascina a los que no comprenden.
1257. Dios habla en las matrículas de los coches.
1258. Para materializar el azar hay que movilizar al universo.
1259. El amor también alimenta.
1260. Dios se ríe en las bananas rojas.
1261. Moorea: estuve tan cerca del Paraíso...
1262. El corazón alberga muchos paraísos.
1263. La política es el camino más corto hacia la ruina.
1264. La mente esconde muchas perlas negras.
1265. Para desencallar, espera que suba la marea de la vida.
1266. El cáliz del alma brilla (contigo o sin ti).
1267. La belleza no te necesita.
1268. Las piedras sueñan (lo sé).
1269. Siento pena por la piedra (no puedo evitarlo).
1270. ¡Qué cruel el dios de las rocas!
1271. Quieren hacerme creer lo contrario, pero sé que las montañas no se mueven.
1272. Me dicen que las piedras no hablan, pero sé que, incluso, gritan.
1273. Algunos corazones (como el mío) terminan petrificados por la soledad.
1274. Ninguna despedida es para siempre.
1275. Cuídate de los hombres (más que de los tiburones).
1276. Nacer en la imperfección es viajar a trillones de años luz de la REALIDAD.
1277. Las represalias solo son viables en la materia.
1278. La imperfección no es viable en el universo espiritual.
1279. El miedo, el odio y la muerte solo se experimentan en la materia.

1280. Los malvados no saben por qué caminan ni tampoco hacia dónde.

1281. Los verdugos no saben que son víctimas.

1282. Haces bien en temer a la libertad.

1283. En el azar no hay caminos.

1284. Si «K» no me estuviera esperando, la vida habría sido un fraude.

1285. Fui un ingenuo (pero no me arrepiento).

1286. Fui un soñador (pero no me arrepiento).

1287. Siempre esperé algo mejor (pero no me arrepiento).

1288. Siempre creí en mí mismo (y no me arrepiento).

1289. Algún día –en el NO TIEMPO–, lo bello será un pálido reflejo de lo BELLO.

1290. Algún día –en el NO TIEMPO–, lo justo será un borroso recuerdo.

1291. Algún día –en el NO TIEMPO–, la materia será una remota pesadilla.

1292. Algún día –en el NO TIEMPO–, la palabra será otro lejano y confuso recuerdo.

1293. Algún día –en el NO TIEMPO–, el odio será pura fantasía.

1294. Algún día –en el NO TIEMPO–, el miedo será incomprensible.

1295. Algún día –en el NO TIEMPO–, la sensibilidad no dependerá de los sentidos.

1296. Algún día –en el NO TIEMPO–, la muerte será una anécdota (remota).

1297. Algún día –en el NO TIEMPO–, los minutos azules serán NO TIEMPO AZUL.

1298. Algún día –en el NO TIEMPO– seremos (al fin).

1299. Algún día –en el NO TIEMPO– viajaremos (sin movernos).

1300. Algún día –en el NO TIEMPO– amaremos y seremos amados por encima de nuestra imaginación.
1301. Algún día –en el NO TIEMPO– se abrirán las puertas del Paraíso y estrecharás la mano del Padre Azul (al fin).
1302. Algún día –en el NO TIEMPO– serás redondo (de luz).
1303. Algún día –en el NO TIEMPO– comprenderemos.
1304. Algún día –en el NO TIEMPO– serás Dios (físicamente).
1305. Algún día –en el NO TIEMPO– no habrá edad.
1306. Algún día –en el NO TIEMPO– serás lo que desees.
1307. Algún día –en el NO TIEMPO– serás dos en uno.
1308. Algún día –en el NO TIEMPO– no habrá malentendidos.
1309. Algún día –en el NO TIEMPO– el sentimiento será pensamiento.
1310. Ahora, en la materia, soy (por obligación).
1311. Ahora, en la materia, estoy (por obligación).
1312. Mañana seré y estaré (por ley).
1313. Todos vivimos amarrados.
1314. Mañana, con la muerte, soltaremos amarras.
1315. Ahora me limito a mí mismo.
1316. Mañana no conoceré mis límites.
1317. Ahora me ignoro.
1318. Mañana me llamarán por mi verdadero nombre.
1319. Ahora solo sé que no sé nada.
1320. Mañana, tras la muerte, empezaré a saber.
1321. Ahora intuyo.
1322. Mañana estaré lleno.
1323. Ahora padezco.
1324. Mañana, tras la muerte, me reiré del sufrimiento.
1325. Ahora intento ser misericordioso.
1326. Mañana seré misericordioso.

1327. Ahora me faltan las lágrimas.
1328. Mañana no las necesitaré.
1329. Ahora solo soy un sueño.
1330. Mañana despertaré.
1331. Ahora descarrilo en cada palabra.
1332. Mañana no necesitaré la palabra.
1333. Ahora estoy sujeto al tiempo.
1334. Mañana, el tiempo será un río remoto y olvidado que nos vimos obligados a cruzar.
1335. Ahora veo nevar; mañana seré nieve.
1336. Ahora soy insignificante; mañana seré el príncipe que fui.
1337. Ahora no comprendo nada; mañana, la nada será mía.
1338. Ahora vivo aislado; mañana, eso será imposible.
1339. Ahora busco la belleza; mañana, tras la muerte, seré la belleza.
1340. Ahora, la imperfección me asfixia; mañana seré santo.
1341. Ahora dudo; mañana me llamarán Certeza.
1342. Ahora soy un blanco fácil; mañana no me hallaréis.
1343. El hombre nunca dominará la naturaleza.
1344. Nadie puede dejar de ser humano.
1345. A partir del año 2036, lo imposible será cierto.
1346. ¡Es tan fácil no escuchar...!
1347. No rechaces lo que no conoces.
1348. Si la repetición es profunda o inteligente, repite.
1349. El progreso no tiene prisa; el hombre sí.
1350. No busques la gracia de los Dioses; todo está «contratado».
1351. La voluntad es invencible.
1352. No hay secretos entre dos hombres, pero sí entre dos mujeres.

1353. Es tanto lo que no sé que debería vivir en silencio de por vida.
1354. Fui tan torpe que viví de milagro.
1355. La fantasía ennoblece al hombre.
1356. Mi torpeza indica por dónde voy.
1357. Mi torpeza me asfixia.
1358. La torpeza me obliga a pensar.
1359. La torpeza invade como una enfermedad.
1360. La torpeza mental es voluntariamente aceptada.
1361. Saber esperar es un arte.
1362. Desesperar es muy fácil (lo hacen todos).
1363. Espera siempre con amor.
1364. El ser humano tiende a la entropía; no así el alma.
1365. Los hipopótamos no saben tocar el violín.
1366. Si quieres prolongar la amistad, dosifícala.
1367. No presumas ni de lo que eres.
1368. Acepta que has envejecido (primera regla de la ancianidad).
1369. Acepta tus nuevas limitaciones (segunda regla de la ancianidad).
1370. Acepta que caminas hacia el final (tercera regla de la ancianidad).
1371. Acepta que nadie te recuerda (última regla de la ancianidad).
1372. La mente avisa cuando te has quedado solo.
1373. Los nietos son la propina de Dios (según).
1374. Ver creces es amar dos veces.
1375. Quizá *Luz de tungsteno* sea el regalo de tu vida.
1376. Los genios son torpísimos.
1377. Siempre habrá quien te critique (hagas lo que hagas). En otras palabras: ¡adelante!

1378. El cansancio atrae a los enemigos.

1379. Las investigaciones me llevaron más allá de lo imaginado.

1380. Lo que ocultan los militares y los gobiernos es insoportable.

1381. El Destino adora las simplezas.

1382. Casi seguro: el Destino no lo escribe Dios.

1383. En cada corazón hay un galeón hundido (cargado de tesoros).

1384. En todos los corazones hay un volcán (a veces apagado).

1385. En todos los corazones hierven los recuerdos.

1386. En todos los corazones amanece una o dos veces al día.

1387. Nada está terminado (nunca).

1388. El trabajo subterráneo de Dios es infinitamente mayor que el trabajo en superficie.

1389. Intenta no depender de nadie.

1390. La actualidad siempre aparece desdibujada en los medios de comunicación.

1391. No te fíes. Todos los medios de comunicación son parciales; todos tienen un patrón al que obedecer.

1392. Fui periodista durante cincuenta años; las mentiras me llegaron al cuello.

1393. Todos los periodistas son honestos (al principio).

1394. El alma, la mente y tu corazón nunca duermen.

1395. Lo desconocido siempre estuvo ahí. Es la ley.

1396. Lo desconocido (me) empequeñece.

1397. Lo desconocido puede matar o estimular.

1398. Lo desconocido termina en la divinidad.

1399. Después de lo desconocido hay mucho más.

1400. Lo desconocido solo es rechazado por los necios.

1401. Lo desconocido parece lejano, pero no lo es.

1402. Todos somos unos perfectos desconocidos.
1403. Ignorar lo desconocido no es científico.
1404. Lo desconocido fue antes que tú.
1405. Lo desconocido nos rodea.
1406. En realidad, somos lo desconocido.
1407. Conócete primero; después ocúpate de los desconocidos.
1408. Conócete primero; después ocúpate de lo desconocido.
1409. Las decisiones importantes pueden contarse con los dedos de una mano.
1410. Cada decisión es una nueva etapa.
1411. En cada decisión hay pérdida.
1412. Cada decisión requiere subir y bajar (al mismo tiempo).
1413. La gratitud es más fuerte que un juramento.
1414. Agradece con más amor.
1415. El desagradecido no ha comprendido.
1416. Agradecer es decir «sí» al alma del otro.
1417. El agradecimiento siempre es azul.
1418. En ocasiones, mi Destino no fue triste (fue muy triste).
1419. Nunca ordenes; sugiere.
1420. Nunca digas lo que deben hacer los demás.
1421. Olvida los defectos ajenos; tú los tienes más grandes.
1422. Que no te engañen. Todos somos hipócritas, en mayor o menor medida.
1423. Tu corazón vale miles de millones de trillones de cuatrillones.
1424. No siempre es tarde para morir.
1425. En mi caso, la dificultad redoblaba el interés.
1426. Recuerda que nunca regresarás a la materia. ¡Vívela!
1427. El equilibrio es una religión desconocida.

1428. Nadie puede imaginar tu estatura interior.
1429. El alcohol no embriaga ni la mitad que el poder.
1430. Los muertos pueden resucitar en tu mente.
1431. La oscuridad mental conduce a la ceguera.
1432. La oscuridad mental se autoalimenta.
1433. La oscuridad mental se disfraza de falsa ciencia.
1434. La oscuridad mental busca honores.
1435. Para el alma, la imperfección es la prueba del «9».
1436. En la mente de los necios no hay estrellas.
1437. Dios olvidó regalar el alma a las flores.
1438. Si quieres, puedes programar tus sueños; yo lo hice durante años.
1439. Enseña siempre que puedas y a cuantos puedas.
1440. La vida es un continuo mar de los Sargazos. Es la ley.
1441. Es natural (pero absurdo) que el hombre calcule sus posibilidades. Todo está escrito.
1442. La resignación es muy difícil de practicar.
1443. La resignación es propia de sabios.
1444. La resignación está habitada por la paciencia.
1445. La resignación exige una domesticación previa de la mente.
1446. Resignado no quiere decir derrotado.
1447. Ojo. La tristeza puede aparecer como un efecto secundario de la resignación.
1448. La resignación exige mucha valentía.
1449. Resígnate en el último segundo.
1450. Resignación no significa pasividad.
1451. Prescindir es una forma inteligente de resignación.
1452. La resignación te pone en tu sitio.
1453. El resignado firma una nueva vida.

1454. La resignación —en el amor— es una derrota.
1455. Dios nunca se resigna.
1456. En los universos espirituales no es posible la resignación.
1457. La mujer resignada no es una mujer amada.
1458. No me resigno a recordarte.
1459. Resígnate si quieres, pero no te detengas.
1460. La resignación, en el hombre, es ocasional.
1461. La resignación, en la mujer, es vocacional.
1462. Los recuerdos que oprimen no son buenos recuerdos.
1463. Recuérdame como el hombre que más te amó.
1464. Recuérdame (aunque ya no exista).
1465. Recuérdame lentamente.
1466. Recuérdame, sobre todo, en la niebla de la vejez.
1467. Recuérdame cuando nadie lo haga.
1468. Recuérdame en tus silencios.
1469. Recordar es abrazar.
1470. Cuantos más recuerdos, más riqueza.
1471. Recuérdame, sobre todo, en los azules.
1472. El alma se llena al mismo tiempo que la memoria.
1473. El alma no necesita respirar.
1474. El alma eres tú (y mucho más que tú).
1475. Es imposible disimular el alma.
1476. No es lo mismo saber que suponer.
1477. Muchas palabras se pierden en el laberinto de la mente.
1478. Si desprecias, matas.
1479. Los corazones se encharcan fácilmente.
1480. La vida te cerrará el paso muchas veces. Es la ley.
1481. Es difícil entender el silencio de los demás.
1482. La muerte es el penúltimo gran sueño.

1483. Los muros estimulan la inteligencia.
1484. Al sabio le sobran las exclamaciones.
1485. El espíritu carece de sentidos. Es la ley.
1486. Ningún rayo puede caer en tu alma.
1487. Ningún amor humano es para siempre.
1488. Ningún segundo te será regalado.
1489. Ningún mal caerá sobre ti (que no haya sido «contratado»).
1490. Ningún libro te hará sabio.
1491. Ninguna verdad parcial calmará la sed de tu mente.
1492. Ninguna mirada es gratuita.
1493. Ningún tiempo (pasado o futuro) fue mejor.
1494. Ninguna foca puede componer el *Ave María*, de Schubert.
1495. Ningún regreso te calmará (en la materia).
1496. Ninguna caricia se pierde.
1497. Ningún rayo de luz es el último.
1498. El alma puede rebosar, pero nunca se llena.
1499. Ningún frío es tan intenso como el de la soledad.
1500. Ninguna satisfacción es tan electrizante como la de un descubrimiento.
1501. Ninguna religión complace más que la del espíritu.
1502. Ningún hombre o mujer te hará tan feliz como «K».
1503. No busques a «K» (no en la imperfección).
1504. En los cielos hay leyes, pero no las conocemos.
1505. Las leyes divinas son tan inmutables como las humanas.
1506. Estamos a años luz (o más) de las leyes que rigen los reinos espirituales.
1507. Cuando mueras quedarás sujeto a las leyes del espíritu.
1508. La auténtica felicidad está regida por las leyes divinas.
1509. La imperfección (la materia) es una excepción en la creación divina.

1510. La materia, inicialmente, fue un experimento del Padre Azul.

1511. Ahora, la materia es un banco de pruebas para los Dioses.

1512. La perfección no necesita la materia.

1513. La materia, en cambio, aspira a la perfección.

1514. Para muchos humanos (no para todos), la materia es su primer escalón (pero no lo saben).

1515. Los héroes se miden en la imperfección.

1516. Conocer la materia es conocer una mínima parte de lo creado.

1517. Tras la muerte, la materia se olvida con rapidez.

1518. La materia es una vibración (sin más).

1519. El tiempo llegó para ennoblecer la imperfección.

1520. El espacio es el hermano mayor de la materia.

1521. En la materia se ejercita la imperfección.

1522. Materia = aspiración.

1523. La materia no es digna del alma.

1524. En la materia aprenderás a experimentar (que no es poco).

1525. En el reino del espíritu aprenderás a VIVIR (que lo es todo).

1526. En la materia casi todos son ciegos. Es la ley.

1527. La materia no es una trampa (aunque lo parezca).

1528. El reino espiritual tiene su propio lenguaje.

1529. La materia es prodigiosa (se mire como se mire).

1530. La materia está en deuda con la muerte.

1531. La materia que percibes es la punta del iceberg de la materia.

1532. Todo está medido en la materia.

1533. Los sueños no son súbditos de la materia.

1534. La trivialidad forma parte de la imperfección.

1535. En la materia todo es relativo.

1536. En el reino del espíritu nada es relativo.

1537. Nunca te rías del esfuerzo ajeno; el tuyo está al llegar.

1538. No hay edad para volver a empezar.

1539. No te rebeles ante los hechos consumados.

1540. Al final, los pequeños detalles fueron mi vida.

1541. Hay algo peor que la muerte: no morir.

1542. Generalmente, los enamorados padecen ceguera mental.

1543. Las normas no lo son todo.

1544. Huye de los problemas ajenos.

1545. El Destino –una vez dibujado– es de acero.

1546. Disfruta la vida en pequeñas dosis.

1547. Los vientos más temidos son mentales.

1548. Sí, hubo un tiempo en el que colgué mis títulos universitarios en el cuarto de baño. De esta forma no olvidé quién era...

1549. Sí, vivir no siempre apetece.

1550. Me tocó cubrir (informativamente) más de trescientos atentados de la banda asesina ETA. Aquel dolor no pudo ser absorbido por nadie.

1551. ETA: una banda de descerebrados, jaleados por curas, políticos y mediocres (no menos descerebrados).

1552. ETA: la CIA detrás...

1553. ETA: miseria mental.

1554. ETA: Cavernícolas S. L.

1555. El nacionalismo parió a ETA y después le hizo la cama.

1556. ETA: asco.

1557. ETA: y lo que no sabemos...

1558. Todos los genios tienen un talón de Aquiles.

1559. Al varón le incomoda la genialidad femenina. Puro miedo...

1560. ¿Cuántos genios-mujer conoce usted? Yo casi ninguno.
1561. El genio lo es porque retiene las ideas que le llegan.
1562. El verdadero genio no sabe que lo es.
1563. La razón crea monstruos.
1564. La razón es conveniencia.
1565. La razón es limitada y se protege.
1566. La razón se equivoca nueve de cada diez.
1567. La razón no siempre es justa.
1568. Abusa de la intuición; nunca de la razón.
1569. Lo siento, amigo Verne: la ciencia nunca superará la imaginación.
1570. Dios compensa (siempre).
1571. Dios aligera tu peso (si tú se lo permites).
1572. Dios carga con lo desconocido.
1573. Dios permite que lo imagines.
1574. Dios te mira (desde la música).
1575. Dios calcula (para que tú no lo hagas).
1576. Dios crece (si tú creces).
1577. Dios no te necesita, pero le encanta que creas lo contrario.
1578. Dios es un AMOR inconcebible.
1579. Dios son mis manos en tu cintura.
1580. Dios te atrapará algún día (y sin manos).
1581. Dios parece que no está (pero está).
1582. Dios es la nostalgia (que no cesa).
1583. Dios es la oscuridad (meditada).
1584. Dios es Neruda y Lorca (a la vez).
1585. Dios es una botella que flota (en tu mente).
1586. Dios recorre las venas de los ateos.

1587. Dios es la comprensión (incomprendida).
1588. Dios se desnudó en la mar.
1589. Dios no perdona; no es su misión.
1590. Dios se acomoda en el rayo.
1591. Dios solo es violento en el AMOR.
1592. En Dios no hay vencidos.
1593. Dios es lo mejor que te puede suceder (mañana).
1594. Dios no habla. Actúa.
1595. ¿Dios y Dios son cuatro? Podría ser...
1596. Es tanto y tan hermoso lo que te espera...
1597. Es tanto y tan hermoso lo que te corresponde...
1598. Dios nunca cañonea.
1599. La muerte abre la gran caja fuerte de Dios.
1600. Dios avisa (en silencio).
1601. Desconozco si Dios tiene bandera, pero no me gustaría.
1602. No me gusta el dios de los ateos.
1603. En mi mente, Dios no es infinito. En mi imaginación, sí lo es.
1604. Todos pueden confiar en Dios (sepan o no sepan).
1605. Todos terminarán viéndolo (crean o no crean).
1606. Dios también se instala en la rutina.
1607. Todas las catástrofes son minuciosamente estudiadas por los Dioses.
1608. Los suicidas no son un error de Dios.
1609. Caen los mitos, y nosotros con ellos.
1610. Al saber lo de «Gog» decidí retirarme del mundo. Fue una buena decisión.
1611. Después de mí llegó el olvido (incluso antes de mí).
1612. No te esfuerces. La memoria funciona sola.
1613. Ningún humano es sobrehumano. Es la ley.

1614. Ningún muerto es humano. Es la ley.
1615. No puedes hacer daño sin el consentimiento de los cielos. Es la ley.
1616. «Mi vida está a punto de experimentar un notable giro. Lo presiento» (escrito el 5 de marzo de 2017, a las 10:10 horas).
1617. Insisto. El alma no es responsable de nuestros actos; en todo caso, víctima.
1618. Si debo acusar a alguien, acuso a mi mente.
1619. Sé que hay ángeles instigadores.
1620. En ocasiones, no recordar es muy satisfactorio.
1621. ¿Y qué importa que no me crean? Yo sé que mis libros son ciertos.
1622. De vez en cuando rompe las reglas.
1623. Fíate de tu mente (pero poco).
1624. La ignorancia también elige a los sabios.
1625. Me acuso: fui demasiado riguroso.
1626. Me acuso: me ignoré con frecuencia.
1627. Me acuso: nunca busqué la felicidad.
1628. Me acuso: robé muchos besos.
1629. Me acuso: tuve dinero y lo dejé volar.
1630. Me acuso: me bebí la vida muy deprisa.
1631. Me acuso: fui un «sinfamilia».
1632. Me acuso: busqué la soledad y la encontré.
1633. Me acuso: me suicidé por el trabajo.
1634. Me acuso: no intenté cambiar.
1635. Los pecados matan al pecador.
1636. Ninguna mente es justa o injusta (como no lo es una llave inglesa).
1637. El pecado es consecuencia de la ignorancia.
1638. No agobies a tu corazón por lo que fue «contratado».

1639. La desgracia de las desgracias es vivir a oscuras (mentalmente).

1640. Acéptate y tus pecados pesarán menos.

1641. No te confundas. Los errores y los pecados no atormentan el alma; atormentan la mente.

1642. Los pecados mueren con la mente.

1643. Tras la muerte no hay errores.

1644. Pecar por omisión es un error doble.

1645. Pecar no es sencillo.

1646. Pecar contra Dios es imposible.

1647. Todos los pecados son errores.

1648. El pecado rentabiliza la religión.

1649. Pecado = miedo. ¿O es al revés?

1650. Para el envidioso todo es pecado.

1651. El supuesto sacramento de la confesión, en la iglesia católica, es un coladero.

1652. El sexto mandamiento esclavizó a generaciones.

1653. En general, el pecador es listo (no inteligente).

1654. El pecado original, además de absurdo, es otro rentable negocio eclesiástico.

1655. El intelectual al servicio de la religión es otro inteligente atornillado.

1656. Tuve serias dudas. ¿El intelectual es inteligente?

1657. Los intelectuales se adoran a sí mismos.

1658. El intelectual no trabaja con la mente; solo con una pequeña parte de su mente.

1659. El intelectual vampiriza todas las mentes.

1660. El intelectual no sobrevive en soledad.

1661. Hay intelectuales necios y muy necios.

1662. Entre los intelectuales, la incompetencia llega muy alto.

1663. Tuve tantos enemigos que no pude comprender por qué seguía vivo.
1664. El mundo de los escritores es tan cruel como el de las pirañas.
1665. Para la mayoría de los escritores, escribir sigue siendo llorar.
1666. No conocí editor bueno.
1667. Escribí por culpa del Destino; no porque me gustase.
1668. Vendí millones de libros y seguí siendo un pardillo.
1669. El escritor desnuda el alma por un diez por ciento.
1670. Entre los escritores, la ruina moral es muy común.
1671. Los mejores escritores son soñadores de sí mismos.
1672. Las firmas de libros son vanidad de vanidades.
1673. Casi siempre, el oficio hace al escritor.
1674. La tristeza no cubre para siempre.
1675. Lo reconozco: salté a tiempo de la religión.
1676. Lo reconozco: fui bendecido por los cielos.
1677. Lo reconozco: Alguien guía mis pasos.
1678. Lo reconozco: *Luz de tungsteno* no fue cosa mía.
1679. Lo reconozco: viví para encontrarla.
1680. La música libera al preso.
1681. La música desciende de los cielos (directamente).
1682. La música tiene y proporciona alas.
1683. La música te devuelve a la REALIDAD.
1684. Beethoven llegó al rescate en muchas ocasiones.
1685. Mozart me «jinotiza».
1686. Brams me transporta a regiones azules.
1687. Los Beatles me desbordan.
1688. La música escapó de las manos de Dios. Y no ha vuelto. ¡Qué misterio!

1689. La música te recuerda quién eres y a qué lugar perteneces.
1690. Estamos en un error. Dios no se compadece de nadie.
1691. Dios no ayuda. Para eso está su «gente».
1692. Dios es el penúltimo objetivo del alma.
1693. Las cruzadas avergüenzan a los hombres de bien.
1694. Una religión que derrama sangre no ha comprendido.
1695. La religión pone en boca de Dios lo que le interesa.
1696. Hemos construido religiones en torno a un Yavé racista, ladrón, machista,, vengador y defensor de la esclavitud.
1697. Al final de la vida todo es breve. Es la ley.
1698. Al final de la vida todo aparece confuso. Es la ley.
1699. Al final de la vida, a la vista de la muerte, pensarás: «Todo está por hacer». Y es cierto.
1700. Al final de la vida tus problemas serán de los demás. Es la ley.
1701. Al final no repases tu vida. Te angustiará lo no hecho.
1702. Si las cosas no suceden, es que no estaban «contratadas».
1703. Entrar al servicio de alguien no significa servir.
1704. No aspires a lo que aspiran los demás.
1705. No te consideres importante; todos lo son.
1706. Habla y escribe de manera cristalina. Los necios hacen lo contrario.
1707. Servir a Dios y a la guerra es la peor contradicción.
1708. Tu peor enemigo vive en ti.
1709. Ser experto en religión no conduce a nada.
1710. Ser experto en ti mismo te conducirá.
1711. Las reliquias son otra aberración religiosa.
1712. La religión anestesia la mente (a veces la mata).
1713. Huye de los santones.
1714. «Pastor de almas» es otra insensatez eclesiástica.

1715. Ningún alma puede ser pastoreada (gracias a Dios).

1716. Solo las mentes pueden ser pastoreadas. Y lo son...

1717. La estupidez religiosa no tiene límite.

1718. Ejemplo de estupidez religiosa: «El feto tiene alma».

1719. Ejemplo de estupidez religiosa: «Si mueres en pecado mortal, te condenarás».

1720. Ejemplo de estupidez religiosa: «Si te arrepientes en el último segundo, te salvarás».

1721. Ejemplo de estupidez religiosa: el camino de Santiago (el discípulo jamás pisó España).

1722. Ejemplo de estupidez religiosa: las bulas (todas).

1723. Ejemplo de estupidez religiosa: «Tú eres Pedro y sobre esta piedra edificaré mi iglesia».

1724. Ejemplo de estupidez religiosa: «Creer en lo que no se ve».

1725. Ejemplo de estupidez religiosa: «Pedir perdón al Padre Azul».

1726. Ejemplo de estupidez religiosa: el cilicio.

1727. Ejemplo de estupidez religiosa: «Lo que ha unido Dios que no lo separe el hombre».

1728. Ejemplo de estupidez religiosa: comer la carne y beber la sangre de Dios.

1729. Ejemplo de estupidez religiosa: encerrar a Dios (con llave) en una casita de plata (sagrario).

1730. Ejemplo de estupidez religiosa: creer en el infierno, en el purgatorio y en el limbo.

1731. Ejemplo de estupidez religiosa: la inmaculada concepción.

1732. Ejemplo de estupidez religiosa: «¿De qué sirve ganar el mundo si pierdes el alma?».

1733. Ejemplo de estupidez religiosa: «El Sol gira alrededor de la Tierra».

1734. Ejemplo de estupidez religiosa: «La iglesia católica es la única depositaría de la Verdad».

1735. Ejemplo de estupidez religiosa: la infalibilidad del papa.

1736. Ejemplo de estupidez religiosa: miles de santos y beatos.

1737. Ejemplo de estupidez religiosa: «Santidad» (título otorgado al papa).

1738. Ejemplo de estupidez religiosa: las letanías.

1739. Ejemplo de estupidez religiosa: el rezo del rosario.

1740. Ejemplo de estupidez religiosa: «Alá es grande y Mahoma su profeta».

1741. Ejemplo de estupidez religiosa: «Anula tus deseos y entrarás en el nirvana».

1742. Ejemplo de estupidez religiosa: «Dios impartirá justicia el día del juicio final».

1743. Ejemplo de estupidez religiosa: «La Biblia es la palabra de Dios».

1744. Ejemplo de estupidez religiosa: la virginidad permanente de María.

1745. Ejemplo de estupidez religiosa: «Y María, la madre de Jesús, fue llevada al cielo en carne mortal».

1746. Ejemplo de estupidez religiosa: «Ave María purísima... ¿Cuánto tiempo hace que no te has confesado?».

1747. Ejemplo de estupidez religiosa: «Renuncio a Satanás, a sus pompas y a sus obras».

1748. Ejemplo de estupidez religiosa: «Santiago y cierra España».

1749. Ejemplo de estupidez religiosa: «Caudillo Francisco Franco, por la gracia de Dios».

1750. Ejemplo de estupidez religiosa: Franco bajo palio.

1751. Ejemplo de estupidez religiosa: «Franco vencedor de las hordas marxistas».

1752. Ejemplo de estupidez religiosa: la primera comunión.

1753. Ejemplo de estupidez religiosa: abrazar al apóstol Santiago.

1754. Ejemplo de estupidez religiosa: la teología (la teología trata de estudiar la esencia, la existencia y los atributos de Dios).

1755. Ejemplo de estupidez religiosa: los curas castrenses.

1756. Ejemplo de estupidez religiosa: «Mortifícate. Eso agrada a Dios».

1757. Ejemplo de estupidez religiosa: «Las cosas y el mundo apartan de Dios».

1758. Ejemplo de estupidez religiosa: los anacoretas.

1759. Ser caritativo no es fácil, aunque sí imprescindible.

1760. A ser posible, simula que no sabes.

1761. A ser posible, simula que no tienes.

1762. Disimula tus tesoros (sobre todo la inteligencia).

1763. Deja que se aprovechen de ti; ellos pierden.

1764. Hay tantas clases de mentes como seres humanos.

1765. El hombre soberbio camina con la mente trabada.

1766. El ignorante no camina; se arrastra.

1767. El sabio lo hace con la cabeza baja.

1768. El rico corre el riesgo de caminar hacia atrás.

1769. El que descubre al Padre Azul no camina; vuela.

1770. Me gusta vivir las experiencias, pero no repetirlas.

1771. Dale a tu cuerpo lo que te pida. Él sabe.

1772. Hacer penitencia no te salvará de nada.

1773. La religión no mejora la mente (la arrincona).

1774. La religión católica muestra a un Dios crucificado. ¡Qué religión tan triste!

1775. La filosofía budista niega la existencia del YO (el alma). ¡Qué filosofía tan triste!

1776. El Corán relega a la mujer a un segundo plano. ¡Qué religión tan torpe!

1777. Mentimos cuando hablamos; no cuando pensamos.

1778. Hicieron un mal servicio al llamarle Jesucristo.

1779. Cristo (Mesías en griego) es lo contrario a lo que pretendió Jesús de Nazaret.

1780. No te fíes de los que solo saben calcular.

1781. La mujer no se fía de nadie. Por eso sobrevive.

1782. Confiar es un lujo.

1783. La medida de la mente no da la medida del alma.

1784. Solo pecan los ignorantes o los muy necesitados.

1785. Una cosa es tener sed y otra estar sediento. Con la Verdad sucede lo mismo.

1786. Si llevas las cuentas en el amor, adiós amor.

1787. Si buscas justicia, olvida el amor.

1788. Si deseas la sabiduría, desaprende.

1789. Si buscas la inmortalidad, es que no has comprendido.

1790. Si buscas culpables, empieza por ti mismo.

1791. No polemices si el otro sabe más que tú.

1792. Discute solo contigo mismo (y poco).

1793. ¿Quién no ha sido infiel alguna vez?

1794. El sabio permanece fiel a sí mismo.

1795. El sabio no divide su mente.

1796. Dios blindó los pensamientos con mucha razón.

1797. Si fuera cierto, lo publicado en mis libros sería un tesoro.

1798. También los truhanes y frotaesquinas actúan según «contrato».

1799. Ningún Destino es rectilíneo. Es la ley.

1800. El único demonio capaz de tentarte es tu mente.

1801. Dios no concede ninguna gracia. Tú las «contratas» antes de nacer.

1802. La melancolía es un efecto secundario del desamor.

1803. El hombre que no ha comprendido necesita creer en algo (no importa en qué).

1804. Siempre hay buenas razones para las calamidades.

1805. Matar no ayuda.

1806. La carne no es mala; la mente puede serlo.

1807. Insisto. El alma no necesita ser santa. Lo es o lo será. Es la ley.

1808. Si te humillas, hazlo con lógica.

1809. En lo cotidiano vive la mejor poesía.

1810. Si lo aceptas, lo malo puede dejar de ser malo.

1811. Los libros siempre traen buenas noticias.

1812. Un buen libro esclaviza y libera al mismo tiempo.

1813. La oración sincera es —necesariamente— breve.

1814. Orar es re - conocer al buen Dios.

1815. Arrodíllate primero ante la chispa que te habita.

1816. Dios no tiene altar. No lo necesita.

1817. Un buen libro te descubrirá que la mente es insaciable.

1818. Si la mente se duerme, llega el aburrimiento.

1819. No te consideres superior (aunque lo seas).

1820. No te consideres inferior (aunque lo parezca).

1821. Considérate un hijo de Dios (nada más y nada menos).

1822. El conocimiento no gusta de cajas fuertes.

1823. El peor ladrón es el que roba tu tiempo.

1824. La chispa divina: tu gran tesoro.

1825. La chispa se cuela en tu mente a los cinco años. Y lo hace hábil y silenciosa.

1826. La chispa sugiere sin palabras.

1827. La chispa dirige sin manos.

1828. La chispa no es la conciencia; nunca reprocha.

1829. La chispa divina espera (siempre).

1830. La chispa deja caer las ideas en tu mente.

1831. La chispa diviniza tu imperfección.

1832. La chispa insiste (todo lo contrario que la intuición).

1833. Escúchate y oirás el susurro de la chispa (Dios).

1834. La chispa te enseñará el mundo y cómo prescindir de ti mismo.

1835. La chispa es lo mejor que puede pasarte.

1836. La chispa toma posesión de tu mente, pero eso no cambia tu mente.

1837. El noventa por ciento de los humanos no sabe que está habitado por un Dios.

1838. Que los años no te vuelvan exigente.

1839. Que los años no te vuelvan excesivamente confiado.

1840. Que los años no apaguen tus sueños.

1841. Que los años permitan descubrirte.

1842. Ninguna enseñanza es fácil.

1843. No perfecciones la lógica; disfruta con la intuición.

1844. En *Luz de tungsteno* encontrarás lo mejor de un soñador.

1845. La fruta es la firma de Dios en la Tierra.

1846. En el más allá, la virtud carece de sentido.

1847. También los ateos tienen momentos azules.

1848. También los ateos son virtuosos.

1849. También los ateos son humanos.

1850. También los ateos comprenden.

1851. Conozco a creyentes que no están a la altura moral de los ateos.

1852. Casi todos los ateos padecen de ingenuidad.

1853. Ser ateo es una opción, como ser rubio o tartamudo.
1854. La «voluntad ordenada» no te hará más feliz.
1855. Ni el orden ni la virtud evitan la guerra.
1856. La paz interior es consecuencia de la renuncia.
1857. La peor lucha será contigo mismo.
1858. La belleza tiene su lado oscuro.
1859. Nadie reivindica los derechos de la cizaña.
1860. El mal tiene fecha de caducidad.
1861. Déjate guiar, aunque no sepas quién te guía.
1862. Los cielos disponen de trillones y trillones de policías.
1863. Aprende a mirar con otros ojos.
1864. Aprende a mirar desde los ojos de los demás.
1865. Aprende a mirarte.
1866. Aprende a mirar como si acabaras de nacer.
1867. Que no te engañen. En el mundo hay muchos mundos.
1868. Ver mundo refrescará tu mente.
1869. Ver mundo llenará el cáliz de tu alma.
1870. Ver mundo te llevará a otros mundos.
1871. Ver mundo engrandece lo pequeño.
1872. Ver mundo debería ser obligatorio y gratuito.
1873. Ver mundo te hará tolerante.
1874. Ver mundo te despertará.
1875. Al ver mundo descubrirás que todos los humanos tienen los mismos sentimientos.
1876. Al ver mundo rejuvenecerás (sin darte cuenta).
1877. Ver mundo me resucitó.
1878. Al ver mundo, los necios empeoran.
1879. La forma más segura de perder es ambicionar.
1880. La forma más segura de ganar es prescindir.

1881. Prefiero ser salvaje a conquistador.

1882. Nadie ha pisado (aún) los antípodas de su corazón.

1883. Una tierra fértil no garantiza mentes fértiles.

1884. Sí, a veces me echo de menos...

1885. Filtrar la mente es una obligación diaria; es pura higiene.

1886. Cuando mueras, el mundo no sabrá que has muerto. Es la ley.

1887. Seamos sinceros. El mundo no te merece.

1888. Seamos sinceros. El mundo te ignora.

1889. Seamos sinceros. El mundo es un espejismo barato.

1890. Siempre fui el último en mi interior.

1891. He pensado mucho sobre ello. No creo que los cipreses crean en Dios.

1892. Una parte de la mente trata de esclavizar a las otras.

1893. La naturaleza se divierte sola. Ejemplos: pulpos con picos de loro, sepias con cobre en lugar de sangre, chinches con anticongelante...

1894. Fue un placer escribir para nadie.

1895. Los niños no son puros; son ignorantes.

1896. Ante la muerte, ser judío, cristiano, musulmán, budista o ateo carece de importancia.

1897. Las religiones confunden churras con merinas.

1898. El hombre actual no vive; compra.

1899. Los sustos ocurren en la materia. Después, tras la muerte, no tienen sentido.

1900. Morir no debería inspirar lástima; todo lo contrario.

1901. Los muertos no necesitan ser honrados.

1902. Los muertos tienen bastante con su sorpresa.

1903. Al principio, los muertos no comprenden: ¡están vivos!

1904. Después, los muertos entienden: la vida fue una aventura.

1905. Al principio, los muertos no se acostumbran al NO TIEMPO. Después repudian el tiempo.

1906. Los muertos, si pudieran ser vistos, resultarían irreconocibles.

1907. Maravilloso epitafio en una tumba de Barbate: «NO ESTOY AQUÍ».

1908. Los muertos rara vez visitan sus tumbas.

1909. Ningún muerto desea regresar a la materia.

1910. La obediencia no conduce a la paz.

1911. (San) Agustín oyó campanas (pero muy remotas).

1912. No confíes en los sabios (si son religiosos).

1913. La vida es tiempo y silencio. La muerte es silencio y vida.

1914. La paz no tiene sabor, aunque huele.

1915. La fusión de dos almas provoca un placer indescriptible (en la materia y tras la muerte).

1916. Las suspicacias son olas de diez metros. Evítalas.

1917. La mujer entiende el «ahora». El pasado solo es un recuerdo.

1918. Toda relación está condenada al deterioro (segunda ley de la Termodinámica).

1919. Solo la relación espiritual se mantiene intacta. Es la ley.

1920. ¿Despertar a una mujer de sus sueños? Grave error.

1921. Lo peor de la vergüenza es que incomoda.

1922. Si la muerte se acerca, no te pongas a bien con Dios. Hay asuntos más urgentes.

1923. Todos los «excelentísimos señores» lo son por «contrato».

1924. La solemnidad falsea la realidad.

1925. No temas perder lo que tienes. Finalmente te irás con las manos en los bolsillos.

1926. No seas impaciente. La Verdad no cabe en el alma. Dale NO TIEMPO.

1927. Si no tienes, no temerás perder.

1928. Conviértete al sentido común.

1929. Sobran iglesias y falta lealtad.

1930. Sobran iglesias y falta sinceridad.

1931. Sobran iglesias y falta misericordia.

1932. Sobran iglesias y falta amor.

1933. *Luz de tungsteno* eres tú, desnudo/desnuda.

A las 21 horas del 13 de marzo de 2017,
en Sydney (Australia)

El libro quinto fue escrito en 35 días. Eso significa que recibí del orden de 55 pensamientos por día.

Por razones personales, en este libro he introducido trece errores de segundo y tercer orden.